Le Tour du monde en 80 femmes

Un roman de Dominique Trottier

À toutes les femmes qui ont fait de moi un homme meilleur...

Prologue

Meurtrier un jour, meurtrier toujours. Peu importe où j'irai dans le monde, les rencontres et les découvertes que j'y ferai, je vivrai toujours avec le poids de ma culpabilité. J'en déduis que je ne suis pas un psychopathe.

Le Tour du monde en 80 femmes

Chapitre 1 — Frédérique

Je ne connaissais rien de la vie ni des femmes. Dès que je l'aperçus dans son infinitésimale robe soleil blanche virginité, mon cœur et ma queue s'emballèrent. Crinière bouclée ambrée sur peau couleur de miel. Traits fins, pointus, racés. Regard sombre, perturbant, perturbé. Malaise ou émoi teinté de feinte indifférence ? Je subis alors une première panne de cerveau. Gauchement, je mirai intensément sa florissante poitrine, pleine de promesses généreuses. Puis ses jambes. Oh, des jambes au bout desquelles on souhaiterait mourir ! Élancées et consistantes, lisses, affermies et... Devant elle, je perdais mes mots comme un idiot. Physiquement, plastiquement, sexuellement, elle correspondait à l'image d'un idéal — de mon idéal féminin — que je n'avais su jusqu'alors définir. Elle s'appelait Frédérique. Moi, c'est Frédérik. Niaisement, j'y vis un signe du destin. Elle aussi.

C'était l'été de nos 16 ans, au Festival de musique de Trois-Rivières. L'attirance était plus forte que la peur du ridicule et de l'inconnu. Le soir même, au son de l'exécrable musique d'un groupe rock sans talent, dans une foule de milliers d'inconnus suintants, à peu près tous consanguins à divers degrés, nos bouches s'aimantèrent. Nos langues s'emmêlèrent malhabilement. Nous échangeâmes des litres de salive; je ne savais plus comment avaler ou respirer.

Dans les jours suivants, sous le puissant effet des hormones adolescentes, Fredou voulut que nous devenions formellement un couple, ce qui fut officialisé à la face du monde sur Facebook. Dans notre entourage, on nous trouva des surnoms kitsch. « Freddy et Fredou », « les deux Fred » et « Fred au carré », comme si nous n'étions plus qu'une entité. Ce dernier surnom me répugnait moins que les deux autres. Un Fred fois une Fred égale deux corps qui n'en forment plus qu'un.

L'équation complète se réalisa dès notre troisième semaine de fréquentation. Tous deux puceaux, nous avions planifié la chose minutieusement. En fait, il serait plus juste de dire que Fredou avait décidé de tout et que je n'avais eu d'autre option que d'entériner ses choix, qui au demeurant me convenaient parfaitement. Cela allait avoir lieu dans ma chambre, chez ma mère, pendant son absence. Nous n'avions pas besoin de capote, puisque Fredou prenait déjà la pilule pour régulariser ses règles.

Lors des préliminaires, j'étais si nerveux à l'idée de pénétrer ce corps étranger que je n'arrivais pas à bander. Quelle honte, quel malheur ! Après des années de masturbation quotidienne sans faille, voilà que se déclarait une impuissance prématurée avant même le début de ma carrière de baiseur. Calmement, comme une femme mature et expérimentée, Frédérique me chuchota à l'oreille de me relaxer, qu'elle n'était pas pressée. Par ses paroles réconfortantes, elle provoqua une érection tardive, qui manquait toutefois de tonus. Pour remédier à cette semi-mollesse, je l'embrassai goulûment tout en caressant maladroitement son sexe humide. Puis fébrilement, en tremblant, j'essayai d'enligner ma déficiente verge dans son territoire inexploré.

Par secousses, je me frayai difficilement un chemin. Frédérique réprimait de petits cris de douleur, qui s'apparentaient à des murmures de plaisir. J'arrêtai brièvement mon mouvement, alors que mon sexe se gonflait enfin à sa pleine capacité. Fredou m'implora de continuer, de la dévirginiser « jusqu'au bout », avec une mimique laissant deviner qu'elle souffrait tout en savourant cette expérience inédite, aigre-douce. Mon sperme précoce de jouvenceau s'écoula en elle deux minutes plus tard.

Lorsque je me retirai, mon phallus était ensanglanté, comme un couteau qui eut servi à poignarder. Ma fierté de mâle était entamée par un profond sentiment d'imposture. J'avais tué une fillette pour faire naître une femme.

*

Malgré notre jeune âge, Frédérique et moi formions un vieux couple. Après les découvertes sexuelles et la magie des premiers mois, nous nous empêtrâmes dans des habitudes sans fantaisies et des routines bien ancrées, trop ancrées. Elle m'avait sorti des jupes de ma mère, pour mieux m'enfermer sous les siennes. En ce début de 21e siècle, à l'heure de la mondialisation, nous agissions comme des vieillards gâteux en nous restreignant aux limites de notre petit univers connu. En ce sens, nous nous différenciions peu d'une dizaine de générations d'ancêtres sédentaires nous ayant précédés, qui descendaient pourtant de véritables aventuriers, partis de France et arrivés dans la région de Trois-Rivières au 17e siècle.

Trois-Rivières, deuxième plus ancienne ville de l'Amérique française, si banale dans son architecture de ville moyenne nord-américaine, mais si privilégiée de par son emplacement exceptionnel, au confluent de l'imposant fleuve Saint-Laurent et de la majestueuse rivière Saint-Maurice, séparée en trois canaux, qui finissent par se rejoindre, comme tous les chemins mènent à Rome, dit-on. C'est donc là — aux Trois-Rivières comme disaient les anciens — que je naquis, que je grandis, que je prévoyais me reproduire et mourir. J'avais bien eu des rêves d'aventures lointaines dans mon enfance, mais Fredou avait tôt entrepris de me convaincre qu'il n'était pas souhaitable de les réaliser.

Pratiquement tous les jours de semaine, après l'école, je l'accompagnais chez elle. Nous passions la majeure partie de notre temps dans sa chambre, au sous-sol du bungalow de ses parents, à parler de banalités, à faire nos devoirs, à nous accoupler en silence — pour épargner les oreilles de sa mère et, surtout, de son paternel — et à écouter de la musique qu'elle aimait. Fredou avait le monopole sur toutes les questions de « goût », qu'elles fussent d'ordre artistique, vestimentaire ou autre. Ses désirs devaient être les miens.

Nous ne sortions du cachot doré qu'était sa chambre que pour manger rapidement avec ses parents, très discrets et effacés, qu'elle menait par le bout du nez, comme elle le faisait avec moi. Nos week-ends se constituaient de la même étoffe que les soirées de semaine. Nous ne fréquentions plus nos amis respectifs, nous vivions quasiment en autarcie. Je ne retournais chez ma mère que pour dormir; parfois, de moins en moins.

Ce régime bêtement fusionnel dura près de quatre ans. Notre couple commença à se désagréger lorsque nous quittâmes Trois-Rivières pour aller étudier à l'université dans la grande ville, Montréal : Frédérique en sciences infirmières; et moi, en journalisme. J'avais harcelé Fredou pendant plus d'un an avant qu'elle n'accepte de m'y suivre. Elle avait posé une condition : nous devions retourner vivre dans notre bled à la fin de nos études.

En août de l'an dernier, nous emménageâmes donc dans un appartement trop petit et trop cher du Plateau-Mont-Royal. Frédérique le décora à son goût; elle refusa mes deux ou trois suggestions. Je ne m'y sentais pas vraiment chez moi.

Dès le début des cours, quelques semaines plus tard, la dynamique de notre couple se modifia. Je ressentais le besoin de connaître d'autres gens, de découvrir de nouvelles réalités, de m'exprimer, d'explorer. Frédérique réagit à mon nouveau désir d'émancipation en tentant de renforcer son emprise sur moi. Elle exigeait que nous passions tous nos temps libres exclusivement ensemble et que je lui fasse un compte-rendu détaillé de chaque moment vécu sans elle.

J'en vins à lui mentir sur mes obligations scolaires pour me réserver des plages de liberté. Alors qu'elle me croyait occupé à la bibliothèque, je prospectais la ville avec mon nouveau groupe de potes du programme de journalisme, à la recherche de plaisirs inédits. Il y avait Karim, un Marocain déjanté aux propos souvent grivois; Martin, un Belge freluquet et imberbe surnommé Tintin; Pénélope, une Française complexée et dépressive en programme d'échange; et Marie-Josée, une Acadienne rigolote. Ensemble, nous refaisions le monde en fumant des joints au Mont-Royal; nous découvrions de nouvelles musiques en faisant la tournée des bars; nous voyagions par les sens en fréquentant des restos dits « ethniques » et des cinémas présentant des films de répertoire; et lorsque nous n'étions qu'entre garçons, nous allions voir les strip-teaseuses sur Sainte-Catherine. Nos études en devinrent accessoires. J'avais la sensation d'avoir accès à de nouvelles sources d'énergie et d'oxygène. Jamais auparavant n'avais-je eu l'occasion de fréquenter des gens aux horizons si vastes et diversifiés.

Bien vite, Frédérique se douta de mes incartades à la vie stricte qu'elle voulait m'imposer. Elle monta discrètement un dossier contre moi, à mon insu. Elle fouillait dans mes poches et dans mon sac à dos pour accumuler tout ce qu'elle pouvait trouver comme preuves incriminantes, qu'il s'agisse de tickets de cinéma ou d'additions de restaurants. Elle consultait aussi mon téléphone pour noter les numéros de mes nouveaux copains, la fréquence à laquelle je les appelais et le contenu des textos échangés. Il n'y avait pourtant là rien de bien compromettant.

Le soir de l'Halloween, en octobre dernier, Frédérique m'accueillit à l'appartement dans un déguisement affriolant, quoique convenu, d'infirmière sexy. Elle se jeta à mes pieds et mangea voracement mon membre et mes testicules, comme s'ils eussent été le plus somptueux des festins. Elle avala ma semence jusqu'à la dernière goutte, comme s'il s'était agi d'un élixir divin. Béat, je m'allongeai sur le canapé, en extase.

Ma surprise et mon allégresse étaient d'autant plus grandes que Frédérique se montrait habituellement dédaigneuse lorsque je la suppliais de me sucer. Elle n'aimait pas le goût de ma queue, même quand celle-ci était propre. Elle se plaignait aussi de la saveur et de la texture de mon écoulement spermatique précédant l'éjaculation finale.

Après cette fellation inattendue, elle s'étendit sur moi. Je voulus à mon tour la satisfaire, cependant elle m'en empêcha.

— Il faut que je te parle. Je ne veux plus que tu voies Karim, Martin, Pénélope et Marie-Josée. Je suis ta blonde, c'est avec moi que tu devrais faire des sorties, pas avec des étrangers.

Dès qu'elle prononça leurs noms, je me sentis coupable. Docilement, je lui promis que je ne les rencontrerais plus à l'extérieur des cours. Dans les mois suivants, je m'astreignis à cette malsaine discipline, mais en partie seulement. Je voyais ma bande de copains uniquement le jour, jamais les week-ends. Malgré mes efforts pour lui plaire, Frédérique se montrait de plus en plus dure et distante envers moi. Elle me critiquait et m'engueulait pour tout ce que je faisais et tout ce que je ne faisais pas. Elle voulait que j'exécute les tâches ménagères à sa manière, que je cuisine comme elle l'entendait, puis elle me blâmait de ne pas prendre assez d'initiatives pour maintenir l'appartement en ordre. Toutefois, elle ne voulait surtout pas que je m'occupe de la lessive, parce que je risquais d'abîmer ses vêtements. Elle me reprochait également de ne plus lui faire l'amour aussi passionnément qu'avant. Pourtant, elle repoussait mes avances au moins trois fois sur quatre. Elle trouvait que je passais trop d'heures devant mon ordinateur, mais me rappelait constamment que je ne devais pas sortir sans elle.

L'explosion — ou implosion — de notre couple est survenue la semaine dernière quand je lui ai annoncé que je voulais suspendre mes études et partir durant au moins un an, pour faire le tour du monde en solitaire. Elle m'a d'abord engueulé et traité de « christ d'égoïste », comme d'innombrables fois auparavant. Puis devant mon manque de réactivité, elle s'est emportée de plus belle en me poussant et en me frappant. Je l'ai retenue avec difficulté par les poignets, par crainte de la blesser. Elle s'est ensuite écroulée en larmes. Et elle a crié :

— Si tu pars, c'est fini entre nous ! Pour toujours…

Chapitre 2 — Marjolaine

Ma mère s'appelait Marjolaine. Elle est morte il y a près d'un an et demi, le jour de mes 20 ans, à l'âge de 44 ans. Elle souffrait d'un cancer du sein foudroyant, détecté deux mois avant son décès. Jamais avant sa maladie n'avais-je réalisé l'importance qu'elle avait pour moi. Dans mon esprit, elle faisait partie d'un univers immuable. Sa présence, son affection et son dévouement m'étaient acquis. À jamais.

Ce n'est qu'en la voyant dépérir à vue d'œil que j'ai compris qu'elle n'était pas éternelle. Condamnée par les médecins, elle a refusé tout traitement. Dès ce moment, je lui ai rendu visite chez elle tous les jours, la plupart du temps avec Frédérique. Il n'y avait personne d'autre dans notre entourage pour l'accompagner vers la mort. Ma tante Maude, péripatéticienne de son métier, ne s'est soustraite à ses « obligations professionnelles » qu'une seule fois pour lui rendre visite, quelques semaines avant son décès. Maude s'était assuré au préalable que je n'y serais pas. Elle était l'unique sœur de Marjolaine, et j'ai toujours senti qu'elle me vouait une antipathie viscérale, dont je ne saisissais pas la source.

Pendant le déclin fulgurant de maman, je devinais parfois dans son regard qu'elle aurait préféré être seule avec moi, sans Fredou à mes côtés. Mais je crois qu'elle n'avait pas l'énergie de le demander, de l'exiger. Et moi, je ne me sentais pas la force de l'accompagner seul dans sa déchéance. Frédérique jouait pour moi un rôle de béquille, et ma mère semblait le comprendre. L'acceptait-elle ? Je crois plutôt qu'elle s'y résignait, tout comme elle s'était résignée à me « perdre », pour utiliser son expression, quand Fredou était entrée dans ma vie.

Au cours des premières semaines de ma relation amoureuse, maman s'était montrée polie envers ma copine, sans plus. En sa présence, elle affichait un sourire figé de façade que je ne lui connaissais pas auparavant. Plus je passais de temps avec

Frédérique, plus ma mère se montrait froide envers elle. Après quelques mois, elle ne la saluait plus. C'est pourquoi nous en vînmes à passer le plus clair de notre temps chez les parents de Fredou, où notre existence en tant que couple ne semblait pas poser problème.

Je crois que Marjolaine n'acceptait pas que je vive par moi-même et pour moi-même, hors d'elle. Extrémiste de l'allaitement maternel, elle me donna le sein jusqu'à l'âge de cinq ans. Le souvenir traumatisant d'avoir tété les tétons de ma maman me hante toujours. Selon ma psy, cela frôlait l'inceste. Qu'on me comprenne bien, j'aimais ma mère. Mais maintenant qu'elle est morte, je tiens à me libérer des souvenirs oppressants qu'elle m'a laissés.

À partir de l'âge de six ans, je fus le seul « homme » de sa vie. Après le divorce acrimonieux de mes parents, Marjolaine n'eût plus de relation amoureuse, du moins à ma connaissance. Pour elle, je n'étais pas que son enfant : elle me traitait comme son petit mari. C'était un complexe d'Œdipe inversé, toujours selon ma psy. Ma mère avait des attentes affectives démesurées et déplacées à mon endroit. Je devais constamment la rassurer et la complimenter sur sa féminité et sa beauté, une tâche lourde et désagréable pour un jeune garçon qui ne demandait qu'à penser à sa mère autrement. Au début de ma puberté, elle exigea que je me montre plus protecteur, galant et affectueux à son endroit, alors que tous mes amis semblaient avoir le loisir de vivre pleinement leur crise d'adolescence et de s'opposer à leurs parents. Dès que je rechignais à m'astreindre à ses désirs, Marjolaine se mettait à pleurer et me reprochait d'être un fils ingrat. Je cédais parfois à ce chantage. Mais j'y résistai souvent aussi, ce qui me valut de nombreuses gifles et claques derrière la tête; également des coups de pied et coups de poing. Marjolaine n'hésitait pas à me frapper et à m'engueuler vertement. Lorsque ses colères s'éteignaient, elle tentait de me faire croire qu'elle agissait ainsi pour mon bien. Je ne comprenais pas comment ma mère pouvait ainsi m'aimer et me détester en même temps.

Mon père, lui, avait « refait sa vie » comme on dit maladroitement. Avant même que le divorce n'eut été prononcé, Gilbert s'était amouraché de Gina, une jeune femme vulgaire et sans éducation d'à peine 20 ans. L'année suivante, ils eurent une fille ensemble et ils quittèrent Trois-Rivières pour aller s'installer à Laval, en banlieue de Montréal. Je n'allais chez eux que deux week-ends par an, des séjours obligatoires qui me pesaient énormément, parce que je m'y sentais comme un intrus. Lors de ces visites, mon père me portait peu d'attention. Gina et lui étaient obnubilés par leur fille. Ma psy m'aida à définir ce que je ressentais alors, et que je ressens jusqu'à ce jour : du rejet.

En fait, mon géniteur ne me consacrait exclusivement de son temps qu'une journée par année. C'était durant ses vacances d'été, généralement au mois de juillet. Il m'emmenait naviguer seul avec lui sur le lac Saint-Pierre dans son puissant hors-bord. Je garde des souvenirs et des sentiments mitigés de ces escapades. J'étais certes heureux que Gilbert m'accorde ainsi quelques heures. Seulement, je pense qu'il avait sciemment choisi cette activité parce qu'elle rendait ma présence moins pénible pour lui. Il buvait toute la journée, et son attention alcoolisée se portait davantage sur le pilotage du bateau que vers moi. Il tenait habituellement une bouteille de bière dans sa main gauche. Sa main droite servait à toutes les autres tâches, dont celle de maintenir le cap.

Dans mon esprit d'enfant, le lac Saint-Pierre était vaste comme un océan, et je m'imaginais que les vagues y étaient aussi déchaînées qu'en haute mer. Cette certitude était confortée par le fait que de nombreux paquebots océaniques circulaient dans cet élargissement du fleuve Saint-Laurent.

Sous l'effet de l'alcool, Gilbert aimait défier les lois de la physique en s'approchant très près de la coque des paquebots pour faire sauter notre petite embarcation sur la houle provoquée par leur passage. Je craignais constamment d'être projeté dans les eaux sombres du fleuve et avalé dans un tourbillon, sans que personne ne puisse venir me secourir, puisque je ne portais pas de veste de flottaison. Mais je n'en disais rien à Gilbert de crainte de ne pas paraître assez dur à ses yeux. J'aurais tout de même aimé qu'il beugle : « mets ta flotte ». Cela m'aurait donné l'occasion de protester et de m'opposer à lui virilement, avant de céder à son ordre en éprouvant secrètement un soulagement et un sentiment de sécurité.

Aujourd'hui encore, je fais des cauchemars récurrents de nos tournées au Lac St-Pierre. Je me réveille habituellement en sueur, parfois en criant. Ma psy croit que c'est parce que je n'ai pas fait le deuil du père que Gilbert n'a pas été pour moi, parce que je lui en veux d'avoir été absent et de s'être montré irresponsable envers moi.

*

Quand je revenais de chez Gilbert et Gina, ma mère me mitraillait systématiquement de questions sur leur vie, leurs habitudes, leur amour. Malgré mes réponses volontairement évasives, Marjolaine terminait habituellement ces interrogatoires en larmes, en maudissant mon père.

Depuis qu'elle se savait mourante, elle ne semblait plus pleurer. En fait, c'est comme si ses yeux s'étaient asséchés, comme si la vie avait déjà commencé à la quitter. Sa peau et toute sa personne s'étaient flétries aussi rapidement qu'une fleur à la fin de l'été. Deux semaines avant sa mort, maman me confia de douloureux secrets concernant Gilbert. Elle me fit promettre de la venger. Puis elle ne parla plus de mon père, ni en mal ni en bien.

Je n'étais pas prêt à la voir mourir. Jamais nous n'avions eu de grandes discussions sur le sens de la vie et de la mort. Tout au plus, je savais qu'elle était une timide croyante catholique, non pratiquante. Elle ne m'avait inculqué aucune notion ou valeur religieuse ou spirituelle, à part la croyance enfantine que le « petit Jésus » veillait sur moi.

Elle fut admise à l'hôpital une semaine avant son décès. Elle réclamait qu'on abrège ses souffrances, mais les médecins ne la jugeaient pas encore assez malade pour lui prodiguer « les soins de fin de vie », comme ils disaient avec pudeur. J'étais à son chevet lorsqu'elle poussa son dernier souffle. C'était le 14 janvier, le jour de mon anniversaire, dans les grands froids d'hiver. Je soupçonne qu'elle ait sciemment choisi cette date afin de mieux me posséder, même dans la mort. Ce jour-là, je m'étais présenté seul à l'hôpital, sans Frédérique. Maman m'a dit :

— Excuse-moi pour tout…

— …

— … je t'aime.

Elle s'est éteinte quelques minutes plus tard.

Chapitre 3 — Kate

Je suis une sardine en classe économique. Assis dans le siège 13B, entre une jeune boulotte laideronne et un vieil obèse, je dois me serrer les bras et les jambes. Ma mère me demanderait sûrement d'être plus respectueux dans ma description des gens, mais il faut bien que j'assume un tant soit peu l'immaturité masculine de mes 21 ans.

Pour ajouter à mon malheur, la boulotte empeste un parfum fruité de mauvaise qualité, dont la réaction chimique avec les effluves du vieillard me paraît multiplier de façon exponentielle la pestilence ambiante. L'avion décolle, j'anticipe sept pénibles heures de vol entre Montréal et Londres.

Les yeux clos, j'oublie mon environnement immédiat, je me remémore Marjolaine. Je n'ai jamais prié et je ne crois plus en Dieu ni en Jésus depuis que j'ai appris que le père Noël n'existe pas. Curieusement, aujourd'hui, en m'envolant dans le ciel pour la première fois de ma vie, j'ai l'étrange sensation de me rapprocher de ma défunte mère, de son esprit. Depuis qu'elle est partie, je supporte mal le fait qu'elle m'ait désigné comme l'instrument de sa vengeance. En quittant le pays et mon contact avec la terre ferme, je me sens en quelque sorte libéré. Je suis maintenant en quête d'une renaissance.

J'aimerais continuer à profiter du bien-être que je ressens, mais une force irrésistible me pousse à rouvrir les yeux. Ma voisine me regarde intensément de ses petits yeux sombres, renfoncés dans des orbites entourées d'une curieuse couche adipeuse. À défaut d'être mignonne, elle a un sourire engageant. Je lui souris brièvement, par pitié. Elle profite de cette brèche pour entreprendre un lourd soliloque. À un rythme étourdissant, elle vomit spontanément les détails de sa vie, sans filtre. Elle a 25 ans, est célibataire, Balance ascendant Scorpion, étudie en bureautique, possède un chat blanc qui s'appelle Cheese, s'est récemment fait opérer pour un kyste au sein, déteste faire de l'exercice, n'envie pas les filles trop maigres ou trop musclées, aime les réglisses de toutes les couleurs sauf les noires, adore lire des romans Harlequin, ne supporte pas les vantards, a une cousine « chanceuse » dont le conjoint est comptable, se considère mieux seule qu'avec un homme violent, croit en Dieu mais pas en ce que prône l'Église,

16

préfère le Pepsi au Coca-Cola même si ça lui donne des ballonnements.

Puis sans reprendre son souffle, elle me demande le but de mon voyage à Londres. Étonné qu'elle cesse de palabrer si abruptement, je bégaie un peu avant de lui dire que j'amorce un tour du monde en *backpacker*, seul avec moi-même et mon sac à dos. Du tac au tac, elle me demande si je suis riche. Je lui réponds que je ne le suis pas. Elle insiste et veut savoir comment je vais financer mon aventure. À contrecœur, je finis par lui révéler que j'ai hérité des avoirs de ma mère et de son excellente assurance vie.

Marjolaine était une économe qui craignait maladivement de manquer d'argent. Pourtant, elle gagnait très bien sa vie comme fonctionnaire, et mon père lui payait une pension alimentaire convenable. Nous vivions dans une petite maison à l'hypothèque peu élevée pour ses moyens, et elle s'obstinait tout de même à suivre un budget strict. Elle s'autorisait rarement des dépenses pour le plaisir ou le loisir. Elle m'imposait le même régime. Je l'entendais constamment s'inquiéter de ses finances et se plaindre que tout était trop cher. Enfant, je croyais que nous étions pauvres. À sa mort, j'ai constaté que c'était loin d'être le cas. Pendant toutes ces années, elle avait accumulé un pactole dont elle n'a jamais su profiter.

Je me garde bien de confier ces considérations à ma voisine de vol. Je lui renvoie sa question en lui demandant pourquoi elle se rend à Londres. Une erreur de ma part : elle se remet à jacasser. Son père est Britannique, sa mère est Canadienne, ils se sont affrontés en cour pour sa garde quand elle était enfant, la mère a gagné, le père est rentré en Angleterre, la petite fille qu'elle était s'est sentie abandonnée, à cause de cela elle est devenue boulimique et toxicomane, maintenant elle va beaucoup mieux, auparavant elle cherchait son père dans les hommes qu'elle rencontrait, dorénavant elle cherche simplement un homme qui la compléterait tout en respectant ce qu'elle est fondamentalement, mais elle ne cherche pas activement pour ne pas sembler désespérée et ainsi effrayer un partenaire éventuel car on ne sait jamais quand l'amour se présentera, en attendant elle apprend à être bien dans son corps avec elle-même et son moi profond, ce n'est pas facile à concrétiser alors qu'on a un léger surplus de poids et qu'on a tendance à se dévaloriser et à s'automutiler, elle n'est pas folle, seulement un peu plus sensible que la moyenne des gens, elle trouve que c'est très intéressant de parler avec moi.

Je prétexte avoir sommeil pour m'extirper de son dégueulis de paroles. Je ferme mes yeux en me promettant de ne les rouvrir qu'à l'atterrissage. Le vrombissement des moteurs me calme. Je suis en apesanteur dans les bras protecteurs de ma maman. Elle me berce, me câline, me cajole, me dorlote, dans un absolu qui durera éternellement. Elle m'emporte sous son aile. Puis elle ouvre sa blouse, dégage sa poitrine et me dit d'une voix nasillarde : « N'aie pas peur, suce les seins de maman. J'espère que tu les apprécies plus que ton père. » C'est à cause de moi qu'elle a eu un cancer du sein : je ne voulais plus téter son lait ! Je me réveille en sursaut, en nage, hanté par la mort de Marjolaine et les crimes de Gilbert.

Tourmenté par ces pensées, je suis incapable de me rendormir. Au cœur de la nuit atlantique, je retrouve toutefois la capacité de m'émerveiller. De l'autre côté du hublot, le ciel noir indigo se mire dans l'océan, ceinturé d'un mince halo orangé. Entre ce magnifique tableau et moi, la boulotte papote dans ses rêves. Du côté de l'allée, on dirait que le vieux n'ose pas dormir, comme s'il avait peur d'en mourir. Étonnamment, je ne suis plus incommodé par leurs odeurs, preuve qu'on peut s'accoutumer à tout dans la vie.

Au bout d'un long moment suspendu, je somnole, puis me rendors, jusqu'à ce que l'équipage distribue les déjeuners. J'entends ma voisine névrosée lancer un bonjour au soleil avant de me saluer. En ricanant, elle me dit être heureuse d'avoir passé « une première nuit » avec moi. Je souhaite intérieurement que ce soit la dernière.

— Au fait, on ne s'est pas présentés; moi, c'est Kate.

— Comme la princesse, que je lui lâche, sans penser aux conséquences possibles de mes paroles.

Elle m'explique que l'autre Kate n'est pas une princesse mais une duchesse, que l'autre Kate est une roturière et que seul un décret royal pourrait en faire officiellement une princesse, que l'autre Kate est une Capricorne compatible avec un Gémeaux comme William, que l'autre Kate a un ancêtre commun avec elle-même au septième degré, d'ailleurs elle-même trouve que son sourire ressemble un peu à celui de l'autre Kate. Pendant un instant, elle s'arrête de parler. C'est déjà fini ? Non. Elle ajoute, sourire en coin :

— Mais je suis sûre que j'aime plus le sexe qu'elle.

Ça, je n'ai pas de difficulté à le croire, je préfère cependant ne pas y penser. Je me force pour rire, par compassion.

Après le repas, peu avant l'atterrissage, Kate me dit qu'elle habite à Laval avec sa mère. Elle veut savoir si j'y connais des gens. Agacé, je lui réponds par la négative; je ne veux surtout pas parler de mon père. Gaiement, comme si elle n'avait pas relevé ma mauvaise humeur, elle me demande mon nom et mon signe astrologique. Avec réticence, je lui révèle que je m'appelle Frédérik et que je suis un Capricorne, comme « l'autre Kate ».

— C'est dommage. D'habitude, les Capricorne ne s'entendent pas bien avec les Balance comme moi.

Je m'en réjouis en silence.

— Ce n'est pas grave, on peut apprendre à s'apprivoiser, qu'elle se sent obligée d'ajouter.

J'aurais préféré qu'elle fasse preuve de moins d'ouverture d'esprit à mon endroit. Elle m'informe qu'elle compte rester quelques jours à Londres avant d'aller chez son père, à Birmingham. Elle me propose de l'accompagner dans une auberge de jeunesse « full cool », selon ses dires. Je lui réponds que j'ai déjà une réservation. Elle me demande à quel endroit. Je prétends que l'information se trouve « au fond de mon sac à dos dans la soute ». Elle insiste pour que je lui laisse mon adresse électronique. Je cède à sa demande, en pensant que rien ne m'obligera à lui répondre si par malheur elle m'écrit.

Chapitre 4 — Becky

Depuis trois jours, je fais la tournée des attractions de Londres, seul parmi des foules de touristes. Tout me semble ennuyant. Je me sens vide, je ne cesse de penser à Frédérique. Je m'imagine les impressions et réflexions de voyage que je pourrais échanger avec elle. Malgré moi, je pense aussi parfois à mon père, j'ai de la difficulté à l'effacer de ma mémoire. Je ne veux pas passer une quatrième journée esseulé, dans cet état.

Abattu, je vais m'asseoir dans le lobby de mon auberge de jeunesse, située près de la station de métro Notting Hill Gate. Un bruyant groupe de *backpacker*s américains se prépare à quitter, pendant qu'un couple de Japonais à l'anglais limité tente difficilement de se faire comprendre par la préposée à la réception. J'observe la scène comme s'il s'agissait d'un film : je n'y participe pas, je ne suis qu'un spectateur. Comme je ne suis que le spectateur d'un périple auquel je rêvais depuis si longtemps. Comme je ne suis que le spectateur de ma vie.

Plongé dans mes pensées, je sursaute lorsqu'une fille aux cheveux roses en brosse, arborant de nombreux piercings, me demande dans un anglais quasi-britannique si je sais où se trouve le métro, le *Tube*. J'hésite un moment, puis je lui réponds que c'est là que je vais, qu'elle n'a qu'à me suivre.

En chemin, j'apprends qu'elle est Australienne, originaire de Darwin dans le nord du pays, et qu'elle s'appelle Becky. Elle trouve que j'ai un drôle d'accent, elle pense que je suis Tchèque ou Allemand. Quand je lui révèle que je suis *French Canadian*, elle me fait remarquer que je n'ai pas l'accent zozotant des Français du Vieux Continent.

En approchant du métro, je lui propose de m'accompagner au British Museum. Elle s'esclaffe.

— Je veux découvrir le vrai Londres, pas le Londres ennuyant des touristes.

— Qu'est-ce que tu prévois faire aujourd'hui ?

— *Go with the flow*, qu'elle répond, ce qui pourrait se traduire par suivre le courant, même si son idée m'apparaît à contre-courant.

Je lui demande timidement si je peux la suivre. Elle me dit que c'est déjà ce que je fais. Elle prend les devants et m'entraîne dans l'escalier du métro avec l'assurance d'une personne qui sait où elle va.

Dans le wagon qui nous mène je ne sais où, Becky me raconte qu'elle est venue en Grande-Bretagne avec l'intention de percer comme chanteuse dans le milieu de la pop. Elle semble avoir l'énergie qu'il faut, le style aussi. Pour ce qui est du talent, je n'en ai aucune idée. Mais est-ce vraiment nécessaire pour réussir ?

— T'as déjà rêvé de devenir célèbre ? me demande Becky.

— Qui n'a jamais rêvé de l'être ?

— Tu ne réponds pas à ma question… Qu'est-ce que tu ferais pour devenir célèbre ?

— J'aimerais peut-être devenir reporter à la télé.

— Reporter à la télé ? Ça me semble un peu trop sérieux. Moi, je veux donner du bonheur aux gens en devenant une vraie vedette internationale.

— Qu'est-ce que ça t'apporterait ?

— Mon talent de chanteuse serait reconnu, tout le monde m'aimerait et m'envierait… et je serais riche !

— T'es réellement en manque d'attention…

— Il n'y a rien de mal à vouloir attirer l'attention et avoir du succès.

— Non… mais tu risques de ne jamais être satisfaite, d'en vouloir toujours plus.

— T'es trop négatif. Moi, ce que je veux, c'est d'atteindre le cœur des gens, de faire une différence positive dans leur vie et de sentir qu'on m'apprécie.

— Penses-tu qu'une seule personne peut faire une réelle différence dans la vie de milliards d'humains et être aimée d'eux tous pour vrai ? Je parle d'un amour qui fait qu'on se sent réellement aimé, qu'on ne ressent pas le besoin d'aller en chercher plus.

— J'ai toujours pensé que ça se pouvait… Je n'aime pas tes questions, tu me fais douter de moi.

— Et tu t'imagines le cauchemar d'être poursuivi par des paparazzis ? Si tu deviens une star, la moitié des gens t'aimera et l'autre moitié aimera te détester. Tu n'auras plus droit à l'erreur… tu n'auras plus accès à certains petits plaisirs de la vie.

— Comme quoi ?

— Tu ne pourras plus prendre le métro avec moi, tu risquerais de déclencher une émeute.

— Ha ! Ha ! Le métro, je peux bien m'en passer.

Comme si elle était une habituée du *Tube*, Becky se lève juste avant que nous arrivions à la station Tottenham Court Road. Je continue à suivre ce courant qui m'apparaît maintenant électrique. En montant l'escalier, elle me dit que nous allons bientôt nous trouver devant la maison de production de Paul McCartney. Je m'insurge gentiment.

— *Go with the flow*, c'était de la fausse représentation si je comprends bien ?

— Je t'ai bien eu… Ne t'inquiète pas, ce sera la seule activité organisée de la journée.

— T'as rendez-vous ?

— Non, je veux simplement voir où ça se trouve. C'est mon côté groupie.

À l'extérieur, un crachin nous rafraichît; le soleil tente difficilement de percer les nuages. Becky trépigne alors que nous nous dirigeons vers le 1 Soho Square.

— Tu te rends compte de ce qu'on vit ? Combien de fois Sir Paul a marché sur ce trottoir, qu'il a vu tout ce qui nous entoure, qu'il a respiré cet air ?

En fait, je suis davantage impressionné par la capacité d'émerveillement de Becky que par les lieux en question. Le Square est certes charmant, un îlot de verdure entouré de vieux édifices dans la plus pure tradition londonienne. Cependant, l'immeuble qui abrite les locaux de MPL — McCartney Productions Limited — ne se démarque pas dans le paysage urbain.

Devant mon peu d'enthousiasme, Becky affirme qu'elle comprend pourquoi je voulais aller au musée. Je ne sais pas comment interpréter ce commentaire. J'y détecte du sarcasme. Je préfère ne pas demander de précision. J'invite plutôt Becky à s'étendre dans l'herbe au milieu du Square et à observer le ciel avec moi, maintenant que la faible pluie a cessé. Elle me fait remarquer que la pelouse est encore un peu mouillée.

— *Go with the flow, Princess*, que je lui réponds en prenant sa main pour qu'elle m'accompagne au sol.

En cette fin de mai, le ciel londonien est fascinant : il peut changer de teinte, de texture, de climat, toutes les demi-heures. Au-dessus du Square, les nuages grisâtres ont déjà fait place à l'azur.

— Pendant la saison sèche à Darwin, le ciel est souvent comme ça, d'un bleu aveuglant, dit Becky avec une certaine nostalgie dans la voix.

— J'imagine que Londres, c'est comme une autre planète pour toi, avec la pluie au moins cinq fois par jour.

— Non, durant la saison des pluies, Darwin est l'endroit où il y a les plus gros orages dans le monde. Tu ne sais pas ça ?

— Ça explique tout, c'est pour ça que t'es une fille électrique.

— T'es trop kitsch, qu'elle réplique en riant.

Des chants orientaux attirent notre attention. Cinq ou six Hare Krishna aux crânes rasés viennent dans notre direction, psalmodiant et jouant de leurs instruments. L'un d'eux nous invite à assister à une cérémonie, qui commencera bientôt. Nous respectons notre mantra de la journée et les suivons joyeusement, à la fois intrigués et excités par ce que nous allons découvrir. Ils nous emmènent jusqu'à leur temple, situé tout près. À part une vitrine décorée d'icônes de style indien, rien ne le distingue extérieurement des autres édifices.

À l'intérieur, ils nous laissent au soin d'un adepte au regard mystique et ensorcelant, voire épeurant. Je glisse à l'oreille de Becky qu'on devrait le surnommer *Psycho Krishna*. Nous pouffons de rire, provoquant un léger malaise. Notre hôte nous explique brièvement que Krishna est un Dieu unique, contrairement à ce que croient la plupart des autres hindouistes avec leurs nombreuses divinités.

Il nous fait ensuite pénétrer dans une salle au plafond bas, joliment décorée, où règnent une odeur d'encens et une ambiance sacrée. Les murs et le plafond sont entièrement peints d'icônes religieuses aux couleurs vives. Nous nous asseyons au sol, parmi une vingtaine de dévots éparpillés, prêts à commencer la cérémonie. Becky et moi évitons de nous regarder, de peur de nous esclaffer de plus belle.

Les croyants commencent à chanter; un homme fait des offrandes à ce que je devine être une représentation de Krishna.

— Hare Krishna, Hare Krishna, Krishna Krishna, Hare Hare, Hare Rama, Hare Rama, Rama Rama, Hare Hare.

L'officiant verse un liquide, le présente à son Dieu, lui offre des fleurs, balance ensuite un encensoir autour de lui et sonne une cloche. Le chant s'éteint. Un fidèle prend la parole pour exprimer à quel point il se considère privilégié de pouvoir « se libérer pour revenir vers Dieu ». Ce langage m'est complètement étranger. L'audience approuve en murmurant. Ensuite, *Psycho Krishna* affirme que pour se libérer il faut suivre la voie de la *bhakti*. Il nous regarde intensément, Becky et moi.

— Nous ne devons pas manger de viande ni de poisson. Nous ne devons pas consommer de substances excitantes comme le tabac, l'alcool, la drogue, le café ou le thé. Il est interdit d'avoir des rapports sexuels en dehors du mariage ou seulement pour le plaisir. Il ne faut pas…

Becky l'interrompt en éclatant d'un rire explosif.

— Ce n'est pas une libération, c'est un refus de vivre.

Je voudrais pouvoir me fondre dans le plancher. *Psycho Krishna* nous informe d'un ton outré que nous sommes libres de quitter, ce que nous nous empressons de faire avant qu'il ne change d'avis.

*

La soirée est bien entamée. Becky et moi aussi : nous avons déjà bu quelques pintes de bière dans un pub situé près de l'auberge de jeunesse. Elle monte sur scène, un peu branlante, pour chanter *Constant Craving* au karaoké. La mélodie commence, Becky ferme les yeux et se déhanche sensuellement. Puis sans regarder le texte défilant à l'écran devant elle, elle entonne les paroles au bon moment. Sa voix est magnifique, à la fois douce, chaude et assurée. Becky bouge comme une star, elle harmonise son corps à la musique, elle interprète la chanson de tout son être. Subjugué, je frisonne. Je la trouve belle, je la désire. La foule lui réserve les plus chauds applaudissements de la soirée.

De retour à notre table, elle me confie qu'elle a écouté cette pièce en boucle pendant sa première peine d'amour. Je l'enlace et approche lentement ma bouche de la sienne. Elle me repousse.

— *Stop it, Freddy!* C'est évident que je suis aux femmes, non ?

À peine décontenancé, je lui réponds que si elle est lesbienne, moi, je suis lesbien, parce qu'elle m'attire énormément. Elle ricane et me dit que si elle était aux hommes, elle craquerait pour moi.

Nous commandons chacun une autre pinte de bière. Becky me suggère à la blague de jeter mon dévolu sur la belle blonde qui chante *I will survive* sur scène.

— T'es sûre qu'elle n'est pas aux femmes comme toi ?

— J'sais pas. Mais je suis sûre que je lui donnerais plus de plaisir que toi.

— T'en sais rien, elle est peut-être vaginale.

— Toutes les femmes sont d'abord et avant tout clitoridiennes.

— J'ai une langue et des doigts, comme toi.

— Moi, j'ai un piercing sur la langue. Tu ne t'imagines pas les miracles que ça fait. Et tu n'as pas une sensibilité féminine.

— OK, tu gagnes…

Après avoir terminé nos verres, nous rentrons à l'auberge en zigzaguant sur le trottoir. Dans le lobby, j'entends quelqu'un crier mon nom. Je me retourne, étonné.

— Fred, quel hasard !

Merde, c'est la grosse Kate ! Le monde des *backpackers* est trop petit, même à Londres. Je ne serais pas surpris que cette désaxée ait fait le tour des auberges de jeunesse de la ville pour me retrouver.

— Quel hasard ! qu'elle répète. J'savais pas qu'on se croiserait ici. Tu n'as pas répondu à mes e-mails ?

Je lui dis la vérité, c'est-à-dire que je n'ai pas consulté mes courriels depuis mon arrivée à Londres. À mon grand dam, Kate y va d'un autre monologue et Becky s'enfuit en me souhaitant coquinement de passer une bonne nuit.

Kate me saoule de ses paroles, je n'écoute pas ce qu'elle dit. Grâce à l'alcool, je supporte cependant mieux sa présence que dans l'avion. C'est comme si je ne l'entendais que faiblement en sourdine. Je suis en manque. Becky a repoussé mes avances, et je désespère de coucher avec une deuxième femme dans ma vie. Il faut absolument que je le fasse pour réussir à m'affranchir complètement de Frédérique. Il faut que ça se passe ce soir, c'est urgent.

Je ferme partiellement mes yeux pour oublier l'image repoussante de Kate et je l'interromps en plein milieu d'une phrase en enfonçant ma langue dans sa bouche. Nous nous embrassons brutalement, nous sommes deux bêtes en chaleur. Je l'entraîne avec moi dans la salle de bain des hommes : je ne veux surtout pas baiser dans mon dortoir, où se trouvent une dizaine de mâles qui ronflent, qui pètent et qui pourraient nous épier. Nous nous réfugions dans une cabine de douche et nous nous déshabillons en vitesse. La volumineuse poitrine de Kate est plus ferme que je ne l'imaginais, j'en ai plein les mains et la bouche. Sans même activer la douche, elle s'agenouille devant moi. Jamais n'aurais-je osé présenter ma queue aussi sale au visage de Frédérique. Kate l'engouffre dans sa gueule grande et profonde. Elle me gratifie de mouvements suaves de la tête et de la langue. Elle est beaucoup plus douée que Fredou en fellation.

— Je veux ta bite dans ma chatte, baise-moi, mon cochon !

Merde, nous n'avons pas de condom ! Qu'à cela ne tienne, je pénètre la boulotte en levrette. Elle est tellement massive que je ne me sens pas l'obligation d'être délicat avec elle, je l'écrase de tout mon poids. Elle maintient solidement sa position, à quatre pattes au sol. Elle crie, elle vagit. Je viens, je m'abats sur elle. Elle est confortable.

Chapitre 5 — Jessica

Il est 6 h à ma montre lorsque je me réveille avec un mal de bloc. Kate ronfle comme une locomotive à côté de moi; je vois ses graisses faciales vibrer. Quelle idée ai-je eu de l'emmener dormir dans le dortoir ? Je panique à l'idée de devoir subir sa présence, calmer ses ardeurs et réduire ses attentes face à moi. Je ne vois qu'une solution : je dois fuir avant qu'elle ne se réveille. Je décide de quitter sur-le-champ et de chercher une autre auberge de jeunesse. Je me lève avec précaution pour ne pas la réveiller. Elle se retourne brusquement. Mon sang fige. Fausse alerte, elle dort toujours.

Je sors de l'auberge en douce avec mon sac à dos, le cœur battant. La nuit se termine à peine, il fait frais, j'ai la chair de poule. La rue est d'un calme surprenant comparativement à la cohue de la veille. Des clochards roupillent à même les trottoirs crasseux, une poignée de fêtards épuisés et hagards arpentent les rues en tentant de retrouver leur chemin et leurs esprits, de rares commerçants préparent leurs étals pour la journée qui commence.

En arrivant au *Tube*, je consulte mon guide de voyage. Je choisis au hasard de me rendre à une auberge près de la gare Charing Cross. Dans le métro, en m'asseyant parmi les employés de bureau fraîchement lavés, qui pour la plupart se rendent au boulot en tailleur ou en costard, je me rends compte que j'empeste. Je ne me suis pas douché depuis 24 heures, je pue un mélange de sueur, d'alcool et de sexe. Je ressens d'abord un certain embarras. Puis réalisant que personne ne me regarde ou ne me connaît, j'essaye de m'en balancer, ce qui va à l'encontre de ma nature inquiète et me demande un effort conscient.

J'y parviens cependant et j'éprouve un sentiment de liberté inédit, amplifié par le grand soulagement d'avoir échappé à Kate. Toutefois, je regrette de ne pas avoir pu parler à Becky avant de partir. Nous n'avons pas eu le temps d'échanger nos coordonnées. J'espère pouvoir la retrouver à l'auberge dans quelques jours, quand Kate sera partie chez son père.

En sortant de la station Charing Cross, je prends la mauvaise direction. Ce n'est qu'au bout d'une demi-heure d'errements que j'ai l'humilité de m'admettre que je suis complètement perdu. Je regrette ma décision de voyager « à la dure », sans téléphone dit « intelligent », ni tablette, ni GPS. Je considérais qu'un globe-trotter digne de ce nom devait être en mesure de retrouver son chemin en ne comptant que sur de bons vieux plans et sur lui-même. Je me décharge de mon lourd sac à dos et le dépose à mes pieds, sur le trottoir. J'observe les nombreux passants qui défilent devant moi : ils me semblent avoir tous comploté entre eux pour ignorer ma présence. Ils regardent dans toutes les directions, sauf vers moi. Je tente d'en interpeller un premier; puis un autre; et un autre. Sans succès, c'est comme si j'étais invisible.

Je sursaute lorsqu'on tapote sur mon épaule. Je me retourne et me retrouve face à une charmante rousse au sourire contagieux.

— Je peux t'aider ? Tu sembles être perdu.

— Perdu, moi ? Euh… j'ai juste besoin d'un peu d'aide pour trouver une auberge de jeunesse qui n'est pas loin d'ici.

— Mais tu es devant une auberge de jeunesse ! J'y travaille. C'est celle que tu cherches ?

— Euh… je ne sais pas, que je balbutie en regardant l'affiche de l'édifice. Je crois que ça fera l'affaire.

Me sentant complètement idiot, je reprends mon sac et suis la rouquine à l'intérieur. Elle me conduit jusqu'au comptoir de réception, où elle prend la relève d'un Black à moitié endormi.

— La journée commence bien, tu es mon premier client, qu'elle dit d'un ton enjoué après s'être assise derrière le comptoir.

Voulant faire une bonne impression à la demoiselle, j'ai soudainement honte de mon odeur et de mon apparence négligée. Je baisse les yeux vers sa petite poitrine, d'apparence ferme, et lit sur un insigne qu'elle s'appelle Jessica. Après avoir recueilli les renseignements d'usage et mon paiement, elle continue naturellement à me parler comme si on se connaissait de longue date, ne semblant faire aucun cas de mon apparence débraillée. Étonnamment, Jessica me pose des questions sur le statut politique du Québec dans le Canada. Elle m'explique que ses parents sont de fervents indépendantistes écossais, qui veulent se séparer du Royaume-Uni, et qu'ils s'intéressent au mouvement souverainiste québécois.

De la politique, notre discussion dévie ensuite vers des sujets plus légers, comme la musique et le cinéma. J'écoute son charmant accent écossais plus que je ne parle. J'oublie le contenu de ses propos au fur et à mesure qu'ils sont prononcés. Je suis hypnotisé par son regard pervenche enjôleur, ses lèvres rose tendresse, sa chevelure de feu et sa peau légèrement hâlée par le soleil. Les rousses me fascinent depuis longtemps. À l'école secondaire, elles avaient la réputation d'être des filles faciles, probablement en raison de l'aura de mystère qu'elles dégageaient tout en étant rejetées. Les Rosalie Roy, Noémie Tremblay et Mélodie Dion étaient décrites comme des « cochonnes » de première catégorie. Garçons et filles propageaient des rumeurs selon lesquelles « tout le monde » était passé sur leurs corps, « sauf le train ». On disait également qu'elles étaient « pleines de bibittes », porteuses de toutes les maladies vénériennes du monde. Ironiquement, à cause de cela, rares étaient les garçons qui osaient les approcher.

Je ne suis pas vraiment présent d'esprit, je suis trop obnubilé par l'image de Jessica, à la fois polie et polissonne. Elle continue de discourir, encouragée par mon regard béat et mes hochements de tête. Je perds la notion du temps, je ne sais plus si cela fait 10 minutes ou une demi-heure qu'elle me parle. Je ne reprends complètement mes esprits que lorsque des clients osent s'interposer entre nous. Je me sens dès lors ridicule d'être tombé aussi subitement et totalement sous son charme. Je m'imagine dans le rôle de l'abruti malodorant qui ne décolle jamais, celui dont elle rira avec ses copines à la première occasion.

Je m'apprête à quitter la réception en bafouillant un « au revoir » presque inaudible, mais Jessica me fait signe de rester. Après s'être occupée des clients, elle me fait une proposition bien au-delà de mes attentes.

— Je pars demain à Inverness pour voir mes parents. Tu viens avec moi ?

— Euh… ma présence pourrait les déranger, non ?

— Mais non ! Mes parents seront tellement heureux d'accueillir un Québécois chez eux et de pouvoir parler de politique avec toi.

J'avoue que cette dernière perspective ne m'enchante guère. En fait, c'est surtout l'espoir de pouvoir culbuter la belle Écossaise qui m'incite à changer mes plans. Avant d'amorcer mon expédition autour du monde, j'avais fait une liste d'endroits où je souhaitais me rendre. L'Écosse n'en faisait pas partie. Or, j'ai l'intention d'adopter dorénavant une nouvelle attitude. Celle que Becky m'a enseignée, *go with the flow*, suivre mes désirs du moment et les chemins qui s'offrent à moi, plutôt que de vouloir tout contrôler. Je crois que j'en ferai ma façon de voyager. Et de vivre. N'est-ce pas là la réelle liberté ?

*

Vues du train, les campagnes anglaises m'étonnent par leur apparente perfection. Des heures durant, Jessica et moi voyons défiler de vastes pâturages d'un vert pur et uniforme. Aucun brin d'herbe ne semble dépasser.

— Ces paysages sont aussi ennuyants que les Anglais, me dit Jess à voix basse, pour ne pas insulter d'autres passagers.

En arrivant dans les Highlands, je constate que la nature de l'Écosse est effectivement plus spectaculaire, avec ses collines et ses monts pratiquement chauves, ses profondes vallées, ses lochs aux eaux claires, ses chèvres et ses moutons broutant dans la lande et à flanc de montagne.

— Cette nature représente bien l'âme et l'esprit des Écossais, me glisse Jess à l'oreille, en se collant contre moi. Nous sommes plus rebelles, plus indépendants d'esprit, plus festifs, nous nous prenons moins au sérieux que les Anglais.

Son souffle chaud me donne des frissons. J'hésite un bref instant, puis je la bécote dans le cou. Elle se laisse faire, sans me repousser ni participer. Je suis surpris de mon audace non alcoolisée. Je crois que ma baise avec Kate m'a donné une nouvelle confiance en mes moyens de séduction. Fort de cette assurance — celle d'un baiseur actif éventuellement polygame —, je saisis la main de Jessica et la dévisage gentiment. Elle rougit et baisse les yeux. J'approche mes lèvres des siennes. Elle tourne légèrement la tête et me dit :

— Plus tard, pas maintenant. Nous allons bientôt arriver.

Tout juste avant notre entrée en gare, Jessica me demande de faire croire à ses parents que nous nous connaissons depuis un mois.

— S'ils apprenaient que nous nous sommes seulement connus hier, ils penseraient que je suis une *slut*, une traînée prête à fréquenter n'importe qui.

À la descente du train, nous nous dirigeons directement vers un couple dans la cinquantaine, qui attend au bout du quai. Jessica avait averti ses parents de ma venue. Gail et Richard me réservent un accueil chaleureux, m'étreignant comme si j'étais leur gendre bien-aimé.

À bord de leur voiture, je suis déstabilisé par le volant à droite et la conduite à gauche de la route. J'ai continuellement la sensation que nous allons faire un accident. Je perds mes repères. Non seulement sur cette route, mais également dans cette aventure, que je contrôle de moins en moins. Qu'est-ce que je fous ici ? Qu'est-ce que je viens chercher à l'autre bout du monde ? En réalité, je ne sais trop par quel bout prendre ledit monde ainsi que la vie en général. Est-ce uniquement pour fuir que j'ai entrepris ce périple ? Ou peut-être aussi pour me trouver ? Parce qu'en fait, je ne sais pas vraiment qui je suis et ce que je veux.

Alors que je m'impose cette torture philosophique, nous sortons d'Inverness en empruntant un étroit chemin de campagne bucolique. La nature me rappelle ma Mauricie natale : il y a beaucoup de feuillus, de conifères et de collines, longeant un cours d'eau qui ressemble en certains lieux à la rivière Saint-Maurice. Après un long moment, nous arrivons à une spacieuse maison, isolée au bord de l'eau.

— C'est un lac ou une rivière ? que je demande, incertain.

— Ce n'est pas qu'un simple lac, c'est le Loch Ness, me dit Jess.

— Vraiment ? Je me serais imaginé qu'un tel endroit aurait été envahi de touristes.

— Les touristes, ils passent sur l'autre rive, en face. De ce côté-ci, c'est toujours tranquille.

— T'as déjà vu le monstre ? que je lui demande pince-sans-rire, me sentant dès lors ridicule de lui faire cette blague idiote, qu'elle a probablement entendue des centaines de fois.

— Bien sûr, le monstre, c'est mon père, qu'elle répond en riant de bon cœur.

Cette réplique me fait penser à Gilbert, alors que je commençais à l'oublier. Je suis sûr que le père de Jessica n'est pas aussi monstrueux que le mien.

Peu après notre arrivée, la mère de Jess nous sert un mets traditionnel écossais, le haggis. À première vue, ça m'apparaît être comme une mixture de viande finement hachée. Avant d'en manger, je me permets de demander quels sont les ingrédients. Gail me dit de goûter et de deviner; Richard me verse un verre de whisky, « obligatoire avec ce plat ». Après avoir trinqué, je prends une première bouchée. Ça ne me plaît pas, mais pas du tout. Je comprends la nécessité d'accompagner ce mets de whisky. Je me force néanmoins à manger avec un sourire forcé. Pour être poli, je dis à Gail que ça goûte un peu la saucisse, en plus corsé. Elle me révèle qu'il s'agit en fait d'un mélange d'abats de mouton, d'avoine, d'oignons et d'épices, le tout cuit dans la panse de l'animal. Je me retiens pour ne pas régurgiter. Elle précise fièrement que c'est une recette de son arrière-grand-mère, qui s'est transmise de génération en génération. Je vide mon verre de whisky cul sec.

Pendant cet inconfortable repas, Gail s'informe sur ma famille, d'un ton inquisiteur. Elle ne se contente pas des questions d'usage, par exemple sur l'âge de mes parents et leurs professions. Elle veut en savoir davantage sur leur foi religieuse, leurs valeurs et leurs convictions, des thèmes qu'ils ont rarement abordés avec moi. Je me sors tant bien que mal de cet interrogatoire, en baragouinant de vagues énoncés et en amplifiant mon accent québécois en anglais, dans le but qu'elle se fatigue à tenter de décoder ce que je dis. Visiblement insatisfaite des réponses obtenues, elle affirme haut et fort, avec un enthousiasme inquiétant, que ce n'est pas un hasard que le « Seigneur » m'ait conduit chez elle, par le biais de sa fille. Perplexe, je n'ose lui demander pourquoi. J'ai le curieux sentiment d'être jugé par une force supérieure.

En desservant la table, Gail m'annonce d'un ton austère qu'elle va me montrer mon lit. Habitué à un certain libéralisme des mœurs, je me serais attendu à ce que Jessica et moi dormions dans la même chambre.

Avant d'aller dormir, je l'embrasse proprement devant ses parents, sans la langue, et je lui dis :

— Bonne nuit, Jennifer !

Jessica me lance un regard contrarié; Gail et Richard demeurent silencieux. L'ambiance est tendue, ça me prend quelques secondes avant de réaliser la gaffe que j'ai faite. Ce n'est pas un hasard si j'ai appelé Jessica Jennifer. À l'école secondaire, lorsque je sortais avec Frédérique, je fantasmais secrètement sur une fille de ma classe, Jennifer Bouchard. Je ne peux expliquer cela à Jessica et à ses parents. Pour détendre l'atmosphère, je bredouille le premier mensonge acceptable qui me vienne en tête.

— Désolé, c'est l'habitude. Jennifer, c'est le nom de ma demi-sœur.

Chapitre 6 — Nathalie

Je me promène au bord du Loch Ness avec mon père, Gilbert. Le temps est maussade, une épaisse brume flotte au-dessus de l'eau. Je suis furieux : je lui reproche de ne pas s'être occupé de moi. Je le pousse dans le Loch, et il est aussitôt attaqué par une énorme créature, qui ne restitue pas son corps.

Je me réveille en sursaut, trempé. J'entends Jessica et Gail bavarder en préparant le petit déjeuner. Je suis déçu, j'aurais espéré que Jess vienne me rejoindre en douce durant la nuit. Son intérêt pour moi est peut-être plus limité que je ne le croyais. Ou peut-être était-elle trop frustrée que je l'aie appelée Jennifer.

Quoi qu'il en soit, elle m'accueille dans la cuisine avec un sourire. Son regard pétille, elle me donne un baiser pudique sur la bouche. Nous déjeunons dans la salle à manger, dont la vitrine offre une vue spectaculaire. Ce matin, la brume au-dessus du loch est aussi dense que dans mon cauchemar. J'ai peu faim : je me force cependant à manger par courtoisie, parce que le plat est élaboré et copieux. Deux œufs, saucisse, boudin noir et *tattie scones*, un genre de crêpe frite à la farine de pommes de terre.

Gail insiste pour m'en resservir, je lui fais signe que je ne peux plus en prendre. Elle fait fi de mes protestations. Richard est de bonne humeur, il promet de m'emmener pour une promenade en kayak sur le loch, si la brume se dissipe plus tard. Il précise qu'elle stagne parfois ainsi pendant des jours.

Entre-temps, j'utilise l'ordinateur familial pour consulter mes courriels. Depuis mon départ de Montréal, je n'ai donné de nouvelles à personne. En accédant à mon compte, je découvre que j'ai reçu 30 nouveaux mails au cours de la dernière semaine. Plusieurs de ces messages proviennent de ma tante Nathalie, la sœur cadette de Gilbert. J'ouvre le dernier en date, qui a été envoyé durant la nuit.

Fred, je t'en supplie, réponds-moi. Je veux que tu m'écrives, je veux savoir si tu es toujours en vie. La disparition de Gilbert nous affecte tous, et ton silence ne fait qu'empirer les choses. Pour l'instant, la police ne te considère pas comme un suspect. Par contre, on m'a dit que plus tu tarderas à te manifester, plus les soupçons se tourneront vers toi. Je sais que la relation avec ton père n'était pas celle que tu aurais souhaitée. Je te comprends, il n'a pas été présent pour toi. Mais je t'en prie, donne de tes nouvelles. Bisous, Nathalie

Je relis le message pour être sûr de tout comprendre. Puis je lis les courriels envoyés précédemment pour compléter l'histoire. Nathalie m'a envoyé un premier message le lendemain de mon arrivée à Londres pour m'informer que Gilbert était introuvable depuis plus de 48 heures. Dans les courriels suivants, elle me tient au courant de l'enquête policière et des démarches entreprises pour le retrouver. Elle m'a notamment écrit que la police veut m'interroger. D'ailleurs, j'ai aussi reçu un message de la sergente-enquêtrice Jocelyne Barré, de la Sûreté du Québec, qui me demande de la contacter dès que possible.

Plus j'en lis, plus mon esprit s'engourdit, comme s'il voulait se protéger. Je compose un message afin de rassurer Nathalie. *« Désolé de ne pas avoir pu te répondre avant, c'est la première fois que je consulte mes courriels depuis mon départ. Je vais bien, mon voyage se déroule sans problème. J'ai rencontré des gens intéressants. Pour ce qui est de la disparition de Gilbert, je ne sais pas quoi t'écrire. Comme tu le sais, j'ai coupé tout contact avec lui il y a plus d'un an, après les funérailles de ma mère. Je n'ai aucune idée de ce qui a pu lui arriver, pour moi il est comme un étranger. Je ne comprends pas pourquoi la police veut m'interroger ou pourrait me considérer comme un suspect, je ne sais rien et je n'ai rien fait. Je vous souhaite du courage à toute sa famille, dont je ne fais pas réellement fait partie. Fred xx »*

Nathalie est la seule parmi les cinq frères et sœurs de Gilbert qui m'ait déjà démontré de l'intérêt. Après le divorce de mes parents, elle a maintenu un lien avec moi en m'invitant tous les étés à passer quelques semaines chez elle, à Montréal, où elle travaillait — et travaille toujours — comme gardienne de prison. Célibataire endurcie, elle m'accordait lors de ces séjours beaucoup d'attention et d'affection. Avec elle, j'ai découvert l'urbanité cosmopolite, j'ai appris qu'il existait d'autres univers en dehors du mien, à Trois-Rivières.

Jessica me soustrait à mes pensées en massant mon cou et mes épaules. Je ne veux rien lui dire en ce qui concerne la disparition de mon père. D'un ton coquin, elle m'invite à aller marcher dans la nature. Avant de partir, je me douche et je m'assure d'avoir des condoms en poche.

À l'extérieur, l'air est doux, même si le loch est toujours nimbé de brume. Il règne une odeur réconfortante de bois humide et de feuilles mouillées. Nous longeons d'abord la petite route par laquelle nous sommes arrivés — un ancien chemin de bergers — pour ensuite bifurquer dans un sentier forestier, en pente montante. La végétation de feuillus et de conifères fait graduellement place à une lande de lichens et de bruyères violacées. Des moutons broutent sans se soucier de notre présence. Nous nous dirigeons vers le sommet d'une colline pierreuse. La vue y est exceptionnelle, avec une perspective globale sur le loch enfumé et les environs. Nous apercevons au loin, sur l'autre rive, les ruines du château d'Urquhart.

Jessica me raconte qu'elle venait ici, plus jeune, quand elle voulait fuir ses parents ou se sentir seule au monde. Elle se cachait parfois derrière une paroi rocheuse, en contrebas, pour être certaine que personne ne l'observe à distance. Elle m'y entraîne, nous nous embrassons passionnément. Je commence à déboutonner sa blouse par le haut, mais elle m'arrête abruptement.

— Freddy, avant d'aller plus loin, je dois te dire… Je veux rester abstinente avant le mariage.

Je reste bouche bée. Elle brise cet inconfortable silence.

— Ça te dérange ?

— Un peu…

— Dieu est très important pour moi, et je ne veux pas le décevoir.

Je prétends que je la comprends, ce qui est totalement faux.

— Je veux me réserver à l'homme de ma vie, affirme-t-elle.

Ce ne sera certainement pas moi, mais je juge plus sage de me taire.

— On peut quand même s'amuser, qu'elle ajoute avec entrain en déboutonnant sa blouse.

Ragaillardi par cet encouragement, je caresse ses petits seins pointus par-dessus son soutien-gorge et j'y glisse une main pour découvrir et lécher un mamelon durci. Je mordille délicatement le bout de son téton; elle geint. Puis elle me pousse et se dévêt totalement le torse. Autour de ses minuscules aréoles rosées, sa peau est d'une blancheur évoquant la pureté. Je brûle d'en asperger ma semence. Je prends sa main pour la conduire dans mon short. Elle résiste. Je devrai me branler seul, plus tard.

*

De retour chez Gail et Richard, je retourne consulter mes courriels, après un passage prolongé à la toilette. Nathalie m'a déjà répondu.

Fred, je suis soulagée d'avoir de tes nouvelles, mais je suis fâchée par ton attitude. Tu n'as pas l'air de te rendre compte que nous vivons actuellement les moments les plus atroces de notre vie. Il n'y a rien de pire que d'apprendre qu'un être aimé est disparu, sans savoir ce qui lui est arrivé. L'attente est invivable. Je n'en dors plus. Ta sœur et sa mère sont dévastées. Le fait que tu réagisses si froidement me peine. Je pensais que je te connaissais… En réalité, je ne sais pas vraiment qui tu es. Quand la police m'a dit que c'était suspect que tu aies quitté le pays peu de temps après la disparition de Gilbert, j'ai pris ta défense, j'ai dit que tu ne ferais jamais de mal à qui que ce soit. Aujourd'hui, je ne sais plus. Réagis-tu ainsi seulement par égoïsme et inconscience ? Ou as-tu des choses à te reprocher ? Si tu es responsable de la disparition de ton père, je t'en supplie, rends-toi à la police. Nathalie

Chapitre 7 — Gail

"Heart of Jesus... have mercy on us..." En ce dimanche de juin, j'endure la récitation de prières interminables à la St. Mary's Catholic Church, une église de pierres grises du 19ᵉ siècle sise au bord de la rivière Ness, un prolongement du loch du même nom. Jessica et ses parents ont insisté pour que je les accompagne à la messe à Inverness. Je n'avais pas remis les pieds dans une église depuis les obsèques de maman.

Pour ce que j'en comprends, le mois de juin est dédié au « Sacré-Cœur de Jésus » en tant que symbole de l'amour divin. Perché sur son piédestal, à côté de l'autel, le prêtre affirme que c'est le moment de se repentir de notre ingratitude envers Dieu. J'ai le sentiment qu'il s'adresse directement à moi. À gauche du chœur, une statue pieuse de la mère prétendue « sainte » et « vierge » semble me juger.

Dans cette atmosphère de recueillement et de condamnation, je pense surtout à Marjolaine et à Nathalie. Je commence déjà à oublier la voix de maman, ses gestes, son odeur. Je me souviens cependant de la sensation que rien ne pouvait mal aller lorsqu'elle était là.

À bien y penser, c'est faux. C'est ce qu'elle a toujours tenté de me faire croire. Or, en réalité, tout allait mal lorsqu'elle était dans son état dépressif. Dès les premiers symptômes de déprime, elle me forçait tant bien que mal à combler ses besoins affectifs. On dit souvent que l'amour d'une mère est inconditionnel, mais c'est de la foutaise. L'amour maternel est conditionnel aux besoins que l'enfant comble chez la femme : besoin de valorisation, besoin d'amour filial, besoin d'accomplissement par procuration, besoin de satisfaire toute disette sentimentale et émotionnelle.

En ce sens, ma tante Nathalie était véritablement une deuxième mère pour moi. Elle s'était attachée au petit Frédérik pour remplir un vide dans sa vie. J'en ai la preuve aujourd'hui. À la première occasion, alors que je ne réponds plus à ses besoins affectifs, elle m'abandonne sans chercher à comprendre et à savoir ce qui s'est réellement passé. Elle peut bien me traiter d'égoïste celle-là. Comme Frédérique d'ailleurs.

Qu'est-ce qu'elles ont ces femelles à se croire les seules capables de compassion et d'altruisme ? Dès qu'on ne répond pas comme elles le veulent à leurs immenses besoins d'attention, on n'est plus qu'un « christ d'égoïste ».

"Heart of Jesus, full of goodness and love..." Gail ne manque pas une syllabe de la litanie; Richard et Jessica marmonnent négligemment. La mère de famille donne du coude à son mari pour qu'il se ressaisisse, mais sa fille est hors de portée : je suis un rempart entre les deux femmes.

Dans la voiture, sur le chemin du retour, Gail me questionne une fois de plus sur ma foi.

— Tu es bien catholique, n'est-ce pas ?

— Oui, que je lui réponds sans apporter les bémols nécessaires.

— Alors pourquoi tu ne priais pas avec nous ?

— J'avais de la difficulté à suivre les prières en anglais avec l'accent *scottish*.

— Je t'apprendrai, qu'elle affirme froidement.

En apercevant le loch, Richard m'annonce avec enthousiasme que nous pourrons faire du kayak puisque la brume s'est dissipée. Il est excité comme un enfant.

— Le kayak de Gail va enfin pouvoir servir à quelqu'un; elle vient rarement avec moi.

Sa femme lui rappelle sèchement qu'elle a besoin de lui à la maison : elle ne nous laisse pas partir plus d'une heure ou deux. Avant notre départ, Jessica me chuchote de ne pas trop m'attarder avec son père, sinon je risque d'assister à une scène de ménage au retour.

Nerveux, Richard évalue que nous aurons quand même le temps de traverser de l'autre côté du plan d'eau, de longer la rive nord-ouest et de nous arrêter pour une collation. J'insiste pour qu'il me prête une veste de sauvetage : ma peur de la noyade est toute aussi intense que lorsque j'étais enfant.

Dès que je commence à pagayer, je me sens comme faisant partie intégrante du loch. La vision au ras des eaux sombres me donne l'impression qu'il s'agit de la base, du fondement, de la mère de toute la nature environnante. Il me semble que même le ciel et les nuages ne pourraient exister sans cette source de vie.

Je laisse mes souvenirs voguer au fil de l'eau, je me rappelle d'une expédition en canot avec Frédérique sur la rivière Saint-

Maurice. Elle m'avait gentiment traité de « pissou » et de « moumoune », parce que je tenais à mettre un gilet de flottaison.

Malgré mes récentes péripéties, j'ai beaucoup pensé à elle ces derniers jours. Je crains que je n'en sois encore qu'aux débuts de ma peine d'amour. C'est une peine d'amour que j'ai choisie, qui est nécessaire... et vitale, même. Cette relation m'étouffait, m'immobilisait, me tuait. Mais je réalise qu'on ne peut tourner la page sans douleur sur une relation de cinq ans.

Fredou m'a écrit un court e-mail en apprenant la disparition de Gilbert à la télévision. Le geste m'a touché, mais j'ai aussi ressenti une profonde frustration en lisant son message.

Je suis sous le choc. J'espère qu'on retrouvera ton père rapidement. J'espère que tu tiens le coup. Si tu veux une oreille pour t'écouter, tu peux m'appeler. Je garderai toujours une place pour toi dans mon cœur. Frédérique

Quand nous étions ensemble, Fredou prenait rarement le temps de m'écouter et de me signifier l'importance que j'avais pour elle. Maintenant qu'elle m'a perdu, elle m'écrit ce que j'aurais souhaité entendre (et vivre) à l'époque. Ne voulant pas m'étendre sur ce sujet ni sur la disparition de mon père, je lui ai simplement répondu « Merci ».

Richard a pris un peu d'avance : je le vois monter son kayak sur la berge un peu plus loin. Il m'attend assis sur une roche. Lorsque je le rejoins enfin, il me tend une bouteille de whisky déjà entamée. C'était donc ça, la « collation ». Après trois ou quatre gorgées, Richard se livre à cœur ouvert.

— Enfin, on peut se parler entre hommes. Gail dit que les femmes sont faites pour parler et les hommes pour écouter. Ça ne me laisse pas beaucoup de place. Elle n'est pas méchante, mais elle veut tout contrôler. J'avoue que ça fait souvent mon affaire : je n'ai pas besoin de me casser la tête à prendre des décisions pour la maison, pour nos finances; elle s'occupe de tout. Ne pense pas que je suis un homme mou qui laisse passer n'importe quoi. Quand j'en ai assez, je pars en kayak, j'apporte ma petite bouteille de whisky, c'est la belle vie. Oui, monsieur, c'est la belle vie ! Au moment où j'ai rencontré Gail, j'avais des problèmes de drogue. C'est elle qui m'a remis dans le droit chemin, qui m'a aidé à tout arrêter. Elle m'a aussi ramené à l'église. C'est grâce à elle, tout ça, c'est grâce à elle que je suis heureux. Prends une autre gorgée !

Richard me semble être un pauvre type qu'on a empêché de parler et d'agir comme il l'entend depuis des années.

— Qu'est-ce qu'attend le Québec pour devenir indépendant, pour se séparer du Canada ? me demande soudainement Richard.

Je trouve ironique que cette question vienne d'un homme qui paraît être si dépendant.

— Je ne sais pas. L'indépendance ne s'est pas faite quand c'était le temps, je pense que c'est un débat du passé. On vit dans un monde globalisé, le Québec a maintenant plus d'avantages à rester au sein du Canada. Je crois qu'on peut y préserver la langue française sans se séparer.

— Gail te gronderait si elle t'entendait parler comme ça. C'est elle qui a fait de moi un indépendantiste. Le Québec et l'Écosse se ressemblent. Nous sommes de petites nations fières et énergiques, stoppées dans leur développement par des gouvernements centraux qui n'ont pas nos intérêts à cœur. J'espère qu'un jour nous serons débarrassés de Londres pour prendre seuls nos propres décisions.

— Vous pensez que ça vous rendrait réellement plus heureux ?

— Bien sûr ! Les Anglais se foutent de nous, ils profitent de nous. J'espère pouvoir mourir libre.

— Moi, je crois davantage en la liberté et l'indépendance des individus. Et si l'Écosse devient indépendante, elle se rattachera sûrement à l'Union européenne, non ?

— C'est possible, mais au moins nous traiterons d'égal à égal avec les autres pays de l'Union.

— Vous voyez, si le Québec devient indépendant, il restera dans l'ombre des États-Unis, peut-être même plus qu'aujourd'hui. Je crois que le reste du Canada joue le rôle d'un tampon. Si on s'en dissocie complètement, on sera davantage isolés et vulnérables face aux Américains.

Éméché, Richard lève sa bouteille et boit à la santé de l'Écosse et du Québec.

— Je suis heureux que Jess ait rencontré un bon gars comme toi, dit-il en me tendant le whisky. Tu es chanceux, elle est plus douce que sa mère. J'envie l'homme qui la mariera. Depuis qu'elle est partie à Londres, ce n'est plus vivable avec sa mère. Maintenant qu'il n'y a plus d'enfant chez nous, Gail est souvent sur mon dos. Elle n'arrête pas de me critiquer. Récemment, elle m'a donné un coup de poing parce qu'elle trouvait que j'avais trop bu. Pourtant, moi, je ne l'ai jamais frappée.

Après avoir vidé la moitié de la bouteille de whisky, nous retournons péniblement vers la maison en kayak. Nous sommes accueillis par une Gail en colère : ça fait déjà plus de trois heures que nous sommes partis. Elle enguirlande son mari, qui va se réfugier dans leur chambre sans répondre. Puis sur un ton plus calme mais ferme, elle m'ordonne de m'asseoir à table. Elle m'informe d'abord que Jessica est chez une amie. Et elle ajoute sans faire de pause :

— Si tu aimes vraiment notre fille, je veux que tu t'installes ici, dans la région, et que tu trouves du travail. Vous pourrez ensuite vous marier. Il est hors de question que mes petits-enfants grandissent loin de moi. Si ce n'est pas ton intention, je te demande seulement une chose : va-t'en le plus tôt possible. Et ne parle pas de cette discussion à Jessica.

Sans le savoir, Gail me facilite la vie. Elle me force à faire un choix que j'aurais repoussé à plus tard n'eût été de la virulence de son ultimatum. Le lendemain, je quitte en donnant comme seule explication à Jess que je veux poursuivre mon tour du monde. Elle m'accompagne à la gare d'Inverness, les larmes aux yeux. En l'embrassant pour une dernière fois, je ressens une légère tristesse, sans plus.

Chapitre 8 — Rachida

J'arpente Édimbourg et m'émerveille à presque tous les coins de rue devant la magnificence de l'architecture médiévale. De nombreux touristes commencent à affluer dans la capitale écossaise à l'approche de la saison des festivals. Cependant, je ne me lie avec personne. Pour une raison qui m'échappe, je crains le contact avec autrui tout en le souhaitant. Je vis une étrange solitude dans la foule. Parmi des milliers d'humains, je me sens comme un atome isolé, plus seul même qu'avant ma rencontre avec Becky.

Après trois jours de malsaine masturbation touristique, je retourne à Londres. Hélas, Becky n'est plus à l'auberge de Notting Hill. Heureusement, Kate non plus. Voilà d'autres filles que je ne reverrai probablement jamais, à moins peut-être que Becky ne réalise son rêve de devenir une star internationale.

Le surlendemain, je prends l'Eurostar sous la Manche en direction de Paris. La tante de Karim, mon copain d'université obsédé sexuel, doit venir me rejoindre à la Gare du Nord. Karim est Marocain, mais une partie de sa famille vit en région parisienne. À sa demande, sa tante Rachida a accepté de m'héberger chez elle.

Fred, je tiens à te prévenir, ma tante est une musulmane traditionnaliste. Il faudra bien te tenir chez elle; pas de conneries, m'a écrit Karim par courriel. Cet avertissement m'a laissé perplexe. Devais-je accepter cette hospitalité, me sentirais-je à l'aise dans un tel contexte ? Puis je me suis rappelé que mon périple visait notamment à vivre des expériences déstabilisantes et à me confronter à des réalités qui me sont inconnues. J'ai donc finalement accepté l'offre.

Je m'assieds au point de rencontre prévu, à proximité du panneau des arrivées de la Gare du Nord. Après une brève attente, j'aperçois une femme voilée d'un certain âge qui se dirige vers moi avec un large sourire. Je me lève pour lui serrer la main; elle passe tout droit et se précipite dans les bras d'une autre femme portant le hijab. Gêné par cette situation, je me rassieds sans regarder autour de moi, de crainte que quelqu'un se bidonne.

En attendant la tante Rachida, je me plonge dans mon guide sur Paris. Il y est question des principales attractions touristiques de la ville, de façon générique. Pratique mais peu original, il est formaté comme mon guide de Londres. Becky m'inciterait sûrement à m'en débarrasser, pour mieux suivre le courant, comme elle me l'a enseigné.

— Bonjour, vous êtes bien Frédérik ?

Je relève la tête. J'ai une réaction instantanée dans mon pantalon. Devant moi se tient une magnifique Beurette d'environ 30 ans, portant un short moulant et un top décolleté. Ma queue est déjà dure, je suis tout rouge, j'ai de la difficulté à la regarder dans les yeux.

— Vous... vous êtes la tante de Karim ? que je demande, incertain.

— Oui, c'est bien moi, Rachida.

Karim s'est bien foutu de ma gueule. Avec son avertissement, je ne pouvais m'imaginer que sa tante était si jeune et sexy. Je tenais pour acquis qu'elle devait être plus âgée et couverte de la tête au pied, en « bonne » musulmane. Merci Karim, sacré farceur, sacré cochon ! Allah est grand !

— Avant d'aller chez moi, tu veux bien m'accompagner aux Puces de Saint-Ouen ? me demande Rachida d'une voix mielleuse.

— Euh… qu'est-ce que c'est ?

— C'est un grand marché d'antiquités très chouette, tu verras.

Je laisse mon énorme sac à dos en consigne, et nous prenons le métro en direction de Saint-Ouen. Dans le wagon, assis face à Rachida, je peine à ne pas mirer trop intensément ses longues jambes ambrées et sa poitrine voluptueuse. Je questionne Rachida sur sa vie : elle est célibataire sans enfant et elle travaille comme « créatif » pour une grosse boîte de publicité.

— Ah, tu fais partie des gens qui polluent notre environnement visuel, que je lui lance d'un ton faussement provocant.

— Je ne pollue pas uniquement l'environnement visuel, mais aussi télévisuel et virtuel sur le Web, qu'elle réplique d'un rire assumé.

En arrivant aux Puces, Rachida m'explique qu'il s'agit en fait de plusieurs marchés juxtaposés — certains couverts, d'autres en pleine rue piétonne — dans lesquels on peut dénicher « tous les trésors du monde ». Nous commençons par une section où l'on trouve surtout de l'art africain. La foule est dense, de nombreux clients et vendeurs à la peau d'ébène portent des boubous ou des pagnes aux couleurs vives. Puis nous passons à une section plus huppée de commerces couverts, où sont exposés des tableaux et des meubles antiques français, surtout du 18e et du 19e siècle. Rachida s'intéresse à une table basse en bois massif, *circa* 1850. La base et les côtés sont sculptés de jolis motifs dont la nature m'échappe. L'antiquaire en demande 400 euros. Rachida en propose 200. Il dit qu'il ne peut descendre en dessous de 350. Elle offre 275. Il refuse net. Elle me prend par le bras, et nous quittons.

— Les Français sont durs en affaires, plus que les Arabes, affirme-t-elle avec dépit.

Nous poursuivons notre tournée dans un marché plus populaire, où l'on trouve à peu près de tout, des vieux jouets d'enfants aux livres anciens, en passant par des vêtements de styles, de qualités et d'origines diverses. Devant une échoppe de grigris et de sorcellerie, Rachida demande à un badaud de prendre une photo de nous et elle s'empresse de l'afficher sur Facebook. Elle veut aussi m'envoyer une « demande d'amitié ». Je lui révèle l'inavouable : je n'ai plus de compte Facebook depuis au moins deux ans.

— Quoi ? Mais tout le monde est sur Facebook. Si tu n'es pas sur Facebook, tu n'existes pas !

— Eh bien, c'est ça, je n'existe pas et j'en suis fier. Je ne comprends pas cette manie qu'ont les gens de mettre leur vie en scène sur le Web, dans des réseaux soi-disant sociaux. L'intimité et l'humilité sont en voie de disparition.

— Tu es un jeune dinosaure, ça me plaît, dit Rachida en me chatouillant le flanc gauche, ce qui suffit à me faire rebander.

Mon érection se maintient pendant que nous marchons côte à côte. Elle ne s'éteint graduellement que lorsque nous nous arrêtons devant un stand de vieilles cartes postales. On y trouve des milliers de cartes jaunies datant surtout de la fin du 19ᵉ siècle et du début du 20ᵉ. Je me sens comme un voyeur en lisant le contenu personnel de certains messages écrits à la main. *J'ai été désolé d'apprendre la mort de ton père, j'aurais aimé être auprès de toi pour pouvoir te consoler*, écrivait de Londres un certain Robert à son amoureuse, Albertine Mabit — ça ne s'invente pas —, le 28 juillet 1897, à l'endos d'un dessin de l'Abbaye de Westminster. S'il avait vécu aujourd'hui, Robert aurait publié ce message sur la page Facebook d'Albertine. Des dizaines, voire des centaines, de soi-disant « amis » auraient cliqué sur « j'aime ». J'aime quoi au juste ? La délicatesse de Robert ou la mort de monsieur Mabit, le père d'Albertine ?

Je trouve une autre carte postale qui me trouble particulièrement. Elle a été postée de Normandie, en août 1939, soit moins d'un mois avant le déclenchement de la Deuxième Guerre mondiale. La photographie en noir et blanc montre la plage de Dieppe, qui sera le lieu trois ans plus tard d'un débarquement catastrophique pour les forces alliées. Il y est écrit : *Mon cher René, Ta présence me manque. J'attends impatiemment ton retour de Paris pour notre mariage. Colette.* Colette, comme ma grand-mère. Je me demande si René et Colette ont finalement pu se marier, s'ils ont survécu à la guerre et s'ils ont eu de la descendance. Fasciné par ce mystère, j'achète cette carte pour seulement un euro.

Alors que nous recommençons à marcher dans la foule, Rachida pousse un cri de frayeur. Un homme vient de lui arracher son sac à main. Il détale en courant. Je me mets à sa poursuite.

— Non, Fred ! Non ! Reviens ! s'époumone Rachida.

Je continue tout de même à courir, je rattrape le voleur et le plaque au sol. Il lâche le sac, se relève et s'enfuit. Je reviens vers Rachida en affichant un air triomphant. Elle me gronde gentiment avec un sourire espiègle.

— Tu n'aurais pas dû jouer au héros. Il aurait pu te blesser s'il avait eu un couteau. On ne sait jamais avec les Roms; ils sont tellement désespérés, ils sont prêts à tout pour quelques euros.

— Les Roms ?

— Tu ne connais pas les Roms ?

— Non...

— Ce sont des Gitans, des Tsiganes, des Romanichels. Ils viennent surtout de Roumanie, mais ils n'ont aucun statut légal. Ils ne peuvent pas avoir de permis de travail et n'ont pas droit à l'aide sociale, alors ils se déplacent un peu partout en Europe et ils érigent des camps de fortune où ils peuvent, sur des terrains vagues, jusqu'à ce qu'on les expulse. Il y en a beaucoup en région parisienne.

— Ils vivent comme des sans-abris ?

— En fait, ils vivent surtout dans de vieilles caravanes ou des baraques en bois, tous ensemble, dans des campements improvisés. Regarde cette femme là-bas; c'en est une. Elles sont toutes habillées comme ça, avec de longues robes et des châles qu'elles portent sur la tête.

— C'est fou qu'il y ait des Européens sans statut. On se croirait dans le tiers-monde.

— Je sais bien... Et ça ne s'améliore pas avec la montée de l'extrême droite. Mais même si leur situation est déplorable, tu dois être prudent avec ces gens-là. Leur seul moyen de survie, c'est de mendier et de voler. Tu as pris des risques en rattrapant ce Rom.

Plus tard, nous récupérons mon sac à dos à la consigne de la gare et nous nous rendons chez Rachida, dans le sixième arrondissement, en plein cœur de Paris. Son appartement est luxueux et spacieux pour une personne seule.

— Ça semble être payant, la publicité.

— Il faut bien, on vend notre âme au diable.

— Es-tu du genre à proposer des pubs de filles à moitié nues pour vendre de la bière ?

— Pour qui me prends-tu ? Moi, je fais dans l'humour intelligent et la subtilité.

— Alors je n'ai jamais vu tes pubs, c'est sûr.

— Tu as de gros préjugés sur notre industrie, qui est si vertueuse et honnête, qu'elle dit d'un ton sarcastique. En fait, j'ai une campagne qui cartonne bien en ce moment et qui n'est pas bête du tout. *On n'est jamais mieux servie que par soi-même*; c'est un slogan pour vendre de la lingerie.

— J'savais bien, on revient aux femmes pratiquement à poil.

— C'est une obsession pour toi ! T'es un jeune libidineux, me lance-t-elle avec une pointe de désir dans les yeux.

— Et tu le crois vraiment, que les femmes ne sont jamais mieux servies que par elles-mêmes ?

— Ça dépend. Mais je te préviens, ce soir tu dors sur le canapé.

*

Le lendemain matin, un lundi, Rachida me laisse la clé de son appartement avant de quitter pour le travail.

— Je ne ferais pas ça avec n'importe qui. C'est bien parce que Karim m'a dit que je pouvais te faire confiance.

Elle porte un tailleur argenté composé d'une courte jupe qui laisse entrevoir la bande en dentelle de ses bas de nylon. Tous ses collègues masculins hétéros banderont, tandis que ses rivales féminines baveront de jalousie, j'en suis sûr.

Maintenant que Rachida est partie, je dispose enfin d'un havre pour prendre une première journée de congé de mon état de voyageur. Il est éreintant d'être un touriste en déplacement, constamment à l'affût de nouvelles expériences. Aujourd'hui, je me promets de ne rien faire, de ne pas sortir de l'appartement, de simplement regarder la télé et de surfer sur Internet.

Rachida a raison de me faire confiance : mon éthique personnelle m'empêcherait de voler quoi que ce soit ou encore de fouiller dans ses documents personnels. Je ne peux cependant m'empêcher de regarder dans son tiroir de sous-vêtements. En fait, je devrais parler au pluriel, puisque Rachida n'a pas moins de trois tiroirs de lingerie fine érotique. J'y trouve aussi un godemichet et un vibrateur. Je comprends où elle a trouvé l'inspiration pour son slogan publicitaire.

Penaud de ne pas être parvenu à la baiser, je mets son slogan publicitaire en pratique. Je prends l'un de ses kits, composé d'un string, de porte-jarretelles, de bas en dentelle et d'un bustier rouge translucide. Je me couche ensuite dans son lit, qui est défait et qui dégage l'odeur pétillante de son parfum aux agrumes. En l'imaginant nue sur moi, je me masturbe d'abord dans sa culotte, puis dans son bustier avec son porte-jarretelles autour de ma queue. Le fait de déposer un peu de mon liquide pré-éjaculatoire dans ses dessous m'excite au plus haut point. Je me laisse emporter par mes sensations et je finis par éjaculer pleinement dans ses sous-vêtements, qui sont maintenant tout gluants. Pour éviter qu'elle ne se rende compte de mon intrusion, je mets son kit dans la machine à laver. J'en profite pour laver mes vêtements sales en même temps.

L'esprit en paix, satisfait de cette initiative, je vais consulter mes courriels sur l'ordinateur de Rachida. Mon espoir de recevoir des excuses de la part de ma tante Nathalie est encore déçu; elle ne m'a pas réécrit depuis son message accusateur. En fait, mon dernier courrier électronique reçu provient de la Sûreté du Québec, de la sergente-enquêtrice Jocelyne Barré.

Monsieur Turmel, nous avons été informés que vous avez appris la disparition de votre père par l'intermédiaire de votre tante. Une enquête policière est actuellement en cours pour tenter de le retrouver et d'éclaircir les circonstances de cette disparition. C'est pourquoi nous voulons vous interroger dès que possible, malgré le fait que vous vous trouviez actuellement à l'étranger. Trois possibilités s'offrent à vous. La première et la plus sensée serait de rentrer au Québec. Si telle n'est pas votre intention pour le moment, nous vous invitons à vous présenter à un poste de police du pays où vous êtes actuellement, d'expliquer la situation et de demander aux autorités locales de nous contacter pour que nous puissions organiser un entretien en vidéoconférence. Enfin, si cette option ne vous convient pas, nous pourrions avoir un premier contact audio et vidéo via le service Skype.

Je n'ai pas envie de parler aux policiers, mais peut-être me foutront-ils la paix si je les contacte par Skype. J'écris un message pour proposer une discussion dès aujourd'hui.

L'alarme indiquant la fin du cycle de lavage se fait déjà entendre. De mauvaises surprises m'attendent : mon t-shirt blanc et mes chaussettes blanches sont devenus roses. Mon bermuda, à l'origine beige, est maintenant d'une teinte vaguement saumonée. Pire, mon sperme ne s'est pas complètement dissipé de la lingerie rouge de Rachida : il a formé des grumeaux dans la dentelle et le tissu translucide. Je tente d'enlever les résidus à la main dans l'évier. Toutefois, certains d'entre eux semblent être incrustés dans le textile. Paniqué, je remets le kit au complet dans la machine à laver dans l'espoir que toutes les taches disparaissent.

Je retourne ensuite sur Internet pour lire un message de Frédérique. Elle se dit déçue et inquiète de ma courte réponse à son dernier courriel, un simple « Merci ». Par ailleurs, elle m'écrit qu'elle accepte maintenant la fin de notre relation, mais elle ajoute que nous serons liés à jamais. Je ne comprends pas sa logique. En fait, j'ai de la difficulté à interpréter la façon de penser des femmes en général. Pour la rassurer, je compose une réponse un peu plus élaborée que la dernière.

Chère Frédérique, je suis désolé de ne pas t'avoir mieux répondu la dernière fois. J'étais pressé et sous le choc de la disparition de mon père. Comme tu le sais, je ne suis pas du genre à vouloir parler lorsque des événements difficiles surviennent, je préfère vivre ma peine en silence. Malgré cela, tout se déroule bien pour moi. Je suis à Paris, après avoir visité Londres et l'Écosse. En voyageant, j'apprends beaucoup sur moi-même et sur les autres. Prends soin de toi ! Fred

Je relis mon texte la larme à l'œil. Je clique sur l'icône « envoyer » au moment où l'alarme sonne de nouveau. Inquiet, je me précipite vers la machine à laver. Les souillures sont encore apparentes. Et un malheur survenant rarement seul, les sous-vêtements ont rétréci. Il ne me reste qu'une option : cacher la lingerie abîmée de Rachida au fond de mon sac à dos, en espérant qu'elle ne se rende compte de la disparition que beaucoup plus tard ou peut-être même jamais. Décidément, il n'y a pas de crime parfait.

Chapitre 9 — Jocelyne

À 15 h 30, heure de Paris, je suis en ligne sur Skype avec Jocelyne Barré de la Sûreté du Québec. Pour elle, il est 9 h 30. La webcam me permet de constater qu'elle a de jolis traits, mais un visage dur. Je me demande si ma tante Nathalie adopte des mimiques semblables pour se faire respecter des détenus à son travail. La teinture de la Jocelyne est négligée, il est évident qu'elle est une fausse blonde. Ses rides sont apparentes malgré son maquillage. Elle a au moins 40 ans; elle pourrait être ma mère.

Elle m'avertit d'abord que notre entretien est enregistré, puis elle me pose une première question à laquelle je ne m'attendais pas.

— Frédérik, je peux vous tutoyer ?

— Euh... oui... pourquoi pas ?

— Quand as-tu vu ton père pour la dernière fois ?

— Ça fait plus d'un an, aux funérailles de ma mère.

— Pourquoi tu ne l'as pas vu depuis si longtemps ?

— J'ai décidé de couper les liens avec lui parce que notre relation était trop frustrante pour moi.

— Frustrante ? Dans quel sens ?

— On se voyait très peu, deux ou trois fois par année. Et je sentais que c'était une corvée pour lui, qu'il le faisait par obligation, qu'il n'avait pas réellement envie de me voir.

— Est-ce que des événements sont survenus pour expliquer ça ?

— Euh... non. Je sentais seulement que je n'avais pas d'importance pour lui. C'est comme ça depuis que je suis tout petit.

— Frédérik, tu sais que ton père n'a pas été vu depuis plus de deux semaines. As-tu une idée de ce qui aurait pu lui arriver ?

— Euh... non.

— Vraiment ?

— Vraiment... j'en ai aucune idée.

— Pourquoi tu as tant tardé à nous contacter ?

— Parce que je ne sais rien sur sa disparition, vous ne pouvez rien apprendre de moi.

— Quel effet ça t'a fait, d'apprendre sa disparition, est-ce que ça te rend triste ?

— Euh… j'sais pas.

— Tu ne sais pas ? Pourquoi ? Tu n'aimes pas ton père ?

— J'sais pas si je l'aime vraiment. J'sais que lui ne m'aimait pas.

— Pourquoi tu dis qu'il ne t'aimait pas, au passé. Est-ce parce qu'il est mort ?

— Je ne sais pas… je ne sais pas s'il est mort.

— Je pense que t'en sais plus que tu veux nous le dire.

— Vous vous trompez.

— Il est disparu la veille de ton départ pour Londres. Es-tu conscient que c'est une coïncidence troublante ? On dirait que tu as pris la fuite.

— Ma tante Nathalie m'a écrit que vous pourriez me prendre pour un suspect, mais j'vois pas pourquoi. J'savais pas qu'il était disparu quand je suis parti.

— Tu me mens quand tu dis que tu ne l'as pas vu depuis les funérailles de ta mère.

— Pourquoi vous dites ça ?

— J'ai des preuves que tu l'as vu le jour de sa disparition. Pourquoi tu me mens, Frédérik ?

— Quelle preuve avez-vous ?

— Pourquoi tu mens ?

— Euh… je ne vous l'ai pas dit parce que ma tante m'a écrit que vous pourriez me considérer comme un suspect. Mais je n'ai rien fait de mal. Je ne sais rien.

— Pourquoi tu as rencontré ton père le jour de sa disparition ?

— En fait… je voulais juste le voir avant de partir. Je savais que je partirais pour au moins un an, sinon plus. Depuis que ma mère est morte, j'ai compris qu'il n'y a personne d'éternel. Je voulais le voir avant de partir pour avoir l'esprit en paix… si jamais… il devait mourir avant mon retour.

— Avais-tu des raisons de croire qu'il pouvait mourir ?

— On va tous mourir un jour.

— C'est étrange quand même que t'aies pensé qu'il puisse mourir prochainement.

— Non… c'est pas étrange comme vous dites. Ma mère est morte l'an dernier, elle avait 44 ans. Personne ne sait si je serai vivant ou si vous-même vous serez vivante à la fin de la journée.

— Euh… bon. Comment s'est passée la rencontre avec ton père ?

— Ç'a été une rencontre ordinaire. On a juste pris un café au resto.

— De quoi avez-vous parlé ?

— Euh… je voulais… comme d'habitude, on n'a pas beaucoup parlé.

— Tu voulais quoi ?

— Rien. Je voulais juste le voir avant de partir.

— Et comment il a réagi ?

— Normalement. Il semblait se foutre du fait que je parte faire le tour du monde.

— Est-ce que ça t'a frustré ?

— Oui.

— C'est pour ça que t'as voulu te venger ?

— Mais pas du tout, je vous l'ai dit, je n'ai rien fait !

— Où étais-tu dans les heures qui ont suivi cette rencontre, le soir de sa disparition ?

— J'ai passé la soirée dans mon appart à Montréal pour préparer mes bagages.

— Étais-tu avec quelqu'un ?

— Non, mon ex était chez ses parents à Trois-Rivières.

— Sais-tu où se trouve la voiture de ton père ?

— Pourquoi je le saurais ?

— Écoute, Frédérik, l'enquête avance, on accumule les preuves et plus tu vas collaborer, plus ça va te faciliter la vie pour la suite des procédures.

— Vous dites n'importe quoi, j'ai rien fait.

— Je te conseille de changer d'attitude et aussi d'envisager un retour rapide au Québec. Si tu ne reviens pas ici dans les prochains jours, on pourrait devoir entreprendre des démarches pour ton extradition. On sait qu'en ce moment tu es à Paris et on peut facilement suivre tes déplacements partout dans le monde. Si tu nous forces à demander ton extradition, tu seras arrêté à l'étranger, dans le pays où tu te trouveras à ce moment-là. Tu seras emprisonné là-bas tout le temps que vont durer les procédures. Et je préfère t'avertir : la vie dans les prisons étrangères est beaucoup plus dure que dans les prisons du Québec. Les autres prisonniers vont sûrement apprécier ton beau petit cul.

*

Il est presque 19 h lorsque Rachida rentre du boulot avec des kebabs qu'elle a achetés au coin de la rue. Je dévore le mien en un rien de temps, je mange mes émotions. Rachida se rend compte que je suis nerveux et abattu, elle me demande ce qui ne va pas. Je ne veux pas qu'elle sache que la police me considère comme un suspect pour la disparition de Gilbert. J'ai peur qu'elle me rejette, qu'elle m'oblige à partir. Je lui dis plutôt que je suis triste parce que j'ai pensé à ma défunte mère dans la journée.

Elle me tapote le dos, puis m'étreint pour me consoler. Elle ouvre une bouteille de vin rouge, et nous trinquons « à la vie ». Je suis agréablement surpris qu'elle boive de l'alcool, je la taquine en lui disant qu'elle ne se comporte pas en musulmane respectable.

— Tu ne m'apprends rien, ça fait longtemps que j'ai complètement laissé tomber la religion. En fait, mes parents sont des progressistes. Ils nous ont élevés, mes frères et moi, dans un esprit de liberté, tandis que la plupart de mes oncles et de mes tantes sont enfermés dans les dogmes les plus rétrogrades de l'islam.

Après une deuxième coupe de vin, Rachida va se doucher, elle me laisse écouter un album de ballades espagnoles. Je m'abandonne à la musique, les yeux fermés. Rien d'autre n'existe. Le temps est suspendu. Jusqu'à ce que m'apparaisse l'image de cette maudite Jocelyne Barré. Je la déteste. Elle me présume coupable jusqu'à preuve du contraire, à l'inverse du principe de base du système judiciaire qu'elle représente.

Quand elle revient au salon, Rachida porte une élégante robe de chambre en satin noir. Elle s'assied près de moi, sur le canapé, les jambes repliées sur le côté. Son langage corporel est clair : c'est ce soir que ça se passe. Elle me caresse doucement, sensuellement, le cou et le visage; elle descend sa main sur ma poitrine et sur mon torse en s'approchant pour que j'embrasse ses lèvres pulpeuses. Je les frôle de ma bouche, puis de ma langue. Je passe ma main dans sa crinière noire bouclée et je la saisis fermement en intensifiant la vigueur de mon baiser. Je possède déjà Rachida, elle m'appartient.

En défaisant la ceinture de sa robe de chambre, je m'aperçois qu'elle porte de la lingerie noire en dessous. Je me sens subitement intimidé d'être avec une femme si séduisante et expérimentée. Elle a 10 ans de plus que moi. Je crains de ne pas être à la hauteur. Elle détecte mon malaise et me guide dans mes gestes. Elle agrippe ma main et l'invite à longer l'intérieur de ses cuisses, parées de bas de nylon et de jarretelles. Je suis déjà au bord d'une éjaculation précoce. Je m'efforce de la retenir en pensant à la Jocelyne.

Naturellement, mes mains se dirigent ensuite vers la poitrine de Rachida, dont je devine les mamelons arrondis et saillants à travers la dentelle du bustier. Ensuite, je descends tout entier vers son string, que j'écarte pour découvrir sa chatte fraîchement rasée, ses lèvres inférieures entrouvertes et son clitoris protubérant. Je les déguste comme un mets raffiné.

— Ah ! oui… lèche ma chatte de Beurette, qu'elle me souffle en poussant de faibles gémissements qui s'intensifient jusqu'à devenir une intense lamentation.

Sous mes lèchements, son sexe s'épanouit comme une fleur au printemps. Elle coince ma tête entre ses cuisses, elle est saisie d'une secousse incontrôlable, elle vient, elle jouit.

Gourmande, elle en veut plus. Elle me plaque sur le canapé et elle titille ma bite du bout de sa langue. Il faut encore que je me retienne pour ne pas venir trop promptement. L'image de Jocelyne me revient en tête. Rachida m'enfile un préservatif de ses doigts expérimentés. Elle s'assied sur ma queue lentement, progressivement, avec un regard de dominatrice. Consciente de ma fragilité à ses charmes, elle me gratifie de doux mouvements du bassin pour prolonger le plaisir, pour me faire ressentir la friction de ses parois intérieures lubrifiées, millimètre par millimètre. Puis emportée par la vague de mes soubresauts, elle se déchaîne.

— Ah ! mon salaud, tu me la fous en direct, qu'elle hurle alors que je râle sans pouvoir me contrôler.

Nous sommes au diapason, nous jouissons au même moment, une deuxième fois pour elle; c'est du moins ce qu'elle me laisse croire. Elle s'affale sur moi, je suis toujours en elle. Nous sommes trempés d'une même sueur sexuelle, animale.

— Tu es ma meilleure baise à vie, qu'elle me lance essoufflée, sans gêne.

— Toi aussi ! que je lui réponds, en bénissant secrètement Jocelyne de m'avoir permis de retenir mon éjaculation si longtemps.

Chapitre 10 — Ana

Le mardi matin, ma cougar se prépare en vitesse pour partir au travail. Elle est en retard, parce qu'au réveil nous avons renouvelé l'expérience de la veille. Grâce à Rachida, je me sens maintenant comme un homme à part entière, j'ai quitté l'adolescence pour de bon.

Je flâne toute la matinée dans le lit. Peu avant le coup de midi, je pars à la découverte de Paris. Je me dirige instinctivement vers le nord. Les cloches de l'abbaye Saint-Germain-des-Prés sonnent; elles célèbrent le début de ma vie d'adulte. Au quai Voltaire, surplombant la Seine, j'explore les boîtes des bouquinistes. Combien de personnages historiques et de simples mortels ont bouquiné comme moi en ces lieux depuis le 16e siècle ? J'achète une vieille édition, à la reliure rouge et or, du roman *Le Tour du monde en 80 jours*, de Jules Verne.

Je traverse ensuite le pont Royal et je descends sur la promenade longeant le fleuve. J'y croise des sans-abris, des SDF comme on dit ici. Certains m'interpellent pour avoir de l'argent. Craintif, je poursuis mon chemin comme s'ils n'existaient pas. Je me sens pleutre et fautif à la fois; pendant quelques secondes seulement.

Je continue ma balade sur le quai des Tuileries; j'envie les gens qui peuvent y vivre peinards dans leurs péniches. Ce serait impossible sur le fleuve Saint-Laurent : les vagues et le courant y sont trop forts. Gilbert revient me hanter. La nausée me prend, comme lorsqu'il faisait sauter le hors-bord dans la houle des paquebots. J'ai des palpitations. Un autre SDF me demande de l'argent. Plutôt que d'ignorer sa présence, je lui signifie mon refus de la main. Il m'insulte en me traitant de pédé. Je fuis en courant, comme quand j'étais petit dans la cour d'école.

Tout juste après le pont de la Concorde, je m'arrête et reprends un peu de contenance. J'aperçois dans le ciel le symbole par excellence du Paris kitsch, la tour Eiffel. Elle semble si proche, mais elle se trouve en réalité à plus d'un kilomètre vers l'ouest, sur la rive que je viens tout juste de quitter. Je ne comprends pas ce que les gens y trouvent d'exceptionnel. Elle me fait vaguement penser aux pylônes électriques d'Hydro-Québec. Elle m'attire cependant à elle comme un aimant et détourne mon attention de mes lubies. En moins de 15 minutes, je me retrouve à sa base. Je la regarde d'en dessous, j'ai l'impression qu'elle m'aspire vers le haut. C'est comme regarder sous la jupe d'une femme.

En m'éloignant de la tour, je me retrouve par mégarde au milieu d'un troupeau de touristes. Une jeune femme m'approche, un bébé en larmes dans les bras. À ses vêtements — une longue jupe rouge, une veste rose et un châle jaune imprégnés de poussière —, je reconnais que c'est une Rom. Elle pleure théâtralement comme une mauvaise actrice et me demande de l'argent dans un anglais manifestement restreint.

— *Money, Sir, please, money for baby.*

Je lui réponds en anglais que j'ai une proposition à lui faire. Elle ne comprend pas la langue, elle continue son laïus appris par cœur. Je passe au français, elle cesse ses jérémiades instantanément. Le bébé, lui, continue de pleurnicher.

— Je te donne 20 euros si tu m'emmènes dans le campement où tu vis.

Elle paraît étonnée de mon offre.

— Tu es la police, l'immigration ? qu'elle demande avec un fort accent.

— Non, je ne suis pas Français, je viens du Canada.

— Pourquoi tu veux venir dans le camp ?

— Pour visiter, parce que ça m'intéresse.

Elle paraît toujours méfiante. Après une brève période de réflexion, elle me demande 40 euros. Je réplique que je lui en donnerai 25, pas un centime de plus. Son visage s'éclaire comme si elle venait de gagner à la loterie. Elle me dit qu'elle doit d'abord aller rendre le bébé à une autre femme.

— Ce n'est pas ton enfant ?

— Non, c'est uniquement pour mendier. Les gens donnent plus d'argent quand on dit que c'est pour le bébé.

Stupéfait par cette révélation, je la vois se diriger vers une autre Rom, plus âgée. Elle lui remet l'enfant et quelques pièces de monnaie, puis elle revient vers moi en courant.

— Tu as loué le bébé ?

— Loué ? Je ne comprends pas.

— Tu as donné de l'argent à cette femme pour qu'elle te prête son enfant ?

— Oui, j'ai donné de l'argent, mais ce n'est pas son enfant.

— Mais c'est l'enfant de qui ?

— Je ne sais pas, qu'elle répond en haussant les épaules comme si cela n'avait aucune importance.

Ana m'informe que nous devons prendre le métro pour nous rendre dans le camp où elle vit. Au tourniquet, lorsque je mets mon ticket dans la fente, elle se colle derrière moi sans me prévenir, afin de passer sans payer. Dès que nous pénétrons dans un wagon, elle se remet à mendier. Gêné par ce comportement, je la suis à distance. Aucun passager ne lui donne de l'argent ou ne daigne la regarder. À la station suivante, elle change de voiture. Je cours derrière elle pour la rattraper; je parviens à entrer dans le wagon juste avant la fermeture des portes. Cette fois, j'ai bien failli la perdre. Je lui demande d'arrêter son manège. Elle réplique qu'elle est trop pauvre, qu'elle ne peut se permettre de ne pas profiter de chaque occasion d'amasser de l'argent. Je lui promets cinq euros supplémentaires si elle cesse de quêter.

Elle accepte mon offre de bon gré et s'assied à côté de moi. J'ai un soudain haut-le-cœur provoqué par la puanteur de ses aisselles. J'avais déjà remarqué qu'elle dégageait des odeurs désagréables, mais maintenant que nous sommes assis côte à côte, sa fétidité s'impose à moi dans toute son ampleur. Elle ne s'est probablement pas lavée depuis plusieurs jours. J'éprouve de la pitié.

Pour éviter un silence inconfortable, je lui demande de me parler d'elle. Ana a 18 ans et elle est l'aînée de 5 enfants. Sa famille vit en France — ou plutôt y survit — depuis cinq ans. Après de longues et difficiles démarches administratives, Ana a eu l'occasion d'être scolarisée en français durant une seule année. Elle a dû abandonner ses cours il y a deux ans pour rapporter davantage d'argent à ses parents. À la même époque, un tribunal a ordonné le démantèlement de leur campement, près du canal Saint-Denis. Ils étaient menacés d'expulsion vers la Roumanie et se sont joints dès ce moment aux habitants du camp de Bobigny, qui était en pleine formation.

Ana me raconte tout cela avec un certain détachement. Elle perd cependant de sa contenance lorsqu'elle me parle des gadjos, les non-Roms, qui refusent de traiter les siens comme des êtres humains.

— Partout, on nous maltraite, surtout en Roumanie. Il y a des gens qui crache sur nous ou qui veulent nous frapper parce que nous sommes des *Țigani*, qu'elle lance avec colère et tristesse. Tu es le premier gadjo qui s'intéresse à moi, ajoute-t-elle en affichant un sourire peiné.

*

À proximité du camp, Ana me confie qu'elle espère de tout cœur ne pas croiser son père.

— Il serait furieux contre moi s'il savait que j'emmène un gadjo chez nous.

— Il pourrait devenir dangereux, tu crois ?

— Je ne sais pas… Mais il n'est pas là le jour. Il fait la tournée des poubelles pour trouver de la ferraille à revendre.

En entrant dans le campement, situé aux abords d'une route nationale, je tremble et j'ai la sensation de pénétrer dans un autre univers. Nous marchons dans des chemins boueux formés sans planification parmi un enchevêtrement anarchique de caravanes décrépites et de baraques de bois, collées les unes aux autres. De fortes odeurs de putréfaction se dégagent des amoncellements de déchets disposés ici et là.

Nous croisons deux chiens maigres, puis des femmes et des enfants crasseux. Tous me regardent d'un air méfiant, l'une des femmes engueule Ana en romani; je devine qu'elle se plaint de ma présence. Nous poursuivons quand même notre tournée. À un embranchement, nous prenons le chemin de droite, partiellement inondé par les fortes pluies de la nuit précédente. Ana me dit qu'on appelle ce tronçon « les Champs-Élysées », quel sens de l'ironie ! C'est ici qu'elle habite avec sa famille, dans une vieille roulotte jaunie. On y a construit une annexe de fortune avec du bois pourri. Personne n'est là en ce moment, au grand soulagement d'Ana. L'intérieur est mieux rangé que je m'y attendais; des moisissures sont toutefois visibles au plafond. Toutes les nuits, Ana dort par terre dans une étroite allée, sur un matelas de sol.

Je lui demande où sa famille s'alimente en eau et en électricité. Elle rit… jaune.

— Nous n'avons pas d'eau courante, pas d'électricité, pas d'égout, pas de toilette.

— Comment faites-vous pour vous laver ?

— On fait bouillir de l'eau sur un feu qu'on allume avec des bouts de bois trouvés dans les poubelles et on se lave avec un linge. C'est plus difficile l'hiver, il fait froid, on n'a pas de chauffage.

Même si je le constate de visu, je n'arrive pas à concevoir qu'il y ait de tels bidonvilles en région parisienne, au soi-disant « pays des droits de l'homme ». Ana me sort abruptement de mes réflexions.

— Je te suce pour 50 euros.

— Euh… non, que je lui réponds mal à l'aise.

— Pour 30 euros.

— Non, je ne veux pas que tu me suces.

— Pour 30 euros, je couche avec toi.

— Arrête, je ne veux rien.

— Vingt euros.

Déboussolé, je lui fais non de la tête. L'idée d'avoir recours aux services d'une prostituée me répugne. Peut-être est-ce à cause de l'historique familial du côté de ma mère. Quoi qu'il en soit, maintenant que j'ai eu accès à une partie du difficile vécu d'Ana, je me sentirais extrêmement dégueulasse de profiter d'elle. Et même si elle a un joli minois, sa malpropreté me repousse.

— Gratuit. Je couche avec toi gratuitement, qu'elle me dit en désespoir de cause.

Je résiste toujours; elle se met à pleurer.

— Je veux que tu m'aimes. Aime-moi comme on aime une femme.

— Au revoir, que je lui dis tristement, en lui remettant les 30 euros promis pour la visite du camp et l'arrêt de sa quête dans le métro.

Elle essaie de me retenir, elle m'agrippe par les jambes, j'ai du mal à me défaire d'elle. Je comprends alors qu'elle joue la comédie dans l'espoir de me soutirer davantage d'argent, comme elle le faisait au pied de la tour Eiffel. Quand je réussis enfin à sortir de la roulotte, je m'enfuis en courant.

Chapitre 11 — France

Après mon expérience troublante avec Ana, je reviens à la réalité, ma réalité. Je rentre chez Rachida en m'inquiétant pour mon avenir immédiat, pour cette menace d'extradition qui me pend au bout du nez.

Afin de me changer les idées, je me lance dans la lecture de mon nouveau livre, *Le Tour du monde en 80 jours*. L'idée de base du roman me plaît : c'est l'histoire d'un riche gentleman londonien pariant la moitié de sa fortune qu'il réussira à faire le tour du globe en 80 jours, un exploit inédit à l'époque, en 1872, avant l'invention de l'avion. Pour amorcer son périple, Phileas Fogg se rend à la gare Charing Cross, de laquelle je suis parti vers Inverness avec Jessica. Avant d'y entrer, il fait l'aumône à une mendiante tenant un enfant par la main. La scène est illustrée : on dirait une Rom comme Ana.

Rachida rentre du travail au moment où j'observe attentivement ce dessin. Elle semble fatiguée. Elle me demande comment s'est passée ma journée. Je lui réponds que j'ai beaucoup lu et que je suis allé me balader le long de la Seine. Je me garde bien de lui raconter ma rencontre avec Ana.

Elle me propose d'aller casser la croûte et boire un verre au Café de Flore. Nous descendons dans la rue, le soleil est déjà bas. Nous nous asseyons à la terrasse, Rachida choisit un croque-monsieur et moi, un hot-dog. Nous commandons aussi chacun une coupe de vin rouge.

Rachida ne me parle pas, elle ne cesse de consulter son téléphone, son *smartphone* comme disent les Français sans honte, plutôt que de franciser le terme. Au Québec, on dit « téléphone intelligent ». D'intelligent, ces téléphones n'ont que l'appellation. En réalité, ils entravent les relations personnelles. Jadis, les cafés français étaient des lieux de rassemblement et d'échange. En regardant autour de moi, je me rends compte que je suis l'un des seuls clients actuellement conscient de son environnement, à ne pas être obnubilé par la réalité virtuelle de son appareil. Je trouve cela d'autant plus dommage que pendant des décennies, le Café de Flore fut le point de ralliement et de discussion d'une certaine élite littéraire et artistique. C'est du moins ce qui est écrit dans mon guide, dont je n'ai pas encore eu le courage de me débarrasser.

En recevant mon hot-dog, je suis étonné par la présentation. La saucisse vient dans une baguette avec sauce béchamel et fromage grillé, à des lieues du bon vieux hot-dog vapeur nord-américain au ketchup et à la *relish*. J'essaie d'expliquer à Rachida la différence entre les deux hot-dogs. Elle fait mine de m'écouter en me regardant à l'occasion, tout en continuant de texter. J'arrête de parler avant d'avoir terminé mes explications. Elle ne le remarque pas.

Après ce décevant tête-à-tête, nous rentrons directement chez elle. Je tente des rapprochements; elle me repousse. Elle se dit exténuée, elle a une migraine. La lune de miel aura été de courte durée.

*

Le mercredi matin, je n'ai toujours droit à aucune gratification sexuelle. Je continue au lit la lecture du roman commencée la veille, en buvant un café au lait que Rachida m'a préparé avant de partir.

Peu après le départ de Phileas Fogg pour son tour du monde, en compagnie de son domestique Passepartout, l'inspecteur de police Fix se lance à leur poursuite. Il est persuadé que Fogg est en fuite, qu'il est le fameux voleur ayant récemment dévalisé la Banque d'Angleterre. Cette intrigue me fait étrangement penser à ma situation actuelle. La sergente Jocelyne Barré est mon inspecteur Fix. Mais avec les technologies d'aujourd'hui, elle n'a pas besoin de me poursuivre physiquement, elle peut surveiller mes déplacements à distance et éventuellement engager des procédures d'extradition contre moi. Je me félicite d'avoir résisté à la tentation de m'équiper d'un téléphone. La tâche de la sergente n'en serait que plus facile.

Tout de même inquiet, j'essaie de trouver sur Google les coordonnées d'un avocat québécois qui pourra me conseiller. Je trouve une liste de criminalistes pratiquant à Montréal; je parcours leurs noms sans avoir d'indication pour arrêter mon choix. Mon regard est attiré par l'inscription de maître France Laliberté. Son nom m'inspire, j'aime le fait qu'il évoque le pays où je me trouve et le concept de liberté.

En après-midi, j'appelle au cabinet de maître Laliberté. Je parle à sa secrétaire et lui explique brièvement ma situation. Moins d'une demi-heure plus tard, je suis en communication avec l'avocate via Skype. Je suis étonné de constater que sa chevelure est poivre et sel, ce qui me fait réaliser que rares sont les femmes qui ne se teignent pas après un certain âge. Elle projette une assurance et un professionnalisme qui me rassurent.

— Monsieur Turmel, vous avez bien fait de me contacter. La police a fait couler de l'information à votre sujet dans les médias. La plupart des journaux, des sites d'informations, des stations de radio et de télévision du Québec parlent de vous ce matin.

— Qu'est-ce qu'ils disent ?

— Que malgré la disparition mystérieuse de votre père, la veille de votre départ pour l'Europe, vous refusez de rentrer au pays. Ils affirment également que la Sûreté du Québec vous considère comme un « témoin important ». Dans le jargon des médias et de la police, on qualifie quelqu'un de témoin important lorsqu'on le voit comme un suspect potentiel, mais qu'on n'a pas toutes les preuves nécessaires pour porter des accusations criminelles.

— Qu'est-ce que je dois faire ?

— Il est important de ne plus parler de cette histoire avec personne, sauf avec moi évidemment, si vous décidez de m'engager pour vous représenter. Je ne vous demande pas si vous avez commis un crime ou non, de toute façon ce serait très imprudent d'en parler par Internet ou au téléphone. Ce qui joue en votre faveur, c'est que la police n'a pas suffisamment de preuves pour porter des accusations contre vous, sinon elle l'aurait déjà fait.

— Mais elle m'a menacé de demander mon extradition.

— Qui a fait ça ?

— La sergente Jocelyne Barré. Je lui ai parlé hier sur Skype.

— Avez-vous dit quelque chose d'incriminant ?

— Non... je ne crois pas. J'ai dit que je n'avais rien à voir avec la disparition de mon père et que je ne savais rien.

— Très bien. Si elle vous a menacé d'extradition, c'est du bluff pour mettre de la pression sur vous, pour vous faire craquer. Aucune démarche d'extradition ne peut être entreprise tant qu'il n'y aura aucune accusation portée contre vous. Les policiers mentent souvent et utilisent des techniques tordues comme celle-là quand ils n'ont pas suffisamment de preuves contre un suspect, en espérant qu'il s'incriminera. Parfois, sous la pression, il y a même des gens innocents qui finissent par se contredire ou admettre des crimes qu'ils n'ont pas commis tellement que la police est manipulatrice dans ses tactiques.

— Madame Barré m'a dit que ce serait mieux pour moi de revenir au Québec.

— Si ce n'était pas votre intention de revenir, je vous conseille de rester à l'étranger pour le moment. Si vous revenez ici, vous allez faire l'objet d'une surveillance constante de la police. Vous allez aussi avoir les journalistes sur le dos. Ils sont bons, ceux-là, pour faire paraître quelqu'un coupable, sans pourtant avoir de preuve. Votre photo est déjà partout à la télé, dans les journaux, sur Internet. Si vous revenez, vous serez reconnu et montré du doigt dans la rue.

— Mais sans preuve, les journalistes n'ont pas le droit de dire que je suis coupable de quoi que ce soit.

— Ils ne le disent pas directement, ils sont plus habiles que ça, ils savent que vous pourriez les poursuivre. Tout est dans les sous-entendus. Les apparences sont contre vous. Et puisque vous n'êtes pas revenu au pays, les gens vous jugent automatiquement comme un fils indigne et un coupable potentiel. C'est la triste nature humaine.

— Quand vous me dites de ne plus en parler avec personne, ça comprend la police ?

— Effectivement. Vous n'avez aucune obligation de parler à la police et aucun avantage à le faire maintenant que vous êtes le principal suspect, sauf si vous avez un alibi solide pour vous disculper. Mais si je comprends bien, vous n'en avez pas.

— Non, pas vraiment.

— Si des policiers vous recontactent, adressez-les directement à moi. Aussi, il est important de ne pas aborder le sujet avec des proches, de la famille ou des amis, que ce soit par Internet, au téléphone ou en personne. Toute parole mal formulée pourrait être mal interprétée et se retourner contre vous. Pas de commentaires non plus dans les médias sociaux comme Facebook.

— Pas de danger, je n'ai pas de compte.

— Parfait, c'est très sage. Enfin, ne parlez et n'écrivez à aucun journaliste. Certains pourraient tenter de vous retracer. Ne répondez pas. Peu importe ce qu'ils vous diront ou les questions qu'ils vous poseront, restez calme et poli. Dites seulement que vous n'avez rien à dire. Pas un mot de plus, même s'ils insistent.

— Est-ce que vous croyez qu'on en parlera aussi dans les médias français ?

— C'est une bonne question. Tant que vous serez en France, c'est une possibilité. L'opinion publique québécoise vous voit déjà comme un possible meurtrier en fuite et il ne serait pas surprenant que votre histoire ait des échos dans les médias français puisque vous êtes là-bas. Si ça survient, contactez-moi. Avant d'aller plus loin, je dois vous dire que mes honoraires sont de 200 dollars l'heure. C'est la norme pour une avocate de ma renommée.

— Ça va, l'argent n'est pas un problème, j'ai hérité de ma mère l'an dernier.

— Je vous demanderais de me tenir informée de tous vos déplacements, pour que je sache en tout temps dans quel pays vous vous trouvez. Tenez-moi également au courant de tout nouvel élément d'information que vous pourriez apprendre sur l'enquête ou la disparition de votre père. Finalement, si des accusations sont portées contre vous, contactez-moi immédiatement peu importe l'heure du jour ou de la nuit. Je vous laisserai un numéro d'urgence. Je dois vous dire dès maintenant qu'à partir du moment où des accusations seraient portées, je vous conseillerais une stratégie différente. Il serait alors préférable que vous reveniez dès que possible au Québec et d'en avertir les autorités. Comme ça, vous éviteriez au système judiciaire et à vous-même de longues et coûteuses démarches d'extradition. Ça paraîtrait mieux devant un juge à votre éventuel procès. Mais ne vous souciez pas de tout cela pour l'instant. Si vous savez en votre âme et conscience que vous n'avez rien fait de mal, ne vous inquiétez pas. Ça signifie que la police ne pourra probablement jamais trouver d'éléments de preuve suffisamment forts pour porter des accusations.

Chapitre 12 – Madame Tout-le-Monde

En rentrant du boulot, Rachida paraît à la fois craintive et en furie. Elle tremble de tout son être.

— Fred, je veux que tu partes. Je sais tout, qu'elle me dit d'un ton sec et distant, sans me regarder dans les yeux.

— Tu sais tout ? Qu'est-ce que ça veut dire ? Qu'est-ce que tu sais ?

— Je sais ce que tu as fait à ton père. Karim m'a envoyé des liens vers les reportages sur toi au Canada.

— Mais je n'ai rien fait à mon père ! Tout ce que les reportages disent, c'est que je ne veux pas revenir au pays et que la police me considère comme un témoin important.

— Ça veut tout dire. Je te demande de quitter immédiatement, je n'avertirai pas la police que tu étais ici.

— Mais je ne suis pas en fuite. Et crois-tu réellement qu'elle ne sait pas où je me trouve, la police ? Tu es naïve et tu ne comprends pas ce qui se passe. Les enquêteurs trouvent mon comportement suspect, mais ils ne pourront pas m'arrêter, pour la simple et bonne raison qu'ils ne trouveront jamais de preuves contre moi, puisque je n'ai rien fait.

— J'aimerais te croire, mais pourquoi tu m'as tout caché, pourquoi tu t'es enfui du Canada ?

Je tente d'expliquer les faits et mon point de vue à Rachida; elle ne veut pas vraiment m'écouter. Elle me coupe sans cesse la parole, puis lorsque je m'emporte en raison de son attitude injuste envers moi, elle menace d'appeler la police pour m'expulser de chez elle. Je lui réponds que ce ne sera pas nécessaire, je lui remets sa clé et quitte sans rechigner.

Il fait déjà nuit. Je cherche les coordonnées de quelques auberges de jeunesse dans mon guide, que j'ai heureusement gardé. J'en appelle quatre ou cinq avant de trouver un endroit ayant encore un lit disponible pour m'accueillir. Cette auberge se trouve près de la porte de Clichy, à l'autre bout de la ville. Dans le métro, je sanglote. Je me sens seul, incompris et rejeté. Un groupe de jeunes Blacks me cherche des ennuis.

— Il pleure comme une *meuf*, le *babtou*. Tu suces ma bite, pédé ?

Je ne réagis pas, je ne les regarde pas, je ne les crains pas, je ne souhaite qu'une chose, ne plus souffrir, ne plus exister.

*

Le lendemain, j'erre sans but et sans direction dans les rues de la ville, le dos courbé; je me sens incapable de me tenir droit. En passant devant un kiosque à journaux, j'aperçois en une d'un tabloïd une énorme photo de moi, affublée du titre « Un Canadien en fuite à Paris ? » Je me sens faible, je m'assieds sur un banc situé à proximité.

Un seul point d'interrogation à la fin d'un titre permet aux journalistes d'écrire n'importe quoi, en prétextant qu'il s'agit d'une question et non d'une affirmation. Dans mon cours d'éthique journalistique, un prof nous avait parlé de ce type de procédé trompeur et malhonnête. Monsieur et madame Tout-le-Monde, ils s'en foutent, du point d'interrogation, quand ils lisent le journal. Ils ne le remarquent pas. Pour eux, la vérité, c'est que ce mec sur la photo est réellement « Un Canadien en fuite à Paris », point final. Ça m'écœure du métier que je rêvais de faire.

Ébranlé, je reste assis un moment. Un homme portant chemise et cravate s'approche de moi avec l'enthousiasme exagéré d'un vendeur de voitures d'occasion. Il s'appelle Justin et il me propose de participer à une « étude sur les comportements humains » menée par son « institut ». Puisque je n'ai rien de mieux à faire, j'accepte de le suivre. Il m'emmène dans un édifice anonyme, situé tout près.

Nous pénétrons dans un local qui s'apparente à une salle de réunion. Deux femmes s'y trouvent déjà. Justin me les présente comme étant son assistante et une autre participante à l'étude. Il explique que nous devons remplir un questionnaire à choix multiples et qu'il n'y a pas de bonnes ou de mauvaises réponses. Il faut choisir l'énoncé qui correspond le mieux à ce que nous pensons ou ressentons et noircir la case correspondante. Pour assurer la validité du test, il ne peut nous donner aucune autre information pour le moment. Mais nous aurons ensuite droit à une « analyse gratuite », basée sur les résultats compilés par ordinateur.

D'après la nature des questions, je devine qu'il s'agit d'un test de personnalité.

Vous arrive-t-il d'être impitoyable envers autrui ? A) Oui; B) Non; C) Je ne sais pas.

Quelle question nulle ! Un psychopathe qui ne ressent pas d'empathie n'a pas la capacité de se considérer comme impitoyable, même lorsqu'il se montre impitoyable. Je réponds B.

Vous êtes plutôt du genre… : A) à vous fixer des objectifs; B) à vous en prendre à vous-même quand vous échouez; C) à ne pas tolérer le stress ?

Est-ce qu'il faut vraiment que je choisisse ? Il n'y a pas l'option « toutes ces réponses » ? Je laisse transparaître mon petit côté maso : je réponds B.

Je ne sens pas de raisons de ne pas être fier de moi. A) Tout à fait en désaccord. B) Plutôt en désaccord. C) Plutôt en accord. D) Tout à fait en accord.

Font-ils exprès pour fourvoyer les gens avec ces doubles et triples négations ? Je réponds A. Un triple négatif, qui dit pire ?

Après avoir répondu à une centaine de questions de ce genre, je remets les documents à l'assistante, qui est demeurée en tout temps dans la salle avec nous. Elle me demande de patienter, pendant qu'elle soumet ma feuille-réponse à l'ordinateur.

J'observe l'autre participante. Elle n'a pas encore terminé le test. Concentrée sur sa tâche, elle se ronge les ongles. Son visage est ordinaire, ses traits sont génériques, sans relief particulier. Elle n'est ni belle ni laide, ni grosse ni mince. Physiquement, elle fait partie de ces gens qui se fondent dans la masse, qu'on ne remarque pas. Il est même difficile de lui donner un âge. A-t-elle 32 ou 48 ans ? Difficile à dire. Elle me semble être la ménagère française typique, ou plutôt la ménagère blanche typique, devrais-je dire. Elle pourrait tout aussi bien être une Américaine, une Canadienne, une Australienne, une Britannique ou une Sud-Africaine afrikaner. C'est une madame Tout-le-Monde. Les Caucasiens ont tendance à croire que tous les Noirs se ressemblent, que tous les Asiatiques sont pareils. Mais pour la plupart — je m'exclus ici —, les Blancs ne réalisent pas à quel point ils ne sont eux-mêmes que de pâles copies — quel sens de l'humour ! — de leurs congénères.

Madame Tout-le-Monde termine son test avant que l'assistante ne revienne. Elle me dévisage.

— Votre visage m'est familier, on ne se serait pas déjà vus ?

Moi, j'ai l'impression de l'avoir souvent croisée, tout en étant pourtant convaincu que je ne l'ai jamais rencontrée auparavant.

— Non, je ne crois pas qu'on se connaisse. Je ne vis pas ici, je suis de passage. Vous savez, les Blancs, on se ressemble tous !

Elle réprime un rire.

— Ah, vous êtes Canadien, ça s'entend !

— Oui…et vous, j'imagine que vous êtes Française.

— Non, je suis Belge. Mais je ne m'en vante pas, certains Français nous prennent pour des demeurés.

L'assistante revient dans la salle et m'informe que Justin est prêt à me recevoir pour l'analyse de mon test. Puis elle prend la feuille-réponse de madame Tout-le-Monde, qui consulte son *smartphone* non intelligent.

L'air compatissant, Justin m'accueille dans un bureau adjacent.

— J'ai une bonne et une mauvaise nouvelle pour vous. La mauvaise nouvelle est que nos tests indiquent que votre estime de vous est au plus bas. La bonne nouvelle, c'est que nous pouvons vous aider. Nous offrons une panoplie de programmes de croissance personnelle et sociale, conçus pour parvenir à la liberté spirituelle totale et à la découverte de la Vérité. En fait, nous sommes tous des êtres spirituels immortels, et chacune de nos vies nous sert à développer de nouvelles facultés. Dans votre cas, vous en êtes à l'étape où il faut apprendre à vous faire confiance, parce qu'en réalité vos capacités sont illimitées. Mais vous ne pourrez les explorer que si vous vous en donnez la peine avec notre aide.

Malgré sa bouille et son discours de vendeur, Justin touche une corde sensible chez moi. L'aspect de la « spiritualité immortelle » m'apparaît plutôt ésotérique, cependant ses autres propos me semblent intéressants. Je suis à la recherche d'un sens à ma vie. Je ne sais plus où j'en suis, j'ai besoin d'être guidé. J'en ai assez de baigner dans un magma de pessimisme, je ressens le besoin de m'ouvrir davantage à autrui et d'entrevoir la vie dans un état d'esprit plus jovial et positif.

Justin me propose de m'inscrire à un premier séminaire sur le bonheur. Le coût est de 199 euros. Il dit que c'est bien peu pour tous les bienfaits que je pourrai en retirer. J'accepte l'offre.

Notre échange est brusquement interrompu par l'entrée en force de plusieurs policiers armés. Ils nous intiment de lever les bras et de ne pas bouger. Un policier portant un casque me demande mes papiers. Je les fournis sans résister. Il les regarde et ordonne à des subalternes de me menotter.

— On vous emmène au commissariat pour éclaircir la situation, me lance-t-il froidement.

*

Ça fait plus de deux heures que j'attends, incarcéré dans une cellule encrassée. J'ai eu le temps de m'imaginer divers scénarios. Peut-être que cette salope de Jocelyne Barré a finalement obtenu un mandat d'arrestation contre moi. Je suis seul dans ma geôle : pour le moment, je n'ai pas à craindre pour le sort de mon « beau petit cul », comme elle m'a dit. J'ai toutefois en tête les anecdotes scabreuses de prison que Nathalie, ma tantine geôlière, m'a racontées jadis afin de me convaincre de ne jamais m'écarter du droit chemin. Qu'est-ce qui m'arrivera si on me garde plus longtemps et qu'on m'envoie en prison avec des criminels endurcis ? Et combien de temps va durer mon cauchemar ? Dois-je dire adieu à toute liberté, à perpétuité ? Je m'imagine mon père et ma mère, dans une autre dimension, en train de s'affronter sur le sort que je mérite.

Il y a énormément d'action dans ce commissariat : j'entends constamment des flics et des voyous passer dans le corridor. Certains n'hésitent pas à s'insulter mutuellement, on se croirait dans un film franchouillard de série B. « Eh sal *keuf*, ta mère, c'est aussi ta sœur ? »; « Ta gueule, racaille de merde ! Je connais des mecs qui aimeraient bien te déchirer l'anus. »; « Je t'encule, enfoiré ! » Je me demande quelle attitude je devrai adopter si l'on me met en contact direct avec cette charmante faune.

La porte de ma cellule s'ouvre, le battement de mon cœur s'accélère.

— Monsieur Turmel, le commandant veut vous parler.

On m'amène dans une salle sans fenêtre. Quelques instants plus tard, le commandant entre dans la pièce. À ma grande surprise, il s'adresse à moi avec déférence.

— Pardonnez-nous ce délai. Compte tenu du traitement médiatique de votre cas, nous nous devions de faire des vérifications auprès d'Interpol et des autorités canadiennes. Or, on vient tout juste de nous confirmer qu'il n'y a aucun mandat d'arrestation contre vous, vous êtes donc entièrement libre.

— Pourquoi alors m'avez-vous arrêté ?

— Certaines personnes pensaient que vous étiez recherché en raison d'un article publié ce matin dans un tabloïd. Nous en sommes désolés. Pour vous éviter d'autres problèmes semblables dans les prochains jours, je vous conseillerais de quitter la région parisienne. Et aussi, il serait préférable pour vous de ne plus fréquenter les gens avec qui vous étiez ce matin. Ils font partie d'un mouvement à tendances, comment dirais-je, sectaires.

— Dans quel sens ?

— Eh bien, pour tout vous dire, ils utilisent leurs prétendues séances de formation pour faire du *brainwashing*.

Chapitre 13 — Colette

Les semaines suivantes, je parcours les campagnes françaises comme un fugitif. Je ne regarde personne, je ne parle à personne, je crains qu'on me reconnaisse encore. Je me suis loué une voiture pour ne pas avoir à utiliser les transports en commun. J'arrête pour admirer les paysages uniquement là où je peux être seul. Je visite des châteaux et autres attractions touristiques seulement lorsqu'il y a beaucoup de gens afin de me noyer dans la foule et d'y passer inaperçu.

Un vaste sentiment de honte m'envahit. J'ai honte d'être qui je suis, j'ai honte aussi de ce que j'ai fait. Et accessoirement, je me sens également honteux d'avoir écouté le chant des sirènes, d'avoir été assez faible psychologiquement pour m'être pratiquement fait embrigader dans une secte. N'eût été de l'intervention de la police, je serais peut-être déjà coincé dans un engrenage de lavage de cerveau.

Avant de quitter définitivement la France, je me dirige vers la Normandie, d'où sont originaires mes ancêtres maternels, arrivés en Amérique au 17e siècle. Ma mère, Marjolaine Lalonde, était une descendante de Jean de Lalonde, originaire de la paroisse Notre-Dame du Havre, et de Marie Barbant, de la paroisse Saint-Rémi-de-Dieppe.

Contrairement à la plupart des gens, maman a hérité du nom de famille de sa mère, Colette Lalonde. En fait, grand-maman Colette était une prostituée. Marjolaine n'a jamais connu l'identité de son père. Quand maman m'a raconté cette triste vérité, il y a quatre ou cinq ans, j'ai eu la nausée en m'imaginant qu'elle avait peut-être été créée dans un mélange de sperme de plusieurs inconnus.

Malgré la précarité de sa situation, la jeune Colette avait décidé de garder sa fille. Elle l'a élevée, logée et nourrie à la sueur de ses cuisses. Quatorze ans plus tard, elle aura une autre enfant sans père. Ma tante Maude suivra éventuellement les traces de sa mère, tandis que Marjolaine évitera ce piège et complétera des études universitaires.

Mes souvenirs de mamie Colette sont épars. Je n'avais que 6 ans quand elle est morte d'une overdose, à l'âge de 50 ans. C'était tout juste avant le divorce de mes parents. Je me rappelle qu'elle fumait sans arrêt, qu'elle disait beaucoup de « gros mots » que je ne devais pas répéter et qu'elle était habituellement trop maquillée. Marjolaine me l'avait décrite comme une bonne vivante instable qui ne se souciait de rien. Tout le contraire de maman.

Je ne comprends pas pourquoi, dans la plupart des cultures, on transmet généralement le nom de famille du père de génération en génération, plutôt que celui de la mère. Nous venons tous du corps des femmes, ce sont elles qui nous donnent la vie, les hommes ne contribuent que par leur petite semence. À travers les âges, la seule certitude a été l'identité maternelle, pas celle du géniteur.

J'aurais aimé m'appeler Frédérik Lalonde plutôt que Frédérik Turmel. Cela devrait avoir peu d'importance, puisque nous provenons tous d'un nombre incommensurable d'ancêtres de familles et d'origines diverses. D'ailleurs, grand-maman Colette avait du sang amérindien du côté de sa mère. Quoi qu'il en soit, peu importe la somme de mes origines, je ne veux surtout plus m'identifier aux Turmel, surtout en raison des crimes de Gilbert, que je n'ose décrire ici.

*

De Rouen, chef-lieu de la Haute-Normandie, je me dirige vers la ville du Havre, dont le port sur la Manche a été utilisé par les Britanniques au début de la Deuxième Guerre mondiale pour le ravitaillement des troupes. En 1944, ces mêmes Britanniques détruiront presque tout le centre-ville en le bombardant, pour affaiblir l'occupant nazi. Seuls quelques bâtiments, dont l'église

Notre-Dame du Havre, resteront debout. C'est là qu'aurait été baptisé mon ancêtre Jean de Lalonde dit l'Espérance, vers 1640.

Le centre-ville a été reconstruit après la guerre selon un projet d'urbanisme unique de l'architecte Auguste Perret. Il me semble trop parfait, trop pensé, trop fonctionnel, trop structuré, il n'y a pas assez de ce chaos qui donne du charme à l'urbanité. Cependant, je suis séduit par l'église Notre-Dame du Havre, devenue cathédrale. Construite à partir de 1575, elle constitue un superbe métissage des styles gothique, renaissance et baroque. En y pénétrant, je ressens une vive émotion juste à l'idée que mon aïeul se trouvait 400 ans auparavant dans cet endroit, épargné par le temps et par la guerre. Je m'assieds sur un banc. Pour une rare fois, je prie en silence.

Le lendemain, je poursuis ce pèlerinage sur les traces de mes ancêtres, en quittant Le Havre pour Dieppe, qui a vu naître Marie Barbant, « Fille du roi » mariée à Jean de Lalonde en 1669. Les Filles du roi étaient pour la plupart des orphelines et des servantes d'origine modeste, pupilles du roi Louis XIV, envoyées en Nouvelle-France pour se marier avec les colons français et peupler la colonie. Certains prétendent que parmi elles se trouvaient de nombreuses filles de joie. Toutefois, je ne sais pas si c'était le cas de mademoiselle Barbant. Jean de Lalonde, lui, était débarqué dans la colonie quatre ans auparavant en tant que soldat membre du régiment de Carignan-Salières pour combattre les Iroquois. Tout ce beau monde était arrivé en Amérique du Nord en empruntant le fleuve Saint-Laurent et le lac Saint-Pierre, qui me traumatiseront tant quelques siècles plus tard.

Après une centaine de kilomètres de route dans le nord de la France, j'arrive à Dieppe par l'avenue des Canadiens, menant au rond-point des Canadiens, qui croise la rue de Montréal. Cette ville ressemble à une publicité des fédéralistes canadiens contre l'indépendance du Québec. Au centre du rond-point se trouve une affiche ornée de la feuille d'érable, emblème du Canada, pour souligner le sacrifice de nos soldats lors du débarquement de Dieppe, en août 1942. Ils sont environ 5 000 à y avoir participé, plus de 1 000 y ont laissé leur vie et au moins 2 000 autres ont été blessés ou capturés.

Comme la veille au Havre, je suis particulièrement ému en entrant dans l'église Saint-Rémy. Il est fort probable que Marie Barbant y ait été baptisée. Si je change mon nom, ce ne sera pas pour Frédérik Lalonde, mais pour Frédérik Barbant. S'il n'en avait tenu qu'à nos mères, est-ce que toutes ces guerres horribles auraient eu lieu ?

*

Assis sur la grève, qui a absorbé le sang de tant d'hommes, je regarde la vieille carte postale de cette même plage que j'ai achetée aux Puces de St-Ouen, en compagnie de Rachida. *Mon cher René, Ta présence me manque. J'attends impatiemment ton retour de Paris pour notre mariage. Colette*

Il y est écrit non seulement l'adresse du destinataire, monsieur René Leclerc, mais également celle de la destinatrice. C'est tout près d'ici : je décide spontanément de m'y rendre. Je me retrouve devant une charmante petite maison de campagne blanche au toit marron. Je cogne à la porte. Une vieille dame à la chevelure argentée vient m'ouvrir.

— Bonjour, je cherche une certaine Colette. Est-ce que ce serait vous par hasard ?

— Non, je m'appelle Marie. Mais ma mère s'appelait Colette.

— Est-ce qu'elle vivait ici, dans cette maison ?

— Oui. C'était la maison de ses parents, mes grands-parents maternels.

Je lui tends la carte postale en expliquant dans quelle circonstance je l'ai achetée. La dame lit le texte, ses yeux deviennent humides.

— Attendez. Je suis née en février 1940 et cette carte a été écrite en août 1939. Ma mère était donc déjà enceinte de moi. Mais c'est impossible, mon père ne s'appelait pas René, il s'appelait Marcel.

— Est-ce bien l'écriture de votre mère ?

— Oui… vous vous rendez compte ?… Ça voudrait dire que Marcel ne serait pas mon vrai père, dit-elle la voix nouée par l'émotion.

— En quelle année se sont mariés Marcel et votre mère ?

— Ils m'ont toujours dit que c'était en 39, au mois d'avril, mais je commence à en douter. Vous savez qui c'est, ce monsieur René Leclerc ?

— Non. Vous non plus ?

— Malheureusement, non.

— L'adresse à Paris pourrait peut-être vous en apprendre plus.

— Après tout ce temps, vous croyez ?

— Je vous ai bien retrouvée ici.

— Oui, mais si ma mère ne s'est pas mariée avec ce René Leclerc et qu'elle ne m'en a jamais parlé, quelles sont les chances ? Puis regardez, c'est l'adresse d'un hôtel. Il faudrait plutôt que je m'informe auprès des vieux de la région pour savoir s'ils connaissaient ce monsieur. Le problème, c'est qu'il ne reste presque plus de gens plus vieux que moi.

Madame Marie m'invite à entrer; elle m'offre un café et du gâteau au chocolat qu'elle a fait elle-même. Nostalgique, elle me dit ne pas avoir douté auparavant de son lien filial avec Marcel.

— Il se comportait de façon semblable envers moi qu'envers mes frères et sœurs plus jeunes. C'était un homme juste et bon.

Puis elle me raconte ses souvenirs d'enfance de la Libération et de l'après-guerre. Alors que l'ensemble de la France se montrait d'abord et avant tout reconnaissant envers le grand sauveur américain, Dieppe se souvenait avec gratitude des sacrifices canadiens. Émue, madame Marie me remercie de ne pas avoir abandonné les siens, comme si j'étais personnellement venu combattre ici il y a plus de 70 ans. Je me sens mal à l'aise, je ne sais que répondre. Non seulement n'y suis-je pour rien dans la Libération, mais jusqu'à ce jour, je n'avais pas conscience de l'apport si important des soldats canadiens, canadiens-français en particulier. C'est curieux qu'on en parle si peu au Québec.

Je quitte madame Marie en l'embrassant comme si elle était ma grand-maman. Je lui laisse la carte écrite par sa mère ainsi que mon adresse électronique pour qu'elle me contacte si elle découvre la vérité sur ses origines.

Chapitre 14 — Pénélope

Réconcilié avec l'humanité grâce à ma rencontre avec madame Marie, je prends l'avion vers Madrid, où vit maintenant Pénélope, la Française qui faisait partie de mon groupe de copains à l'université. Elle est allée y rejoindre son ancien amoureux espagnol, qu'elle fréquentait auparavant à Marseille, sa ville d'origine. Trompée, Pénélope avait décidé de rompre et de s'exiler à Montréal. Le chaud lapin, prénommé Enrique, était ensuite rentré chez lui en Espagne. Et c'est là, au pays de Don Juan, qu'ils ont décidé de donner une nouvelle chance à leur relation.

Pénélope m'accueille tout sourire à l'aéroport. Elle a l'air plus sereine qu'à l'époque où je l'ai connue, mais elle est toujours aussi maigre. Elle ne pèse que 50 kilos, soit un peu plus de 100 livres, pour 1 mètre 82, c'est-à-dire 6 pieds.

Après d'affectueuses accolades, elle me présente Enrique, que je n'avais pas remarqué à sa droite. Il est beaucoup plus petit qu'elle et surtout beaucoup plus enrobé. Il me salue de façon grandiloquente, m'appelant « amigo Frederico » et me donnant de solides tapes dans le dos. Pour quelqu'un qui ne me connaît pas, il en fait trop. Je détecte tout de suite qu'il s'agit d'un charmeur d'une qualité discutable.

Une chaleur intense me fouette le visage à la sortie de l'aéroport. Pénélope me dit que c'est la canicule depuis plusieurs jours. Le tacot d'Enrique empeste l'essence et n'est pas équipé d'air climatisé. Le trajet est d'autant plus pénible que nous sommes coincés dans un bouchon de circulation. Les klaxons fusent de toute part, comme si cela pouvait accélérer le trafic. Ils sont *locos*, ces Madrilènes. Et pour ajouter à mon déplaisir, Enrique et Pénélope ne cessent de se disputer en espagnol; je ne comprends rien de leur querelle.

Près d'une heure plus tard, nous arrivons dans leur minuscule appartement, situé au quatrième étage d'un immeuble du quartier La Prosperidad, ce qui signifie littéralement « la prospérité ». Ironiquement, ils sont loin de vivre richement. Leur ameublement est simplement constitué d'un matelas dans l'unique chambre, d'une table et quatre chaises dans la pièce qui sert à la fois de cuisine et de salon. Ils ont aussi un petit frigo et une petite cuisinière désuets. Il n'y pas non plus d'air climatisé dans l'appartement, seulement un vieux ventilateur qui brasse l'air chaud. On se croirait dans un four, il fait au moins 40 degrés : je ne m'imagine pas dormir ici.

Pénélope m'a promis que nous allions faire la fête toute la nuit. Madrid a la réputation d'être l'une des villes les plus festives du monde, d'innombrables bars et discothèques ne ferment qu'après le lever du soleil. Comble du bonheur, ce cher Enrique ne sera pas des nôtres, il travaille dans une boîte de nuit. En raison de la crise économique, il est incapable de trouver du travail dans son domaine, la comptabilité.

Notre soirée commence vers 21 h, Pénélope et moi nous rendons dans un restaurant de *tapas* du quartier Malasaña, dans le *Centro* de Madrid. Nous commandons de la sangria, une assiette de calmars frits, une autre de chorizo et un bol d'olives. Dans une atmosphère animée, nous nous rappelons de bons souvenirs de Montréal. Puis Pénélope m'informe que j'ai manqué de deux jours le passage à Madrid de Martin, le Belge surnommé Tintin.

— Je croyais qu'il vivait toujours à Montréal.

— Oui, mais il était de passage en Europe pour aller voir ses parents à Bruxelles. Il a ensuite fait un détour par ici avant de retourner au Québec. Ç'aurait été chouette de se revoir les trois ensemble.

— Oui, comment il va ?

— Bien, il est maintenant persuadé qu'il est aux femmes.

— Il en doutait ?

— Je pensais que tu étais au courant.

— Nous allions parfois aux danseuses avec Karim. Je croyais que Tintin aimait ça.

— Les danseuses, elles faisaient des strip-teases complets ?

— Oui, bien sûr... À bien y penser, Tintin paraissait intimidé devant les femmes à poil. Mais c'est dans sa nature, il est timide.

— Je crois qu'une des raisons pour lesquelles il est si timide, c'est qu'il a eu des doutes pendant longtemps concernant son orientation et qu'il n'osait pas avoir de relations pour déterminer ce qu'il souhaitait vraiment.

— Et il a fait l'expérience des deux côtés ?

— Les deux côtés, je ne sais pas... Mais il a essayé avec une femme et il a adoré ça.

— Je la connais ?

— Je ne crois pas.

Pénélope fait alors bifurquer la conversation sur sa relation avec Enrique.

— J'ai bien fait de venir le rejoindre ici, je pense que c'est le seul homme qui peut m'aimer autant.

— Qu'est-ce que tu veux dire ?

— Il en fait tellement pour essayer de me rendre heureuse, il me dit de belles choses, avec lui je me sens jolie. Et tu sais, c'est difficile d'attirer les hommes lorsqu'on est trop grande et trop maigre comme moi.

— Arrête... Tu sais combien de filles rêveraient d'avoir ta taille ?

— Je sais bien, mais elles ont tort. La plupart des hommes ne veulent pas sortir avec des femmes plus grandes qu'eux. Ça laisse un choix limité. Et puis ce qu'on voit dans les magazines, c'est de la foutaise fabriquée par des designers de mode gais. Les hommes hétérosexuels n'aiment pas les maigrelettes comme moi, ils préfèrent les femmes qui ont de belles formes féminines.

Sur ce point, je suis d'accord avec elle. J'hésite cependant à m'exprimer pour ne pas lui tourner le fer dans la plaie. En plus d'être très maigre, Pénélope n'a pratiquement pas de poitrine et ses hanches sont peu développées. Elle pourrait effectivement être le fantasme de couturiers homosexuels à la recherche d'un look androgyne. Pour la consoler, je compare sa maigreur à celle de ma tante Maude, la prostituée.

— Apparemment, elle a du succès avec les clients et elle est quasiment aussi mince que toi.

— Merci, ça me rassure beaucoup de savoir que je pourrais être une pute, réplique Pénélope avec ironie.

— Tout ça, c'est dans la tête. La plupart des femmes ne sont pas satisfaites de leur corps, peu importe le physique qu'elles ont.

— Peut-être... mais moi, ça remonte à l'enfance. Déjà à l'école primaire, on me traitait d'anorexique. Pourtant, je ne l'ai jamais été, je mangeais bien. Ma maigreur, c'est de famille. Mais bien des enfants sont méchants, ils ont besoin de souffre-douleur, ils disent n'importe quoi pour blesser. C'est comme pour mon nom. Mes parents sont vraiment trop cons de m'avoir appelée Pénélope.

— Pourquoi ?

— Parce que c'est le seul prénom qui rime en français avec salope et qui évoque des images comme pénis et pénétration.

Je dois me retenir pour ne pas rire et ne pas échapper ma bouchée de calmar; Pénélope ne s'en soucie guère, elle continue à se confier.

— Ça fait chier quand on t'appelle « pénis bandé » dans la cour d'école. Au début, je ne savais pas ce que ça signifiait. Lorsque je l'ai su, ça m'a fait encore plus de peine. J'y voyais aussi une référence à mon physique, parce que j'étais plus grande que tout le monde. Après, j'ai évidemment eu droit à « Pénélope la salope ». Et comme si ce n'était pas assez, des garçons se sont mis à dire et redire à l'infini « Je pénètre Pénélope la salope ». Ensuite, il y a eu toutes les références inappropriées à Penélope Cruz. C'est difficile d'avoir un nom à forte consonance sexuelle, conclut-elle en essuyant une larme.

*

Il est presque minuit, nous nous joignons à un *botellón*, dans une grande place publique. Pénélope m'explique que c'est une tradition de la jeunesse espagnole de se regrouper ainsi dans la rue ou les parcs pour boire et fumer en écoutant de la musique. Elle avait prévu le coup, elle sort une bouteille de vin rouge de son sac à bandoulière. Étonné, je lui demande s'il est légal de boire sur la place publique. Elle me répond que ce ne l'est plus depuis quelques années, mais que la police a de la difficulté à faire respecter le règlement.

Nous sommes des centaines de jeunes rassemblés à la Plaza del Dos de Mayo, dans une ambiance bon enfant. Pénélope et moi buvons directement à la bouteille. Éméchée, elle joue à la guide touristique.

— Ici, c'est la Place du 2 mai... Tu sais ce qui est arrivé le 2 mai ? Le 2 mai, les Espagnols nous ont dit d'aller nous faire foutre, nous, les maudits Français. Ils ont commencé la guerre... d'indépendance. Contre Napoléon... le 2 mai... mille... mille huit cent huit.

Je n'écoute pas vraiment, je m'en fous comme de l'an 40, il y a trop de jolies filles à contempler. Mon regard croise celui d'une délicieuse demoiselle aux traits hispaniques, bouteille de bière à la main. Elle est tout près de nous. Sans réfléchir, je me dirige vers elle et je l'aborde avec la première connerie qui me vient en tête.

— Es-tu la cousine de Penélope Cruz ? que je lui lance en anglais. Elle rit, c'est dans la poche.

Alejandra maîtrise bien les langues... la sienne, la mienne et celle de Shakespeare. Avant même de discuter, nous faisons connaissance en échangeant prestement nos salives. Entre des salves répétées d'ivres baisers, j'apprends qu'elle est étudiante en médecine à Barcelone, en visite à Madrid chez des amis.

Dans un soudain moment de lucidité, je me rends compte que j'ai laissé Pénélope en plan. Je me retourne, elle embrasse à pleine bouche un Asiatique. Je vais les interrompre abruptement, sans manière.

— Pénélope, t'es sûre que tu veux continuer ça ? Tu risques de le regretter demain. Pense à Enrique.

— Je l'emmerde, Enrique. Il m'a trompée, le salop… et pas juste une fois. Laisse-moi m'amuser. Ta pétasse t'attend.

*

Mes souvenirs de ma première nuit à Madrid sont flous. J'ai perdu de vue Pénélope peu après l'avoir surprise avec son Asiatique. J'ai suivi Alejandra et ses copains dans une boîte de nuit. Nous avons bu et dansé jusqu'à 3 ou 4 h, puis je me suis retrouvé seul avec elle à l'arrière de sa voiture. J'étais tellement saoul et fatigué que je n'ai pas essayé de la sauter, nous avons brièvement roupillé jusqu'à l'aube. Elle devait rapidement repartir pour Barcelone. Elle m'a laissé son numéro de téléphone et m'a invité à lui rendre visite quand je quitterai Madrid.

Vers 8 h, je rapplique chez Pénélope avec un violent mal de tête. Mon amie n'est pas rentrée à l'appartement, Enrique est furieux. Je tente de l'apaiser, en lui disant que je suis fautif, que j'étais parti avec Alejandra, alors que Pénélope avait trouvé un « groupe de filles » pour faire la fête. Il se calme, mais demeure sceptique.

Les trois jours suivants, j'assiste à des scènes de ménage spectaculaires, jusqu'à ce que Pénélope décide de quitter Enrique pour Guillermo, l'Asiatique, en réalité né en Espagne. Elle me le décrit comme un prince charmant « plus compréhensif qu'Enrique ». Je tente de la prévenir du fait qu'on idéalise parfois l'objet de notre désir au début d'une relation. Seulement, elle ne veut rien entendre, elle parle déjà de Guillermo comme de l'homme de sa vie.

Chapitre 15 — Alejandra

Il n'y a rien de plus sexy qu'une femme qui parle espagnol. Peu importe son physique, sa personnalité ou son âge, une femme qui s'exprime en castillan a plus de sex-appeal que si elle le faisait en anglais, en allemand, en arabe, en chinois, en japonais ou en français. Sa féminité et sa sensualité ressortent davantage, la musicalité de la langue évoque l'éros.

Alejandra est aussi ravissante que dans mon souvenir alcoolisé. J'arrive tout juste à Barcelone, elle est venue me chercher à la gare, son téléphone a sonné après notre premier baiser. Fasciné, je l'observe et l'écoute converser. Je ne sais pas qui est son interlocuteur ni quel est le sujet de discussion, cela n'a pas d'importance. Ce qui compte, ce sont les intonations, les sons, le rythme, les expressions faciales, les mouvements de la langue. Au fait, j'y pense, elle parle peut-être catalan en ce moment plutôt que castillan. Peu importe, je suis subjugué.

À peine a-t-elle raccroché qu'elle m'embrasse de nouveau, éperdument. La demoiselle a le sang chaud. Elle m'annonce en sautillant que nous allons assister à un match du FC Barcelona, le soir même. Je ne suis un passionné de foot, mais je montre à la hauteur de son enthousiasme pour lui faire plaisir.

Il est encore tôt, Alejandra m'entraîne d'abord chez elle pour un petit moment en privé. La future doctoresse habite seule dans un spacieux loft près de la Ciutat Vella, la vieille ville en catalan. Il est décoré de magnifiques meubles antiques, qui appartenaient à ses arrière-arrière-grands-parents, me dit-elle. Fièrement, elle ajoute que son arrière-arrière-grand-père était médecin et qu'il a soigné de nombreux combattants lors de la Révolution de 1936. Depuis, la médecine s'est transmise de père en fils dans la famille, elle sera la première femme toubib. Elle a choisi de devenir chirurgienne esthétique. Je lui demande ce qu'en penserait son aïeul, héros de guerre.

— Tu crois que ce n'est pas important, la chirurgie esthétique ?

— Ce n'est pas ça. Je voulais simplement dire que la médecine a beaucoup changé depuis ce temps.

— Tu esquives bien les pièges, tu ferais un bon politicien.

— Je vais le prendre comme un compliment.

Pendant que je termine de boire une bière au comptoir de cuisine, Alejandra va se changer derrière un paravent, pour se mettre à l'aise, précise-t-elle. Elle revient quelques minutes plus tard habillée en docteure, avec un stéthoscope au cou. Elle porte les vêtements typiques d'un chirurgien dans un hôpital, bien loin du costume d'infirmière en chaleur que Frédérique portait à l'Halloween. Elle arbore aussi un masque, comme si elle s'apprêtait à m'opérer. De son visage, je ne vois plus que ses yeux marrons, me défiant avec superbe. Je ris, d'un rire mal assuré, perplexe.

— Monsieur Frédérik, c'est à votre tour de passer entre mes mains. Suivez-moi dans la salle d'opération.

J'obéis en me dirigeant vers son lit, incertain de l'attitude à adopter. Dois-je me prêter au jeu ? Si oui, comment ? Je ne sais pas si je trouve cette situation émoustillante, inquiétante ou ridicule. Alejandra me commande brusquement de m'étendre. Je m'exécute. Elle m'ordonne de ne plus bouger, elle baisse son masque et m'intime de m'adresser à elle en l'appelant « Docteure Alejandra ». Puis elle me déshabille méthodiquement, tout en léchant au fur et à mesure chacune des parties de mon corps. Quand Docteure Alejandra m'enlève enfin mon boxer, ma verge est déjà bien gonflée, impatiente d'être engloutie dans sa bouche. Cependant, ma tortionnaire l'ignore ostensiblement. Elle s'affaire à m'attacher à son lit avec un système sophistiqué de sangles. Avant même que je ne le réalise, je ne peux plus bouger, je suis entièrement soumis à sa volonté.

Alejandra sort un scalpel de sa poche. Il me paraît être véritable. Elle remet son masque, je ne peux plus lire les expressions de son visage. Je me tortille, je panique. Elle fait glisser le côté de la lame sur ma peau, de ma poitrine vers mon bas-ventre. Je crie, je la supplie d'arrêter, j'ai peur de mourir aux mains de cette folle. Pire, elle pourrait me couper le phallus. Je revois ma vie défiler à la vitesse de l'éclair, je me demande brièvement si ma tante Maude et grand-maman Colette ont déjà été ainsi mises en danger lorsqu'elles « travaillaient ».

— Cesse de pleurnicher comme une fillette, m'ordonne Alejandra.

— *Fuck you*, que je lui lance en désespoir de cause.

— *Fuck you who?... Fuck you who?* qu'elle répète en gueulant.

— *Fuck you... Doctor Alejandra*, que j'essaie, hésitant.

— *Good boy...* bon garçon, qu'elle me glisse tout doucement à l'oreille.

Elle me récompense d'un strip-tease complet, je passe de l'épouvante à la volupté. Mon excitation s'accroît de façon exponentielle, je comprends maintenant pourquoi le sadomasochisme existe. Alejandra termine son effeuillage en me libérant, puis d'une voix suppliante elle m'implore de l'attacher et de la baiser « jusqu'à ce que mort s'ensuive ». Après la peur que j'ai vécue, c'est tout ce que je désire. Je serre les sangles de toutes mes forces; et j'enfile cette salope sauvagement en lui mettant la main au visage, délivrant toute l'adrénaline produite alors que je craignais pour ma vie et que je ne pouvais m'enfuir.

— *Fuck me... Fuck me hard, I'm your bitch*, qu'elle vagit, m'incitant à continuer la domination.

Précocement, je viens en elle. Je m'écroule sur son corps. Elle ne bouge pas, elle ne bouge plus, elle ne respire plus. Je me relève terrifié. Son visage angélique est immobile, les yeux fermés. Affolé, je la secoue, dans l'espoir qu'elle reprenne conscience. Je sursaute lorsqu'elle pouffe de rire, en proclamant : « *Qué rico !* » Je m'esclaffe avec soulagement et lui demande si cette expression est positive.

— Ça signifie que c'était très mauvais, qu'elle prétend pince-sans-rire.

*

Tous les sièges du Camp Nou, le stade du FC Barcelona, sont occupés. Alejandra et moi crions et chantons avec les quelque 80 000 autres spectateurs présents, comme si tous nos cœurs battaient à l'unisson. Je me demande s'il y a des gens parmi eux qui ont eu une relation sexuelle aussi déviante que la nôtre dans la journée. Combien de personnes croise-t-on ainsi sans nous imaginer ce qu'ils font dans leur vie privée ?

Jamais je n'aurais pensé qu'Alejandra me ferait vivre une telle expérience. Lorsqu'elle m'a attaché, j'étais d'abord intrigué. Rapidement, la curiosité a fait place à l'épouvante lorsqu'elle a sorti son scalpel. Puis à la colère. Je n'avais qu'envie de fuir et de ne plus revoir cette désaxée. Mais la suite de son scénario m'a fait vivre de telles émotions que je ne conçois maintenant d'autre choix que de rester. Elle m'a rendu accro à elle, comme une drogue dure.

Ce soir, le simple fait d'appartenir à cette foule m'extasie. Le match a peu d'importance pour moi, ce sont les réactions de cette gigantesque masse humaine qui m'intéressent. Je trouve fascinant de constater que chaque homme sur le terrain a le pouvoir de donner une chair de poule collective à toute l'assistance et à tout un pays simplement en bottant un ballon à 5 mètres ou moins du but. Dans la Rome antique, les empereurs avaient déjà compris qu'il fallait offrir « du pain et des jeux » à la population pour en garder le contrôle. Tout politicien contemporain perspicace comprend que les performances des grandes équipes sportives peuvent avoir un impact sur le moral des citoyens, en les rendant satisfaits dans la victoire ou apathiques dans la défaite. Dans un cas comme dans l'autre, la grogne populaire est atténuée. Je me demande bien si les Catalans auraient fait plus d'efforts pour se séparer de l'Espagne si le foot n'avait pas existé.

Alejandra se jette dans mes bras. Mes oreilles bourdonnent. Je devine que le ballon a trouvé le fond du filet, du bon côté du terrain. L'humeur de millions de personnes s'en trouve améliorée, c'est plus efficace que bien des antidépresseurs. Je surfe sur le bonheur d'autrui; je partage l'état de grâce de la foule, ce succès par procuration. Mes sensations seraient-elles aussi intenses si Alejandra et moi n'avions que tranquillement baisé dans la position du missionnaire plus tôt aujourd'hui ?

Chapitre 16 — Émilie

Le bonheur dure rarement longtemps. Je consulte ma boîte de courriels sur la tablette d'Alejandra, et je lis un nouveau message de Jocelyne Barré.

J'aimerais savoir si c'est bel et bien vous qui avez créé ce profil Facebook ?

Je ne comprends pas pourquoi elle me vouvoie lorsqu'elle m'écrit, alors qu'elle se permet de me tutoyer quand elle me parle. Je clique sur le lien qu'elle a copié-collé dans l'envoi. Mon sang fige, je suis horrifié.

C'est bien ma photo, c'est bien mon nom et « je » proclame sur Facebook que « j'ai tué mon père ». Depuis un certain temps, j'évite les réseaux dits sociaux, parce qu'ils m'apparaissent fondamentalement asociaux. Aujourd'hui, on me donne raison à mon détriment.

Je comprends que quelqu'un puisse trouver excitant de créer un compte bidon au nom d'une célébrité. Mais il faut une personne particulièrement dérangée — plus que moi — pour créer un profil à mon nom et d'y « avouer » ma soi-disant culpabilité.

À la suite des aveux qui me sont faussement attribués, il y a des centaines de commentaires d'autres utilisateurs, osant publier sous leur vrai nom des insultes, des railleries ou des énormités grotesques qui en disent long sur leur pathétique manque de jugement.

Il faudrait rétablir la peine de mort pour des gens comme toi, écrit un intellectuel de haut vol.

T'es juste un hostie de psychopathe dégueulasse, ajoute une certaine Linda, « amie Facebook » de l'intello.

Tu mérites de finir ta vie en prison à Guantanamo, statue enfin le cher oncle Roger de mon père, prouvant indéniablement ce que je savais déjà, c'est-à-dire qu'il est profondément idiot.

Après cette édifiante lecture, je m'empresse d'écrire à Jocelyne Barré pour lui signifier que je n'ai rien à voir avec ce profil et ces prétendues confessions publiques. Puis je laisse un message à mon avocate au numéro d'urgence qu'elle m'a laissé. Maître Laliberté me rappelle un peu plus tard, sur une vieux portable qu'Alejandra m'a prêté.

— Savez-vous qui dans votre entourage ou dans votre famille aurait pu créer ce compte à votre nom ?

— Pourquoi dans ma famille ?

— Nos pires ennemis sont parfois plus près de nous qu'on le pense.

— Mais… non, je ne sais pas. C'est trop fou. J'ai le sentiment que je ne peux plus faire confiance à personne.

— Vous avez bien raison. Je vais contacter la sergente Barré. Je ne peux concevoir que la police n'ait pas les moyens de déterminer d'où ce profil a été créé. Vous me jurez que ce n'est pas vous ?

— Bien sûr que non. Euh… enfin, vous comprenez ce que je veux dire : je vous jure que ce n'est pas moi qui suis à l'origine de ce compte.

*

Alejandra rentre de faire des courses, je tente d'avoir l'air normal; pourtant cette nouvelle tuile me perturbe profondément. Elle me demande ce qui ne va pas.

— Rien, que je réponds, en prétextant que j'ai simplement envie de sortir et prendre l'air.

— Super, je vais t'amener voir la Sagrada Família.

Nous convenons de marcher pour nous rendre à cette église légendaire, qui se trouve relativement près de chez elle. En chemin, Alejandra ne cesse de parler de ses problèmes relationnels : avec une amie, une enseignante, un ex-copain et ses parents. Elle m'étourdit, je ne peux placer un mot. Elle se tait seulement lorsque nous arrivons enfin à destination.

Je suis à la fois exaucé, soulagé et ébahi. C'est sans contredit la plus belle église, que dis-je, le plus beau bâtiment que j'aie vu de toute ma vie. À l'extérieur, l'architecture de Gaudí est d'une complexité et d'une beauté inégalées. L'intérieur est tout aussi impressionnant, avec ses hautes colonnes inclinées, surmontées de chapiteaux elliptiques soutenant un plafond à la spectaculaire luminosité naturelle, qui s'harmonise avec le dégradé des couleurs des vitraux. Alejandra sanglote, elle dit que c'est trop beau. Ça me confirme qu'en elle, tout est exacerbé.

Je lis sur une plaque le nom exact de la basilique en catalan : *Temple Expiatori de la Sagrada Família*, Temple expiatoire de la Sainte-Famille. Cette appellation tortueuse me rappelle les doutes que mon avocate vient de semer en moi à propose de mes proches. Alejandra fait son signe de croix et s'agenouille pour prier, les mains jointes. Je m'assieds à côté d'elle, je ferme les yeux et je prie en silence. Je ne reconnais plus l'athée en moi.

*

Au retour chez elle, Alejandra se met à cuisiner ce qu'elle promet être « la meilleure paella de Barcelone ». Je me précipite avec anxiété sur sa tablette pour voir si j'ai reçu de nouveaux courriels. Ma jeune demi-sœur, Émilie, m'a écrit. Son message s'intitule « Pkoi ? », c'est-à-dire « Pourquoi ? ». Pour faciliter ma propre compréhension de son texte, je le réécris ici en français correct, plutôt qu'en abrégé comme elle me l'a envoyé.

Fred, qu'est-ce qui t'as pris de tuer papa ? J'ai tellement de peine. Avant, t'étais mon idole. Je l'aimais tellement mon grand frère, même si je ne le voyais pas souvent. Mais maintenant je découvre que t'es juste un sans-cœur, un meurtrier. Dis-nous au moins où t'as caché son corps. Émilie

Je pleure silencieusement pour ne pas alerter Alejandra. Je n'ai pas vu Émilie depuis la mort de ma mère. Elle a aujourd'hui 14 ans. Je n'avais pas cru bon de la contacter après la disparition de Gilbert, je la voyais encore comme une enfant. Le fait qu'elle m'écrive dans ces termes me fait réaliser qu'elle a vieilli, et surtout qu'elle souffre énormément. Je dois lui répondre immédiatement.

Chère petite sœur, je n'ai pas tué Gilbert. Je ne sais pas où il est ni ce qui lui est arrivé. Ce n'est pas vrai ce qui est écrit sur Facebook, c'est un con qui se fait passer pour moi. J'espère que tu tiens le coup. Je t'aime, Fred

C'est la première fois que je fais savoir à ma sœur que je l'aime. Ça ne me serait pas venu à l'idée quand nous étions plus jeunes. Pendant longtemps, je me suis empêché de l'apprécier et j'ai toujours précisé qu'elle était ma demi-sœur; probablement parce que je vivais trop de frustrations envers Gilbert et Gina, la mère d'Émilie.

Tiens, Émilie m'a déjà réécrit. Elle est en ligne, nous pouvons clavarder.

— *À la télé, ils disent que c'est toi qui as écrit ça.*

— *Ils disent n'importe quoi. N'importe qui peut créer un faux profil sur Facebook.*

— *Pourquoi quelqu'un ferait ça ?*

— *Je ne sais pas. Il y a des gens qui aiment faire du mal.*

— *Il y a plusieurs personnes dans la famille qui pensent que c'est toi qui as fait disparaître papa.*

— *Je m'en fous, ce n'est pas vrai.*

— *Pourquoi tu ne reviens pas ici ?*

— *Parce qu'il y a trop d'imbéciles qui pensent que j'ai tué Gilbert. Je suis beaucoup mieux à l'autre bout du monde.*

— *Ma mère a dit qu'elle ne veut plus jamais te voir.*

— *Tant pis. Elle se trompe, comme les autres. Est-ce que tu sais si Gilbert a dit ou fait des choses en particulier avant de disparaître ?*

— *Je suis la dernière personne à l'avoir vu. Il avait l'air stressé.*

— *Qu'est-ce que t'as dit à la police ?*

— *Je n'ai pas le droit de t'en parler.*

— *Pourquoi ?*

— *Parce que la police et ma mère me l'interdisent. Ils ne veulent pas non plus que j'entre en contact avec toi.*

— *Est-ce que Gilbert t'a déjà fait du mal ?*

— *Non.*

— *T'en es sûre ?*

— *Oui.*

À cet instant, je me mets à douter. Si quelqu'un a pu créer un faux profil Facebook à mon nom, je n'ai aucune preuve que la personne qui clavarde avec moi est bel et bien ma sœur. Ce pourrait être sa mère ou même la police. Me sentant pris au piège, j'écris laconiquement : *Je dois te laisser maintenant. Prends soin de toi, sœurette…   xx*

*

La paella d'Alejandra est sublime. Ça ne suffit pas cependant à atténuer mes angoisses. Émilie — qu'il s'agisse réellement d'elle ou non — et cette histoire de profil Facebook ont rouvert des plaies non cicatrisées. Je me renferme en moi.

Alejandra se sent visée par mon attitude distante, elle fait une crise de colère aussi soudaine et inattendue que spectaculaire.

— Tu me prends pour une servante ? J'ai mis tous mes efforts et tout mon cœur pour te faire la meilleure paella du monde et toi, tu manges comme si c'était du pain sec, sans me parler ou me regarder !

— Désolé, je ne vais pas bien.

— Pourquoi ? Tu n'aimes pas être avec moi ? Je suis trop exubérante pour toi ? C'est ça ? Je te fais peur ? Quel est le problème ?

— C'est moi, ce n'est pas toi.

— Je l'ai déjà entendu ! Raconte ça à une autre que moi, qu'elle crie avant d'éclater en larmes.

Déstabilisé, je ne sais comment réagir. À Paris, Rachida m'avait reproché de lui avoir caché mes problèmes, cela semblait me rendre plus suspect à ses yeux. Peut-être devrais-je tirer une leçon de cette expérience et m'ouvrir davantage à Alejandra ? Du coup, elle comprendrait également que je n'ai rien contre elle. J'avale une grande gorgée de vin pour me donner du courage et je me lance.

— Mon père est porté disparu, et ça me cause des soucis.

— Pourquoi tu ne m'en as pas parlé plus tôt ?

— Parce que je ne voulais pas t'embêter avec ça.

— Mais ça ne m'embête pas, *pobrecito*. Pourquoi tu ne rentres pas au Canada ?

— Certaines personnes pensent que je l'ai tué.

— Quoi ? L'as-tu tué ?

— Non !

— Vraiment ?

— Vraiment !

— Ça va, ça va, je te crois, je te crois…

— Tu me crois vraiment ?

— Vraiment.

C'est maintenant Alejandra qui se referme; je tente pourtant de poursuivre la conversation. Elle se contente de répondre en monosyllabes à mes interrogations.

— Ça te perturbe ce que je viens de te dire ?

— Non.

— Tu me crois ?

— Oui.

— Pourquoi tu ne parles plus ?

— …

— Parce que t'as peur ?

— … non.

À la fin du repas, après avoir vidé sa coupe de vin d'un trait, Alejandra retrouve la parole.

— Tu sais, moi, je cherche la simplicité dans ma vie, je ne veux pas d'un homme qui a des problèmes ou qui est instable.

— Mais je ne suis pas instable.

— Ce n'est pas ce que j'ai dit.

— Qu'est-ce que tu dis alors ?

— Il vaudrait peut-être mieux qu'on cesse cette relation avant que ça ne devienne trop sérieux.

— Je ne comprends pas.

— Pars d'ici tout de suite ! qu'elle hurle comme si je venais de l'agresser.

Chapitre 17 — Gertrude

L'intensité d'Alejandra est-elle maladive ? S'agit-il d'un trouble de comportement ou si c'est le symptôme d'une maladie mentale ? Est-ce son état habituel ou est-elle en proie à des démons momentanés ?

Quand Alejandra m'a cavalièrement mis à la porte, je me suis rendu dans un hôtel et j'ai passé une semaine supplémentaire à Barcelone. J'ai beaucoup marché dans la ville, en pensant au sort de mon père et aux réactions bizarres des gens envers moi dans ce contexte. Je me sentais autant imperméable à la tristesse et aux remords que je l'étais à la joie de vivre des Barcelonais. Dans un état neutre d'incompréhension, je contemplais cette situation comme si elle m'était totalement étrangère.

N'ayant rien de mieux à faire, je m'envolai vers Rome le septième jour — plutôt que de me reposer à l'instar du Très-Haut —, pour y voir sœur Gertrude, une cousine de ma défunte grand-mère Colette. Elle y vit dans un couvent depuis environ un an, après avoir voué la majeure partie de sa vie aux démunis en tant que sœur missionnaire.

Malgré mon peu d'intérêt pour la religion, j'ai toujours admiré cette femme. Elle venait nous rendre visite tous les deux ou trois ans à Trois-Rivières et elle me racontait dans le détail ses aventures autour du monde : en Haïti, au Pérou, en Bolivie, aux Philippines, au Congo et dans quelques autres pays que j'oublie. Ses récits m'ont donné la piqûre du voyage.

Tante Gertrude, comme je l'appelais plus petit, n'est pas du genre à porter des jugements ou à faire la morale. À ma connaissance, elle a toujours fait preuve d'une retenue admirable. En ce sens, elle est à mille lieues du message moralisateur de l'Église catholique, à laquelle elle appartient pourtant. Gertrude acceptait ma grand-mère Colette comme elle était, même si elle aurait souhaité pour elle une vie plus facile, sans prostitution. Elle ne nous a jamais reproché, non plus, notre manque de piété. Dans mon souvenir, elle nous irradiait simplement de son amour, comme elle le faisait j'imagine pour toutes les personnes qu'elle aidait.

Nous nous sommes donné rendez-vous dans un café du centre historique de Rome, près du Vatican. J'arrive un peu en avance, Gertrude est déjà là. Je suis surpris de constater qu'elle porte un voile sur la tête, comme les anciennes religieuses. Je ne l'avais jamais vue ainsi vêtue. Comme d'habitude, elle est souriante et cordiale. Mais elle me semble avoir vieilli en accéléré.

Je commande un tiramisu et un café, Gertrude demande seulement une tasse d'eau chaude.

— Prends quelque chose à manger, je t'invite, que je lui dis.

Rien à faire, elle s'astreint à son vœu de pauvreté et à la simplicité dans tous les aspects de sa vie. En insistant, je la convaincs cependant de goûter au tiramisu.

— C'est trop bon, c'est pour ça que je ne mange pas de dessert, je ne saurais plus m'arrêter. Je ne veux pas devenir l'esclave de mes désirs.

En l'écoutant distraitement deviser sur sa philosophie restrictive concernant les plaisirs des sens, j'aperçois une délicieuse blondinette s'asseoir seule à une table située en billet. Ses longues jambes et sa volumineuse poitrine, mise en valeur par un décolleté plongeant, attisent mes sens. J'ai de la difficulté à la lâcher des yeux, je deviens dur instantanément, ce qui est particulièrement inconfortable en présence d'une vieille nonne. Pour me calmer, j'essaie de me concentrer sur les propos de Gertrude.

— Ça me fait tellement plaisir de te voir ! Je suis désolée de ne pas avoir pu être là à la mort de ta mère. Ça s'est passé si vite, et je devais préparer mon départ des Philippines pour venir ici.

— Je comprends, que je dis distraitement, en jetant un œil à la blonde aux gros seins.

— Et cette pauvre Maude, comment va-t-elle ?

— Je ne sais pas… en fait, je crois qu'elle continue… dans la même voie, comme faisait grand-maman.

— Je prie chaque jour pour elle. Tu sais, les voies du Seigneur sont impénétrables.

Contrairement à celles de Maude, que j'aurais envie de répondre, mais ce serait de mauvais goût. La belle inconnue me regarde attentivement, je détourne le regard, mon cœur s'emballe, je me sens rougir.

— Es-tu sûr que ça va, Frédérik ? Tu me sembles être dans un drôle d'état.

— Oui… oui, j'ai juste un petit étourdissement.

— J'ai su pour ton père. Je prie aussi tous les jours pour lui et pour toi.

— Merci, c'est gentil, que je réponds en baissant les yeux.

— Je sais que tu lui en voulais beaucoup et je te comprends Il n'était pas un homme bon, loin de là. Mais il faut que tu apprennes à lui pardonner dans ton cœur. Ça t'aidera à traverser cette épreuve. Dis-moi, comment tu vis ça ?

— J'essaie de ne pas y penser, mais ce n'est pas facile. Il y a tous ces gens qui croient que je l'ai tué.

— Pauvre enfant. Je sais que tu n'es pas porté vers la religion… Pourtant, on y trouve parfois de la consolation. Jésus aussi a été accusé injustement, c'est pour ça qu'il est mort sur la Croix, pour nous. Mais toi, tu n'as rien à craindre, à part le jugement des faibles. On ne pourra pas te condamner pour un crime dont tu n'es pas responsable.

— T'en est sûre ? Je n'ai pas confiance en la police et au système de justice.

— Il est vrai que la justice des hommes est imparfaite. Dans d'autres pays, je m'inquiéterais énormément pour ton sort. Mais au Québec, au Canada, les risques qu'on condamne un innocent sont moins élevés.

— Et si quelqu'un ment à mon sujet ? Si par exemple quelqu'un dit que je lui ai confié avoir tué mon père ?

— Pourquoi quelqu'un mentirait ?

— Pour se venger… ou simplement pour me faire du mal.

— Pour se venger de quoi ?

— Euh… je ne sais pas.

— Dans les évangiles, Jésus appelle le diable le père du mensonge. Les menteurs finissent généralement par s'empêtrer dans leurs menteries. Et ils n'auront pas accès au royaume de Dieu.

Je regarde de nouveau vers la blondinette. Elle se lève et quitte précipitamment.

*

En sortant du café, Gertrude et moi marchons en direction du Vatican. Pour ne plus avoir à parler de mes problèmes, je lui demande comment elle trouve Rome.

— Franchement, je suis déçue de cette ville. Tout est très beau, mais les êtres humains m'apparaissent ici plus superficiels et moins authentiques que je m'y attendais.

— Même les religieux ?

— Surtout les religieux ! Quand j'ai décidé de venir vivre ici, c'était pour me rapprocher de Dieu avant ma mort. La vérité, c'est que je ne m'en suis jamais sentie aussi éloignée. Lorsque j'étais en mission à l'étranger, je sentais la présence du Seigneur à tous les instants, dans l'action, en aidant concrètement les autres, en faisant une différence positive dans leur vie. Je vivais également des rencontres humaines exceptionnelles avec des gens de tous les milieux. Mais ici, c'est comme le Disneyland de la foi. Ce n'est pas la vraie vie. La plupart des religieuses que je côtoie n'ont pas ce désir de changer le monde pour le mieux. Elles vivent dans la contemplation, déconnectées de la réalité. Pour plusieurs, la seule réalité terrestre qui existe, c'est celle du Vatican. Et c'est déprimant de constater à quel point cette institution n'évolue pas et qu'elle vit dans le passé. Ça, c'est sans compter tous les scandales financiers et sexuels, ceux qu'on apprend dans les médias et ceux qu'on nous cache.

— Qu'est-ce que tu vas faire ? Prévois-tu quand même rester ici ?

— Non, je pense sérieusement à rentrer au Québec.

— Tu ne veux pas repartir en mission ?

— J'en ai plus la force. Je vais bientôt avoir 70 ans. La vie est dure en mission, surtout dans les milieux d'extrême pauvreté. L'alimentation est déficiente, le travail est pénible et nous devons parfois subir l'agressivité de certaines personnes. Nous travaillons avec des oiseaux blessés par la vie; quelques-uns s'en prennent à nous comme si nous étions en cause. Pourtant, notre seul but est de les aider. Et puis… je dois t'avouer que je n'ai plus suffisamment la foi… Ces temps-ci, je prie le bon Dieu pour qu'il me donne la force de continuer à croire en lui.

— Vraiment ? Pourquoi ?

— Lorsque j'étais plus jeune, j'étais capable de voir le bien partout, même dans les situations dramatiques ou dans le visage d'un voyou. Je voyais Dieu dans tout et en tout le monde. Malheureusement, j'ai perdu cette faculté. On dirait que plus je vieillis, plus je vois le mal autour de moi. Je ne vois plus Dieu, c'est comme s'il avait tout abandonné. Mais au fond de moi, je sais que je suis fautive. Ce n'est pas lui qui abandonne, c'est moi. C'est pourquoi il faut que je me ressaisisse et que je lui demande son aide.

— Est-ce que ce serait si terrible si Dieu n'existait pas ?

— Je... je ne sais pas...

S'ensuit un long silence, jusqu'à ce que nous arrivions aux abords de la place Saint-Pierre, assaillie par des commerçants ambulants — des marchands du temple comme ceux dénoncés par Jésus — qui vendent des gadgets à l'effigie du Pape, comme s'il s'agissait de produits dérivés de Disney. Des touristes dispersés foulent le sol de la vaste esplanade, qui sert de parvis à l'ostentatoire basilique, siège de la chrétienté.

— Ici, je ne sais pas si nous sommes plus près du paradis ou de l'enfer, affirme Gertrude, avant de faire un signe de croix, comme pour effacer son blasphème. Il y a quelque chose que je dois te dire sur ton père, ajoute-t-elle.

Chapitre 18 — Lucie

Gertrude m'entraîne au pied de l'obélisque, situé en plein centre de la place. Nous nous y asseyons du côté qui permet d'admirer la basilique Saint-Pierre. Je ne peux m'empêcher de penser au lac du même nom, à toutes ces vagues qui menaçaient jadis de nous faire chavirer, mon père et moi. Sans préambule, la tante de ma mère entreprend son récit, avec gravité.

— Au début des années 80, j'ai passé une année complète dans un centre pour déficients intellectuels dont ma congrégation s'occupait à Trois-Rivières. C'est là que j'ai connu Gilbert, avant qu'il ne rencontre Marjolaine. Il étudiait à l'université et il occupait un emploi d'été dans ce centre. Il m'a d'abord semblé être une personne agréable et respectueuse. Un jour, les comportements d'une jeune déficiente intellectuelle qui s'appelait Lucie ont soudainement changé, surtout en présence des hommes, et particulièrement de Gilbert. Elle paniquait, elle devenait agressive, en crise. Nous avons tenté de savoir pourquoi; ce n'était pas facile. Elle était comme une petite fille de deux ou trois ans dans le corps d'une femme d'une vingtaine d'années. Finalement, avec son vocabulaire limité et des gestes, elle nous a fait comprendre... elle...

Gertrude cesse de parler, elle tremble, des larmes coulent sur ses joues. Elle prend une grande respiration et elle continue difficilement son récit.

— Lucie... elle nous a fait comprendre... que Gilbert l'avait agressée...

— Sexuellement ?

— Oui... je ne sais pas pourquoi je te dis ça... je crois qu'il est important que tu le saches.

— Tu ne l'as pas dénoncé ?

— Oui. Nous avons fait venir des policiers... Ils ont dit qu'ils ne pouvaient arrêter Gilbert seulement sur la base du témoignage de Lucie. Ce n'était pas assez clair pour eux ce qu'elle disait. Ils ne pouvaient rien faire sans preuve supplémentaire.

— Tu es sûre que Gilbert l'a réellement agressée ?

— Oui... Cette pauvre Lucie en est restée traumatisée. Elle a complètement changé du jour au lendemain. Elle a commencé à se mutiler et à se cogner la tête contre les murs, des comportements qu'elle n'avait jamais eus auparavant.

— Tu n'as pas averti ma mère quand elle a connu Gilbert ?

— J'étais au Pérou... j'ai été en mission durant cinq ans dans les Andes péruviennes, sans revenir une seule fois au Québec. Je ne savais pas que ta mère le fréquentait. Ç'a été un choc pour moi lorsque je suis revenue et que j'ai appris que Marjolaine était mariée à Gilbert. Tu étais déjà né. Donc, j'ai décidé de ne rien dire, de me taire, il était trop tard.

— Parfois, j'ai honte d'être un homme.

— Tous les hommes ne sont pas ainsi. Tu ne dois pas avoir honte de ce que tu es. Et tu sais, les femmes ne sont pas toutes vertueuses. Dans mes premières années au couvent, il y a longtemps, j'ai eu connaissance de religieuses qui... qui agressaient des enfants. Dans ce temps-là, c'était la loi du silence qui régnait, bien plus qu'aujourd'hui. Et la pédophilie féminine, c'est un tabou plus grand que celle des hommes. On ne peut pas croire, on ne veut pas croire que des femmes puissent agir ainsi. Malheureusement, ça existe davantage qu'on le pense.

*

Après les révélations troublantes de Gertrude, nous entrons dans l'église du pape. Je m'y sens comme en transe, en contact avec des ondes indéfinissables qui me donnent l'impression de flotter dans une réalité dont je ne comprends pas les paramètres. Il y a quelques semaines, j'aurais considéré comme folle ou illuminée la personne qui aurait tenu un discours comme le mien. Aujourd'hui, il me semble n'y avoir qu'une certitude : je ne connais pas la nature de toutes les forces à l'œuvre dans l'univers.

Je prie, en m'adressant à ma façon à une force supérieure indéfinie. Je demande la protection de Marjolaine et Colette; je souhaite que mon père se retrouve en enfer si une telle chose existe ailleurs que sur Terre. Suis-je en train de devenir croyant ? Si oui, je ne sais pas quelle forme pourrait prendre ma foi. Au même moment, à côté de moi, une frêle religieuse qui a consacré toute sa vie à un Dieu qu'elle ne reconnaît plus cherche désespérément à retrouver sa foi perdue.

Chapitre 19 — Lisa

De Rome, je prends l'avion pour Berlin. Mon intention première était de m'y rendre après mon séjour en France. Cependant, l'invitation impromptue de Pénélope à Madrid a changé mes plans. Mes déplacements sont plutôt aléatoires si on les compare à ceux de Phileas Fogg. Le personnage de Jules Verne n'a qu'un but : aller du point x au point y le plus vite possible afin de gagner son pari de compléter le tour du monde en 80 jours.

Je reprends la lecture du roman au décollage. Je l'avais délaissé ces derniers temps, parce que le récit de la première partie du périple m'apparaissait ennuyant. Qu'est-ce que j'en ai à foutre des distances parcourues et du nombre de jours entre les principales destinations si le personnage principal ne fait aucune rencontre intéressante, ne vit aucune aventure et ne prend même pas la peine de descendre du bateau dans les ports ? Selon la description qu'en fait Jules Verne, Phileas Fogg m'apparaît comme un être extrêmement ennuyant. Il est obsédé par le temps, l'heure et le bon ordre. Il est une caricature du gentleman anglais flegmatique. Malgré le courageux défi qu'il entreprend, il y a peu de place dans sa vie pour l'improvisation, la découverte ou les rapports humains. Ses contacts avec d'autres voyageurs se limitent à des parties de whist, en silence.

La filature amorcée par le détective Fix manque également de piquant, pour le moment du moins. Sur le navire *Mongolia*, il se lie d'amitié avec Passepartout, le domestique de Phileas Fogg, sans toutefois dévoiler ses réels motifs. Cela pourrait éventuellement devenir intéressant si Passepartout commençait à en apprendre davantage sur son maître et à vivre quelques péripéties. Or, jusqu'à présent, il s'agit d'une histoire et d'un voyage aseptisés, pratiquement dénués d'intérêt. Je ne crois pas me rendre jusqu'au bout de ce livre si aucun bouleversement ou rebondissement majeur ne survient bientôt.

De fortes turbulences se font soudainement sentir dans l'avion. D'instinct, j'agrippe solidement le bras de ma voisine de siège.

— Ne vous inquiétiez pas, tout va bien, qu'elle me dit calmement dans un anglais *british*. Cela arrive fréquemment. Il n'y a pas de quoi s'en faire, l'avion est le moyen de transport le plus sécuritaire du monde.

— C'est la surprise, c'est tout, que je réponds confusément en lâchant son bras. Je suis désolé.

— Il n'y a pas de quoi. Moi, c'est Lisa. Et vous ?

— Euh… euh…

Je suis incapable de prononcer mon nom : c'est comme un réflexe de protection. Je crains de nouveaux rejets ou d'autres problèmes avec la police, comme si le monde entier était au courant de la disparition de mon père.

— … je m'appelle Frédérik, que je finis par lâcher péniblement, comme si on m'extirpait une dent.

— Je vois que vous lisez Jules Verne, c'est un de mes auteurs favoris.

— Vraiment ?

— Oui, il avait un tel sens de l'anticipation, de ce que le futur réservait à l'humanité. Et vous savez, je me déplace beaucoup pour mon travail, mais je n'aime pas vivre des expériences de terrain. Je préfère m'imaginer des aventures en lisant.

— Dans quel domaine travaillez-vous ?

— J'écris une chronique sur la qualité du service dans les grands hôtels du monde pour une publication londonienne. Ça fait 15 ans déjà…

— Vous devez vivre une vie de jet-set…

— Plus ou moins. Pendant mes séjours à l'étranger, je vis dans le grand luxe, mais je passe incognito partout où je vais, pour pouvoir juger de l'expérience dans ces hôtels de façon objective et indépendante. Je ne me mêle pas aux gens riches et célèbres ou à qui que ce soit.

— Ce n'est sûrement pas votre premier passage à Berlin.

— Non, j'y suis souvent allée.

— Qu'est-ce que vous me conseillez de faire ou de voir ?

— À part de grands hôtels, je ne peux rien vous conseiller. Je n'aime pas les attractions touristiques et je déteste me retrouver dans des foules ou en contact avec des étrangers. Quand je voyage, je passe le plus clair de mon temps à l'hôtel. Une fois que mes articles sont écrits, je me contente de lire.

C'est comme si j'étais en présence d'une version moderne féminine de Phileas Fogg. Lisa a probablement fait le tour du monde plusieurs fois sans jamais véritablement le voir ou l'expérimenter. Elle semble être brillante et cultivée, elle a de l'entregent; je ne comprends pas pourquoi elle parcourt le monde ainsi, recluse dans les hôtels, sans aller à la découverte des pays et de leurs habitants. Ma curiosité l'emporte sur la bienséance : j'investigue davantage.

— Pourquoi vous ne sortez pas des hôtels ?

— Je n'en ressens pas le besoin. Je me sens anxieuse si je me retrouve dans un environnement qui ne m'est pas familier. Les avions et les hôtels, je connais. Je dois demeurer dans ma zone de confort pour me sentir bien.

La fameuse « zone de confort ». C'est le type de discours que tenait mon père pour justifier qu'il venait rarement me voir à Trois-Rivières. Il prétendait qu'il se sentait bien uniquement lorsqu'il restait dans son nouveau chez lui, à Laval. J'ai voulu y croire, mais avec le temps je me suis rendu compte que ce n'était qu'une mauvaise excuse. En réalité, il ne m'aimait pas et était trop pleutre pour me le dire. Et avec tout ce que je sais maintenant, je me demande si la « zone d'inconfort » de Gilbert était aussi reliée à ses crimes. Peut-être ne voulait-il pas risquer, à Trois-Rivières, de croiser par hasard d'anciennes victimes.

Chapitre 20 — Yael

Dès la descente d'avion à Berlin, je perds Lisa de vue en me rendant au carrousel à bagages. Alors que j'attends mon sac à dos, une brunette aux cheveux ondulés m'adresse la parole en anglais; elle veut savoir si je suis Allemand. Je réponds que je suis de Montréal et je lui demande d'où elle vient.

— D'Israël, Tel-Aviv. C'est comme un pèlerinage pour moi de venir ici. Mes arrière-grands-parents sont morts durant la Shoah, et ma grand-mère s'en est sortie de justesse.

— C'est horrible, que je commente tout en voulant garder une certaine distance émotionnelle.

— Oui, c'est important pour moi de ne pas oublier…

L'Israélienne continue de discourir, mais je perds le fil de son propos quand j'aperçois une jolie blonde à ma gauche. Je crois la reconnaître, elle ressemble à la demoiselle qui m'avait fait tant d'effet lors de ma rencontre avec Gertrude dans un café de Rome. Son habillement — si c'est bien elle — est aujourd'hui plus discret : un jean bleu et un simple t-shirt rose. Sur son bagage à main est cousu un petit drapeau du Québec; la croix blanche et les quatre fleurs de lys, sur fond bleu royal.

Mon interlocutrice ne cesse de babiller, elle ne parle plus de l'Holocauste, mais du mauvais service dans l'avion. J'aimerais qu'elle se taise un instant pour pouvoir m'adresser à la beauté, qui est probablement une Québécoise. Cependant, l'Israélienne ne porte pas attention à mon langage non verbal, et je finis par l'interrompre plus brusquement que je ne l'aurais souhaité. Elle ne semble toutefois pas s'en formaliser. Je me retourne vers la blonde et l'interpelle en français. Son visage s'éclaire, elle me répond avec un accent québécois prononcé.

Sophie étudie à l'université en criminologie et elle fait une tournée de l'Europe en solo pendant ses vacances d'été. Je lui demande si c'est bien elle que j'ai aperçue il y a quelques jours dans le café romain. Elle affiche un air inquiet, puis elle me répond que je me trompe de personne.

L'Israélienne s'impose entre nous et se présente à Sophie. Elle s'appelle Yael. Elle monopolise toute l'attention, jusqu'à l'arrivée de sa valise sur le carrousel. Elle veut savoir où je vais dormir. Je lui dis que je n'ai pas de réservation, que je prévoyais m'informer au bureau d'information touristique de l'aéroport. Elle m'invite à la suivre dans une auberge de jeunesse qu'on lui a recommandée. Je regarde Sophie et lui demande si elle veut venir avec nous. Elle accepte en soupirant de soulagement.

Dans le bus qui nous mène vers le centre de Berlin, je sens une certaine compétition entre les deux femmes pour obtenir mon attention. Ça ne me déplaît pas, bien au contraire. Yael réussit mieux à se distinguer dans la discussion, mais je trouve Sophie plus attrayante physiquement.

Yael raconte qu'elle était jusqu'à tout récemment psychologue dans l'armée israélienne. Après cinq ans de service, elle a démissionné pour une question de principes.

— J'en avais assez d'assister impuissante au lavage de cerveau que l'armée fait subir aux jeunes. Chez nous, le service militaire est obligatoire, et les soldats se retrouvent souvent dans des situations difficiles sur le terrain, des situations dans lesquelles ils doivent faire preuve de jugement, surtout lorsqu'ils sont en contact avec des Palestiniens. Seulement, dans l'armée, on ne nous enseigne pas à bien utiliser notre tête, on nous apprend uniquement à suivre les ordres et à haïr davantage « l'ennemi ». C'est pour ça qu'il y a constamment des escalades de violence dans notre pays, il manque de bonne volonté, d'un côté et de l'autre. Aussi, j'en avais assez de recevoir dans mon bureau des jeunes souffrant de stress post-traumatiques à cause de cette situation pourrie.

Yael précise que l'auberge où elle nous emmène est surtout fréquentée par des Israéliens, qui reviennent comme elle sur les traces du douloureux passé de leurs aïeuls. Devant l'établissement, cinq ou six jeunes ivres insultent une femme voilée qui passe rapidement, dans une langue que je ne comprends pas. Yael me confirme que c'est de l'hébreu.

— Ça commence mal, commente-t-elle. Je suis sûre qu'ils viennent juste de terminer leur service militaire. Beaucoup de jeunes partent à l'étranger quand ils ont fini leur contrat. Ils se saoulent et ils se droguent pour oublier les événements horribles qu'ils ont vécus, et voilà ce que ça donne. Ça nous fait une mauvaise réputation à l'étranger.

Après avoir déposé nos bagages à l'auberge, nous partons à pied découvrir la ville. Nous sommes relativement près de deux des principaux symboles de l'ancien mur de Berlin; nous décidons de nous y rendre.

Je marche au milieu, une ambiance de guerre froide règne entre les deux femmes, elles ne s'adressent pas directement la parole. Nous arrivons devant un petit stand surnommé Checkpoint Charlie, qui était en fait le point de contrôle C du mur de Berlin, permettant à de rares diplomates de circuler entre l'Est et l'Ouest. Je ne peux m'imaginer que cette minuscule et ridicule cabane blanche était le principal point de contact entre le monde communiste et le monde capitaliste. Voilà un symbole qui illustre efficacement l'insignifiance des hommes, avec un petit h.

Je fais part de ma réflexion à mes compagnes. Yael s'insurge comme si je venais de l'insulter personnellement, elle me dit que c'était le seul compromis possible et souhaitable à l'époque. Avec véhémence, elle affirme qu'il valait mieux que les États-Unis et l'URSS se séparent l'Allemagne et le monde après avoir vaincu Hitler, plutôt que de n'avoir rien fait pour l'empêcher d'exterminer le peuple juif. Ne comprenant pas pourquoi Yael s'emporte, je jette un regard désespéré vers Sophie. Elle hausse les épaules. Je soupçonne qu'elle a bien peu de notions de l'histoire de la Deuxième Guerre mondiale et de la guerre froide.

Nous continuons à marcher dans un silence tendu, en nous dirigeant vers la porte de Brandebourg, un monument beaucoup plus impressionnant que Checkpoint Charlie. Elle fut construite au 18e siècle dans un style s'inspirant de l'Acropole d'Athènes. J'ai peine à croire qu'une œuvre aussi magnifique et spectaculaire aie fait partie intégrante de l'horrible mur de Berlin. Cette fois, je garde mes pensées pour moi; Yael pourrait me surprendre de nouveau en y voyant je ne sais quelle observation contre les Juifs.

J'ai soudainement le goût de boire une bière. J'espère que cela puisse détendre l'atmosphère de plus en plus pesante de notre trio improbable. Ma proposition est acceptée, nous entrons dans un pub et nous commandons chacun une pinte avant de regarder le menu.

Il y a une vaste variété de saucisses et choucroutes; je me délecte à l'avance en annonçant mon choix.

— Il y a des salades ? demande Yael.

— Des salades ? C'est ton premier repas en Allemagne, le pays de la saucisse et de la choucroute. C'est un crime de ne pas essayer, que je lui dis à la blague.

— Nous ne mangeons pas de porc, nous, les Juifs.

— Désolé, j'oubliais.

— Je croyais que c'étaient les Arabes qui ne mangeaient pas de porc, lance Sophie d'un ton interrogatif.

— Ma pauvre, les Arabes n'ont pas tous la même religion, répond Yael avec une pointe de condescendance. Ce sont les Musulmans et les Juifs qui ne mangent pas de porc. Des Arabes, il y en a de toutes les religions. Il y a surtout des Musulmans, mais il y a aussi des Arabes juifs et des Arabes chrétiens.

— Donc, tu es une Arabe ?

— Mais non, tu ne comprends rien, riposte Yael avec colère. Les Palestiniens sont des Arabes. Le peuple d'Israël est juif, hébreu. Il y a également des Israéliens arabes bien sûr, mais ils sont une minorité.

— T'as raison, je ne comprends rien, dit Sophie avec dépit.

La bière n'ayant pas l'effet réconciliateur espéré, notre repas se déroule sous le signe de la tension. Sophie ne parle plus du tout, et Yael ne s'adresse qu'à moi. Elle m'offre de l'accompagner le lendemain pour visiter les vestiges du camp de concentration de Bergen-Belsen, où ont été gazés ses arrière-grands-parents et plus de 70 000 autres personnes. Mal à l'aise, je la remercie de son offre et de sa confiance, avant de lui dire que je n'ai pas envie de voir un tel lieu d'horreur. Elle réplique sèchement que le devoir de mémoire ne devrait pas uniquement incomber aux Juifs, mais à tous les êtres humains.

Chapitre 21 — Sophie

Yael termine sa salade en vitesse et nous annonce qu'elle rentre à l'auberge. Sophie et moi décidons de rester au pub pour au moins une autre bière.

— Ça fait du bien de se retrouver seulement entre Québécois, lance la jolie blonde dès le départ de l'Israélienne.

En temps normal, ce commentaire m'aurait déplu, j'y aurais vu un manque d'ouverture sur le monde. Mais compte tenu du climat tendu des dernières heures, moi aussi j'éprouve un certain soulagement. D'autant que je me retrouve maintenant seul avec cette jeune femme au physique attrayant. Nous discutons principalement de voyage. En fait, c'est surtout moi qui parle, elle se contente de me questionner. Je m'informe des coins de pays qu'elle a visités, elle répond brièvement, elle est peu volubile; tout comme pour sa vie personnelle. Bien qu'elle se montre agréable, je détecte en elle une froideur et une distance, qui à mon avis n'ont rien à voir avec de la timidité. C'est comme si elle avait quelque chose à cacher.

— Tu es mystérieuse, Sophie…

— Pourquoi tu dis ça ?

— Tu ne te livres pas facilement, c'est probablement la sagesse.

— La sagesse ?

— Ben oui… Sophie, la sagesse.

— J'comprends pas.

— Tu ne sais pas que ton nom signifie sagesse ?

— Euh… non… euh, mes parents ne m'en ont jamais parlé.

Bien qu'étonné par cette réponse, je continue à lui faire la cour. Elle m'écoute attentivement; je ne perçois cependant chez elle aucun signe de désir envers moi, ni dans ses regards, son attitude ou ses gestes. Malgré ce manque d'étincelle, elle me fait bander et j'espère toujours pouvoir la baiser.

Aussi, suis-je agréablement surpris lorsqu'elle entreprend de me caresser la main. Je m'approche pour l'embrasser. Mais dans un mouvement de recul, elle me dit qu'elle veut encore boire et parler avant d'aller plus loin. Elle nous commande deux doubles scotchs.

D'une voix pâteuse, elle me raconte qu'elle a souvent voulu tuer son père, parce qu'il s'était comporté de façon « dégueulasse » envers elle. Avec une certaine empathie, je lui demande des précisions sur ce qu'il lui a fait subir. Sans hésiter et sans émotion apparente, elle me répond qu'il l'a agressée pendant des années.

— Et toi, t'as déjà voulu tuer ton père ?

Sa question est trop directe. Bien que je sois éméché, mon sixième sens s'éveille. Je me méfie, je suis à l'affût.

— Quand es-tu partie du Québec ?

— J'sais pas... ça fait à peu près trois semaines.

— T'as sûrement dû entendre parler de moi à la télé ou sur Internet et dans les journaux.

— Euh... non. Pourquoi ? qu'elle me demande, avec un regard de biche effrayée par les phares d'un véhicule.

— Viens ici, embrasse-moi, ma belle.

Visiblement désarçonnée, elle se laisse faire; elle garde toutefois les lèvres solidement fermées. Je lui caresse les cuisses. Malgré l'alcool et les avances qu'elle a amorcées, elle est particulièrement tendue.

— Aimerais-tu qu'on se prenne une chambre d'hôtel plutôt que de retourner à l'auberge. J'ai envie de toi...

— Oui, moi aussi, j'ai envie de toi. Mais on ira à l'hôtel plus tard, qu'elle dit en me repoussant gentiment. Je veux d'abord en savoir plus sur toi.

— Depuis tout à l'heure, je ne cesse de parler de moi. Qu'est-ce que tu veux savoir de plus ?

— J'sais pas... ta vie au Québec. Comment sont tes relations avec tes parents ?

— Sophie, t'es une mauvaise actrice. Tu manques de subtilité.

Un malaise se lit dans ses yeux, elle ne sait comment répondre.

— T'es peut-être une bonne policière, mais t'es une mauvaise actrice. Et je suis sûr que tu embrasses mieux que ça dans ta vraie vie.

— M... euh... non. J'vois pas de quoi tu parles.

— Avoue que t'es de la police.

— Non... non... pourquoi tu dis ça ?

— Bon, j'en ai assez, Sophie, si c'est bien ton vrai nom. Je m'en vais. Tu diras à ta patronne, Jocelyne, que je n'ai rien fait à mon père. Laisse-moi l'addition, ça me fait plaisir de payer pour la Sûreté du Québec.

*

Le lendemain matin, Sophie n'est plus à l'auberge de jeunesse, elle s'est dissipée sans laisser de trace. Soit qu'elle m'ait trouvé fort perspicace ou complètement cinglé. Quoi qu'il en soit, je suis persuadé qu'il s'agissait d'une policière ou agente double qui avait pour mission d'obtenir des confessions de ma part. Bon débarras !

En après-midi, j'appelle mon avocate pour lui parler de cet événement.

— Si elle était là pour vous coincer, cette femme-là n'agissait sûrement pas seule, affirme-t-elle tout de go. Ils ont probablement dépêché une équipe de plusieurs policiers en Europe pour tenter de vous faire parler. Ne fraternisez plus avec des Québécois que vous ne connaissez pas. Méfiez-vous aussi des Canadiens anglais. Si vous le pouvez, je vous conseille de quitter l'Europe et d'aller visiter un autre continent comme l'Afrique ou l'Asie. Ce sera plus difficile pour eux de vous suivre discrètement là-bas.

— Avez-vous eu des nouvelles sur le faux compte Facebook ?

— Oui, il a été fermé. La police m'a dit qu'il avait été créé au Québec, mais elle a refusé de me révéler par qui. La priorité de la SQ, ça semble plutôt de trouver des preuves contre vous. Entre-temps, je me suis assuré qu'elle émette un communiqué aux médias afin que les faits soient rétablis, pour réparer les torts à votre réputation.

Chapitre 22 — Marie-Jeanne

Je ne sais plus où aller, je suis confus, je me sens épié et suivi. Je me méfie de tout le monde, surtout des femmes. Elles me rendent vulnérable. En attendant de me décider à partir pour un nouveau continent, je préfère changer d'air en allant faire un tour dans l'ancienne Allemagne de l'Est. Ma destination : Lutherstadt Wittenberg, une petite ville d'environ 50 000 habitants où des agents de la Sûreté du Québec seraient plus facilement repérables.

Dans le train qui m'y mène, j'observe attentivement les gens qui se trouvent autour de moi pour pouvoir les reconnaître si je les recroise sur mon chemin. De l'autre côté de l'allée, il y a un homme et une femme blancs dans la trentaine. Ils me paraissent être ensemble, mais ils ne s'adressent pas la parole. Je ne peux savoir quelle langue ils parlent, je trouve cela suspect. Sur la banquette derrière moi est assis un homme un peu plus vieux, probablement dans la quarantaine, à la peau basanée. Difficile de deviner d'où il vient, parce que ses traits sont universels. Il pourrait tout aussi bien être d'origine turque que latino-américaine, qu'indienne ou pakistanaise. Il lit un livre en français, ce qui le rend louche à mes yeux. Le Québec et Montréal sont de plus en plus cosmopolites, je suppose que la SQ l'est aussi. En diagonale vers l'avant, j'aperçois une partie seulement du visage d'un blond aux cheveux longs bouclés, à peu près de mon âge. Il porte des écouteurs sur les oreilles : c'est peut-être pour entendre les directives de ses supérieurs tout en laissant croire qu'il écoute de la musique.

À la gare de Lutherstadt Wittenberg, le couple de trentenaires, le jeune blond et quelques autres passagers qui étaient hors de mon champ de vision descendent en même temps que moi. Je ne m'attarde pas, je monte dans un taxi et me rends directement vers la principale auberge de jeunesse de la région. En chemin, je suis pris d'un doute. Je me demande si c'était une erreur que de réserver à l'avance : peut-être que des agents doubles de la SQ m'y attendent déjà. Ma gorge se noue. Je me sens traqué, comme bien des gens l'étaient dans cet ancien bloc de l'Est, avant la chute du communisme.

L'auberge se trouve dans un vaste bâtiment blanc au toit rouge de trois étages, qui me fait penser à une école ou à un pensionnat. En arrivant à la réception, je suis incommodé par une forte odeur d'eau de Javel. Tout semble immaculé. Je remarque un carton sur le comptoir d'accueil : *Back in 5 minutes.* J'attends dans un fauteuil en prenant de lentes inspirations pour tenter de me calmer. Les yeux me piquent. Au bout d'un long moment, une femme élancée arrive d'un pas nonchalant. Ses cheveux sont teints en auburn; les repousses près de la racine sont grisonnantes. Je lui demande en anglais si elle travaille à l'auberge. Sans répondre à ma question, elle me dit qu'elle est une Américaine, de New York. Elle veut savoir d'où est mon « charmant accent ». Lorsque je lui dis que je suis du Québec, elle s'enthousiasme en affirmant qu'elle adore Montréal. Elle me raconte tout ce qu'elle y a vu lors d'un séjour il y a quelques années. Puis elle m'offre de visiter Wittenberg en sa compagnie. Toujours suspicieux, je balbutie, je tente de m'en sortir élégamment. Cette femme pourrait fort bien être une policière canadienne anglaise se faisant passer pour une Américaine dans le but que je laisse tomber ma garde. Je la remercie maladroitement en lui disant qu'un ami que je n'ai pas vu depuis longtemps doit venir me rejoindre plus tard. Je me dirige avec empressement vers le comptoir d'accueil, où une préposée vient d'arriver.

Elle m'assigne un lit dans un dortoir pouvant accueillir jusqu'à six personnes. Quand j'y entre, il n'y a qu'un occupant, plongé dans une lecture. L'homme m'apparaît avoir plus de 50 ans, il a une allure distinguée avec ses lunettes vintage et sa courte barbe poivre et sel. Il s'adresse d'abord à moi en anglais avec un fort accent, puis la conversation tourne au français lorsque j'apprends qu'il est un Suisse francophone. Il s'appelle Eugène et affirme profiter de sa retraite pour voyager. Je le trouve bien jeune pour un retraité et je n'aime pas le fait qu'il parle ma langue. Si ça se trouve, il collabore avec la SQ et la chambre est truffée de micros. Je tremble.

— Ça ne va pas ? me demande Eugène. Vous êtes tout blême.

— Non, non, ça va, que je dis faiblement.

Sur l'entrefaite, la porte s'ouvre. C'est le jeune blond qui était dans mon wagon. Je ressens un fort vertige, je m'assieds sur mon lit pour ne pas tomber. S'ils sont deux contre moi, vais-je être en mesure de résister à leurs tactiques ? Je dois rester fort.

Le nouveau venu nous salue, son anglais m'apparaît être bancal. Il se nomme Juhana — un prénom qui à mon avis conviendrait mieux à une fille — il est Finlandais. Ça me rassure un peu. Après avoir rangé son bagage sous son lit, il me fait la conversation, mais j'ai de la difficulté à le comprendre. Eugène sort de la chambre. Juhana en profite pour me faire une proposition que je ne peux refuser :

— *You want marijuana?*

C'est exactement ce qu'il me faut pour relaxer.

Nous sortons de l'auberge, le Finlandais allume un joint et me le passe. J'aspire une bonne bouffée, mes tremblements cessent, je me sens enfin en confiance. Juhana est le compagnon idéal pour moi en ce moment. Compte tenu de son origine, je n'ai pas à me méfier de lui. Nous marchons sans but précis, tout en fumant un premier, puis un deuxième pétard.

Juhana étudie en philosophie et il est venu à Wittenberg pour visiter le musée consacré à Martin Luther, père de la Réforme protestante, qui a vécu une bonne partie de sa vie ici. Il s'intéresse à Luther non pas pour des raisons religieuses, mais pour l'influence qu'il a eu sur les courants de pensée de la civilisation occidentale. Lentement, en essayant de bien prononcer ses mots en anglais, Juhana m'explique qu'en s'opposant au pape et au catholicisme, Luther a ouvert la voie à la séparation de l'Église et de l'État et à la remise en question de toutes sortes de dogmes.

— Vive Luther ! C'est grâce à lui qu'on peut fumer du pot sans se sentir coupable, que je lance dans un rire incontrôlable.

— Oui, vive Luther, approuve le Finlandais, plié en deux, en se tapant les cuisses.

— Juhana, t'es bon comme une drogue, que je lui dis, amplifiant notre hilarité artificielle. Oui, t'es une drogue, mon cher « Marie-Juhana ».

— La meilleure drogue, qu'il précise, en me prenant par le cou, hoquetant d'avoir tant ri.

Malgré les vapeurs de mari — ou peut-être grâce à elles —, je suis en mesure d'apprécier le charme de cette petite ville historique, à l'architecture d'influence viennoise. Je m'extasie et glisse à l'oreille de Juhana qu'on se croirait dans un village de maisons de poupées, ce qui le fait bien rigoler.

Dans un état oscillant entre l'euphorie et la catalepsie, nous entrons dans un café Internet. Je consulte mes courriels; plusieurs messages non lus s'affichent. Mon attention limitée est attirée par un e-mail intitulé : *Merci !*

Cher Frédérik, Je ne saurais comment vous remercier de votre visite chez moi à Dieppe et du cadeau exceptionnel que vous m'avez fait en me laissant cette carte écrite par ma mère, il y a plus de 70 ans. Vous êtes un ange qui a été mis sur mon chemin pour me permettre d'en apprendre davantage sur mes parents avant ma mort.

« Je suis un ange », que j'affirme hilare à Juhana, qui est assis au poste à ma droite. La porte du café s'ouvre, je reconnais la soi-disant New-Yorkaise de l'auberge aux cheveux faussement auburn. Elle vient s'asseoir à ma gauche, je lui fais un sourire hypocrite; ces maudits policiers ne me lâcheront donc jamais. « Je suis un ange cornu », que je pense pour moi-même en ricanant, avant de poursuivre la lecture du message de madame Marie.

Depuis votre venue, j'ai parlé à certaines personnes qui m'ont permis de reconstituer le puzzle de mes origines. Ce monsieur

René Leclerc serait bel et bien mon père biologique. Il était un militaire et a été tué au combat dès les premières semaines de la guerre, avant d'avoir pu se marier avec maman. Pendant sa grossesse, ma mère a été envoyée chez une tante dans le sud de la France, pour éviter de faire honte à la famille dans notre région. Peu après son accouchement et mon baptême, elle y a rencontré Marcel, qui a accepté de l'épouser et de devenir mon père.

J'ai aussi appris que mon prénom à la naissance était Jeanne. Maman avait convenu avec René avant sa mort de nommer ainsi l'enfant à naître s'il s'agissait d'une fille, en l'honneur de ma grand-mère paternelle. En apprenant cela, Marcel n'avait posé que deux conditions pour épouser ma mère : que mon prénom soit changé pour Marie et que je porte son patronyme.

Le fait d'apprendre tout cela me libère d'une lourdeur indéfinissable, que j'ai ressentie toute ma vie. Je vous remercie de tout mon cœur, cher Frédérik, et je prie pour vous tous les jours, pour que le Seigneur éclaire votre chemin. Sincèrement, « Marie-Jeanne »

J'ai les yeux humides et je souris béatement à mon écran. Je me tourne vers l'espionne new-yorkaise et lui dis que je suis inatteignable parce qu'il y a au moins deux personnes dans ce monde qui prient pour moi, Gertrude et Marie Jeanne. Elle reste hébétée. Je lui demande en français si elle comprend la langue. Elle me répond en anglais qu'elle ne parle pas le français. Je suis sûr qu'elle me ment.

Je me concentre de nouveau sur mon écran et j'ouvre un courriel de Marie-Josée, l'Acadienne que j'ai connue dans mes cours de journalisme à l'université. Elle fait un stage à la RTS (Radiodiffusion Télévision Sénégalaise) et elle m'invite à lui rendre visite à Dakar. Le moment ne pourrait être mieux choisi.

— *Hey man*, je m'en vais au Sénégal, que je confie sur-le-champ à Juhana.

Je le regrette aussitôt : la maudite taupe auburn de la SQ m'a sûrement entendu. À ce moment, je reçois un message sans titre de ma sœur Émilie. Est-ce la vraie ou la fausse ?

Allo, frérot. La police vient de retrouver l'auto de papa, dans un bois près de Pointe-du-Lac. Ils n'en disent pas plus pour l'instant, je te tiendrai au courant. É. xx

P.S. Les journaux disent enfin que ce n'est pas toi qui as écrit sur Facebook que t'avais tué papa. La police est encore venue me voir et me questionner. Je ne comprends pas pourquoi, ils pensaient que c'était moi qui avais écrit à ta place sur Facebook. Mais je te jure que ce n'est pas vrai.

En lisant cette confidence, je suis maintenant persuadé que je corresponds réellement avec ma sœur; et je crois comprendre ce qui s'est passé. Je me lève et me dirige vers le comptoir du café pour payer mon utilisation, sans adresser la parole à Juhana, qui semble être plongé dans une session intense de clavardage. L'espionne me suit et me propose de retourner à l'auberge avec elle. Ne trouvant aucune excuse pour refuser, j'accepte. En chemin, elle me pose des questions, sur un ton qui se veut anodin.

— J'ai bien entendu que tu vas aller au Sénégal ?

— Non, c'était une farce. Peut-être un jour, mais pas maintenant.

— Où prévois-tu aller après Wittenberg ?

— Je retourne à Montréal pour continuer mes études.

— C'est une excellente idée, si on abandonne trop longtemps des études, c'est plus difficile ensuite de s'y remettre.

C'est ça, salope, incite-moi à retourner dans la gueule du loup.

Chapitre 23 — Marie-Josée

J'arrive à Dakar par une journée chaude et orageuse. Je m'attendais à ce que l'Afrique me surprenne, mais pas à ce qu'elle m'accueille avec une telle ondée. Dans mon imaginaire, j'ai toujours associé ce continent à un soleil mortel et des pénuries d'eau.

Un taxi en piteux état, qui pue le diesel et mène un bruit d'enfer, me conduit de l'aéroport à l'édifice principal de la RTS. Le chauffeur joue au guide touristique et me raconte des histoires croustillantes. Je soupçonne qu'il en invente un peu, comme tout bon conteur, et qu'il fait quelques détours pour me faire payer plus cher.

— Ici en bas, c'est la plage des Mamelles. Les Mamelles, ce sont ces deux collines. On dit qu'elles seraient la dernière partie visible des seins d'une jeune fille qui était laide et bossue. Elle s'appelait Khary la bossue. Elle était la risée de tout le monde et elle en était tellement désespérée qu'elle décida de se *cadavrer* en se jetant dans la mer. Mais elle était si laide que même l'océan ne voulait pas d'elle. C'est pourquoi elle n'a pas été complètement engloutie et que ses mamelles difformes sont devenues des collines.

Si je m'étais noyé dans le lac Saint-Pierre, le fleuve Saint-Laurent aurait-il voulu de moi ? Serais-je devenu une légende ? La voiture de mon père vient d'être retrouvée à proximité du village de Pointe-du-Lac. Comme son nom l'indique, il se trouve à la pointe du lac Saint-Pierre, tout près de Trois-Rivières. Je crois même que le village est maintenant annexé à la municipalité. Malgré des recherches dans les environs et dans le fleuve, la police n'a trouvé aucune trace du corps de Gilbert. C'est peut-être lui qui deviendra une légende, le Père-au-Fils-Ingrat-et-Égoïste.

Le taximan — comme on dit ici — me raconte une blague salace, cependant mon attention est happée par une fillette aux haillons trempés qui fouille dans un amoncellement de déchets pour manger. C'est une chose de voir de telles abominations à la télévision, c'en est une autre de constater en personne que des enfants vivent ainsi dans le plus grand dénuement, laissés à eux-mêmes. Je peine à retenir mes larmes.

La pluie cesse, et le soleil se pointe à ma descente de voiture devant la RTS. Pour y entrer, je dois passer un point de contrôle aux allures militaires. Je crois que la couleur de ma peau me facilite la vie, je n'ai jamais été traité avec autant de déférence. Marie-Josée avait prévenu la sécurité de ma venue. On m'escorte jusqu'à elle comme si j'étais un dignitaire et qu'elle était la directrice générale.

En m'apercevant, elle trottine vers moi, saute à mon cou et me compresse contre son énorme poitrine, spongieuse. Puis elle s'empresse de me présenter à trois autres stagiaires : Moussa, un grand Black qui vient du Mali; Abdelkader, un Algérien barbu; Dieynaba, une beauté locale qui étudie à l'école de journalisme de l'Université de Dakar. S'ensuit une interminable visite des lieux, où l'on me présente à tout un chacun. Plusieurs employés, et même des cadres, me font des courbettes. Ça me rend mal à l'aise, je ne comprends pas pourquoi j'ai droit à tant d'égards.

Je me sens soulagé lorsque Marie-Jo m'entraîne enfin à l'extérieur pour casser la croûte. Nous nous frayons un chemin à travers d'importantes foules qui zigzaguent sans peur entre les voitures et de nombreux minibus déglingués aux couleurs vives, peints comme de gigantesques masques.

Nous entrons dans un boui-boui et nous nous asseyons au sol, à une table basse. Marie-Josée insiste pour que nous mangions du *tiep bou dien*, un plat fait à base de poisson farci, de riz et de sauce tomate. L'ambiance est conviviale, d'autres clients nous interpellent joyeusement pour savoir d'où nous venons et comment nous trouvons leur pays. Je laisse Marie-Josée s'occuper des relations publiques, je suis trop affamé pour me montrer affable. J'ai envie de me plaindre du service terriblement lent, mais je m'abstiens. Marie-Jo lit dans mes pensées.

— Habitue-toi, la notion du temps est bien différente en Afrique. Parfois tout est tellement lent que ça me stresse, me dit-elle à voix basse, pour ne pas insulter les Sénégalais qui nous entourent.

Pendant notre longue attente, elle me confie — les yeux étoilés — qu'elle fréquente Moussa, le stagiaire malien.

— Mes deux premières semaines *icitte*, je les ai passées dans une famille musulmane très stricte. Je devais leur dire tout ce que je faisais, comme si j'étais une petite fille de 10 ans. Quand j'ai commencé à sortir avec Moussa, j'ai décidé de me louer un studio. *Asteure*, il dort toujours chez moi.

— Ça s'est passé vite…

— J'étouffais dans la famille. Lui aussi, c'est un Musulman, comme quasiment tout le monde ici, mais il est plus relaxe sur la religion.

Un nouveau client nous interrompt. Il est vêtu d'un costard comme s'il allait à une noce.

— *Salamaleikum*, qu'il dit pour nous saluer, comme pratiquement tous les Sénégalais que j'ai croisés depuis mon arrivée.

— *Aleikum Salam*, répond Marie-Josée, beaucoup plus habituée que moi aux coutumes du pays.

— Eh *way*, c'est ta femme ? qu'il me demande.

— Non.

— Je peux la *gérer* ?

— La *gérer* ?

— Oui, la draguer.

— J'ai déjà un copain, intervient Marie-Jo, qui semble néanmoins flattée par cette proposition peu subtile.

—Tu ne sais pas ce que tu manques, je suis un bon *thiof.*

— J'en doute pas, mais je suis bien avec mon mec, qu'elle réplique avec aplomb.

Alors que le tombeur déchu s'éloigne en subissant les moqueries des autres hommes présents, Marie-Jo me raconte que son pouvoir d'attraction et de séduction est multiplié en Afrique.

— C'est pas seulement parce que je suis blanche, insiste-t-elle de sa voix chantante à l'accent gras et souriant. *Icitte*, les hommes aiment vraiment les grosses comme moi. Je me fais dévorer des yeux comme si j'étais un mannequin. J'me suis jamais sentie aussi belle.

— T'es jolie, tu dois aussi te faire regarder un peu au Québec, que je lui dis pour être poli.

— À Montréal, les gars regardent les grosses seulement quand ils n'ont personne à baiser. C'est pareil en Acadie. Ils pensent que toutes les grosses sont des filles faciles, désespérées, comme si on était toutes des marie-couche-toi-là.

— Des quoi ? que je demande en m'esclaffant.

— Des marie-couche-toi-là, des catins qui sont prêtes à s'écarter les jambes devant n'importe quelle queue.

— C'est pas la Marie que je connais.

— *Ben* justement, j'ai des principes, affirme Marie-Josée avec conviction.

— J'parlais pas de toi, je parlais de la Vierge.

— Niaiseux… Il faut que je te dise… j'pense que j'vais me convertir à l'Islam.

— Oh ! oui, je te vois bien en burqa, que je lui lance avec ironie.

— Ris pas, j'suis sérieuse. Moussa est le premier gars à m'aimer réellement comme je suis. On parle de mariage.

J'accueille cette déclaration par un silence troublé. Il est peut-être bien gentil son Moussa ; ça m'apparaît toutefois prématuré de penser au mariage et à la conversion religieuse. Ce moment inconfortable est interrompu par le serveur, qui nous apporte enfin à manger. Il dépose une énorme assiette dans le milieu de la table.

Marie-Josée m'informe que nous devons nous y servir directement avec la main, la droite de préférence, puisque la gauche sert à s'essuyer le popotin. Cette convention me décontenance quelque peu, mais j'ai tellement faim que je me fais rapidement à l'idée. Le poisson et le riz sont goûteux, ils achèvent ma réticence initiale sur le fait d'y plonger à main nue.

— J'espère que tu ne me juges pas, dit Marie-Jo après avoir avalé une première bouchée.

— Non… je trouve ça rapide, c'est tout. Peut-être que vous devriez prendre le temps de vous connaître un peu mieux avant de penser au mariage.

— On se connaît déjà bien, on est toujours ensemble depuis presque trois mois. J'ai même fait le ramadan avec lui.

— Le ramadan ! que je m'exclame en passant près de m'étouffer. C'est un long jeûne, non ?

— C'est moins dur que c'en a l'air. Ça dure seulement un mois. Le soir et la nuit, on peut manger et même baiser. On s'abstient seulement quand le soleil est dans le ciel. Ça m'a fait du bien, ça m'a rapproché de ma spiritualité.

— Ah… Ça me semble quand même un peu extrême, non ?

— Quand on le vit, on en ressent les bienfaits. Et c'est pas simplement une question de jeûne. Ça purifie le corps et l'esprit. C'est une période de prière, de recueillement, de spiritualité et d'entraide. Les gens sont très attentifs et bons les uns envers les autres.

— Je reviens à ma première question : pourquoi êtes-vous si pressés de vous marier ?

— On ne peut pas attendre plus longtemps, mon stage se termine bientôt. Après je retourne quelques semaines chez mes parents au Nouveau-Brunswick, avant de rentrer à Montréal. Et ensuite, j'espère pouvoir faire venir Moussa au Canada.

— L'immigration, c'est pas automatique, même lorsqu'on est marié.

— Peut-être, mais ça peut pas nuire, réplique-t-elle la bouche pleine, avant de changer de sujet. Tu sais quoi ? Tout à l'heure, Dieynaba ne te lâchait pas des yeux, je pense que tu lui plais.

— C'est l'autre fille stagiaire ? que je demande en me sentant rougir.

— Oui. Elle est belle, elle est célibataire, je pense que t'as des chances.

— Mais elle est sûrement musulmane.

— Et après ? Elle peut quand même s'intéresser à toi.

— Elle croit sûrement à des conneries comme l'abstinence avant le mariage.

— Tu verras bien. Je vais t'arranger une rencontre avec elle.

Chapitre 24 — Dieynaba

Après une première nuit dans le minuscule studio de Marie-Josée et Moussa, je me suis pris une chambre dans un petit hôtel, pour leur laisser leur intimité et me sentir plus à l'aise. J'ai trouvé un endroit peu cher et sympathique dans le quartier populaire Grand Yoff, à la fois pittoresque et animé, avec ses nombreux commerçants et sa population bigarrée. Je voulais éviter de me cantonner dans les quartiers bourgeois et les hôtels de luxe, où l'on ne trouve que des étrangers et des Africains de la haute. J'ai envie de goûter pleinement à cette ville, à ce pays, avec les gens de la base.

Dans Grand Yoff, je suis bien servi. Au marché et dans la rue, je peux observer à ma guise le ballet des boubous et des pagnes aux couleurs vives, m'imprégner des sonorités wolofs et des rythmes de *mbalax* omniprésents, ainsi que de la délicieuse odeur de cuisson qui se dégage des dibiteries, ces gargotes où l'on sert de la viande grillée et où il y a toujours quelqu'un pour relater une anecdote savoureuse. Je converse avec qui veut bien partager ses histoires avec moi. Les Babacar, Omar, Demba et autres. En leur compagnie, je m'habitue graduellement au rythme de la lenteur. Le contact avec autrui est ici bien différent de tout ce que j'ai connu jusqu'à présent. Pour se raconter, les gens prennent des détours, empruntent des chemins de traverse, font des circonvolutions qui m'exaspéraient initialement. Puis j'y ai découvert de fertiles imaginaires, nécessitant le lent passage du temps et des silences pour offrir de riches récoltes de poésie et de sagesse, parfois assaisonnées de délicieux bobards.

Je me sens plus que jamais en relation avec l'humanité; et parfois même avec le divin. Je me surprends à apprécier les appels à la prière des muezzins, qui retentissent dans la ville cinq fois par jour. Quand j'en ai l'occasion, je contemple attentivement les dévots faire leurs ablutions et s'agenouiller vers La Mecque. Épier ces rituels m'apaise.

Je trouve enfin une certaine sérénité, j'aperçois une partie de l'essentiel, en ayant une conscience et une appréciation aiguës des gestes, des paroles et silences superflus; de tout ce qui nous rend humains.

*

Après plusieurs jours d'errance philosophique, anthropologique et théologique dans les rues de Dakar, je me joins à Marie-Josée, à Moussa, à Abdelkader et Dieynaba pour une visite de l'île de Gorée, où ont séjourné bien des esclaves avant d'être envoyés en Amérique, du 16e siècle au 19e siècle. En fait, l'importance réelle de l'île dans la traite négrière est remise en question par des historiens, mais elle n'en demeure pas moins un symbole puissant de cette pratique qui a marqué le développement des Amériques et de l'Afrique.

Cette sortie est aussi un prétexte que Marie-Josée a trouvé pour me permettre de rencontrer Dieynaba. La belle était apparemment trop intimidée pour un premier rendez-vous en tête-à-tête. D'ailleurs, aujourd'hui, elle n'ose pas me regarder dans les yeux. Je l'ai toutefois surprise quelques fois à me zieuter discrètement, puis à détourner timidement le regard.

Du bateau qui nous mène à Gorée, je suis ébloui par la beauté de l'île. Il y a un contraste étonnant entre la magnificence des lieux et l'horreur qu'ils représentent. Les bâtiments aux teintes rosées, sablées et opalescentes s'harmonisent bien à la végétation et à la plage. Pendant un bref instant, j'hallucine le corps de mon père sur la berge, comme si nous étions au lac Saint-Pierre. Pour me ressaisir, je pose mon regard sur Dieynaba.

Dès notre arrivée à l'île, nous nous dirigeons vers la « Maison des esclaves ». De l'extérieur, cette dernière prison d'esclaves à avoir existé dans l'île s'apparente à un charmant petit hôtel aux teintes rosées. Mais l'intérieur est absolument lugubre. Dans des cachots sombres, humides et exigus, faisant moins de 3 mètres sur 3 mètres, pouvaient s'entasser de 15 à 20 personnes, toutes attachées par des chaînes au cou et aux bras. Je frissonne en songeant au sort qui m'attend peut-être au Québec. J'imagine ma tante Nathalie, la gardienne de prison, me menottant et m'enfermant dans une geôle pour l'éternité.

Un guide nous explique que les familles d'esclaves étaient habituellement séparées pour mieux contrôler les captifs.

— Le père pouvait être envoyé au Brésil, la mère dans les Antilles, et les enfants en Louisiane ou ailleurs aux États-Unis. Ils ne gardaient pas leurs noms africains, on les désignait par des numéros.

En sortant du bâtiment, Marie-Josée fait un rapprochement qui m'apparaît boiteux entre le sort des esclaves et celui de son peuple.

— En 1755, il y a eu la déportation des Acadiens. On a été expropriés par les Anglais de nos anciennes colonies françaises. Pour nous assimiler, ils nous ont envoyé un peu partout dans des colonies anglaises de la Côte Est, avant que ça devienne les États-Unis, et aussi en Louisiane. C'est seulement plusieurs années plus tard qu'on a pu revenir dans les Maritimes.

— C'est n'est pas comparable, que je me permets de dire. C'est quand même horrible, mais vous n'étiez pas des esclaves.

— Presque… Dans les autres colonies, ils ne voulaient pas de nous parce qu'on parlait français. Soit qu'on se faisait enfermer ou qu'on devenait des quasi-esclaves.

— Ah, j'savais pas…

— Ça m'surprend pas, l'histoire est mal enseignée au Québec.

Nos trois compagnons semblent avoir un intérêt limité, voire nul, pour notre discussion. Dieynaba mène le groupe vers le Musée de la femme.

— Quelle bonne idée ! Il devrait y avoir un Musée de la femme dans tous les pays, s'exclame Marie-Jo avec enthousiasme.

— Oui, les femmes sont les grandes oubliées de l'histoire, on ne parle généralement que des hommes, ajoute Dieynaba.

La tournée du Musée se fait rapidement; on y trouve surtout des objets de la vie courante utilisés par les Sénégalaises ou fabriqués par elles : des poteries, des vanneries, des instruments de musique et plusieurs photographies. Il y est aussi question de personnes qui ont contribué à l'émancipation des femmes au Sénégal.

— Les femmes sont plus évoluées ici qu'au Mali, opine maladroitement Moussa.

— Ce ne sont pas les femmes de ton pays qui sont moins évoluées, ce sont les hommes maliens qui ne leur laissent pas suffisamment de liberté, lance Dieynaba avec défi.

— C'est faux, l'homme malien n'est pas moins sophistiqué que l'homme sénégalais. Ce sont les femmes qui décident de se cantonner dans leur rôle traditionnel.

— Ce n'est pas aux hommes ni aux femmes de décider de cela, mais à Dieu, affirme Abdelkader, qui est de loin le plus conservateur et le plus fervent religieux de notre curieuse équipée.

Pour éviter que la discussion ne s'envenime davantage, Marie-Josée affirme qu'ils ont tous trois raison, chacun à leur manière, sans préciser comment. Quel flou artistique ! Marie-Jo ferait une bonne diplomate canadienne. Je préfère ne pas m'en mêler.

Un homme et une femme regardent des photos à côté de moi. Je crois les avoir déjà vus. Ils ressemblent au couple qui se trouvait de l'autre côté de l'allée dans le train entre Berlin et Lutherstadt Wittenberg. Suis-je en train de devenir fou et parano ou sont-ils réellement des agents prêts à me suivre jusqu'au bout du monde pour me coincer ?

*

Dans la semaine suivant notre visite de l'île de Gorée, Dieynaba et moi nous sommes vus à trois reprises. Elle refuse de me rencontrer dans le quartier Grand Yoff, qu'elle considère trop pauvre et malfamé. Elle ne veut pas non plus être vue en ma compagnie aux Almadies, le quartier huppé où elle a toujours habité dans une somptueuse villa avec sa famille. Elle affirme que le fait d'être aperçue en compagnie d'un Blanc non musulman jetterait le déshonneur sur ses parents.

Nous avons donc trouvé une solution de compromis. À chacune de nos rencontres, nous sommes allés nous promener sur une plage, près de l'université. En public, Dieynaba se montre très prude, refusant même que je lui prenne la main. Plutôt que de refroidir mes ardeurs, cette attitude attise mon désir.

Pour notre quatrième rendez-vous, j'ai décidé de jouer le tout pour le tout. Sans l'en prévenir, j'ai loué une chambre dans un hôtel luxueux, l'ancien Sofitel, boulevard Martin Luther King. Je l'y emmène après sa journée de stage du lundi; elle se montre d'abord réticente à y entrer. J'insiste, tout en lui promettant de respecter ses limites. Elle accepte finalement de m'y suivre.

Dans le fastueux lobby, mon cœur s'emballe, ma tension monte, parce que la plupart des clients que nous y croisons ont la peau blanche. Pour moi, ils sont tous potentiellement en train de me filer. Deux hommes en costard, qui me font penser à des gardes du corps ou des détectives, attendent l'ascenseur à nos côtés. Je ne parle pas, Dieynaba non plus. Ma gorge se noue, j'ai de la difficulté à respirer. Ils montent avec nous jusqu'au huitième étage. Les portes de l'ascenseur s'ouvrent, je laisse les sbires prendre les devants. Ils entrent dans une chambre située face à la mienne. Je me sens cerné, je n'ai plus vraiment la tête aux rapprochements.

Dès que je referme la porte derrière nous, Dieynaba saute littéralement sur moi avec une passion que je ne lui connaissais pas. Elle m'embrasse férocement avec la langue et me caresse tout le corps avec une intensité et une vigueur telles qu'on dirait qu'elle a quatre mains. Du coup, mon pénis s'irrigue et mes tourments sont relégués temporairement aux oubliettes.

Contrairement à ce que j'appréhendais, Dieynaba me permet de la toucher partout, elle me laisse l'entraîner au lit et la déshabiller sans problème. Sa peau sombre aux effluves de vanille est lisse et soyeuse. Je l'effleure, la tripote et la lèche avec bonheur. Je suis cependant encore tout habillé. Je tente d'inciter la belle à me dévêtir, mais elle n'ose le faire, elle continue à me toucher par-dessus mes vêtements. Je me rends à l'évidence : je dois me déshabiller moi-même. J'éprouve une sensation exaltante en glissant ma pâle queue contre ses jambes d'ébène. Elle se retourne subitement sur le ventre, je pétris son cul bombé d'une main, tout en tentant de glisser mon sexe entre ses cuisses; mais elle les resserre pour bloquer le passage.

— Non, encule-moi plutôt ! qu'elle s'exclame.

— Pardon ?

— Encule-moi, je ne veux pas que tu *m'enceintes*.

— Mais j'ai des capotes.

— Encule-moi... je veux préserver ma virginité pour mon mariage.

Je suis à la fois troublé et confus. Pour demeurer une bonne Musulmane, elle préfère être sodomisée que pénétrée par le vagin. Jamais je n'aurais imaginé avoir à me plier un jour à un tel accommodement religieux. Par ailleurs, jusqu'à ce moment, l'idée d'enculer une fille ne m'avait jamais parue nécessaire. Dans mon esprit, j'avais toujours associé cette pratique aux gais.

La croupe offerte de Dieynaba est tellement attrayante que j'en oublie mes réserves et j'accède à sa demande. J'enfile une capote et je tente de m'enfoncer en elle. J'ai de la difficulté à m'y frayer un chemin. L'orifice me semble être trop petit. Elle crache dans sa main et s'humecte avec sa salive. Je tente de nouveau la manœuvre. Après un peu de résistance, ses sphincters se relâchent, j'accède à l'intérieur de son corps. La sensation est beaucoup plus suave que je m'y attendais. Ses parois anales se contractent contre mon membre en des parties différentes que le vagin. La perception sensorielle s'en trouve modifiée, c'est une nouvelle expérience. Aussi, je me régale en observant mon appendice s'enfoncer à répétition entre ses fesses mordorées fermes et rebondies. Dieynaba pousse de grands cris, des gémissements à la limite entre l'exultation térébrante et la douleur jouissive. Ma semence blanchâtre, plus abondante qu'à l'accoutumée, emplit mon condom; j'exprime mon plaisir par un ultime râlement viril. Puis épuisés, nous nous enlaçons en fusionnant nos sueurs, dans une somnolence frivole et béate.

Le soleil est déjà couché lorsque Dieynaba quitte en taxi afin de faire acte de présence chez ses parents pour la nuit. Sa virginité est officiellement préservée. De ma chambre du huitième ciel, j'observe à mes pieds cette mégapole africaine peu illuminée comparativement à des villes de taille semblable dans les pays plus fortunés. Je trouve ce spectacle apaisant, voire rassurant. Mes craintes concernant mes possibles poursuivants se sont atténuées. Je profite de ce moment de répit et de la bonne connexion Internet qu'offre l'hôtel pour aller consulter mes e-mails.

Chapitre 25 — Gina

Le dernier courriel que j'ai reçu provient de Gina, mère d'Émilie et femme de Gilbert, que je soupçonne d'être à l'origine du profil Facebook faussement créé à mon nom. C'est la première fois qu'elle m'écrit. Je déteste cette femme. Et je sais que c'est réciproque. Devant mon père, elle se montrait habituellement avenante à mon endroit. Mais dès qu'il avait le dos tourné, elle y allait de méchancetés et mesquineries à mon égard. Je me souviens trop bien des nombreuses fois où elle m'a rabaissé en me traitant de « christ de sans-dessein », de « maudit bon à rien » ou « d'enfant de chienne ». J'ouvre son message à contrecœur.

Frédérik, arrête de nous niaiser, t'es juste un hostie de sans-cœur. Dis-nous où t'as caché le corps de ton père. Ça ne sert à rien de t'enfuir à l'autre bout du monde. De toute façon, les policiers vont être capables de t'arrêter quand ce sera le temps, ils me l'ont dit. Si tu collabores en disant où tu l'as caché, tu vas peut-être mieux t'en sortir, même si moi, je souhaite juste que tu brûles en enfer. T'as détruit nos vies, t'es juste un câlice d'égoïste sale.

Est-ce un autre complot contre moi ? Pourquoi les femmes me traitent d'égoïste en utilisant des mots d'église lorsqu'elles sont frustrées ? Le ton du message de Gina ne me surprend pas. Elle a toujours manqué de classe et de jugement. Je supprime le mail sur-le-champ, je ne veux plus me laisser empoisonner la vie par cette marâtre malsaine.

La sergente Barré vient de m'envoyer un nouveau courriel.

Monsieur Turmel, j'aimerais vous parler dès que possible via Skype pour vous faire part de nouvelles informations que nous avons obtenues relativement à la disparition de votre père. Veuillez agréer l'expression de mes sentiments les meilleurs. Jocelyne Barré

Quel changement d'approche ! Cette formule de politesse est-elle de bon ou de mauvais augure ? Elle pique ma curiosité. Contrevenant aux conseils de maître Laliberté, je réponds à la policière que je suis disponible immédiatement. C'est l'après-midi au Québec; cinq minutes plus tard nous sommes en ligne sur Skype.

— Bonjour, Frédérik, il y a eu de nouveaux développements. Es-tu au courant ?

— Ma sœur m'a écrit que vous aviez retrouvé la voiture de mon père. Et sa folle de mère m'a écrit pour que je lui indique où est le corps. Mais j'en ai aucune idée, comme je vous l'ai déjà dit, je n'ai rien fait.

— Sais-tu où a été retrouvée l'auto ?

— Ma sœur m'a dit que c'est à Pointe-du-Lac

— Oui, dans un boisé au bord du lac Saint-Pierre.

— Vous n'avez pas retrouvé son corps ou d'autres indices ?

— Son corps, non. Pour ce qui est des indices, je ne peux pas t'en parler pour le moment. J'aimerais savoir si tu es monté avec lui dans sa voiture, la dernière fois que tu l'as vu à Laval.

— Euh… oui, il est venu me chercher à la station de métro, pour aller au resto.

— As-tu conduit la voiture ?

— Euh… j'pense pas.

— Oui ou non ?

— J'pense que non.

— Est-ce que t'es déjà allé au lac Saint-Pierre ?

— Euh… non.

— Est-ce que ce lieu-là pourrait avoir une signification particulière pour ton père ou pour toi ou pour un de vos proches ?

— Je… euh, j'crois pas, j'vois pas, que je dis pour ne pas m'attirer davantage d'ennuis.

— Selon toi, est-ce que quelqu'un aurait pu vouloir le tuer ?

— J'sais pas. Mais j'imagine que sa folle de femme héritera de tout ce qu'il a. C'est peut-être elle qui aurait eu intérêt à se débarrasser de lui.

— As-tu des raisons précises de le croire ?

— Je pense que c'est elle qui a fait le profil Facebook à mon nom pour renforcer les soupçons contre moi.

— Même si c'était elle, ça ne prouverait rien. Penses-tu que ton père avait des raisons et les moyens de faire croire en sa disparition et de repartir faire sa vie ailleurs ?

— J'pense pas. Vous croyez vraiment que c'est ce qui est arrivé ?

— On n'écarte aucune piste pour le moment.

— D'ailleurs, j'aimerais savoir pourquoi vous me faites suivre ?

— … on ne te fait pas suivre. Pourquoi tu penses ça ?

— Pourquoi j'ai croisé des gens qui voulaient me faire parler de mon père, sans raison ? Et pourquoi je suis souvent suivi par les mêmes personnes ?

— Je ne sais pas. L'histoire de ton père a été rendue publique, ce sont peut-être des curieux qui te suivent.

— Pourtant, vous m'avez déjà dit que peu importe où j'irais dans le monde, vous en seriez informé. Ça veut dire que vous me faites suivre.

— Euh... pas nécessairement. Avec les technologies de nos jours, c'est plus facile pour nous de savoir où se trouvent les gens. Ça ne veut pas dire qu'on t'espionne.

— Je ne vous crois pas. Mais peu importe... Avez-vous d'autres questions ? Je vois qu'il y a une autre personne qui veut me parler sur Skype.

— Non, ça va pour le moment, je t'informerai plus tard s'il y a des développements.

Dans les secondes suivantes, Gina apparaît à l'écran. Les joues creuses, elle a beaucoup maigri depuis la dernière fois que je l'ai vue l'an dernier.

— Qu'est-ce que tu veux ? que je lui demande agressivement.

— Je veux savoir où est le corps de Gilbert.

— Tu le sais sûrement mieux que moi.

— Petit christ de fendant, comment t'oses me parler comme ça ?

— Pourquoi t'as créé un compte Facebook à mon nom ? Pour faire dévier les soupçons vers moi ?

— Arrête de dire n'importe quoi ! qu'elle hurle.

— Pas très intelligent de ta part, c'était évident que la police pouvait te retracer.

— Tu te penses plus fin que les autres. Mais tu vas arrêter de rire de nous autres quand la police va t'arrêter.

— Tu te penses brillante en disant ça ? Tu penses qu'en jouant ta petite comédie, tu vas faire croire aux policiers qui sont en train de nous enregistrer que t'as rien à voir avec la disparition de Gilbert ? T'es encore plus conne que je le pensais.

Gina disparaît de mon écran. Je suis satisfait de mon effet.

Chapitre 26 — Kadiatou

À la fin du stage à la RTS, Moussa m'invite à le suivre dans son village au Mali. Je lui fais part de ma peur des terroristes, mais il me répond sur un ton convaincant qu'il n'y a plus rien à craindre.

Marie-Josée, elle, doit rentrer au Canada, Dieynaba poursuit ses études au Sénégal, et Abdelkader est retourné en Algérie il y a une semaine, en me faisant promettre de lui rendre visite après mon expédition malienne.

Moussa et moi parcourons les 1 200 kilomètres entre Dakar et Bamako à bord de l'Express, un train qui porte mal son nom. À l'origine, le trajet devait être complété en 48 heures. Nous arrivons finalement dans la capitale malienne au bout de 72 heures.

Le vétuste convoi était tellement lent que des antilopes nous dépassaient, alors que nous traversions paresseusement la savane. Dans notre wagon, il y avait une activité incessante. Jour et nuit, sous fond de musique africaine et de caquètements de poules en cage, des vendeurs ambulants proposaient leur marchandise et des hommes débattaient de tout et de rien avec intensité, comme si le sort du monde était en jeu. Des passagers faisaient de la cuisson dans l'allée sur leurs propres réchauds, une odeur de poisson pourri régnait en permanence dans une chaleur étouffante dépassant les 40 °C. À tous les arrêts, des enfants venaient sous les fenêtres pour vendre des fruits trop mûrs; des passagers clandestins montaient sur le toit, malgré les averses de la saison des pluies, afin d'échapper aux contrôleurs. Ce brouhaha saoulant n'était que brièvement interrompu cinq fois par jour, pour les prières.

Dans cet étrange contexte de promiscuité, j'ai rapidement appris à mieux connaître Moussa et je me suis permis de le questionner sans gêne sur sa relation avec mon amie.

— Marie-Josée et toi, c'est sérieux ?

— Oui, on veut se marier, avoir des enfants, tout le tralala.

— T'es sûr que ce n'est pas seulement pour pouvoir immigrer au Canada que tu veux te marier ?

— Peut-être un peu… mais je l'aime bien Marie-Jo, elle est sympa, je suis prêt à *l'enceinter*.

— Et la religion ?

— Quoi, la religion ? C'est pas un problème, elle veut se convertir à l'islam.

— Ça ne te dérange pas qu'elle ne soit pas vierge ?

— Qu'est-ce que c'est, la virginité ? Ça ne veut plus rien dire de nos jours. Je préfère savoir qu'elle a été avec d'autres hommes et profiter de son expérience, plutôt que de me retrouver avec une fausse vierge recousue.

— Une fausse vierge recousue ?

— Oui, c'est la nouvelle mode dans l'islam. Les femmes se font recoudre l'hymen avant le mariage pour faire croire à leur homme et à la belle-famille qu'elles sont vierges. La virginité, ça ne signifie plus rien pour moi.

— Mais comment la belle-famille peut-elle savoir si une fille est vierge ?

— On regarde après la nuit de noce si les draps sont tachés de sang. S'il n'y a pas de sang, c'est le déshonneur.

— C'est ridicule… La fille peu simplement avoir ses règles ou saigner du nez. Ne me dis pas que ta famille fera ça avec Marie-Jo…

— On ne se mariera pas traditionnel, avec la famille. Je vais mettre mes parents devant le fait accompli une fois que le mariage aura été célébré. Ils seront fâchés, mais c'est un moindre mal.

*

De Bamako, où Moussa étudie à l'université, nous prenons un bus décrépit vers Koulikoro, à une soixantaine de kilomètres vers l'est. Nous devrons y embarquer à bord d'un bateau et descendre le fleuve Niger pendant deux jours, puis trouver un taxi-brousse afin de nous rendre dans son village natal. La route Bamako-Koulikoro est parsemée de cratères remplis d'eau, le bus bondé tangue dangereusement d'un côté et de l'autre, les odeurs de transpiration et de gazole m'étourdissent, la fatigue et la moiteur infernale m'achèvent. Je m'évanouis.

Mon père m'apparaît, drapé dans une couverture blanche maculée de sang. Il me demande pourquoi je l'ai tué. Je me débats, je tente de crier, mais aucun son ne sort de ma bouche. J'essaie de lui dire qu'il est responsable de sa mort, pas moi. Je manque d'air, j'ai la sensation de me noyer, je m'étouffe, je crache, j'ouvre mes yeux.

Moussa est penché au-dessus de moi avec une bouteille d'eau, il me fait boire. Je suis souillé de vomissures. Il tient ma tête dans ses mains, le reste de mon corps est comprimé et tordu sur notre banquette, dans une position aussi incongrue qu'inconfortable. L'autobus est tellement plein qu'il est impossible d'avoir davantage d'espace. Je passerai le reste du trajet ainsi contorsionné, dans un état second.

Ce n'est que le lendemain que nous embarquons à bord d'un grand rafiot qui effectue une liaison sur le Niger en direction de Mopti. Il est en activité uniquement d'août à novembre, quand l'eau est abondante en raison de la saison des pluies.

Sur le pont, une imposante foule de passagers sans cabine s'entassent comme du bétail, avec des stocks de victuailles et de poulets vivants ou morts. Il y a également des chèvres et même quelques zébus, des bovins à grandes cornes. Nous nous faufilons dans la masse pour tenter de rejoindre les cabines que je vous ai payées. Une frêle adolescente m'agrippe par le bras et prononce d'un ton interrogateur le plus universel des mots : « Sexe ? »

Étonné, je ne sais comment réagir. Elle est jolie, mais elle doit n'avoir que 13 ou 14 ans. Moussa se met à lui parler en dogon, leur dialecte. Je ne comprends rien à la conversation, je remarque cependant qu'il semble avoir envers elle une attitude protectrice de grand frère. Il se retourne vers moi et me fait au nom de l'adolescente une proposition qui me surprend et me choque.

— Elle s'appelle Kadiatou. Si tu l'héberges dans ta cabine et que tu la nourris jusqu'à Mopti, elle est toute à toi.

— Mais… mais… mais non. C'est comme de la prostitution. Et c'est encore une petite fille !

— La vie n'est pas comme chez toi ici. Vois ça comme une faveur que tu lui fais. Elle est toute seule, elle n'a rien à manger. Et si elle ne couche pas dans ta cabine avec toi, elle devra dormir sur le pont et elle se fera sûrement violer durant la nuit, peut-être même par plusieurs hommes.

— Je… Je… Dis-lui que je lui donnerai à manger et qu'elle peut dormir dans ma cabine, mais que je ne ferai rien avec elle.

— Mon ami, t'as trop de principes. Vois comment elle te regarde. Elle rêve de nuits passionnées d'amour avec toi. À partir de la puberté, les jeunes filles sont considérées comme des femmes ici.

— Répète-lui seulement ce que je viens de te dire.

L'air perplexe, Moussa traduit mes propos. Kadiatou l'écoute attentivement, puis elle me lance un curieux regard. Elle semble à la fois rassurée et dépitée.

— Tu vois, Fred, je te l'avais dit, elle est déçue. Elle se sent rejetée, comme si elle n'était pas assez bien pour toi.

*

La communication avec Kadiatou est limitée. Pour des choses simples, on se comprend par gestes. Lorsque c'est plus compliqué, il faut compter sur Moussa pour traduire. Elle me regarde toujours d'un œil charmeur. Je crois qu'elle a besoin de se sentir belle et désirée. Belle, elle l'est absolument, avec ses traits équilibrés de nymphe et ses courbes naissantes de femme. Désirée, l'est-elle ? Je ne sais trop. En fait oui, je le sais trop bien. Je ne peux quand même pas me mentir. Je la désire follement. Sa fraîcheur, sa naïveté, sa fragilité, son aura de pureté m'attirent. Ses petits seins naissants, dont je perçois les bouts pointus à travers le tissu fin de sa robe, m'émoustillent, me narguent. Cependant, l'idée de faire quoi que ce soit avec une jeune fille de l'âge de ma sœur me trouble. Me trouble, m'inquiète et m'excite. Ai-je hérité de l'âme sombre de prédateur de mon père ? Ou ai-je « trop de principes », comme l'affirme Moussa ?

Une chaleur infernale règne dans ma cabine, on se croirait dans un sauna. Le soir venu, je décide de laisser le lit à Kadiatou et de coucher sur le pont, parce qu'on y respire beaucoup mieux. C'est du moins ce que je tente de me faire croire. Mais en réalité, je sais bien que je prends cette décision pour ne pas tenter le diable en moi.

J'annonce à Moussa que je vais dormir à la belle étoile; il me le déconseille vivement.

— C'est de la folie pour un toubab comme toi. Tu es une cible trop attrayante pour les voyous. Tu es blanc, ils te croient riche et ils essaieront de te détrousser durant la nuit. Ici, on peut te zigouiller simplement pour te voler tes baskets. C'est trop dangereux même pour moi, parce qu'ils savent que je suis avec toi. Crois-moi, vaut mieux cuire à petit feu toute la nuit dans nos cabines que de laisser notre peau sur le pont.

L'avis de Moussa est sans appel. Avant de nous enfermer dans nos cabines respectives, nous nous souhaitons une bonne nuit, et il m'encourage à ne pas bouder mon plaisir avec la lolita.

À la lueur de ma lampe de poche, j'étends un drap par terre pour y dormir; Kadiatou se trouve complètement nue dans la couchette. Je jette des regards furtifs en sa direction. Dans la pénombre, je perçois la courbe de ses petites fesses arrondies, ma queue se raidit. J'éteins la lumière en espérant par le fait même éteindre mes ardeurs.

La fatigue accumulée des derniers jours l'emporte, et je suis instantanément plongé dans un sommeil trouble. Mon père est sur le pont, il tente d'entrer dans la cabine pour violer Kadiatou. Il réussit à défoncer la porte. Je m'interpose, je le frappe au visage. Il saigne du nez. Il réplique en me projetant au sol. Il est plus fort et plus lourd que moi. Sous son poids, je suis incapable de me relever. J'étouffe. Alors que je manque d'air, que je suffoque, Gilbert s'empare de Kadiatou, qui prend soudainement les traits de ma demi-sœur. Du bout du doigt, il marque de son sang sa victime, comme pour la faire sienne, puis il l'entraîne hors de la cabine et s'envole avec elle tel un rapace emportant sa proie. J'essaie de bouger et de crier, mais j'en suis incapable. Je me transforme en grenouille. Ma tante Nathalie, habillée en gardienne de prison, me capture et me jette dans un cachot. Paniqué, je me réveille en nage. Malgré la chaleur intense, je frissonne. J'allume ma lampe de poche pour m'assurer que Kadiatou est toujours dans la couchette. J'éprouve un bref apaisement en apercevant sa nudité immobile.

Plus tard, mon sommeil sera hanté par d'autres cauchemars de noyade au lac Saint-Pierre et de séjours en prison, des songes dont je ne garderai que peu de souvenirs au petit matin. Au cœur de la nuit, il m'a semblé entendre des cris d'horreur en provenance de l'extérieur : je ne saurais toutefois dire si je les ai rêvés ou s'ils étaient réels. Peu avant le lever du jour, je suis réveillé par le chant d'un coq faisant sans doute partie de la ménagerie se trouvant sur le pont.

Lorsque j'ouvre mes yeux, Kadiatou est assise sur le lit. Elle me sourit timidement, elle s'est déjà rhabillée. Elle porte le même pagne que la veille, aux motifs violets et noirs sur fond de blancheur jaunie. Nous sortons pour respirer l'air extérieur, gorgé d'humidité. Un étonnant spectacle s'offre à nous. Au moins une vingtaine d'hommes, dont Moussa, sont accroupis en notre direction comme s'ils nous vénéraient. Après un bref instant d'incompréhension, je me rends compte qu'ils prient en direction de La Mecque.

La prière terminée, mon compagnon vient s'informer de notre nuit, sans subtilité. Je lui réponds sèchement qu'il ne s'est rien passé. Nous faisons ensuite tous trois la queue pour acheter des beignets de mil qu'une grosse femme fait cuire dans un grand chaudron d'huile. J'ai peu d'appétit, j'en mange un seul avec du sucre. Moussa s'en garde quelques-uns pour plus tard. Et Kadiatou s'empiffre, on dirait qu'elle veut se faire des réserves pour les journées anticipées de jeûne forcé.

Par le truchement de Moussa, je discute avec elle. Elle n'a jamais connu son père. Sa mère est morte il y a trois ans, reniée par sa famille. Kadiatou se rend à Mopti pour tenter de renouer avec sa grand-mère et ses tantes maternelles, qui la traitent de sorcière depuis qu'elle est toute petite, parce qu'elle est une enfant illégitime.

— C'est sérieux, ces histoires de sorcière ? que je demande, étonné, à Moussa.

— Ah oui ! En Afrique, on ne rigole pas avec la sorcellerie. Si l'on considère que tu fais de la magie noire, on pense que tu es responsable de tous les malheurs de la famille. On te rejette, on ne veut plus rien savoir de toi.

Le soleil monte rapidement dans le ciel, il brûle ma peau de lait. C'est comme si la saison des pluies avait soudainement pris congé. Sur les berges, les magnifiques paysages me paraissent irréels. Des baobabs, des karités et des manguiers égayent la savane. Nous passons près d'un village de grès rose taillé à flanc de falaise, des enfants nus au ventre gonflé par la malnutrition nous envoient la main. Une mosquée à l'allure de château de sable complète le décor. Je crois que je n'ai jamais été aussi proche à la fois de l'enfer et du paradis, pas même au Vatican, quoi qu'en dise ma vieille tante Gertrude.

Sans signe avant-coureur, le ciel s'assombrit comme si l'apocalypse était à nos portes. Les Dieux rugissent, Moussa nous invite à nous réfugier dans sa cabine. Kadiatou le suit, moi, je refuse. J'ai envie d'une douche démentielle pour me purifier. Je suis servi. D'énormes gouttes tombent dru, on dirait des torrents de chaudes larmes, comme si quelqu'un là-haut pleurait sur le sort de ce pays, l'un des plus pauvres de la planète, inondé deux ou trois mois par année, asséché le reste du temps. Dérangés par cette ondée, des zébus beuglent, des chèvres bêlent et les poules caquètent; on se croirait dans l'arche de Noé. Les humains, eux, endurent leur sort en silence. Une soudaine montée d'anxiété me gagne, j'ai des relents d'ablutophobie.

Complètement trempé, je me réfugie dans ma cabine. J'enlève mes vêtements mouillés et m'étends sur la couchette, drapé dans une couverture. Je me mets à grelotter, je sens la fièvre monter. Je perds toute notion du temps. Je somnole, j'hallucine, je délire. Je m'imagine être sous l'emprise de sorciers africains qui m'ont jeté de mauvais sorts du fond de leurs huttes. Ils m'envoient brûler dans des feux éternels, je lutte pour ma survie. Quand j'ouvre les yeux, Kadiatou me veille et Moussa lit à la lueur d'une chandelle. L'orage se poursuit de plus belle à l'extérieur; je replonge dans mes cauchemars.

Mon père tente encore d'entrer dans ma cabine. Cette fois j'essaie de le tuer en le transperçant d'une corne de zébu. Il saigne abondamment, mais reste solidement debout et me nargue.

— T'es juste un petit vaurien, tu n'es pas mon fils, je t'haïs, je te déteste.

Je le pousse par-dessus bord. Avant de se noyer, il promet de me hanter jusqu'à la fin de mes jours, et même au-delà.

Je me réveille beaucoup plus tard, la nuit est déjà tombée. Kadiatou dort à côté de moi, enveloppée dans un drap. Je ressens une légère excitation sexuelle, je suis toutefois trop faible pour qu'elle se maintienne, je retombe dans les limbes. Je nage dans le lac Saint-Pierre, qui fait maintenant partie du fleuve Niger. Une transformation s'opère dans mon corps, l'âme sombre de mon père s'y impose pour cohabiter avec moi. Une voix grave me dit que je ne pourrai me débarrasser de Gilbert qu'en me donnant la mort. Je m'accroche à la coque d'un paquebot océanique et monte à son bord grâce à une échelle de corde. Dans une cabine, je retrouve Kadiatou et m'étends à côté d'elle. Je caresse son petit cul de naïade, elle m'ouvre ses jambes chétives, la sensation est délicieuse.

Au petit matin, je constate que le drap de Kadiatou est taché de sang.

Chapitre 27 — Fatoumata

Arrivés au port de Mopti en fin d'après-midi, Moussa et moi faisons nos adieux à Kadiatou. Je lui glisse discrètement l'équivalent de 100 dollars en francs CFA, une fortune pour elle. Est-ce de la réelle générosité ou une façon pour moi de me déculpabiliser ? La jeune fille accepte l'argent sans manifester quelque émotion que ce soit, puis elle disparaît dans la foule aussi rapidement qu'elle m'était apparue.

De nombreux enfants rabatteurs vêtus de loques nous assaillent et jouent des coudes pour obtenir notre clientèle et nous conduire vers un hôtel X ou Y, où on les rétribuera. Moussa les écarte sans ménagement, il nous faut trouver un taxi-brousse qui nous mènera dans son village natal.

Après nous être frayé un chemin entre des pêcheurs, des mendiants estropiés, des amoncellements de déchets et des marchands de toutes sortes, nous arrivons enfin à une avenue d'où partent des taxis-brousse vers les différents villages de la région. Les Casques bleus de l'ONU sont omniprésents, je reproche à Moussa de m'avoir dit n'importe quoi concernant le terrorisme. Il hausse nonchalamment les épaules et me dit de monter dans une fourgonnette, qui est déjà bondée et dont le toit est surchargé de bagages.

La chaleur et les brassages de sueur me donnent la nausée. J'ai soif, mais je n'ai plus d'eau dans ma bouteille. Au bout d'une demi-heure de route à basse vitesse, dans un paysage semi-désertique rocheux agrémenté de touches verdâtres, nous arrivons enfin à destination. Au pied d'un monticule surmonté de deux gros rochers s'étend le village, surtout constitué de huttes et de bâtiments en terre sèche. Les nuages ont fait place au soleil couchant, qui donne un splendide coloris orangé à la scène, sur fond rosé et violacé. Nous entendons au loin l'appel du muezzin. Moussa insiste pour prier avant d'entrer au village. Je me recueille à ma façon, en admirant ce spectacle digne des livres sacrés.

Le retour du fils prodigue est vite remarqué. Dès que nous nous engageons dans le dédale de sentiers qui mènent d'une hutte à l'autre, des gens de tous âges accourent pour souhaiter la bienvenue à Moussa. Une rumeur se répand dans le village, et la foule qui nous encercle ne cesse de s'accroître. Les expressions de joie fusent de toutes parts; j'éprouve à la fois une exaltation et un certain malaise d'être ainsi au centre de l'attention, avec mon ami. J'aperçois des demoiselles aux seins dénudés; je peine à ne pas les regarder trop intensément.

On nous conduit enfin vers une hutte devant laquelle des femmes vêtues de pagnes multicolores pilent le mil en cadence.

L'une d'elle, bien en chair, se lève d'un bond et accourt vers Moussa. Elle l'étreint comme s'il était un bébé, je devine qu'il s'agit de sa mère. Je me surprends à essuyer une larme. Je m'ennuie de Marjolaine.

Je ne comprends rien aux paroles qui sont échangées tout autour de moi. Moussa demande à des anciens qui baragouinent le français de me prendre en charge. On m'offre le thé, en m'indiquant de m'asseoir sur une pierre, devant une hutte voisine. Assoiffé et nauséeux comme je le suis, cette boisson m'apparaît comme un élixir. Je bois précipitamment, au risque de me brûler. Après quelques gorgées, je me rends compte que les aînés me dévisagent tous, comme si j'étais un extra-terrestre. Celui qui semble être le plus vieux du groupe s'adresse à moi.

— Ça va ?

— Oui. Et vous, ça va ?

— Ça va, ça va. Et la santé ça va ?

— Oui... ça va.

— Et la famille, ça va ?

— Euh... ça va.

— Et la femme, ça va ?

— Je ne suis pas marié....

— Et les parents, ça va ?

— Ça va... ça va... que je réponds sans conviction, sans entrer dans les détails malheureux de ma vie, en espérant mettre fin à cet interminable questionnaire.

— Et le pays, ça va ?

— Ça va.

— Et le business, ça va ?

— Euh, le business ? En fait, je ne suis qu'un étudiant.

— Ça va, le business ?

— Ça peut aller... ça peut aller...

Une jeune fille met fin à mon malaise croissant en venant nous servir dans un plat commun ce qui me semble être de la chèvre braisée. Je me régale en pigeant des morceaux de viande directement avec la main droite, comme Marie-Josée me l'a enseigné à Dakar. Moussa ne tarde pas à venir se joindre à nous : il était lui aussi affamé. Il me glisse à l'oreille que je ne dois parler à personne de sa relation avec Marie-Jo.

— Ma mère serait très fâchée...

*

Après une nuit peu récupératrice, sur une natte et un mince matelas, je me réveille en même temps que Moussa. Il veut profiter de la relative fraîcheur de la matinée pour me faire découvrir les environs. Il commence par me montrer la mosquée, entièrement construite en terre sèche, comme le reste du village. On dirait qu'elle fait partie intégrante de la nature aride du pays, au même titre que les rochers. Les pinacles sont couronnés de grosses boules blanches qui me font penser à des perles. Moussa m'informe qu'il s'agit d'œufs d'autruche.

Il m'entraîne ensuite à l'écart du village, dans un site cérémonial sacré creusé dans le roc et joliment décoré de peintures rupestres.

— C'est ici que les garçons deviennent des hommes, affirme-t-il de façon solennelle.

— Qu'est-ce que vous faites pour devenir des hommes ?

— Eh bien tu sais… une cérémonie… et ce qu'il faut faire pour devenir un homme. Tu vois ?

— Non, j'vois pas.

— Eh… il faut tout vous expliquer, à vous, les Blancs. C'est ici qu'on te coupe… voilà !

— C'est ici qu'on coupe quoi ?

— Non, mais tu le fais exprès ! Tu sais… la circoncision, qu'il dit du bout des lèvres.

— Non ? C'est ici que t'as perdu ton prépuce, que je lance à voix haute en m'esclaffant et en me tapant les cuisses.

— Je ne vois pas ce qu'il y a de drôle, qu'il dit, visiblement irrité.

— Mais c'est hilarant ! C'est comme si je t'amenais sur les lieux de ma première masturbation.

— T'es vraiment trop con, Fred ! Ça n'a rien à voir. Moi, je te parle d'un rite religieux. C'est un geste social. Ça signifie qu'on devient un homme au sein de notre communauté.

— Désolé, que je dis en regardant le sol et en contractant mes muscles faciaux pour retenir péniblement un nouvel éclat de rire.

— Bon, ça va.

— Et qui doit faire la… tu sais, la circoncision ?

— Le forgeron.

— Ha ! Ha ! Ha ! Ha ! Ha ! Le forgeron ?

— Ça suffit, on retourne au village, décrète Moussa.

— Excuse-moi, excuse-moi, je ne voulais pas t'insulter…

Contrairement à son habitude, mon compagnon marche d'un pas rapide, sa colère est palpable. Je le suis en retrait. Avant d'entrer dans le village, j'aperçois au loin une grande maison circulaire, isolée. Je romps le silence en chuchotant.

— Quelqu'un habite là ?

— Je ne réponds plus à tes questions.

— Arrête, tu me fais penser à mon ex quand elle avait ses règles.

— Tu te crois drôle ?

— Mais je me suis déjà excusé. C'est à qui cette maison ?

— Bon, ça recommence, il faut encore tout t'expliquer.

— Oui, explique-moi. J'comprends pas. Tout est nouveau pour moi ici.

— Je t'explique uniquement si tu me promets de ne pas rire et de ne plus faire de sales commentaires de colonisateur.

— Je te le jure, je suis vraiment, vraiment désolé. J'voulais pas te vexer.

— Ça va, dit-il en m'invitant à m'asseoir avec lui à l'ombre d'un baobab. La maison que tu vois, c'est la maison des femmes qui ont leurs ragnagnas.

— Ragnagnas ?

— T'es con ou tu fais exprès ?

— Mais je ne connais pas ce mot…

— Les femmes qui saignent… celles qui ont leurs… règles, comme tu dis.

— Les femmes qui ont leurs règles ? Mais à part les vieilles, toutes les femmes ont des menstruations ! Toutes les femmes du village ne vivent quand même pas là ?

— Oh là là ! lance Moussa dans un soupir d'exaspération. Bien sûr que non, pas toutes en même temps. Elles vont vivre là simplement lorsqu'elles saignent.

— Ah, maintenant j'comprends. Mais pourquoi ?

— Quand elles saignent, elles sont considérées comme étant impures.

— Ah… Et toi, tu les considères impures ?

— Avant oui, mais plus maintenant… Ma pensée a changé…

— Et qu'est-ce que tu penses de l'excision ?

— Je suis contre... D'ailleurs, mon père et ma mère ont toujours refusé que leurs filles soient excisées. Mais mes parents doivent constamment être vigilants, parce que ma grand-mère et mes tantes ont tenté à quelques reprises d'exciser mes sœurs à leur insu. Elles n'ont réussi que la première fois, avec l'aînée.

— Et tes parents ont encore des contacts avec elles ?

— Ce n'est pas comme chez toi ici. On ne coupe pas les liens familiaux facilement, malgré les désaccords.

— Mais pourquoi l'excision est si importante pour les gens ?

— Ils croient que pour demeurer pure, la femme ne doit pas éprouver de plaisir dans l'acte sexuel.

La conversation est interrompue par les cris stridents d'une femme qui s'agite de curieuse façon au pied d'un manguier situé à une cinquantaine de mètres de la maison des « femmes menstruées ». De loin, elle me semble avoir la peau plus pâle que le reste de la population locale. En l'observant attentivement, je m'aperçois, stupéfait, qu'elle est enchaînée à l'arbre par la cheville.

— Moussa, qu'est-ce qui se passe ? Pourquoi cette femme est enchaînée ?

— C'est Fatoumata. Ça fait au moins deux ans qu'elle est là. Elle est folle, et les gens croient que c'est à cause de la sorcellerie. On l'attache donc là pour qu'elle ne perturbe pas la vie du village.

— Mais comment elle fait pour survivre ?

— Elle mange les mangues qui tombent du manguier. Et les femmes qui saignent lui apportent parfois à boire.

— Tu la connais bien ?

— C'est ma sœur... enfin, pas ma vraie sœur, mais ma cousine.

— Et tu n'as jamais tenté de la libérer ?

— Non. Les gens croiraient que je suis un sorcier, que je fais de la magie noire. Je ne veux pas risquer ma réputation ou ma vie pour une folle comme elle. Et puis tu sais, il y a une part de vérité dans ces histoires de sorcellerie.

Chapitre 28 — Nana

Une agitation peu commune règne au village. Cette semaine, c'est la Tabaski, la fête du sacrifice du mouton. Les villageois se parent de leurs plus beaux habits et dansent aux rythmes omniprésents des percussions.

Le père de Moussa demande à son fils de l'aider à égorger un bélier. J'assiste à la scène, émerveillé. Mes fantasmes de tueur remontent à la surface. Les deux hommes couchent l'animal directement au sol face à l'est, en direction de La Mecque. Le père lui tranche la gorge d'un seul coup de poignard. Un torrent de sang coule par la carotide sectionnée, imbibant la terre au rythme du cœur battant du bélier. Nana, la jeune sœur de Moussa, pousse un cri de joie. Je sursaute.

— Ha ! Ha ! Nana est plus courageuse que toi, lance Moussa pour me narguer.

Je garde le silence, ne voulant révéler que la vue du sang m'excite bien plus qu'elle ne m'effraie. Avec ses yeux noirs perçants, la fillette de neuf ans observe l'agonie de l'animal sans sourciller. Le patriarche entreprend d'ouvrir le bélier par l'abdomen dès qu'il est vidé de son sang. La petite Nana me lance un regard narquois de défi, avant de s'approcher de la carcasse et d'aider son paternel à arracher les viscères à mains nues.

Plus tard en soirée, à la lueur d'un grand feu et d'une lune presque pleine, une danse rituelle a lieu en plein centre du village. Les participants, tous des hommes, portent des masques traditionnels et sont habillés de paillettes et de jupettes roses. Ils s'agitent au son des tambours, tantôt comme des chasseurs, tantôt comme des proies, tantôt comme des femmes.

Même si cette fête est à l'origine islamique, certains villageois n'hésitent pas à boire de l'alcool. Vêtu d'un sombre boubou, Moussa m'apporte un verre de bière de mil. Il se joint ensuite aux percussionnistes, équipé d'un djembé.

Je profite de la performance de Moussa et de l'attention que suscite le spectacle pour m'éclipser discrètement. Depuis l'avant-midi, Fatoumata m'obsède. Le ciel est complètement dégagé et la lune reflète suffisamment de lumière pour éclairer mon chemin. Muni du poignard qui a servi à égorger le bélier, je sors du village et marche d'un bon pas vers la maison des femmes menstruées. Je contourne l'endroit à bonne distance, pour éviter d'éveiller des soupçons. Puis je m'approche à pas de loup du manguier de Fatoumata. Les percussions qu'on entend au loin facilitent ma tâche, en couvrant les faibles bruits que je produis. L'adrénaline m'envahit, tous mes sens sont en éveil, je me sens comme un prédateur sur le point de surprendre sa proie.

Fatoumata est couchée contre le tronc du manguier, elle semble dormir. Elle a enroulé sa longue et épaisse chaîne autour de sa poitrine. Elle la serre dans ses bras comme un enfant le ferait avec un ourson en peluche. Je coince le poignard entre ma ceinture et mon pantalon. Je tapote doucement l'épaule de Fatoumata pour la réveiller. Elle sursaute comme une bête traquée, se retourne vivement et lance un cri à déchirer le cœur. Je l'implore de se taire et je m'agenouille, les mains en l'air, pour lui montrer que je suis inoffensif. Elle me frappe à grands coups de pieds, d'abord à la tête et ensuite dans le ventre. En douleur, je roule sur moi-même pour m'éloigner, hors de sa portée.

Un liquide salé coule de mon nez jusqu'à ma bouche, je me délecte de mon sang. Je sors de ma poche un jarret de mouton que je réservais à la prisonnière et je le tends vers elle, du bout du bras.

— C'est pour toi. Je veux que tu manges bien, que je lui dis sans même savoir si elle comprend le français.

Elle s'approche aussi près de moi que sa chaîne le lui permet et elle allonge son bras. Je m'avance doucement pour lui remettre le jarret. Elle le saisit brusquement et recule jusqu'au tronc de l'arbre. Puis elle dévore la viande sans manière, comme une affamée.

Maintenant que mes yeux sont bien accoutumés à l'obscurité, je devine sur la peau de Fatoumata une épaisse couche de crasse du désert, qui la rend pratiquement aussi pâle que moi. Elle termine de manger et elle range méticuleusement l'os du jarret dans une cavité du tronc de son manguier.

— Je m'appelle Frédérik, que je lui dis de ma voix la plus douce.

Aucune réponse. La jeune femme demeure immobile, accroupie.

— Tu comprends le français ? que je lui demande avec un sourire.

— Va-t'en, qu'elle gueule en regardant le sol.

— Je ne veux pas m'en aller, je veux te parler.

— Va-t'en ou je te jette un mauvais sort !

— Je ne crois pas en la sorcellerie. Et je sais que tu n'es pas méchante.

— Tu es en grave danger ! Je suis très méchante ! Pourquoi crois-tu qu'on m'enchaîne ?

— Je crois que ce sont les gens qui t'ont enchaînée qui sont méchants.

— Je suis une sorcière et je vais te détruire.

— Si tu étais réellement une sorcière, je crois que tu détruirais d'abord tes chaînes. Je peux t'aider à te libérer, j'ai apporté un poignard. Ensuite, tu pourras t'enfuir loin d'ici.

— Non ! Je ne veux pas aller ailleurs, je veux mourir. Si tu veux m'aider, tue-moi !

J'entends des pas de course derrière moi. Je me retourne prestement et aperçois Moussa qui s'amène en vitesse. La furie se lit dans son visage et dans sa voix.

— Fred, qu'est-ce que tu fais là ? Tu sais tous les problèmes que tu risques de nous causer ?

Je m'apprête à argumenter, mais je suis freiné dans mon élan par d'intenses pleurs d'enfants. Aussi surpris que moi, Moussa me fait signe de garder le silence et de le suivre vers la source de ces bruits, près de la maison des femmes saignantes. Nous nous cachons derrière un arbre. Dans la pénombre, nous apercevons les silhouettes de quatre femmes se dirigeant vers la maison en compagnie de trois fillettes, qui les suivent calmement. En fait, les pleurs semblent provenir de l'intérieur du gynécée des impures. Les cris de douleur s'intensifient.

— Ah, les salopes ! s'exclame Moussa, en amorçant un sprint pour intercepter le petit groupe avant qu'il n'entre dans la maison.

Je le suis en joggant, sans comprendre ce qui se passe. Moussa invective les femmes en dogon et retourne en direction du village avec les trois fillettes, parmi lesquelles je reconnais sa petite sœur Nana. Trois des femmes attaquent Moussa et le mitraillent de coups, alors que la quatrième s'empare des enfants pour les ramener vers l'habitation.

— Fred, prends les petites, prends les petites. Ces salopes veulent les exciser. Empêche-les.

Sans réfléchir, je cours vers la quatrième femme et la menace avec le poignard. Effrayées, les fillettes se mettent à pleurer et à crier, comme celles que l'on excise au même moment à l'intérieur. Moussa se défait de ses assaillantes et revient vers nous en courant. Les femmes abandonnent la lutte. Nous ramenons Nana et les deux autres enfants au village, saines et sauves.

*

Les jours suivants, Moussa et ses parents sont extrêmement préoccupés. Ils surveillent constamment Nana, pour ne pas qu'on l'excise.

— Vous n'avez qu'à lui dire qu'elle ne doit pas se laisser faire si tes tantes recommencent, que je suggère naïvement à Moussa en buvant du thé, de bon matin.

— Ces femmes-là sont capables de le faire de force. La plus grande de mes sœurs avait 11 ans lorsqu'elles ont réussi à l'exciser. Mes parents avaient prévenu Aicha du danger qui la guettait et elle était sur ses gardes. Mais mes tantes s'y sont prises à trois pour l'immobiliser, pendant qu'une quatrième lui coupait le… tu sais, le sexe… à froid, dans la douleur. Elle a perdu énormément de sang, elle a failli en mourir…

Moussa s'arrête subitement de parler, Nana vient nous servir un petit déjeuner à base de riz et de patate douce. La jeune fille lui adresse brièvement la parole en dogon, puis elle quitte aussitôt.

— Fred, je dois te dire… Il y a de plus en plus de rumeurs sur toi dans le village. On dit que t'es un sorcier blanc qui veut délivrer Fatoumata.

— Mais je ne suis pas retourné la voir depuis…

— Je sais, mais ça devient dangereux pour toi… et pour moi. Le plus tôt tu quitteras, le mieux ce sera. Tu vois ce qui arrive à Fatou… Ici, on ne rigole pas quand il est question de sorcellerie.

— C'est ridicule, je ne peux pas être un sorcier… je ne crois même pas en la sorcellerie !

— Je sais bien que tu n'es pas un sorcier. Mais peu importe ce que tu en penses, le fait est qu'il est risqué pour toi de rester ici.

— Ça va. J'comprends. Mais pour ce qui est de Fatoumata, elle ne peut pas rester attachée à un arbre toute sa vie. Si on avertit la police à Mopti, ils viendront la libérer, non ?

— Non. Les flics ont les mêmes croyances que tout le monde ici. Je t'en prie, ne te mêle pas de ce qui ne te regarde pas.

Chapitre 29 — Madame Aouda

Après une nuit à Mopti, j'ai rembarqué dans l'épave flottante à bord de laquelle nous avions descendu le fleuve Niger en sens inverse. Sur le pont, je me suis trouvé un coin d'ombre, où je reste assis au sol. Les seuls Africains qui viennent me parler sont des marchands harcelants voulant me vendre leur camelote à fort prix. J'ai aperçu quelques Blancs lors de l'embarquement, mais je les ai perdus de vue depuis.

Désabusé et désœuvré, je décide de donner une nouvelle chance au roman *Le Tour du monde en 80 jours*. Phileas Fogg et son serviteur, Passepartout, arrivent en navire à Bombay, d'où ils poursuivent leur périple en train. Ils sont accompagnés du brigadier général Sir Francis Cromarty, qui semble trouver le personnage principal plutôt froid et ennuyant. Tiens, il est du même avis que moi ! Il va jusqu'à se demander si un cœur humain bat « sous cette froide enveloppe ». Il ne voit dans le pari de Phileas Fogg qu'une « excentricité sans but utile et à laquelle manquerait nécessairement le *transire benefaciendo* qui doit guider tout homme raisonnable ». En d'autres termes, il déplore que Phileas Fogg voyage « sans "rien faire", ni pour lui, ni pour les autres ».

Le *transire benefaciendo* ou faire le bien en voyageant. Moi, est-ce que je fais du bien dans cette aventure que j'ai entreprise autour du monde ? En tout cas, je me suis fait du bien. Mais en ai-je fait aux autres ? J'ai certainement voulu le bien de cette pauvre Fatoumata. Toutefois, devant les arguments de Moussa, j'ai finalement abandonné l'idée de la sauver. Je n'ai pas tenté d'alerter les autorités à Mopti. Est-il trop tard ?

Alors que je cogite sur ces questions, un Caucasien roux au teint rougeâtre s'amène vers moi et me salue trop joyeusement en anglais. Peter est un Américain de Seattle, j'estime qu'il a plus ou moins 45 ans et je le trouve d'un enthousiasme énervant. Il semble ne connaître qu'un seul adjectif qualificatif, le mot *great*. Qu'il s'agisse du pays, des gens, de la nourriture ou de ce foutu bateau, il qualifie tout de *great*. À sa défense, il faut admettre qu'il y a beaucoup plus de déclinaisons possibles de ce mot en français qu'en anglais : super, superbe, grandiose, génial, bon, bien, grand, formidable, excellent, extraordinaire, merveilleux, fabuleux et j'en passe. Mais il y a tout de même des limites au positivisme, à l'optimisme et à l'aveuglement volontaire. Quoi qu'il en soit, je ne me trouve pas en présence de l'Américain typique, généralement plus râleur lorsqu'on le retire de sa zone de confort.

En me faisant cette réflexion, je me mets à douter de l'identité du nouveau venu. Il paraît être trop bon, trop gentil, presque niais, comme un Canadien anglais hypocrite. Et il me semble peu probable qu'un Américain de son âge s'aventure seul ici, en raison des risques de terrorisme. Ça y est, les agents doubles sont de retour pour me coincer. Je ne suis pas parano, simplement perspicace. Pour m'en débarrasser, je feins d'être fatigué. Je prétends que je veux aller faire la sieste dans ma cabine. Il me le déconseille fortement.

— En plein après-midi comme ça, tu pourrais y faire cuire une dinde, qu'il dit en montrant ses dents trop blanches. Ici, c'est l'endroit idéal pour se reposer, ajoute-t-il. Avec un peu de chance, nous serons à l'abri de l'orage qui s'amène de l'autre côté.

C'est bien ma chance : Peter s'incruste. Je dois cependant lui donner raison : il fait trop chaud dans les cabines et il n'y a pas meilleur endroit sur le pont pour se protéger du vent et de la pluie drue qui commence à l'instant.

— C'est énergisant comparativement à la pluie ennuyante de Seattle. Tout ici est poussé à son extrême, j'adore ça ! *It's great!*

Pour couvrir l'intense bruit provoqué par l'averse, Peter se sent obligé de crier, même s'il ne se trouve qu'à quelques centimètres de moi. C'est pénible, mais je n'ose lui demander de baisser le ton. Il m'explique qu'il est venu au Mali pour rendre visite à sa sœur, qui dirige une ONG à Bamako. Son goût de l'aventure l'a poussé à explorer l'arrière-pays. Aux États-Unis, il travaille dans une coopérative de produits sans gluten. Il n'a ni femme ni enfants. Il répète à maintes reprises, sous différentes formes, qu'il ne s'en porte pas mal. On dirait qu'il veut s'en convaincre. Cet homme s'écoute parler. Je crois qu'il est en manque d'attention. En tout cas, s'il est un policier ou un agent double, il est un excellent acteur. Sinon, cet être a probablement beaucoup souffert de rejet dans sa vie.

Mais moi, je m'en fous, je n'ai pas envie de l'écouter. Sa fausse bonne humeur et sa tendance à s'épancher m'agressent. Je rouvre le livre de Jules Verne pour lui faire comprendre que la conversation est terminée. Il tente de me questionner sur ma lecture; je ne lui réponds que brièvement sans lever les yeux du roman. Malgré mon attitude de fermeture, il palabre ensuite sur les soi-disant vertus des produits sans gluten. Plus il parle, moins je suis en mesure de me concentrer et plus je rapproche le livre de mon visage. Au bout d'un moment, il se tait enfin et semble s'assoupir. Je n'ose le regarder, de crainte qu'il me relance. Pour le faire taire, j'ai ainsi lu trois pages machinalement, sans même en absorber le contenu. J'en reprends donc la lecture.

Le trajet en train de Phileas Fogg, de Passepartout et de Sir Cromarty se poursuit sur deux jours dans les campagnes indiennes avant qu'ils ne soient obligés de poursuivre leur expédition à dos d'éléphant dans la jungle parce que la construction du chemin de fer n'est pas terminée. C'est là que leur route croisera celle d'une jeune femme destinée à un horrible sacrifice hindou, madame Aouda. Fakirs, brahmanes et autres fanatiques s'apprêtent à la brûler vivante avec le cadavre de son défunt mari, un vieux rajah qu'elle avait dû épouser de force. Pour sauver la vie de cette malheureuse, Phileas Fogg n'hésite pas à détourner sa route et à possiblement compromettre le succès de son aventure.

Je devine déjà qu'il trouvera avec ses compagnons un moyen de la sauver et de poursuivre son voyage dans les temps requis; c'est trop prévisible. La beauté et le drame de la fiction : le héros peut toujours se sortir du pétrin de façon invraisemblable. Mais moi, dans la vraie vie, comment je fais pour sauver la madame Aouda qui a croisé mon chemin ? Je n'ai aucun pouvoir dans ce foutu pays pour qu'on libère Fatoumata. S'il est vrai que la police n'agira pas, comme le dit Moussa, quelles options me reste-t-il ?

— Ça ne va pas ? me demande Peter, qui profite de mon moment de réflexion pour s'imposer de nouveau à moi.

Ma première réaction est de répondre par la négative et de me replonger dans mon bouquin. Or, j'entends intérieurement ma mère tenter de me remettre sur le chemin de la tolérance. « Il fait pitié. Pourquoi tu es si méchant avec lui ? Ce n'est pas comme ça que je t'ai élevé. Et deux têtes valent mieux qu'une ! Il pourrait peut-être t'aider à trouver une solution. » Ah ! les mères... J'expose finalement la situation de Fatoumata à Peter, pour lui demander son avis.

— Je suis sûr que Ruth va pouvoir tout régler ça, qu'il répond sans hésitation.

— C'est qui ?

— C'est ma sœur. Son ONG est l'une des plus importantes du pays.

— Je veux bien, mais est-ce qu'elle a un réel pouvoir ?

— Elle connaît tout le monde à Bamako, tous les gens importants. Les ministres, les diplomates… Son travail, c'est de sauver le monde, qu'il dit d'un ton aussi naïf qu'admiratif. *She's so great!*

Chapitre 30 — Ruth

Pendant les deux jours que dure cette croisière miséreuse, j'endure la présence dérangeante de Peter à mes côtés pour plusieurs bonnes raisons. La première, c'est que je ne peux m'enfuir nulle part. La deuxième, je veux profiter de cette occasion pour tenter de devenir plus tolérant et aimable envers les gens qui m'irritent, comme le voudrait ma maman. La troisième, c'est qu'il constitue une diversion pour éviter que ma phobie de la noyade ne revienne me hanter. La quatrième est de m'assurer qu'il n'est pas un policier qui me file. La dernière et la meilleure, c'est l'espoir que sa sœur — si elle existe bel et bien — puisse m'aider à faire libérer Fatoumata.

En descendant du bateau, à Koulikoro, Peter appelle Ruth pour qu'elle vienne nous chercher plus tard dans la journée au terminus de bus de Bamako.

— Je lui ai demandé si tu peux dormir chez elle, qu'il me dit en raccrochant. Elle est d'accord, ça veut dire qu'on va pouvoir rester plus longtemps ensemble. *That's great, isn't it?*

— *Yes, so great*, que je réponds mollement en ne perdant pas de vue mes objectifs.

Sur la route cahoteuse vers Bamako, nous sommes retardés par une crevaison, que le chauffeur de bus a du mal à réparer. Nous arrivons finalement dans la capitale peu avant le coucher du soleil. Au terminus, j'aperçois Ruth au loin avant que Peter ne la repère. Elle a les mêmes taches de rousseur et les mêmes traits fins que lui. Cependant, la couleur de ses cheveux tire davantage sur le blond. Je ne saurais dire lequel des deux est l'aîné.

Ruth nous accueille de façon exubérante. Elle saute littéralement dans les bras de son frère, puis elle me serre chaleureusement la main, avec une ardeur qui m'apparaît excessive. Il faut croire que cette intensité agaçante est de famille. Ensuite, elle change subitement de ton et nous enjoint de quitter rapidement les lieux, « pour ne pas être la cible des voleurs ou des terroristes ».

Dès que nous arrivons à son véhicule, nous pénétrons dans un autre monde. Crasseux et malodorant, n'ayant eu la chance de me laver depuis plusieurs jours, je monte dans sa Jeep flambant neuve, entièrement équipée, avec air climatisé. Si Ruth travaille pour une ONG qui vient en aide aux pauvres, elle ne semble pas pour autant avoir fait vœu de pauvreté.

Au volant, elle se fraye difficilement un chemin dans la foule, qui envahit la rue. Elle suit d'autres véhicules, moins luxueux que le sien, puis doit éviter des vaches et des chèvres. Elle klaxonne impatiemment, ce qui n'a aucun effet sur le flux du trafic. Des cyclomoteurs nous dépassent de tous côtés. Des gens s'amusent à cogner dans les vitres de la Jeep. Ruth s'emporte contre eux et leur crie des bêtises, même si les glaces sont remontées. Quand nous atteignons enfin une grande avenue, elle nous confie qu'elle déteste aller dans cette partie de la ville.

— Il y a trop de gens, et ils agissent comme des sauvages. Vous verrez, Frédérik, c'est mieux où j'habite.

— Peter m'a dit que vous travaillez pour une ONG.

— En fait, j'en suis la directrice.

— Et que fait votre organisation au juste ?

— Nous travaillons de concert avec des partenaires gouvernementaux et de la société civile pour favoriser un contexte permettant la création d'entreprises dans une perspective de développement durable.

— Ah !... et concrètement, qu'est-ce que c'est ?

— Concrètement, c'est ce que je viens de vous dire... Nous déterminons avec nos partenaires comment favoriser le développement économique d'une façon durable.

— Ah !... je croyais que le rôle des ONG était de faire du travail humanitaire, d'aider les pauvres.

— Oui, nous les aidons... en déterminant avec nos partenaires comment instaurer un contexte qui les sortira de la pauvreté.

— Donc, si je comprends bien, vous réfléchissez aux moyens.

— Voilà…

— Avez-vous un exemple ?

— C'est… c'est très complexe. La problématique est multifactorielle, et les moyens peuvent différer en fonction des partenaires. Dans chacun des cas, il faut établir une solide méthodologie afin d'effectuer une étude minutieuse et rigoureuse des enjeux propres aux groupes concernés.

— Et concrètement, il y a des résultats ?

— Bien sûr qu'il y a des résultats, affirme Ruth d'un ton outré. Avec nos partenaires, nous nous assurons que la transmission des connaissances s'effectue de manière efficace. Nos conclusions sont présentées lors de séances de formation.

— Intéressant, que je dis pour détendre l'atmosphère, tout en me demandant si l'utilité de cette ONG est aussi théorique que l'exposé qui vient de m'être fait.

Toujours à bord de la Jeep, nous traversons un petit pont, et Ruth annonce fièrement :

— Voici Cité du Niger, mon petit coin de paradis.

Je suis sous le choc. Nous circulons dans des rues calmes, pratiquement désertes, flanquées de luxueuses résidences. Ruth arrête son véhicule devant une grille et klaxonne. Un gardien vient nous ouvrir.

— C'est ici chez moi, insiste-t-elle avec une pointe d'arrogance. Derrière la grille et de hauts murs surmontés de barbelés se trouve une vaste villa au luxe ostentatoire, avec piscine creusée à l'arrière.

— Tout ça, c'est à vous ? que je demande, incrédule.

— Pas vraiment, répond Ruth. C'est l'ONG qui loue cette villa.

— Et il y a trois autres coopérants qui vivent ici, ajoute Peter.

— Ils sont partis pour le week-end, nous serons seuls, précise Ruth.

— Et comment l'ONG se finance ?

— De plusieurs façons. Subventions, dons du public, investissements de certaines entreprises, et cetera.

Ce n'était pas l'idée que je me faisais du style de vie des « travailleurs humanitaires ». Je pense à ma chère tante Gertrude, qui a fait du travail de terrain toute sa vie dans les pires conditions.

Elle crierait sûrement au scandale. C'est d'ailleurs ce que j'ai envie de faire après avoir vu la pauvreté omniprésente dans ce pays.

Le gardien s'occupe de transporter nos bagages, et Ruth demande à une servante quelle chambre elle a préparée pour moi. La maîtresse de maison m'y conduit; il s'agit d'une vaste pièce joliment décorée dans des teintes bleutées évoquant la mer, avec lit à baldaquin et salle de bain privée. Ruth insiste pour que je me douche avant le repas, qui sera servi dans une demi-heure.

L'eau, froide, se réchauffe peu à peu. Elle me vivifie, me ravive, c'est comme si je me réveillais d'un long songe. Des coulis de crasse apparaissent sur le plancher de la douche. Cette saleté ne m'appartient plus, elle retourne à la terre. Je profite du moment présent, de la sensation purifiante du jet d'eau et des gouttes sur mon corps. Je me savonne, j'ai l'impression d'être touché par des mains étrangères. Je glisse une main sur mon sexe en expansion, je me branle jusqu'à une éjaculation plus abondante que d'habitude. Les tensions accumulées au cours des derniers jours se relâchent. Je me sens comme un homme neuf.

Je me présente à table dans une confortable robe de chambre mise à ma disposition, puisque tous mes vêtements sont d'une saleté innommable. Ruth me demande d'ouvrir une bouteille de champagne posée dans un seau de glace. À son initiative, nous trinquons à la santé des Maliens, « parce qu'ils ne se conduisent pas tous comme des sauvages », qu'elle prend la peine de préciser.

— Rosine en est le parfait exemple, ajoute-t-elle en souriant à sa domestique, qui nous apporte une entrée de foie gras.

Peter boit lentement et il s'exprime moins que d'habitude. On dirait qu'il s'efface au profit de sa sœur. Elle nous parle successivement des problèmes qu'elle vit avec ses employés, de son amour des chats et de sa difficulté à s'adapter au Mali, où elle se trouve pourtant depuis cinq ans. Elle s'attarde à ce dernier sujet jusqu'à ce que la servante nous apporte le plat principal, des pâtes aux fruits de mer.

— Rosine, ces pâtes sont trop cuites. Ce n'est pas acceptable, recommencez !

— Mais non, ça me convient parfaitement, que je lui dis.

— Mon cher Frédérik, il ne faut pas se contenter de la médiocrité. Rosine, recommencez ! Frédérik, mon verre est vide…

Je saisis nerveusement la bouteille de champagne et remplis maladroitement la coupe de cette humanitaire-caviar-mal-baisée. Elle avale une longue gorgée, puis reprend son discours.

— Le Mali, ça nous force à trouver en nous toutes les ressources dont nous disposons. J'en ai même trouvé certaines dont je ne soupçonnais pas l'existence. C'est fort, quand on y pense. Ça pousse à se révéler à soi, comme un miroir. J'ai recentré l'attention sur mon moi, et ce fut très bénéfique. Vous voyez, Frédérik, il n'y a pas que du négatif dans une expérience comme la mienne. J'ai appris à me connaître, à connaître la personne que je suis fondamentalement. Et du coup, ça m'a aussi permis de me faire valoir et de me faire connaître avantageusement dans le monde des ONG et de la diplomatie. Lorsqu'on est à la tête, comme moi, d'une influente organisation, on doit frayer avec tout ce que la capitale compte de diplomates et de hauts dirigeants gouvernementaux. Mais si on ne sait pas réellement qui l'on est, on ne peut pas bien le projeter. Par conséquent, on ne peut pas bien se faire valoir auprès d'autrui.

Ruth cesse brièvement de s'écouter parler afin de boire une gorgée de champagne. J'en profite pour prendre la parole, lui expliquer la situation dans laquelle se trouve Fatoumata et lui demander si elle serait en mesure de m'aider à la faire libérer avec ses relations en haut lieu.

— *Oh my God!* Ce ne sera pas facile. Ne croyez surtout pas que je ne suis pas sensible à la situation que vous m'avez exposée. C'est absolument terrible ! Et malheureusement, ça démontre bien comment trop de gens dans la société malienne manquent de sensibilité envers autrui. En Afrique, ce n'est pas comme chez nous, où on ne tolérerait pas ce type de situations. Derrière un communautarisme de façade, les Africains sont très égocentriques. Pour ne pas nuire au bien-être de leur petite personne, ils n'oseront jamais s'insurger contre de telles pratiques barbares. Et comprenez-moi bien, je ne suis pas raciste. Je ne dis pas que tous les Africains sont des barbares. Mais nombre d'entre eux sont tout simplement peureux. Ils ont peur du jugement de la famille, ils ont peur de la sorcellerie, ils ont peur de l'autorité, ils ont peur de leur ombre. Et c'est pour cette raison que je ne pourrai malheureusement pas vous aider. Si j'approchais un haut placé du gouvernement en lui demandant de régler le problème de cette jeune femme, il me répondrait trompeusement qu'il verrait ce qu'il peut faire. Et en réalité, il ne ferait rien... Pourquoi ? Parce que la peur entraîne une incroyable force d'inertie dans cette société, voilà pourquoi.

— Si vous...

— Comprenez-moi bien, m'interrompt-elle. Ce n'est pas que je ne veuille pas vous aider. Avec l'ascendant que j'ai sur les décideurs de ce pays, je pourrais facilement prendre le téléphone et soumettre ce problème aux plus hauts niveaux. On me ferait de beaux discours, mais au bout du compte, ça ne donnerait aucun résultat.

— Ça va, je comprends, que j'affirme en souriant les dents serrées, pour ne pas dire à cette pimbêche tout le mal que je pense d'elle.

Chapitre 31 — Aminata

Après une excellente nuit de sommeil chez Ruth, je quitte la villa en prétextant que j'ai un vol à prendre pour me rendre en Algérie, chez Abdelkader. J'appelle un taxi et je demande en fait au chauffeur de me conduire à un hôtel, n'importe lequel près du marché central. Il m'amène à un luxueux établissement et descend de voiture pour toucher sa commission auprès du gérant. Tout ce que je voulais, c'était de quitter le climat malsain de la villa le plus tôt possible. Je n'aurais pas toléré la compagnie de Ruth une journée de plus.

De ma chambre du sixième étage, j'ai une superbe vue sur le fleuve Niger et une partie de Bamako. Sans prendre le temps de m'installer et de défaire mes bagages, je descends dans la rue pour me mêler à la population; une erreur de ma part. Dans ce quartier, il est impossible pour un touriste blanc de passer inaperçu. Contrairement à Dakar, où on me laissait relativement en paix, je suis ici assailli de toutes parts par des vendeurs itinérants, des mendiants et des intermédiaires de toutes sortes, qui cherchent agressivement à me soutirer de l'argent de toutes les façons possibles.

La situation se détériore encore lorsque j'arrive au marché central. Des vendeurs quittent littéralement leurs stands pour me proposer à fort prix des babioles qui ne m'intéressent pas. De force, ils me mettent ces objets dans les mains pour que je me sente obligé de les acheter. Je n'ai même pas le loisir de regarder tranquillement la marchandise. Des intermédiaires s'en mêlent et intimident violemment les commerçants pour obtenir un pourcentage sur les ventes qu'ils me feront. Dépassé et traumatisé par ce brouhaha autour de moi, je m'emporte de façon épique contre cette horde de vautours. Je les engueule, je les pousse et je m'enfuis à la course. Certains d'entre eux ont le culot de me poursuivre. Je rentre à l'hôtel exténué, vidé. Je regrette soudainement le calme de la villa de Ruth.

*

À l'hôtel, je profite de l'accès Internet pour consulter mes courriels, ce que je n'ai pas fait depuis mon départ de Dakar, il y a près de deux semaines. Pendant cette période, j'ai reçu beaucoup moins de messages que je m'y attendais. Je n'ai toujours pas de nouvelles de ma tante Nathalie, qui semble m'avoir renié définitivement. Les seuls mails dignes de mention proviennent de la grosse Kate, de Pénélope, de Fredou, d'Abdelkader et de Marie-Josée. Je les lis dans le sens inverse.

De retour chez ses parents à Moncton, Marie-Jo veut savoir comment s'est déroulé mon voyage avec Moussa et elle me demande si je crois qu'il est un bon mec pour elle. Sans entrer dans les détails, je lui avoue que je n'ai jamais vécu un aussi grand choc culturel. J'écris par ailleurs que Moussa est une bonne et agréable personne, mais que les différences de culture sont immenses.

Pour que ça fonctionne entre vous, il faudra que vous mettiez tous deux de l'eau dans votre vin. Et ne t'attends pas à ce que votre relation soit bien acceptée par sa famille.

Abdelkader, lui, renouvelle son invitation en Algérie. Il dit que si je peux m'y rendre cette semaine, je pourrai assister au mariage de sa sœur Bachira.

C'est une expérience dont tu te souviendras toute ta vie, mon ami. Les mariages, chez nous, ce sont de grandes fêtes qui durent plusieurs jours. Tu ne peux avoir meilleure occasion de connaître et d'apprécier la culture musulmane algérienne.

Avant de consulter mes autres messages, je trouve en ligne un billet d'avion à bon prix en direction d'Alger; le départ est dans deux jours. Je le réserve et j'écris brièvement à Abdelkader pour l'en informer.

J'ouvre ensuite le courriel de Frédérique. Elle s'inquiète pour moi, elle se demande où je suis et quels sont les derniers développements concernant la disparition de mon père. *Ici, les médias n'en parlent plus du tout*, écrit-elle.

Ça ne me rassure pas d'apprendre cela. Je me préoccupe d'ailleurs du fait que je n'aie reçu aucun nouveau message de la police. Il s'agit possiblement du calme avant la tempête.

Fredou termine son message en écrivant : *Malgré la distance et notre séparation, l'amour que j'ai pour toi ne me quitte pas, il grandit.*

Cette finale me rend perplexe; je ne sais qu'en penser. En fait, oui, je le sais trop bien. Je ne suis plus amoureux de Frédérique, point final. Et je crains qu'elle n'écrive cela seulement pour m'attendrir et éventuellement obtenir des confidences de ma part; elle collabore peut-être avec la police.

Le message de Pénélope me trouble également, mais pour d'autres raisons. Elle m'annonce qu'elle est enceinte et elle se questionne sur l'identité du père.

Je ne sais pas si c'est Guillermo, Henrique ou Martin. Tu te souviens quand je t'ai dit que Tintin avait enfin découvert son orientation sexuelle, eh bien c'était parce qu'on avait couché ensemble. D'un côté, je suis heureuse d'être enceinte, je commence enfin à avoir des formes de femme. Mais je crains la réaction de Guillermo si le bébé n'a pas de traits asiatiques et qu'il nait basané comme Henrique ou blondinet comme Tintin. Je me ferai peut-être avorter.

Me sentant totalement incompétent pour répondre à une telle confidence, je ne trouve rien de mieux à écrire qu'une généralité vaseuse : *Chère amie, suis ce que te dictent ton cœur et ta conscience. Fred, xx*

Je me rabats sur le courriel de Kate, la fille insupportable que j'ai rencontrée au cours du vol Montréal-Londres; j'espère y trouver un peu plus de légèreté. Je me rappelle lui avoir laissé mon adresse électronique dans l'avion. C'était bien avant de la baiser, complètement ivre, et de m'enfuir de l'auberge de jeunesse le lendemain matin. Je lis sa courte missive avec stupéfaction, terrifié.

Cher Fred, je suis revenue au Québec et j'ai une bonne nouvelle à t'annoncer. Je porte ton enfant. J'aimerais bien que tu l'élèves avec moi à ton retour au pays. Love, Kate.
XXXXXXXXXXXXXXX

Quelle coïncidence de merde ! Pourquoi l'être humain est-il incapable de se contenter de la masturbation ? Pour une brève baise qui ne m'a laissé que des souvenirs flous, je vais être le père d'un enfant dont la mère m'horripile à tous points de vue. Kate peut-elle vraiment m'imposer une paternité que je ne souhaite pas ? Pourquoi n'envisage-t-elle pas l'avortement comme Pénélope ? Je ne vois qu'une façon de m'en sortir : je ne lui répondrai pas. Avec de la chance, je peux espérer qu'elle croira que je n'ai pas reçu ce message; et surtout, qu'elle ne retrouvera pas ma trace. Tu avais raison, Fredou, je ne suis qu'un « christ d'égoïste ». Et aujourd'hui, je l'assume plus que jamais.

*

Vers midi, je m'assieds à une terrasse ombragée, à l'avant d'un petit restaurant qui ne paie pas de mine. Rapidement, je suis entouré de sept ou huit gamins rachitiques, souillés, pieds nus, qui me supplient de leur donner à manger. Je ne peux m'empêcher de penser que cette misère serait beaucoup moindre si l'utilisation de préservatifs était plus répandue en Afrique. Je suis cependant mal placé pour porter des jugements à cet égard; Kate en sait quelque chose.

Un serveur se présente à ma table et ordonne aux enfants de déguerpir. Je m'interpose et dis qu'ils mangeront avec moi. Il proteste :

— Non, monsieur. Si vous les faites manger, d'autres petits voyous viendront, et ça fera fuir les clients.

— Je vous paierai le double du prix pour tout ce que nous prendrons.

Après être allé consulter le patron, le serveur revient et acquiesce à ma demande. Pour nous tous, je commande le plat du jour, du couscous sarakolé avec sauce de gombo. Je demande également une bouteille de Fanta pour chaque petit et une bouteille de Castel, la bière locale, pour moi.

Les réactions des enfants sont diverses. Deux fillettes semblent être intimidées d'être assises à cette table : elles ne cessent de regarder le sol. Trois des garçons font les fanfarons, tandis que les trois autres apprécient calmement leur boisson gazeuse.

Avant même qu'on nous apporte à manger, une dizaine d'autres petits mendiants nous entourent. Ils me supplient à leur tour de les nourrir. Le serveur arrive avec les plats et me lance d'un ton exaspéré :

— Je vous avais prévenu ! Maintenant, qu'est-ce que je fais ? Allez-vous payer à manger à tous les gamins abandonnés de Bamako ou je les expulse ?

La mort dans l'âme, me sentant honteux, je dis que je ne paierai que pour ceux qui sont déjà assis avec moi. Le serveur repousse les autres mômes dans la rue à coups de balai.

Pendant que les enfants à table s'empiffrent en vitesse, ceux qui nous observent de la rue piaillent pour avoir leur part. Consterné, je suis incapable d'avaler une bouchée. Commence alors une pluie de projectiles de toutes sortes. Les gamins rejetés lancent en notre direction tout ce qu'ils peuvent trouver : cailloux, bouteilles vides, bâtons. Mes protégés s'enfuient avec ce qui reste de nourriture, alors que je me jette au sol pour éviter d'être frappé.

Dans l'entrefaite, deux policiers qui passaient par là chassent les garnements en brandissant leurs matraques et viennent s'enquérir de mon état. Heureusement, je n'ai qu'une petite éraflure à l'avant-bras. Je remercie les agents de leur intervention et leur dis que je n'aurai pas besoin de soins. Le plus grand des deux me demande une pièce d'identité. Je lui présente mon passeport. Il le scrute d'un œil suspicieux et affirme que mes papiers ne sont pas en règle.

— Mais c'est ridicule, que je m'exclame. C'est un vrai passeport canadien, tout ce qu'il y a de plus authentique. Et regardez, j'ai mon visa en bonne et due forme.

— Il faudra nous suivre au commissariat, et nous devrons vous garder en cellule. À moins bien sûr que vous ayez un petit cadeau pour nous.

Je comprends alors que ces flics cherchent uniquement à me soutirer de l'argent. Moussa m'avait prévenu que les policiers de son pays étaient corrompus et qu'ils procédaient souvent à ce type d'arnaques, surtout avec les touristes.

— Amenez-moi au commissariat, je veux parler à votre supérieur.

— Si on vous amène, ce sera pour aller en cellule.

— Vous ne me comprenez pas. Je suis prêt à vous faire un petit cadeau, que je dis en leur tendant deux billets de 10 000 francs CFA, soit l'équivalent d'un peu plus de 40 dollars. Et j'ai une faveur à demander à votre chef.

Satisfaits de leur pourboire, les policiers me rendent mon passeport et m'escortent comme je l'avais demandé au commissariat. On me fait patienter dans une salle d'attente, avant de me conduire dans une vaste pièce au fond de laquelle se trouvent un bureau massif et le drapeau du pays. Derrière le meuble, un homme en uniforme se lève pour me souhaiter la bienvenue et m'invite à m'asseoir sans prendre la peine de me serrer la main. Il se présente comme étant le commissaire de police Touré.

Je lui expose la situation dans laquelle se trouve Fatoumata, à l'autre bout du pays, et je lui demande s'il peut intervenir pour la faire libérer.

— Si elle est folle et ensorcelée, on n'y peut rien. On ne peut pas empêcher les gens de se protéger contre les forces du mal.

— Et vous acceptez cela ? Mais ça va à l'encontre des droits humains.

— Qui êtes-vous pour vous permettre de me faire ainsi la leçon ?

— Je… je…

— Si vous tenez réellement à cette jeune femme, il y a peut-être une solution.

— Laquelle ?

— En échange d'un… d'un dédommagement, je pourrais voir s'il est possible de la faire libérer à l'insu de la population du village, pendant la nuit. Bien sûr, tout cela devra rester entre nous.

— Oui, bien sûr, que je réponds tout en réfléchissant. J'ai une proposition à vous faire. On peut s'entendre sur une somme totale. Je vous en donnerai la moitié pour que vous amorciez les démarches. Et vous recevrez l'autre moitié quand j'aurai la preuve non seulement que vous avez libéré Fatoumata, mais aussi que vous l'avez confiée à un hôpital ou un institut.

— Cela peut se faire… Les frais seront très élevés.

— Combien ?

— Combien vous offrez ?

— Combien vous voulez ?

— Cent mille francs CFA pour commencer. Et encore cent mille quand tout sera terminé.

— Laissez-moi calculer… Ça fait presque 1 000 dollars… Soyez raisonnable… Je vous offre 100 dollars au départ… et 100 dollars de plus quand elle sera libre, que je lance avec assurance, sachant fort bien que bien la plupart des policiers de ce continent seraient prêts à vendre leur mère pour bien moins que ça, vu qu'ils sont sous-payés.

— C'est embêtant, dit-il en faisant mine d'hésiter. D'accord… Laissez-moi appeler une de mes recrues. C'est une femme, mais elle travaille bien. Elle s'occupera de récupérer la sorcière une fois qu'elle aura été libérée.

Quelques instants plus tard, le commissaire Touré me présente Aminata, une séduisante policière aux yeux en amende, à peine plus âgée que moi. Ensemble, nous déterminons la marche à suivre et convenons de rester en contact par courriel.

Chapitre 32 — Bachira

Le soleil n'est pas encore levé sur Alger lorsque le Boeing à bord duquel je me trouve atterrit à l'aéroport Houari Boumédiène. Mon visa et mon passeport canadien me permettent de passer rapidement à la douane, pratiquement déserte en cette fin de nuit. Abdelkader m'attend dans l'aire d'accueil, vêtu comme à son habitude d'une djellaba traditionnelle. Il me fait une accolade tout en retenue. Le personnage est austère. À Dakar, nous n'avions eu que peu d'occasions de discuter et de tisser des liens. Sa généreuse invitation m'avait d'ailleurs surpris.

À l'approche de l'aube, la ville est aussi silencieuse que mon compagnon somnolant, qui conduit la vieille Peugeot de son père les yeux mi-clos. Dans le ciel commencent à poindre des teintes rosées. Nous passons tout près d'une mosquée, je sursaute en entendant le premier appel à la prière, craché par des haut-parleurs de piètre qualité.

Abdelkader range la voiture sur le côté de la rue et me demande de l'attendre. En compagnie de nombreux hommes qu'on dirait sortis de nulle part, il se dirige vers une fontaine aux ablutions située à proximité de la mosquée. Dans un rituel bien défini, les fidèles se lavent les mains, le visage et les pieds, tous de la même façon, avant de prier vers le soleil levant.

Irrité par le grésillement des haut-parleurs et le timbre de voix strident du muezzin, je lève les vitres du véhicule et allume le vieil appareil radio. Il diffuse des prières, le ton est lugubre. Je change de chaîne plusieurs fois avant d'en trouver une qui diffuse du rock alternatif. Envoûté par la musique, je ferme mes yeux et me laisse emporter sur une scène, devant des milliers de fans qui m'acclament.

Mon rêve éveillé est abruptement interrompu par Abdelkader, qui éteint l'appareil et fulmine.

— Frédérik, qu'est-ce qui te prend d'écouter la musique du diable dans ma voiture, la voiture de mon père, et à l'heure de la prière ?

Je tente de formuler une réponse qui se tienne; j'en suis cependant incapable. Pris au dépourvu, je considère n'avoir commis aucune faute, mais je ne tiens pas à la confrontation.

— Je… je suis désolé, que je finis par balbutier.

— Ça va, ça va, j'accepte tes excuses, répond Abdelkader en faisant démarrer la voiture. Je dois te prévenir que ma famille et moi sommes très attachés aux enseignements du Prophète. Je te guiderai pour que tu ne fasses pas de faux pas. Et si tu as des questions, n'hésite pas à me les poser.

— D'accord…

— T'as des questions ?

— Euh…tu m'as écrit que le mariage de ta sœur durerait plusieurs jours ?

— Oui… Ça fait deux jours déjà que c'est commencé, et il reste deux autres journées.

— Et… comment vous fêtez ?

— Il y a de nombreuses étapes au mariage, des rites qui doivent être respectés. Je t'épargne les détails, parce que c'est un peu complexe à comprendre pour une personne qui ne connaît pas bien l'islam. Le mariage religieux et le mariage civil ont déjà été célébrés. Aujourd'hui, les femmes feront la fête ensemble avec Bachira au hammam et ensuite chez nos parents. Les hommes ne peuvent participer à cette célébration. Mon grand frère Farid a donc accepté de nous héberger, toi et moi. Et ce soir, ce sera la soirée des hommes dans la famille du mari. Habituellement, dans notre entourage, ce ne sont que les musulmans qui peuvent y participer. J'ai prévenu tout le monde de ta venue et j'ai dit que tu viens tout juste de te convertir à l'islam, pour que ta présence soit acceptée.

— T'as dit quoi… que je suis musulman ?

— Je n'avais pas le choix, sinon tu n'aurais pas pu venir. Et j'ai bien précisé que tu es un Canadien. Beaucoup de gens ici en veulent encore aux Français pour la colonisation et la guerre d'Algérie.

— Mais je ne saurai pas quoi faire ou quoi dire si on me parle de l'islam.

— Dis simplement que tu viens tout juste de te convertir et que tu es là pour apprendre. Les gens seront compréhensifs avec toi.

*

Durant l'après-midi, je fais la sieste chez le frère d'Abdelkader. Farid habite avec son épouse dans un immeuble à appartements récent. Peu avant le coucher du soleil, Abdel me réveille. Il me conseille d'enfiler une djellaba et un bonnet de prière afin de ne pas me démarquer des autres convives qui seront présents à la fête chez son beau-frère. C'est le premier mariage auquel on m'invite dans toute ma vie — presque plus personne ne se marie au Québec, sauf les gais et les lesbiennes —, et j'y porterai une robe ! Et il n'y aura aucune femme ! Que de plaisirs en perspective !

Avant de partir, Abdel insiste pour m'initier à la prière musulmane, à laquelle je devrai participer plus tard en soirée, pour être crédible dans mon rôle de converti. Pour lui faire plaisir, je me soumets à cette contrainte, mais je commence à regretter d'être venu ici. Il m'enseigne les quatre postures principales : debout, inclinaison, prosternation, station assise sur les talons. Je me sens vraiment ridicule, plus encore que lorsque Fredou m'a traîné de force dans un cours de yoga, peu avant notre séparation. Mon compagnon m'explique que les différentes positions de la prière représentent la soumission et l'adoration de tout ce qui a été créé par Allah : les arbres et les montagnes se tiennent debout, les astres se lèvent et se couchent, les animaux sont inclinés, et tout ce qui vit tire sa nourriture de la terre. Prosterné, je m'imagine en mouton broutant de l'herbe. Ou pire : en homme soumis aux désirs d'un autre. Je camoufle avec difficulté un rire nerveux, en toussant profondément.

*

Des torrents de sueur coulent sous ma robe et mon chapeau lorsque je pénètre avec Abdelkader dans la maison du marié. Des dizaines de barbus me dévisagent et échangent en arabe des propos que je m'imagine hostiles. Un homme vêtu d'une djellaba d'un blanc éclatant, comme une robe de mariage en Occident, s'approche et me souhaite la bienvenue en souriant. Il s'agit de Mourad, l'époux de Bachira, la mariée que je n'ai toujours pas rencontrée.

Abdel et son frère Farid me présentent ensuite à un petit groupe d'hommes un peu plus âgés, qui s'expriment tous bien en français. Farid prend la peine de me féliciter devant tous pour ma soi-disant conversion.

— Ça prend beaucoup de courage et de perspicacité pour prendre une telle décision, quand on n'a pas eu la chance de naître musulman. Qu'Allah te protège !

— Qu'Allah te protège, entonnent les autres, d'un ton convaincu et avec des regards admiratifs.

— Qu'Allah t'accorde paix et miséricorde. Qu'Allah t'éloigne du malheur. Qu'Allah t'illumine. Qu'Allah t'arrose de Ses grâces.

Jamais n'ai-je senti qu'on m'accordait autant d'importance dans un groupe. Après un certain malaise, j'éprouve du réconfort : une chaleur inattendue monte en moi, amplifiée par le thé à la menthe qu'on vient de me servir. On me propose des petits gâteaux avant le repas. À défaut de pouvoir me saouler, je ne peux résister à l'appel du sucre.

J'observe les hommes discuter et je m'émeus de l'affection qu'ils démontrent entre eux. À mon grand étonnement, ils se touchent, se tiennent par le cou ou par la main, comme seules des femmes ou des gais se le permettraient au Québec. Toutefois, il n'y a rien de sexuel dans ces gestes, seulement une franche camaraderie. Je présume d'ailleurs que ces fervents musulmans sont pour la plupart contre l'homosexualité.

Farid m'extirpe de mes pensées en me posant une question que je trouve déstabilisante.

— Qu'est-ce qui te dégoûte le plus du christianisme ?

Étant relativement peu familier avec les enseignements du Christ, je réponds spontanément :

— La pédophilie des prêtres… et même des religieuses.

— Tu as raison. Cette religion maudite porte tous les germes du mal. Tu vois, de telles choses ne se produisent pas dans l'islam. Le problème avec les chrétiens, c'est qu'ils sont fourbes. Ils prônent la droiture, cependant ils agissent autrement. Tu vois comment le pape protège les pédophiles ! On ne peut pas trouver la félicité dans cette religion. Je plains ceux qui sont nés dans la chrétienté et qui n'ont pas eu la chance de s'en sortir et de voir la lumière comme toi. Tous les dirigeants de ce culte maudit mènent les croyants dans la mauvaise direction. Plutôt que de les diriger vers la lumière de Dieu, ils les amènent vers la noirceur des ténèbres.

— Et le plus triste, ajoute Abdelkader, c'est que les vrais croyants, peu importe leur nationalité et la religion dans laquelle ils sont nés, ne demandent qu'à trouver le seul et unique Dieu. Tant qu'on ne leur présente pas Allah, le Tout Miséricordieux, le Très Miséricordieux, ils s'enlisent dans la mauvaise voie.

— Il y a de l'espoir mon frère, il y a de l'espoir. Ton ami Frédérik… notre ami Frédérik en est la preuve. Qu'Allah te soutienne, qu'Allah t'accorde sa bénédiction !

Je ne saurais expliquer pourquoi, mais ces paroles me touchent. De longue date, j'éprouve un certain dégoût pour l'Église catholique. Pourtant, je veux croire en quelque chose qui serait plus grand que moi, que nous, que l'humanité. Je n'en peux plus d'être un atome isolé dans un univers qui n'a pas de sens. Et j'en ai assez de l'hypocrisie de la société dont je suis issu, teintée d'un mélange d'athéisme et de morale molle à saveur judéo-chrétienne culpabilisante.

Le repas — du rechta, une sorte de pâte algérienne avec sauce blanche et poulet — nous est servi dans un plat commun. Avant d'y piger, mes compagnons entonnent une invocation en arabe, pour louanger et remercier Dieu. Je me contente de prendre une allure de recueillement semblable à la leur.

— Pourquoi la mariée et les autres femmes ne viennent pas manger avec nous ? que je demande innocemment après avoir avalé une première bouchée.

— Nous serons tous ensemble pour fêter demain, me rappelle Abdelkader. Mais on établit une claire séparation entre les hommes et les femmes, parce que la charia leur impose des obligations, des droits et des rôles différents.

— Comme quoi ?

— La loi de Dieu dit que l'homme a l'autorité sur la femme, notamment en raison des dépenses qu'il fait pour son bien et de la protection qu'il lui apporte. Et la femme se doit d'être vertueuse et obéissante envers son mari, pour l'en remercier.

— Et qu'est-ce qui se passe si une femme désobéit ?

— L'homme a le devoir de la ramener à l'ordre verbalement. Si ça ne fonctionne pas, il doit s'éloigner d'elle dans le lit. Et si vraiment elle ne veut rien comprendre, il faut la frapper avec modération.

Je ne peux m'empêcher de penser que c'était tout à fait l'inverse dans ma relation de couple avec Frédérique. Elle jouait le rôle de l'homme musulman en me rabrouant constamment et en faisant la « grève du sexe » pour tout et pour rien. Parfois, elle me frappait. Je n'osais me défendre parce que ma mère m'a enseigné que les hommes devaient encaisser les coups sans répliquer en raison de leur force physique supérieure. D'ailleurs, elle utilisait cet argument absurde lorsqu'elle me donnait des raclées, soi-disant pour mon bien. Je réalise maintenant que Marjolaine et Frédérique m'ont bafoué dans mes droits et dans ma dignité. Si je m'en plaignais à voix haute, on rirait probablement de moi, autant ici que dans mon pays. Je ressens actuellement une rage refoulée depuis longtemps, j'éprouve la nécessité d'assumer ma virilité, de devenir un vrai mâle, de me débarrasser de la chape de plomb que ces femmes m'ont imposée.

— Frédérik, qu'est-ce qui ne va pas ?

— Je pense que pendant trop longtemps je me suis laissé dominer... et je me questionne de plus en plus sur les idées qu'on m'a inculquées.

— C'est tout à fait normal. Lorsqu'on découvre la voie de la vérité, celle qui mène vers Allah, il n'y a plus de retour possible en arrière. Au contact de Dieu, tu chemines, tu évolues. Tu ne veux plus de la duplicité, de la corruption des mœurs ni de la corruption des hommes qu'on retrouve en Occident. Je suis fier de toi, mon ami. Qu'Allah te guide vers le droit chemin.

Au moment de la prière, je ne me sens plus tendu ni nerveux. Je me mets en rang avec les autres invités, entre Farid et Abdelkader. Abdel me souffle à l'oreille : « C'est simple, tu n'as qu'à faire les mêmes mouvements que moi. » En ne pensant à rien, je suis la chorégraphie établie. Les hommes marmonnent des prières; ce murmure collectif m'apaise même si les paroles me sont incompréhensibles. Je n'ai jamais connu une telle fraternité masculine. Mon âme flotte dans cette atmosphère bienveillante qui me donne une envie d'abandon total.

Chapitre 33 — Jihad

Ce n'est qu'au dernier jour de festivités que je peux enfin apercevoir la mariée. Je n'arrive toujours pas à comprendre pourquoi les époux ne sont pratiquement jamais ensemble. La famille du marié vient chercher Bachira à la maison de son père. Le paternel accompagne sa fille jusqu'à une voiture décorée de fleurs, dans laquelle elle monte en compagnie d'autres jeunes femmes.

Bachira est vêtue d'un grand manteau à capuchon, sous lequel on devine une tenue plus élégante. Parmi les demoiselles qui l'accompagnent, je remarque une femme au visage voilé. On ne voit que son regard, à la fois magnifique et hypnotisant. J'aimerais tant pouvoir observer son visage. Je m'informe auprès d'Abdelkader; il me dit que c'est sa jeune sœur Jihad, âgée de 18 ans.

— Jihad ? C'est un prénom ? Ce n'est pas ainsi que les terroristes désignent la lutte armée ?

— Jihad peut avoir différentes significations. Essentiellement, il s'agit de combattre pour s'améliorer en tant que musulman ou pour améliorer la société. Ça peut être par les armes ou sans les armes. Pour la plupart des croyants, c'est strictement spirituel.

— Et pour toi ?

— Ah, tu sais, moi, je veux que le message d'Allah soit entendu partout dans le monde et participer au jihad pour devenir meilleur, si Dieu le veut.

Cette réponse nébuleuse me laisse dans le noir, mais je n'ose insister davantage. Abdelkader me tire la manche : nous devons prendre place dans la voiture de Farid pour suivre le cortège.

Lorsque nous arrivons à la salle de réception, après tout le monde, Bachira est juchée sur un siège aux allures de trône, portant une magnifique robe violette aux broderies dorées ainsi qu'une coiffe assortie, qu'on dirait sortie des contes des mille et une nuits. Au cours de la journée et de la soirée, elle se changera à plusieurs reprises, revêtant des tenues plus spectaculaires les unes que les autres.

En mangeant un baklava et en sirotant un thé à la menthe trop sucré, j'observe aussi discrètement que je le peux les mouvements de Jihad. Elle se déplace avec une grâce féline, un mélange de vigueur et de douceur, tout en équilibre. Ses gestes sont suaves et sensuels. Sans même avoir vu son visage ou les formes précises de son corps, je me sens irrésistiblement attiré par elle. De la façon la plus respectueuse possible, je demande à Abdelkader s'il peut me présenter sa jeune sœur.

— Ici, les relations entre hommes et femmes ne sont pas comme chez toi.

— Je sais bien… mais ça t'empêche de me présenter ta sœur ?

— Les parents ont leur mot à dire. Et ma sœur ne peut pas fréquenter un homme qui n'est pas musulman.

— Je ne te demande pas de la fréquenter, simplement de lui parler. Et tout le monde ici croit que je me suis converti. D'ailleurs, pourquoi ne le ferais-je pas un jour ?

— D'accord, je vais aller la chercher. Mais comporte-toi sobrement. Et je vais devoir rester avec vous comme chaperon, sinon ce sera mal vu par ma famille.

Une angoisse me gagne en attendant le retour d'Abdel et de Jihad. Je crains maintenant que nous ne devenions un centre d'attention. Aussi, je n'ai aucune idée de la façon dont je dois parler à une femme dans un tel contexte. Je crains de faire de faux pas.

Abdelkader revient vers moi seul; je suis simultanément soulagé et déçu.

— Elle est occupée en ce moment, elle viendra nous voir plus tard.

— Ça fait longtemps qu'elle porte le niqab ?

— Un an ou deux.

— Pourquoi ?

— Dans ma famille, nous pensons qu'il est essentiel qu'une jeune femme porte le niqab pour bien développer sa spiritualité plutôt que de s'attarder uniquement à son apparence physique.

— Mais ta mère et ta sœur Bachira ne le portent pas.

— Bachira le portait jusqu'à la semaine dernière, avant son mariage. Maintenant, elle est libre de décider avec son mari comment elle doit s'habiller. Et ma mère, c'est une vieille dame. Elle n'a plus à se cacher le visage. Un simple hijab suffit.

Mon regard croise involontairement celui de Jihad, qui est en pleine conversation avec une femme, plus âgée et non voilée. Elle détourne ses grands yeux de gazelle, je frissonne.

— Ta sœur a de très beaux yeux. Elle est maquillée même si elle a le visage voilé ?

— C'est du khôl.

— Du khôl ?

— C'est une poudre qui rehausse le contour de l'œil.

— Ça rend le regard mystérieux, énigmatique.

— C'est ce qu'on dit. Les Égyptiens en utilisaient déjà à l'époque des pharaons.

Abdelkader me pousse vers la piste de danse. Des dizaines de personnes se déhanchent au rythme d'une musique orientale entraînante, surtout des hommes. La plupart des femmes restent assises. Abdel me montre comment danser à la maghrébine, en balançant les avant-bras latéralement au-dessus des épaules. Je me laisse porter par les sonorités exotiques. De nombreux hommes m'entourent et me regardent avec de grands sourires de connivence. Les quelques femmes qui osent se trémousser sur la piste sont en périphérie du groupe. Les mâles les ignorent de façon évidente.

En retournant vers notre table, Abdelkader prend l'initiative de faire un détour pour me présenter à Jihad, qui est assise toute seule. Je bafouille des banalités, elle me lance quelques œillades qui me transpercent. Mais elle regarde surtout le plancher, visiblement plus intimidée que moi. Abdel s'assied et me fait signe de l'imiter.

— Tu t'amuses bien ? que je demande à Jihad pour faire la conversation.

— Oui… Et toi ?

— Oui, oui. Tu aimes danser ?

— Oui, j'adore.

— Pourquoi je ne t'ai pas vue sur la piste de danse ?

— Ce ne serait pas bien vu avec tous les hommes qu'il y a ici. Mais hier, avec les femmes, on s'est bien amusées.

— ...on s'est bien amusé aussi du côté des hommes...

J'aimerais en savoir plus sur elle et entendre encore sa jolie voix, un brin sexy. Or, je ne sais plus quoi lui dire; un silence gênant s'installe. Et plus globalement, la situation me rend particulièrement tendu, car je crains d'enfreindre des règles non dites que je ne connais pas. Jihad brise finalement ce silence de plus en plus insoutenable.

— Tu es musulman ?

— Euh... oui, oui. Abdelkader t'en a parlé ?

— Il a raconté à notre père que tu t'es converti à l'islam. C'est bien !

— Merci, merci.

— J'aimerais bien un jour visiter le Canada, si Dieu le veut. C'est comment là-bas ?

— Euh... je ne sais pas comment dire, c'est très différent d'ici. L'hiver, il y a de la neige... mais les gens sont quand même... chaleureux, que je me contente de dire génériquement, pour ne pas risquer d'aborder des sujets qu'elle pourrait considérer comme tabou.

J'aperçois du coin de l'œil le père d'Abdelkader s'adresser à lui; il semble être furieux. Mon ami se retourne vers moi et me fait signe de le suivre. Mon idylle avec Jihad tire déjà à sa fin.

*

Le mariage est terminé depuis deux jours; Abdelkader est de retour chez ses parents. Son père refuse de m'héberger en raison de l'intérêt que j'ai démontré envers sa fille. Je demeure donc toujours dans l'appartement de Farid et de sa femme, Tahira. Je me sens injustement traité : toutefois, la véritable victime est Jihad.

Durant la journée, je suis seul. Abdelkader a repris ses cours à l'université, Farid travaille comme informaticien, et Tahira étudie dans une école de bureautique. Je profite de ces heures de solitude pour flâner dans la casbah et son labyrinthe de ruelles.

En soirée, Farid et Abdelkader m'inculquent les enseignements du Prophète. La plupart des préceptes dont ils me parlent véhiculent un esprit de tolérance et de respect d'autrui. Cependant, ils citent parfois des extraits du Coran qui m'apparaissent belliqueux.

— Tu sais, Frédérik, être un bon musulman, ça ne se résume pas qu'à faire le bien dans sa propre vie, m'explique Farid un soir. L'envoyé de Dieu a dit : « J'ai reçu pour commandement de combattre les hommes jusqu'à ce qu'ils témoignent qu'il n'est pas de divinité hormis Allah, que Muhammad est l'envoyé d'Allah, qu'ils accomplissent la prière et qu'ils versent le zakat. S'ils s'en acquittent, alors ils préservent de moi leur vie, leur sang et leurs biens. » Cela signifie que le jihad doit être mené partout dans le monde. Et il n'y a pas meilleur ambassadeur en Occident que des gens comme toi, Fred.

Ambassadeur du jihad ? Qu'est-ce que cela veut dire concrètement ? Veulent-ils seulement que je prêche pour l'islam ou m'amener graduellement à devenir un combattant ? Je n'ose leur demander de précisions, j'essaie de faire dévier le sujet.

— Pourquoi parles-tu de gens comme moi ? Il y a déjà des musulmans en Occident, pas uniquement ici en Afrique.

— Ici ce n'est pas l'Afrique, réplique Farid, outré. Nous sommes dans le monde arabe !

— Géographiquement, c'est l'Afrique. Pourquoi tu te fâches, pourquoi tu le nies ?

— Géographiquement, peut-être. Mais notre culture n'est pas celle des nègres africains. Nous ne sommes pas des arriérés comme eux.

Lâchement, je ne réplique rien.

Chapitre 34 — Yasmina

Un matin, avant de quitter pour le travail, Farid m'informe que sa femme de ménage passera un peu plus tard dans l'avant-midi. J'avais déjà prévu de paresser dans l'appartement et de consulter mes courriels sur son ordinateur.

Aminata, la jeune policière malienne, m'a enfin écrit. Elle affirme que Fatoumata est maintenant libre et elle me demande d'envoyer le reste de la somme promise par Western Union. Je lui réponds que je ne paierai qu'une fois que j'aurai vu des photos de Fatoumata libérée et que j'aurai eu la confirmation qu'elle est soignée par des gens compétents.

J'ouvre ensuite un mail provenant de Delphine Bertrand, la sœur de Tintin. Elle travaille pour Médecins sans frontières au Congo-Kinshasa. Tintin m'avait mis en contact avec elle avant le début de mon périple, parce que je tenais à visiter cette région en constante guerre civile. Pour le faire de façon sécuritaire, Delphine m'avait conseillé de présenter une demande à son organisme en tant que journaliste pigiste voulant écrire un article sur les activités de l'ONG. Après des mois sans me donner de nouvelles, voilà qu'elle m'écrit pour m'informer que ma demande a été acceptée et qu'elle pourrait m'accueillir dans le Nord-Kivu dès la semaine prochaine. Dans le meilleur des cas, je vendrai mon article à une publication prestigieuse. Au pire, le journal de l'Université ne refusera certainement pas de le publier. Je suis à la fois enthousiaste et inquiet, puisque la situation est particulièrement dangereuse là-bas.

Autre situation potentiellement dangereuse : la grosse Kate m'a réécrit.

Frédérik, je suis déçue. Je t'ai annoncé que je porte ton enfant, et tu ne daignes pas répondre. Tu es un lâche ! Ça ne devrait pas me surprendre, considérant la façon dont tu t'es enfui à Londres après m'avoir baisée. Est-ce que tu préférerais que je me fasse avorter ? Ce n'est pas ce que je souhaite, mais à cause de ton silence, c'est peut-être ce que je ferai. Si tu continues à m'ignorer, tu ne sauras donc jamais si tu es le père d'un enfant qui te détestera toute sa vie sans te connaître ou si tu es responsable de sa mort. Kate

Responsable de sa mort ? Elle n'est pas tendre envers moi. Peut-on parler de mort lorsqu'il est question d'un fœtus qui n'est pas encore né ? C'est la première fois que je me pose réellement la question. Quelle est la différence entre un fœtus et les centaines de millions de spermatozoïdes qui meurent chaque fois que je me branle ? Je me demande ce que Mahomet et Allah en pensent. Je n'ai rien à répondre à Kate pour le moment, il faut que j'y réfléchisse davantage.

J'entends la porte s'ouvrir; c'est la femme de ménage. Elle pousse un léger cri en m'apercevant : elle semble être décontenancée par ma présence. Je tente de la rassurer et je lui dis de faire son travail comme si je n'étais pas là. Elle dodeline de la tête et affirme dans un français approximatif qu'elle tentera de ne pas me déranger.

— Ne vous inquiétez pas, je ne fais rien d'important.

— Vous, être Français ?

— Non, je suis Canadien, du Québec. Et vous, vous êtes d'Alger ?

— Moi, venir du sud du pays.

— Et vous vous appelez ?

— Yasmina.

Yasmina est grassette, d'apparence ferme et solide, comme on imagine une robuste fermière. Elle porte simplement un voile sur les cheveux, son visage est découvert. Elle n'est ni laide ni belle. Malgré son style vieillot, je devine à sa peau soyeuse qu'elle a moins de 30 ans. Elle continue à me faire la conversation en m'interrogeant sur mon pays. Ses questions ne sont pas originales, elles m'ont été posées à maintes reprises depuis le début de mon aventure. Elles tournent surtout autour de considérations pécuniaires : le coût de la vie au Canada, les possibilités d'emploi, les salaires, et cetera. Beaucoup de personnes peu fortunées s'imaginent le Canada comme le Klondike, comme une terre promise où elles pourraient un jour échapper à leur condition miséreuse et où tout le monde est riche.

Sans crier gare, Yasmina s'agenouille devant moi et tente de défaire ma braguette. Je résiste un peu, mais elle persiste en disant qu'elle veut me faire plaisir. Elle descend mon pantalon et saisit mon sexe en pleine croissance dans sa vigoureuse main de travailleuse manuelle. Elle se penche ensuite la tête pour déguster mon gland, dans une succion bruyante et efficace.

J'agrippe sa tête pour accompagner son mouvement. Le fait qu'elle porte un hijab m'excite énormément. Je m'imagine que c'est Jihad qui me gratifie ainsi d'une fellation. Je ferme les yeux et je nous visualise dans cette position au mariage de Bachira, devant une foule médusée. Son père est au premier rang et il assiste au spectacle impuissant. Je jouis, je viens dans la bouche de Jih… dans la bouche de Yasmina. Elle avale toute ma semence; encore des centaines de millions d'enfants potentiels qui ne verront pas le jour. Vive la pipe !

Yasmina se lève précipitamment et commence en silence à faire le ménage, comme s'il ne s'était rien passé. Égoïstement satisfait, je vais me doucher, avant de reprendre ma place devant l'ordinateur. Je sursaute en apercevant un courriel intitulé « Perquisition », en provenance de mon avocate, France Laliberté.

Monsieur Turmel, La Sûreté du Québec a obtenu un mandat de perquisition pour fouiller dans l'appartement que vous habitiez à Montréal avec votre ex-conjointe ainsi que dans le local que vous avez loué pour entreposer vos effets personnels. Pour obtenir un tel mandat, les policiers ont dû convaincre un juge qu'ils avaient de bonnes raisons de croire qu'ils pourraient y trouver des preuves vous incriminant en ce qui concerne la disparition de votre père. Si les enquêteurs y font des découvertes compromettantes, il se pourrait que des accusations soient prochainement portées contre vous et qu'un mandat d'arrestation international soit émis. Je vous en tiendrai informé. Bien à vous, Me France Laliberté

Je me sens tout engourdi, du bout des orteils jusqu'au cuir chevelu, en passant par le plus profond de mon cœur, de mon cerveau et de mon âme, si j'en ai une. Yasmina revient vers moi et me demande avec enthousiasme :

— Monsieur, vous pouvoir écrire une carte pour m'inviter au Canada ?

— Pardon ?

— Pour visa, j'ai besoin de carte d'invitation au Canada. Après, trouver travail là-bas.

— Non, non… ça ne fonctionne pas comme ça. Je ne peux rien pour vous.

Yasmina est insistante. Je tente de lui expliquer qu'avec de la chance, elle pourrait peut-être obtenir un court visa de tourisme grâce à une telle invitation, mais qu'elle ne pourrait pas travailler et qu'elle serait dans l'illégalité si elle ne quittait pas le pays à l'échéance. D'un ton désespéré, elle dit que ce n'est pas un problème pour elle. Je réplique que moi, j'aurais des problèmes si cela se produisait. Elle fait cependant fi de mes arguments et elle continue de m'implorer à l'inviter. Exaspéré, je sors de l'appartement sans la saluer.

*

Le lendemain, j'ai rendez-vous avec Abdelkader à la mosquée Ketchaoua, une ancienne cathédrale catholique. Il m'attend devant le bâtiment. Je rigole en remarquant qu'il n'ose admirer les jambes d'une superbe gazelle en minijupe passant devant lui sur le trottoir.

À l'intérieur, l'immense salle de prière est vide, ce n'est pas encore l'heure de se prosterner vers La Mecque. Nous nous rendons dans une petite salle adjacente, où nous attend un vieil imam. Après de longues introductions, je sollicite l'avis du religieux.

— Qu'est-ce qu'un bon islamiste doit penser à propos de l'avortement ?

— Attention, jeune homme, utilisez les bons mots ! Il y a une différence entre islamiste et islamique. Le mot « islamiste » ne désigne pas tous les gens de foi islamique, mais uniquement les plus radicaux, ceux qui sèment la terreur. En ce sens, je ne suis donc pas un islamiste.

— Pardonnez-moi, je me suis mal exprimé. Qu'est-ce que l'islam prône au sujet de l'avortement ?

— C'est pour une femme que vous avez vous-même... engrossée ?

— Euh... non. C'est pour un ami, un ami sans religion qui se pose des questions d'ordre moral.

— Pour nous, musulmans, la vie du fœtus est sacrée, comme la vie humaine. C'est aussi la conviction de bien des chrétiens. Certains musulmans interprètent trop libéralement les enseignements du Prophète, en prétendant que l'avortement est acceptable durant les quatre premiers mois de grossesse, parce que l'embryon n'a pas encore d'âme. Mais c'est mal de penser ainsi. Dès le départ, l'embryon est animé et se prépare à l'existence.

— Et aux yeux d'Allah, qui porte la faute en cas d'avortement ?

— L'avorteur, bien sûr. Et aussi la femme qui décide de faire tuer son fœtus.

— Et l'homme, celui qui a... engrossé la femme, est-ce qu'il est vu comme étant fautif s'il ne veut pas de l'enfant et que la femme décide à cause de cela de se faire avorter ?

— Si le couple est marié, l'homme est en faute de ne pas vouloir subvenir aux besoins de l'enfant. Si le couple n'est pas marié, l'homme est coupable de fornication. Dans les deux cas, il ne peut toutefois être considéré coupable du meurtre du fœtus, contrairement à la mère qui prend la décision. C'est elle qui commet la pire des fautes. D'ailleurs, ici en Algérie, l'avortement est interdit, grâce à Dieu.

Je suis confus, je ne sais que penser. La réponse de l'imam ne m'aide pas : elle est trop simpliste. Au Québec, au Canada, l'avortement est un droit acquis pour les femmes; je ne m'étais jamais posé de questions là-dessus. Un jour, ma mère m'a révélé avoir songé à se faire avorter quand elle était enceinte de moi; elle m'a raconté cela comme s'il s'agissait d'une banale anecdote. J'en avais été troublé, voire blessé, mais je ne lui en avais rien dit. Par la suite, jamais ne m'a-t-elle aidé à approfondir ma réflexion sur le sujet.

Le fait que Kate menace d'avoir recours à l'avortement ramène à la surface des sentiments enfouis, dont je ne soupçonnais pas l'existence. Qu'est-ce qui me trouble le plus ? Le fait que Marjolaine ait déjà souhaité que je ne naisse pas ou le fait qu'elle m'ait finalement donné naissance même si elle ne le désirait pas ? J'aurais préféré ne rien savoir. Et puis merde, tout ça ne résout en rien mon dilemme moral.

Chapitre 35 — Tahira

Tahira. T'haïras ton prochain, t'haïras tes parents, t'haïras la vie. Sur le chemin du retour, je me répète ces paroles en boucle dans ma tête. Puis je me surprends à les prononcer à voix haute, comme un fou.

Je rentre chez Farid et Tahira plus tôt que prévu. J'ouvre la porte avec la clé qu'ils m'ont laissée et je surprends Tahira sans son voile. Elle crie et tente de se cacher les cheveux comme si elle était nue. Par respect, je détourne le regard. Je ne comprends cependant pas l'intensité de sa réaction.

Après avoir récupéré son hijab et l'avoir bien mis en place, elle vient s'excuser et me demander de rester discret concernant l'incident.

— Je t'en prie, ne raconte pas à Farid que tu as vu mes cheveux. Il sera furieux et va croire que j'ai fait exprès pour que tu m'aperçoives ainsi.

— Ne t'inquiète pas, je ne dirai rien.

Avant aujourd'hui, Tahira et moi ne nous étions jamais retrouvés seuls ensemble. Je crois que Farid contrôle les déplacements de sa femme et les miens de façon à ce qu'on ne se croise pas. Aussi, en présence de Farid, Tahira et moi n'avons eu l'occasion d'échanger que des banalités ou de l'information pratique.

— Frédérik, tu veux du thé ?

— S'il vous plaît…

Comme d'habitude, Tahira est sobrement habillée d'une robe sombre et ample. Son visage laisse transparaître une tristesse constante. Elle a la trentaine bien entamée, comme Farid. Je me demande pourquoi ils n'ont pas d'enfant.

— Farid et toi, vous voulez avoir des enfants un jour ?

— Bien sûr, on aimerait, si Dieu le veut.

— Et pourquoi vous n'en avez pas encore eu ?

— Eh bien… tu… tu… je ne peux pas, lance-t-elle la mâchoire tremblante.

— Excuse-moi, je ne voulais pas être indiscret.

— Ça va, ça va…

— Je suis désolé…

— Non ! C'est la volonté de Dieu, et je la respecte.

— Et Farid, comment il prend ça ?

— Farid, ça le rend triste. Mais il est merveilleux envers moi. À sa place, bien des hommes m'auraient quittée ou auraient pris une seconde épouse. Son père dit que je ne suis pas digne de son fils parce que je ne peux pas enfanter. Mais Farid lui tient tête et il m'aide à accepter le fait que c'est la volonté de Dieu.

— Vous avez déjà pensé à l'insémination artificielle ?

— Oh ! non, surtout pas. Il faudrait les œufs d'une autre femme, et le bébé serait un bâtard. Ma sœur a déjà six enfants; et si elle en a un septième, grâce à Dieu, elle nous le confiera. Je t'en prie, n'aborde pas ce sujet avec Farid. Il me frapperait s'il apprenait que je t'en ai parlé.

*

Bonjour Kate, je ne t'ai pas écrit auparavant parce que j'étais sous le choc de ta nouvelle inattendue. Si tu veux te faire avorter, je respecterai ta décision parce que je crois qu'une femme doit être libre de ce qu'elle fait de son corps, elle n'est pas un objet. Mais tu ne peux me tenir responsable pour cette décision. Fred

Je clique sur l'icône « envoyer » sans élaborer sur tous les questionnements qui me hantent. Ma discussion avec Tahira, qui veut si ardemment un enfant sans en être capable, ajoute à ma confusion. L'idée que Kate puisse accoucher d'un bébé de moi me rebute, surtout si ladite progéniture hérite des attributs physiques de sa mère. Mais la possibilité qu'on mette fin à la vie d'un fœtus qui serait mon enfant me trouble tout autant. Si ma mère s'était fait avorter, je n'existerais pas. Il est difficile de faire un choix éclairé lorsqu'on ne connaît pas l'avenir. On ne sait pas si le fœtus que porte Kate pourrait devenir un Hitler, un Einstein ou une Fatoumata.

Fatoumata... Je me demande si elle est toujours enchaînée à son manguier. La policière Aminata a répondu à mon dernier message; je doute toutefois de ses dires. Elle prétend que Fatoumata refuse de se faire photographier, craignant de perdre ainsi son âme. Aminata a aussi envoyé en pièce jointe une lettre supposément écrite par le directeur d'une ONG nommée S.O.S. au secours, un certain Marc Dupont, qui affirme s'occuper personnellement du bien-être de Fatoumata. Le message de ce soi-disant monsieur Dupont contient de nombreuses erreurs de syntaxe et d'orthographe. J'ai fait des recherches sur Internet et je n'ai trouvé aucune trace de cet organisme ou de cet homme au Mali. Par ailleurs, la policière demande maintenant l'envoi de deux millions de francs CFA, parce qu'il aurait prétendument fallu l'intervention à grands frais d'un « avocat spécialisé » pour régler l'affaire. Flairant l'arnaque, je réponds brièvement que je ne paierai pas plus que la somme convenue à l'origine, et qu'il me faudra des preuves plus convaincantes avant d'envoyer la somme.

Chapitre 36 — Delphine

J'étais conscient de prendre des risques importants en me rendant dans la mensongèrement qualifiée République démocratique du Congo. Cependant, je ne m'attendais pas à craindre d'y mourir dans un écrasement d'avion. Il s'agit du moyen de transport le plus sécuritaire du monde, sauf ici apparemment, où le fait même de respirer est dangereux. Je me trouve à bord d'un vieux coucou à hélices sommairement rafistolé, parti de la capitale, Kinshasa, à destination de Goma, dans la province du Nord-Kivu. Les moteurs rotent et ronflent comme un mourant comateux en apnée du sommeil. Une odeur écœurante de fuel envahit l'habitacle. J'agrippe solidement le seul accoudoir de mon siège, comme si cela pouvait éventuellement me sauver la vie en cas de catastrophe. Par mon hublot, j'aperçois une dense végétation verdâtre à perte de vue; je me serais plutôt attendu à de la savane. À tort ou à raison, je me console en pensant que si je survis à un crash, je pourrai me nourrir dans la jungle et que je n'aurai pas à craindre de me faire bouffer par un lion.

Après une brusque descente, l'avion se pose brutalement sur la piste d'atterrissage de l'aéroport de Goma. La docteure Delphine Bertrand, la sœur aînée de Tintin et potentielle tante du rejeton de Pénélope, m'attend dans l'aérogare. Grande et mince, d'apparence distinguée, elle impose immédiatement le respect. Elle m'accueille avec une poignée de main vigoureuse, tout en gardant une certaine distance physique.

Dès notre sortie du bâtiment, nous prenons place à l'arrière d'un quatre-quatre avec chauffeur de Médecins Sans Frontières.

— Vous avez de la chance, le trafic routier était bloqué depuis deux mois et il n'a repris que la semaine dernière entre Goma et Rutshuru, où se trouve l'hôpital.

— Pourquoi ?

— À cause des combats entre les rebelles et l'armée... Il y a récemment eu une trêve, mais les combats peuvent reprendre n'importe quand. Si c'est le cas, il se peut que vous restiez bloqué avec nous pour une période indéterminée; j'espère que vous en êtes conscient.

— Oui, oui... Vous pouvez me tutoyer.

— J'ai l'habitude de vouvoyer les gens que je ne connais pas, surtout dans les contextes professionnels. Mais bon, ça va, tu es un copain de Martin. Toi aussi tu peux me tutoyer. C'est ta première expérience comme journaliste en zone de guerre ?

— Euh... oui, que je bredouille, sans mentionner que c'est ma première expérience de journalisme à vie, dans quelque zone que ce soit. En fait, je me sens actuellement en zone d'inconfort.

— Si nous croisons des barrages routiers, ne te présente pas comme journaliste, tu risques d'avoir des problèmes. Dis simplement que tu travailles avec nous. C'est le goût du danger qui t'amène ici ?

— Peut-être. Je ne sais pas. En fait, je ne suis pas attiré par la guerre en tant que telle. Ce qui m'intéresse, c'est de constater comment les gens vivent dans des situations extrêmes, sur lesquelles elles n'ont pas le contrôle. J'ai aussi une vieille tante missionnaire qui a vécu au Congo; j'ai toujours été captivé par ses récits. Et toi, pourquoi es-tu ici ?

— J'aime me sentir utile. Je suis chirurgienne, et il y a tant de vies à sauver dans le contexte de la guerre. Bien sûr, je peux également sauver des vies en Belgique. Mais là-bas, je ne suis pas aussi indispensable, je m'y sens moins importante.

— J'ai connu une étudiante en médecine en Espagne. Elle voulait devenir chirurgienne esthétique, mais je crois qu'elle était un peu folle.

— La plupart de mes camarades de classe qui voulaient se lancer dans l'esthétique étaient un peu fêlés. Il n'y avait que l'argent et les apparences qui comptaient pour eux. L'un d'eux a fait fortune en se lançant dans la vaginoplastie…

— La vaginoplastie ?

— … des vieilles qui se font rétrécir le vagin en espérant donner à leurs amants l'illusion qu'ils pénètrent une jeune fille pré-pubère, m'informe-t-elle sèchement.

— C'est… c'est… Les mots me manquent…

Avant que je ne dise une connerie, notre chauffeur ralentit à l'approche d'un barrage routier. Delphine me glisse à l'oreille de rester calme peu importe ce qui arrivera, « parce qu'ils sont tous drogués, imprévisibles et armés, autant les militaires que les rebelles ». Quatre jeunes hommes à l'allure déglinguée, portant pantalons kaki et t-shirts dépareillés, armés de kalachnikovs, entourent le véhicule. On ne saurait dire dans quel camp ils sont. L'un d'eux, les pieds nus, les yeux hagards et rougis, le visage émacié, les gestes saccadés, nous demande agressivement nos pièces d'identité, en pointant sa mitraillette en ma direction. Mon cœur s'emballe, ma vessie se contracte, mon système nerveux défaillit, je tremble et sue de tout mon être.

Delphine m'arrache mon passeport des mains. Elle l'ouvre et le montre à distance au combattant, tout comme le sien. Il tend la main pour les saisir, le canon de sa mitraillette m'effleure la joue.

Plutôt que de lui remettre les passeports, Delphine lui glisse un billet de 20 dollars américains. Insatisfait, il en exige un autre en hurlant. Elle lui obéit. Il fait enfin signe à ses comparses de nous laisser passer. Je baigne dans ma pisse, à l'odeur de café et d'adrénaline.

*

Les conditions de vie des volontaires de Médecins Sans Frontières, ici à l'hôpital de Rutshuru, sont à mille lieues du luxe indécent dans lequel vivait Ruth, la « pimbêche-humanitaire-caviar-mal-baisée » de Bamako. Comme eux, je loge dans une minuscule chambre meublée d'un lit simple dans la base sécurisée de MSF, près de l'hôpital, un vaste bâtiment rudimentaire constitué de murs décrépits. Pour me débarrasser de mes souillures urinaires, je dispose seulement d'une bassine d'eau chaude.

J'aimerais pouvoir me rendre librement à l'extérieur pour visiter ce coin de pays à ma guise. Toutefois, le service de sécurité de MSF me l'interdit, comme à tous les volontaires, à cause de la situation explosive et imprévisible qui prévaut entre les combattants des différents camps. D'ailleurs, moins d'une heure après mon arrivée, alors que je m'installe dans ma chambre, j'entends des rafales de mitraillettes en provenance de l'extérieur. Je me couche au sol; les salves sont si proches et assourdissantes que j'ai l'impression d'être personnellement pris pour cible. Je respire difficilement et bruyamment. Le feu d'artifice dure quelques minutes, qui m'apparaissent interminables. En tenant compte de la mitraillette au visage et du vol à bord du vieux coucou, c'est la troisième fois aujourd'hui que je crains sérieusement pour ma vie.

L'image de Gilbert s'impose à moi. Auparavant, seul mon père m'avait fait vivre d'intenses peurs de mourir : quelques fois, en mettant nos vies en péril au lac Saint-Pierre; et à une autre occasion, à l'époque où il était encore en couple avec ma mère. Ce dernier souvenir remonte tout juste à ma conscience, il était profondément enfoui dans un coin obscur de ma mémoire. Je devais avoir cinq ou six ans. Gilbert nous avait enfermés, maman et moi, dans ma chambre d'enfant. Il nous avait ensuite tenus en joue avec son fusil de chasse. En sanglots, Marjolaine l'avait imploré de la tuer, mais de m'épargner. À ce moment, ma mère cherchait-elle uniquement à me protéger ou voulait-elle véritablement mourir ? Dans les années suivantes, elle fera au moins deux tentatives de suicide.

Quoi qu'il en soit, après cet événement, Marjolaine m'avait dit de tout oublier, en prétendant que ce n'était qu'un jeu. Elle m'avait aussi fait promettre de n'en parler à personne, « parce que les gens ne comprendraient pas et que papa pourrait se fâcher et vraiment nous tuer s'il apprenait que nous n'avons pas gardé le secret ».

Delphine interrompt le film de mes souvenirs peu de temps après que les rafales eurent cessé. Elle vient me chercher pour mon baptême du feu.

— Tu peux m'accompagner en salle d'opération, nous avons des blessés par balle. Tu pourras prendre des notes pour ton article, mais aucune photo, aucune vidéo, aucun enregistrement audio.

Chapitre 37 — Bâtarde

Je talonne Delphine dans les corridors de l'hôpital, bondés de malades fantomatiques, d'enfants squelettiques, d'éclopés hagards et de familles résolues à l'irrésoluble. Dans la pénombre d'une antichambre lugubre, elle me lance un survêtement, un bonnet et un masque verts. Elle m'ordonne fermement de les enfiler. Je me remémore brièvement mes ébats avec docteure Alejandra. Mon pénis se gonfle légèrement.

Cette molle érection s'éteint aussi subitement qu'elle était survenue lorsque nous pénétrons dans une salle d'opération. Des équipes s'affairent déjà à prodiguer les soins d'urgence à deux patients. Une jeune fille n'ayant pas plus de 13 ou 14 ans a été atteinte d'au moins deux balles près du thorax : elle est sans connaissance et perd énormément de sang. L'autre blessé est un jeune homme d'environ 20 ans ayant reçu une balle dans la cuisse. Il est toujours conscient et il se lamente bruyamment.

L'arrivée de Delphine dans la salle d'opération est accueillie avec un certain soulagement. C'est maintenant elle qui prend les commandes de la situation. Elle s'occupe prioritairement de l'adolescente, qui est en danger de mort imminente. Il faudra littéralement ouvrir sa cage thoracique pour s'assurer d'enlever tous les éclats de balles sans endommager davantage ses organes vitaux.

En retrait, je me juche sur une chaise pour mieux voir la délicate intervention. Ce spectacle sanguinolent confirme une fascination morbide chez moi. Plutôt que de m'écœurer, la vue et l'odeur du sang m'excitent, m'émerveillent. Je bande de nouveau. Cette perversion est-elle inscrite dans mon ADN ? Suis-je un Gilbert en puissance ? Ou pire ?

Mon premier souvenir de sang remonte à mes neuf ans. J'avais retrouvé ma mère étendue dans son lit, les veines des avant-bras sectionnées. Les couvertures étaient imbibées de sang. Il y en avait beaucoup plus que sur le drap de la petite Kadiatou au Mali. En panique, je m'étais mis à lécher les plaies de Marjolaine comme l'eut fait un animal. Dans un état semi-conscient, elle m'avait dit d'appeler la police.

Par la suite, je ne l'avais plus vue pendant au moins un mois. Durant cette période, à l'été, ma tante Nathalie m'avait hébergé chez elle. Quand je l'avais questionnée sur ce qui était arrivé à maman, elle s'était contentée de répondre :

— Elle est fatiguée de vivre.

— Est-ce qu'elle va mourir ?

— Mais non, mais non… on ne peut pas mourir de fatigue…

*

Après deux heures d'intervention chirurgicale, la situation de la jeune fille agonisante est momentanément stabilisée. Delphine en profite pour aller constater l'état de l'autre patient, dont les cris se sont tus depuis qu'on lui a donné de la morphine. La chirurgienne entreprend de lui extirper l'unique balle qu'il a reçue. Son geste est assuré, ça ne lui prend que quelques minutes.

Dans un état second, le patient est néanmoins capable de répondre aux questions qui lui sont posées.

— Comment vous appelez-vous ?

— Papa Jo.

— Je veux connaître votre vrai nom, insiste Delphine.

— C'est Joseph, mais tout le monde dans la milice m'appelle Papa Jo.

— Et comment s'appelle la fille ?

— Bâtarde.

— Bâtarde ? Vraiment ? Vous ne connaissez pas son vrai nom ?

— Non, on l'a toujours appelée Bâtarde.

— Pourquoi ?

— Parce que c'est une bâtarde... et elle se laisse baiser aussi facilement que sa mère.

— Vous connaissez sa mère ?, demande sèchement Delphine, visiblement dégoûtée par cette explication.

— Non, mais c'est ce que tout le monde dit.

La chirurgienne se retourne vers moi et me chuchote que de nombreux jeunes orphelins sont recrutés par les milices, voire kidnappés, et qu'on s'en sert comme chair à canon et esclaves sexuels.

— Est-ce qu'elle va survivre ?

— Je ne sais pas. Elle est dans une condition critique et elle était déjà en état de malnutrition avant de subir ses blessures. Son système immunitaire me semble aussi très affaibli. Si elle a été violée à répétition par tous les hommes de la milice, comme le dit le connard, elle est fort probablement porteuse du VIH. Les chances pour elle sont minces.

— C'est peut-être mieux comme ça, non ?

— Oui... c'est peut-être mieux comme ça... Sa vie devait être un enfer... N'écris pas ce que je viens de te dire dans ton article : ça me mettrait dans le pétrin.

— Ce n'est peut-être pas le bon moment, mais je veux te parler du cas d'une autre femme qui vit l'enfer. Elle est attachée à un arbre depuis deux ans, près d'un village au Mali, parce qu'on la dit folle et sorcière. J'aimerais savoir si tu peux m'aider à la faire libérer...

*

La jeune Congolaise surnommée Bâtarde est décédée le lendemain de son admission à l'hôpital, dans l'anonymat le plus complet, sans que personne n'en soit avisé. Je soupçonne la docteure Delphine Bertrand d'avoir abrégé ses souffrances, par humanisme. Cependant, je n'écrirai pas cela dans mon article : je la protège, comme je me suis protégé en ne me confiant à personne après le décès de ma mère.

Chapitre 38 — Grace

Jour après jour, je suis confiné avec l'équipe de Médecins Sans Frontières à l'hôpital et à la base de l'organisme. Quotidiennement, nous entendons des coups de feu à l'extérieur, et les soignants reçoivent régulièrement des blessés par balle. Mais la plupart des patients de l'hôpital ne sont pas des combattants. Nombre d'entre eux sont des réfugiés qui ont été blessés en tentant de fuir les combats. Il y a également des victimes de l'ensemble des circonstances chaotiques créées par la guerre. Enfants et vieillards mal nourris; femmes violées; malades atteints de choléra, de paludisme et de méningite. Tous s'entassent dans des dortoirs surpeuplés ou dans les couloirs extérieurs, à même le sol. L'équipe médicale craint aussi l'éclosion d'une épidémie d'Ebola.

Pour soigner les patients s'ajoutent aux volontaires laïques des religieuses missionnaires comme ma tante Gertrude, à laquelle je pense beaucoup en ce moment. Il y a également une armée de médecins et d'infirmières congolais, qui tiennent courageusement le fort alors qu'ils font eux-mêmes partie de la population affectée par ce chaos. J'éprouve en particulier de l'admiration pour une « simple » infirmière qui porte bien son nom, Grace. Elle apporte effectivement la grâce à ceux qui ont la chance de croiser son chemin. Quel que soit l'état d'un malade ou la condition de sa famille, elle traite tout le monde avec les mêmes égards et une bonne humeur contagieuse, de nature à transformer l'enfer en paradis. Si Dieu existe, il s'incarne en la personne de cette femme à la peau noire, comme il devait s'incarner en sœur Gertrude autrefois.

Au jour sept de mon séjour parmi les plus miséreux de la Terre, Grace ne se repose pas, contrairement au Dieu des chrétiens au septième jour de la Création (ainsi que tous les jours suivants, si l'on en juge par l'état du monde). Elle est plus vaillante que Lui, la Grace ! Non seulement s'occupe-t-elle de chacun de ses patients avec minutie, sensibilité et empathie, mais aussi hérite-t-elle habituellement des cas dont personne ne veut. Aujourd'hui, on lui demande de prendre soin d'un des chefs de milice les plus sanguinaires de l'histoire récente, surnommé « La Panthère », responsable de la mort de dizaines de milliers de personnes de la région. Le méchant félin a été abandonné devant l'hôpital comme une quelconque marchandise. Si ses hommes ont attendu qu'il soit à l'agonie pour l'y amener, c'est probablement parce qu'il était activement recherché pour crime de guerre et crime contre l'humanité afin d'être jugé par la Cour pénale internationale de La Haye.

J'accompagne Delphine et Grace dans le coin d'une salle commune, où l'on a isolé la bête derrière un rideau. « La Panthère » paraît inoffensive et déshydratée. L'infirmière lui insère un cathéter dans le bras pour lui infuser des solutés, alors que Delphine procède à un rapide examen. Le constat de la docteure est sans appel. La mort du patient est imminente : il semble souffrir du choléra. Je devine une pointe de satisfaction dans la voix de Delphine. Elle demande à Grace de rester présente jusqu'au décès.

— Moi aussi, je peux rester ? que j'implore comme un enfant, ne voulant rien manquer de ce moment qui m'apparaît historique pour cette partie du monde.

— Comme tu veux, répond Delphine en haussant les épaules, avant de quitter la pièce.

En silence, Grace lave le visage du mourant avec une douceur empreinte de respect. Puis elle murmure des paroles mélodiques dans un dialecte que je ne comprends pas. Je me sens privilégié d'être l'unique témoin de cette rencontre étonnante entre Satan et Dieu.

— Il ne respire plus, me dit-elle calmement en se tournant vers moi.

— Déjà ?

— Il fallait simplement qu'on accompagne son âme vers l'au-delà.

— Vous croyez vraiment qu'un être aussi méchant a une âme ?

— Il y a de bonnes âmes et il y a des âmes maléfiques. La meilleure arme contre les âmes maléfiques, c'est la bonté.

— C'est plus facile à dire, maintenant qu'il est mort.

— Son âme n'est pas morte, elle vit toujours.

— Vous n'avez pas peur que son âme vous hante ?

— Non, la bonté est plus forte que tout.

— Est-ce qu'un tel monstre mérite votre bonté ?

— Il le faut, pour qu'il change. À l'origine, une âme est une âme. Elle devient bonne ou mauvaise selon les aléas de l'existence et l'influence des esprits des ancêtres. Si vous aviez eu des ancêtres maléfiques comme les siens et que vous aviez vécu les mêmes événements que lui depuis l'enfance, vous seriez peut-être aujourd'hui aussi méchant qu'il l'a été.

Au-delà de toutes les considérations ésotériques de Grace, je me demande surtout si le monstre qu'était Gilbert aurait pu devenir aussi effroyable que « La Panthère », dans des circonstances de vie et sociales similaires. En contrepartie, ce criminel de guerre aurait-il pu devenir une meilleure personne que Gilbert s'il était né au Québec, dans la famille Turmel ?

Chapitre 39 — Divine

Recroquevillé comme un fœtus à l'arrière du hors-bord, je suis ballotté dans tous les sens. Gilbert défie les vagues déchaînées du lac Saint-Pierre en effectuant imprudemment des cercles à pleins gaz. Aux commandes, il boit de la bière en compagnie d'une femme légèrement vêtue. Il lui caresse le bas des reins, puis les fesses, molles, à la cellulite bien visible. Elle se retourne vers moi et me fait un clin d'œil aguichant. Quelle horreur ! C'est grand-maman Colette ! Je ressens un vif malaise. Elle enlève son string, s'écarte les jambes et accouche d'un petit bulldog qui ressemble à Kate. Mon père se retourne à son tour : il s'agit en fait de « La Panthère » ! Il s'empare du chiot et le dévore d'une bouchée. Je pisse et me réveille tout trempé.

Cinq minutes plus tard, Delphine cogne à ma porte. J'ouvre quasiment nu, confus, avec une simple serviette autour de la taille. Elle n'en fait pas de cas et m'annonce avec enthousiasme que nous pourrons enfin faire une première sortie depuis mon arrivée, puisque la situation s'est calmée à l'extérieur des murs au cours des derniers jours.

Cette expédition sous escorte n'a rien d'une partie de plaisir. Nous nous rendons en quatre-quatre vers un camp de réfugiés abritant des milliers de personnes déplacées; elles viennent surtout du Rwanda voisin.

En route, Delphine se permet de sortir de sa réserve professionnelle en me questionnant sur son frère :

— Tu crois que Martin est gai ?

— Je… je ne sais pas. Pourquoi tu me poses cette question ?

— Ça fait longtemps que j'en ai l'intime conviction et ça m'inquiète.

— Pourquoi ça t'inquiète ? Tu n'aimes pas les gais ?

— Personnellement, ça ne me pose aucun problème. Mais nos parents sont homophobes.

— Je commence à comprendre… C'est pour cette raison qu'il serait si… renfermé ?

— Peut-être…

— Je ne sais pas si Tintin… euh, Martin je veux dire… je ne sais pas s'il est gai, mais je sais qu'il a déjà eu une relation avec au moins une fille.

— Tu l'appelles Tintin ?

— Ouais. Martin, Tintin. Il est Belge, il a vaguement la même allure et il étudie en journalisme… c'est une évidence, non ?

— Je ne sais pas, je n'y avais jamais pensé. Mais si je comprends bien, son expérience avec la fille n'a pas été concluante…

— J'en n'ai aucune idée… et dans le fond, on s'en fout. Il peut bien vivre sa vie comme il l'entend.

— Pas selon nos parents…

Notre conversation est interrompue par notre chauffeur, qui nous annonce que nous arrivons à destination. Au milieu de nulle part, dans une vaste plaine entièrement défrichée, apparaissent des tentes blanches à perte de vue. Je descends de voiture avec l'équipe de Médecins Sans Frontières. Une odeur envahissante d'excréments et d'urine nous prend au nez et à la gorge. Malgré la tragique misère omniprésente, nous sommes accueillis par des sourires et des éclats de rire. Derrière cette bonne humeur apparente, je crois percevoir des traces camouflées de terreur dans les yeux des gens qui nous souhaitent la bienvenue.

On conduit Delphine vers une tente qui servira de salle d'examen, pour des patients qui ne sont pas en mesure de se rendre à l'hôpital. J'en profite pour flâner un peu dans le camp et discuter avec des réfugiés. Parmi ceux que je rencontre, le plus volubile et sympathique à mon endroit se fait appeler Papa Jean. Il est l'un des rares vieillards ayant survécu à tous les malheurs et les exactions des dernières décennies dans cette région où l'espérance de vie n'atteint pas les 50 ans. Il me charme d'abord en parlant de la beauté de la vie à travers le prisme de choses qui paraissent insignifiantes, comme les désirs enfantins, la reproduction des lucioles et le sexe des fleurs. Puis son discours bifurque vers les violences que s'infligent les humains entre eux.

— Vous savez, j'ai vu tant de combats, de guerres, de blessés, de cadavres. J'ai vu comment les hommes s'y prennent pour commettre les pires atrocités. Et j'ai découvert d'où vient leur motivation pour agir ainsi.

— Vraiment ? D'où ça vient ?

— Du bas du ventre... Toutes les motivations viennent de là, le bas du ventre, insiste le vieillard en pointant ses parties. Les hommes se battent pour le pouvoir. Le pouvoir sert à obtenir des femmes. Les femmes servent à détruire l'ennemi. Les femmes sont en même temps le plus grand trésor et la plus grande force de destruction massive.

— Comment servent-elles à détruire l'ennemi ?

— Au Rwanda, les plus jolies filles sont de l'ethnie tutsie. Elles sont belles, grandes, minces, elles ont les traits fins. Il y a quelques années, le Rwanda a envoyé des commandos de filles pour charmer les généraux de l'armée congolaise. La plupart des généraux couchaient avec des Rwandaises tutsies, qui recueillaient des secrets militaires du Congo sur l'oreiller. Le bas du ventre, je vous le dis, mon ami : tout s'explique, se décide, se construit et se détruit dans le bas du ventre.

Au retour vers l'hôpital, une timide passagère s'ajoute à notre équipée. Il s'agit d'une jeune femme d'à peu près mon âge que Delphine veut opérer dès que possible à l'hôpital. Divine — un prénom apparemment commun ici — n'ose pas me regarder; elle garde la tête penchée vers le sol. Elle a été victime d'un viol collectif particulièrement brutal il y a trois mois déjà. Ses organes génitaux sont dans un tel état que Delphine veut lui faire une reconstruction du vagin, une première dans sa pratique médicale.

— Elle ne comprend pas bien le français, mais elle accepte que je te parle de son dossier et que tu écrives un article sur son histoire si tu ne mentionnes pas son identité. Je l'ai convaincue que ça pourrait sensibiliser l'opinion internationale au sort des femmes ici.

— Merci, que je dis en direction de Divine, qui hoche la tête en silence, sans lever les yeux.

— Est-ce que c'est fréquent, ce type d'opération ?

— Non. Il y a souvent des viols collectifs dans la région, c'est pratiquement une arme de guerre. Mais c'est la première fois que... que... je vois...

La voix nouée par l'émotion, Delphine est incapable de terminer sa phrase. Elle essuie une larme.

— C'est la première fois que tu vois quelque chose d'aussi horrible, que je me risque à formuler pour elle.

— Oui... ils lui ont détruit une partie des organes. Elle m'a dit que... qu'ils l'ont pénétré avec... des canons de mitraillettes... et des bouteilles cassées. Et...

Delphine s'arrête de parler, absorbée dans ses pensées.

— Et quoi ?

— Elle est enceinte... Je ne sais pas comment un embryon a pu survivre et se développer alors que l'intérieur est aussi abîmé. Curieusement, l'essentiel de l'utérus est demeuré intact.

— Elle est enceinte de ses agresseurs ?

— Oui, de l'un d'eux.

— Tu vas l'avorter ?

— C'est ce que je lui ai suggéré, mais elle ne veut pas prendre de décision. Elle craint d'aller en enfer.

— Mais elle y est déjà.

*

Divine, la « damnée », ressort de la salle d'opération purifiée comme une exorcisée. À son réveil, elle regarde sa docteure, pleine d'espoir. Par l'intermédiaire d'une traductrice, Delphine lui apprend que l'opération de reconstruction s'est très bien déroulée, mais que l'intervention a provoqué la perte « accidentelle » du fœtus. Un subtil sourire énigmatique se dessine dans le visage de Divine, semblable à celui de La Joconde. Elle semble être « résignée » à accepter la « volonté de Dieu ». Je soupçonne Delphine d'avoir eu le courage de poser sciemment le seul geste divinement décent dans une telle situation.

Chapitre 40 — Athéna

C'est à Athènes, berceau de la démocratie, là même où l'idée du gouvernement du peuple a germé et s'est concrétisée il y a plus de 2 000 ans, que je termine d'écrire deux articles sur le Congo. Mon premier grand reportage porte exclusivement sur la vie et sur la mort de « La Panthère », ultime moment auquel j'ai eu le privilège d'assister. En raison de cette saveur exclusive et inédite, j'ai réussi à obtenir que l'article soit publié par le magazine *Dossiers*, l'une des plus importantes publications de langue française du monde. La rédaction s'est également engagée à publier mon second reportage, qui porte de façon plus générale sur la situation actuelle dans le Nord-Kivu et sur le travail de Médecins Sans Frontières. J'y parle entre autres des cas de Divine et de la petite surnommée Bâtarde.

Assis à la terrasse d'un café de la rue Adrianou, près de l'Acropole, je grignote une salade grecque généreusement arrosée d'huile d'olive en peaufinant mes textes sur un ordinateur portable acheté avant mon départ d'Alger. En ce mois de décembre, l'air frisquet me ravive, un café turc me réchauffe, le soleil caresse mon visage. Il fait environ 12 ou 13 degrés Celsius, c'est 20 ou 30 degrés de plus que chez moi, au Québec, en ce début d'hiver.

En manque de touristes à embêter, une colonie entière de chats maigrichons me prend pour cible. Ils miaulent à en fendre l'âme. Sont-ils des victimes innocentes de la crise financière que traverse la Grèce ? Je leur jette des morceaux de féta. S'engagent alors de féroces et bruyants combats pour quelques miettes de fromage. Si l'homme est un loup pour l'homme, le chat est un homme pour le chat. Je parierais que ces braves bêtes ne survivraient pas une journée complète dans les rues de Pékin.

Après avoir révisé mes articles au moins 10 fois chacun, je clique enfin sur l'icône « envoyer », même si je crains toujours d'avoir omis de corriger une faute ou deux. Malgré cette inquiétude, je ressens une grande satisfaction d'avoir terminé cette tâche. Je commande un autre café pour me récompenser et prendre le temps d'observer les passants; en fait, plus particulièrement les passantes.

Faisant fi de la fraîcheur, plusieurs jeunes femmes laissent leur veste ouverte, comme si elles voulaient mieux exhiber les courbes de leurs seins. D'ailleurs, la plupart des jeunes Grecques que j'ai croisées jusqu'à maintenant semblent avoir une poitrine plus volumineuse que la moyenne des femmes ailleurs dans le monde. Autre trait particulier, nombre d'entre elles ont un nez aussi proéminent, proportionnellement, que leurs mamelles. À défaut de les enjoliver, ce trait donne du caractère à leur visage.

J'attends qu'il n'y ait plus de jolies femmes dans la rue pour rallumer mon ordinateur afin d'écrire à Kate. Son dernier courriel était court et perturbant :

Mon amour, je te veux à mes côtés. Il est trop tard pour un avortement. Le temps presse, bébé s'en vient bientôt. KATE, XXXXXXXXXXXXXXXXXXXXX

Je déteste le fait qu'elle m'écrive comme si j'étais son amoureux. Je ne l'ai jamais été, je n'ai jamais même fait semblant de m'intéresser à elle, sauf pendant ces quelques minutes de baise alcoolisée que j'aimerais pouvoir effacer.

Kate, c'est la dernière fois que je t'écris. Je ne veux pas être présent dans ta vie ni dans celle du bébé. Tu ne peux pas m'y forcer. Bonne chance. Frédérik

*

Pour me changer les idées, je vagabonde dans le quartier Pláka, constitué d'un dédale de ruelles en montée derrière l'Acropole. Dans ce labyrinthe, je ne croise que des vieillards aux yeux plissés, assis sur des tabourets devant leurs maisons de chaux. Tout est blanc, même les marches et le sol des trottoirs et des ruelles. Le soleil d'après-midi rend cet environnement aveuglant.

Je monte jusqu'au flanc du promontoire au sommet duquel trône l'Acropole. Je suis seul. De ce côté, il ne semble y avoir aucun accès possible : l'entrée principale se trouve à l'opposé. Les remparts sont trop élevés pour apercevoir le Parthénon ou les autres temples. Je m'assois donc sur un rocher et j'admire la ville. Vue d'ici, cette capitale grouillante aux teintes pâles me paraît si calme qu'on dirait qu'elle fait la sieste. Je m'imagine Socrate grimper la colline pour venir me rejoindre et dialoguer avec moi.

Pour mon plus grand plaisir, Socrate prend en réalité les traits d'une nymphe locale aux attributs mammaires et nasaux imposants. Elle se dirige vers moi avec assurance, je la salue gaiement, et un dialogue s'engage naturellement, puisqu'elle s'exprime aisément en anglais. Je fais mine de regarder son visage, mais derrière mes verres fumés, mes yeux lorgnent surtout son appétissante poitrine, qui jaillit d'un blouson de cuir ouvert. Nous échangeons d'abord des banalités d'usage, puis elle m'apprend qu'elle s'appelle Athéna.

— Athéna, comme la ville ?

— Oui, mais surtout comme la déesse.

Est-ce mon karma de rencontrer des gens aux noms à connotation religieuse, voire divine, ou est-ce un courant mondial répandu que de donner de tels prénoms aux enfants ? Jihad, Divine, Athéna et puis quoi encore ? Quel lourd poids à porter ! En y pensant bien, je réalise que c'est également le cas au Québec, avec toutes les Marie, Marie-ci ou Marie-ça.

— Donc, qu'est-ce qui fait de toi une déesse ?

— Je suis puissante, lance-t-elle en riant de bon cœur. Athéna est la déesse de la guerre… et aussi de la raison, de la prudence et de la sagesse.

— Tu es donc une guerrière sage.

— C'est ça !

— Si on laissait seulement aux femmes le droit de faire la guerre, je crois qu'il y aurait moins de victimes.

— Je n'en suis pas sûre. Les femmes peuvent parfois être cruelles, surtout entre elles.

— Oui… mais c'est un autre type de cruauté que celle des hommes. C'est une cruauté plus subtile.

— C'est une cruauté qui peut blesser davantage psychologiquement que physiquement. C'est différent, mais ce n'est pas mieux…

— Pourquoi dis-tu ça ?

— Il y a quelques années, à mon école, une fille qui s'appelait Anastasia s'est suicidée parce qu'elle se faisait harceler par des filles plus minces.

— Elle était grosse ?

— Oui… Et j'étais parmi ces filles plus minces, ajoute-t-elle d'une voix étranglée. Je m'en veux énormément. Imagine, ma méchanceté a poussé Anastasia à se tuer ! J'y pense presque tous les jours.

S'ensuit un long silence, pendant lequel je tente de trouver des paroles réconfortantes à prononcer, tout en pensant à ma propre méchanceté.

— Mais ce n'est pas le but que tu recherchais. Et ce ne sont sûrement pas seulement tes commentaires qui l'ont poussée à se suicider. Il y avait d'autres filles avec toi, non ? Et elle devait déjà se sentir mal dans sa peau.

— Bien sûr qu'elle se sentait déjà mal dans sa peau, confirme Athéna en reniflant. Mais ç'aurait dû être une raison supplémentaire pour ne pas la tourmenter. Oui, il y avait d'autres filles qui étaient méchantes avec elle. C'était de la lâcheté de notre part, nous suivions le groupe, et chacune se disculpait en se disant que c'était d'abord la faute des autres.

— Pourquoi tu ressentais le besoin de faire ça ?

— Je ne sais pas… En fait, oui je le sais. C'est parce que je me sentais inférieure aux autres et qu'en m'en prenant à cette pauvre fille, ça me donnait un faux sentiment de supériorité.

— Et pourquoi tu te sentais inférieure ?

— Je ne me trouvais pas belle…

— Mais tu es superbe, que je lui dis d'un ton enjoué.

— J'ai un gros nez…

— Vraiment ? Il n'est pas si gros…

— Tu me dis ça pour me faire plaisir…

— Je te trouve très jolie, que j'ajoute en approchant mes lèvres des siennes.

Chapitre 41 — Bianca

Athéna vient de quitter ma chambre d'hôtel pour rentrer chez ses parents. La beauté hellénique s'est laissé embrasser et peloter; cependant, sa passivité et sa maladroite résistance trahissaient son inexpérience. Avant de partir, elle m'a fait promettre de la revoir.

J'allume mon portable pour communiquer via Skype avec Bianca, une volontaire de Médecins Sans Frontières au Mali. Grâce à Delphine, je suis en contact avec cette docteure allemande depuis plusieurs jours pour m'assurer du sort de Fatoumata. Aujourd'hui, Bianca devait se rendre au village avec un autre volontaire de MSF pour vérifier si la cousine de Moussa était toujours enchaînée à son arbre. Malgré ses dires, la policière Aminata ne m'a fait parvenir aucune preuve de sa libération. Pour ce qui est de Moussa, je ne lui ai pas écrit : je ne veux pas le mettre au courant de mes démarches.

L'écran de communication Skype demeure vide, Bianca est en retard à notre rendez-vous virtuel. Ou peut-être connaît-elle des problèmes techniques. Alors que j'attends, je me rends compte que Fredou est en ligne. Je n'ai pas communiqué de vive voix avec elle depuis notre séparation. Je l'invite à discuter; elle accepte. En la voyant apparaître à l'écran, une soudaine nostalgie me gagne. Son regard est toujours le même, profond et enjôleur. Toutefois, son apparence a bien changé en quelques mois. Elle a fait couper sa longue chevelure, et son visage a grossi.

— Salut ! Où es-tu ? qu'elle me lance banalement comme si nous nous étions parlé la veille.

— Je suis en Grèce, à Athènes. Et toi ?

— À Montréal, à l'appartement.

— Je croyais que tu allais déménager après notre séparation.

— Non, j'ai finalement décidé de rester ici avec une colocataire.

— C'est qui ? Je la connais ?

— Non… Ça fait drôle de te voir, t'as pas changé.

« L'essentiel est invisible pour les yeux », disait le renard au Petit Prince. J'ai envie de répondre cela à Fredou, pour lui signifier que j'ai beaucoup plus changé qu'elle ne le pense. Je la connais bien, elle me trouverait chiant de parler ainsi. Je demeure donc sur le terrain des apparences.

— Toi… toi non plus tu n'as pas changé, que je réponds maladroitement pour éviter de souligner qu'elle a engraissé.

— T'as pas remarqué ma nouvelle coupe de cheveux ?

— Ah ! C'est ça qui est différent ! Ça te fait bien.

— Merci. Et t'as sûrement remarqué que j'ai pris du poids.

— Vraiment ? Non… ça ne paraît pas.

— Menteur !

— Je suis sérieux, ça paraît… à peine, que je balbutie en espérant qu'elle passe à un sujet moins délicat.

— Tu savais que la police est venue faire une perquisition à l'appart ?

— Euh… oui, je l'ai su par mon avocate. Qu'est-ce qu'ils cherchaient ?

— Je ne sais pas, ils ne m'ont rien dit. Ils sont repartis avec l'ordi que t'avais laissé ici.

— Ils ont pris autre chose ?

— Peut-être, j'en sais rien. Ils m'ont aussi interrogée.

— Qu'est-ce qu'ils t'ont demandé ?

— Ils m'ont posé des questions sur ta relation avec ton père et ton comportement dans les semaines avant sa disparition...

— Et qu'est-ce que t'as dit ?

— Rien. Rien d'important. Je leur ai dit que je ne savais rien.

— Tu sais qu'on est sûrement sous écoute en ce moment ?

— Tu crois ?

— Évidemment. Ces gens-là sont convaincus que j'ai fait disparaître mon père : c'est sûr qu'ils surveillent toutes mes communications.

— Ça me trouble ce que tu dis... je me sens violée dans mon intimité. J'avais une autre chose à te dire, mais je crois que ça peut attendre.

— C'est important ?

— Non... non. Je dois te laisser maintenant, il faut que j'étudie.

— Prends soin de toi !

— Toi aussi !

Que les policiers aient pris mon vieil ordinateur, ça ne me préoccupe pas. Je crains toutefois qu'ils aient saisi autre chose. Je crois avoir écrit dans mon journal intime — en fait, ce n'est pas réellement un journal intime, c'est davantage un journal de réflexions sur la vie — des détails incriminants des dernières conversations que j'ai eues avec ma mère. Je n'aurais pas dû l'écouter. Mais elle avait le don de me manipuler en me culpabilisant.

À la fin de ses jours, elle m'accusait nommément de ne pas lui avoir consacré suffisamment de temps depuis que je sortais avec Fredou. C'est pour cela, disait-elle, qu'elle avait fait sa deuxième tentative de suicide, deux ans auparavant. Elle m'avait alors téléphoné en panique.

— Fred, viens me sauver. Tu es la seule personne qui puisse me raccrocher à la vie, m'avait-elle dit d'une voix faible, sous l'effet des médicaments qu'elle avait avalés.

J'avais composé le 9-1-1 et m'étais rendu chez elle — chez nous, en fait — aussi rapidement que possible. J'étais arrivé en même temps que les ambulanciers; elle gisait au sol.

Deux ans plus tard, condamnée à mourir du cancer, elle avait invoqué cet événement et sa précédente tentative de suicide pour me convaincre que j'avais une dette envers elle et que je devais accomplir ses dernières volontés, sans tenir compte de mes scrupules.

— Je me suis sacrifiée pour toi. Deux fois j'aurais dû mourir, deux fois j'ai survécu pour toi, parce que tu avais encore besoin de ta mère. Tu me dois bien ce que je te demande aujourd'hui.

*

Bianca affiche une mine inquiète lorsqu'elle apparaît enfin à l'écran. Ses rides de quarantenaire me semblent plus prononcées que lors de nos précédentes conversations.

— Bonsoir, Frédérik, qu'elle dit d'un ton neutre, avec son fort accent allemand, qui me donne l'impression qu'elle m'appelle Friedrich.

— Bonsoir, Bianca ! Avez-vous des nouvelles de Fatoumata ?

— Oui, je l'ai vue aujourd'hui. Elle est toujours attachée à son arbre.

— Merde, je m'en doutais ! Avez-vous pu lui parler ?

— Oui, j'ai parlé plus d'une heure avec elle. Il n'y avait personne dans les environs. Elle était relativement lucide pour une femme qui a vécu dans de telles circonstances si longtemps.

— Qu'est-ce qu'elle vous a dit ?

— Elle m'a raconté que les villageois la prennent pour une sorcière. Elle ne se rappelle pas du moment où ils l'ont attachée à l'arbre, mais elle sait que ça fait des années qu'elle est là. Elle dit que des enfants viennent souvent lui lancer des pierres, que des femmes vont cracher sur elle et qu'elle se fait parfois violer par des hommes.

— Il faut absolument la libérer !

— Je suis d'accord avec vous; il faut cependant être prudent. D'un point de vue légal, c'est délicat d'agir dans ce sens. Il faut d'abord s'assurer que les autorités maliennes n'auront aucune base pour porter des accusations criminelles contre nous et...

— Des accusations criminelles ? Ce serait ridicule...

— Je sais bien, mais ce n'est pas l'Occident ici. Les lois ne sont pas les mêmes et elles ne sont pas toujours appliquées uniformément. C'est pour cela qu'on doit d'abord obtenir des conseils légaux. Et c'est d'autant plus important que ça ne nous implique pas simplement nous comme individus; ça concerne également MSF comme organisation.

— Et si les avocats disent qu'on ne peut rien faire pour elle ?

— Ne vous inquiétez pas, je vais faire tout ce qui est possible.

— Je pourrais écrire un article sur sa situation et le faire publier dans un magazine. Peut-être que ça créerait une pression pour que les autorités maliennes agissent.

— Attendez un peu avant de faire cela. Laissez-moi voir les alternatives possibles.

Chapitre 42 — Isidora

Athéna m'a invité à passer la journée de Noël dans sa famille. Elle m'a heureusement épargné la tradition chrétienne orthodoxe d'aller à l'église avant le lever du jour pour célébrer la naissance de Jésus. Je la rejoins donc peu avant midi, place Syntagma, en plein centre de la capitale grecque. Nous nous embrassons langoureusement lorsque dans un mouvement trop brusque son nez format géant accroche le mien. Je perçois de la gêne dans ses yeux. Le malaise ne dure que quelques secondes; nos langues reprennent vie et font disparaître toute trace d'embarras.

Athéna m'emmène ensuite chez sa tante Isidora, la sœur de sa mère, qui accueille toute la famille élargie pour l'occasion. Notre arrivée passe pratiquement inaperçue : il y a trop de monde. Il est difficile de se frayer un chemin dans ce grouillement de cousins, cousines, oncles, tantes et grands-parents. La tante Isidora habite dans une grande maison cossue avec son mari, un ancien haut fonctionnaire qui serait en partie responsable de la quasi-faillite de la Grèce « parce qu'il est paresseux et profiteur », selon l'analyse sommaire et naïve d'Athéna. Le mari d'Isidora s'appelle Isidore. Deux prénoms quasi identiques, c'est vraiment trop kitsch pour un couple : c'est comme de porter des vêtements assortis. Comme Fredou et moi il n'y a pas si longtemps, Isidore et Isidora se font

peut-être appeler les « Isi au carré » ou les « deux Isi ». Ha ! Ha !
Je me bidonne seul, intérieurement. En français, avec les liaisons,
ça fait les zizis au carré et les deux zizis ! Dommage que personne
ici ne puisse comprendre cet humour francophone de haute voltige.

— *Kala Christouyenna !*

— *Kala Christouyenna !* que je répète difficilement pour
souhaiter un joyeux Noël à une vieille dame édentée qui vient
d'apparaître devant moi.

— *You husband Athena?*

— *No, no, no, no, no.* Je ne veux surtout pas que la rumeur
d'un mariage prématuré commence à courir.

Athéna me glisse à l'oreille de me méfier parce que je suis en
présence d'une grande tante qui aime bien potiner et propager des
bobards. Sans même adresser la parole à la vieille, elle me prend
par le bras et m'entraîne à l'écart pour me présenter ses parents.
Son père semble être fâché. Il me jette un bref regard hargneux en
me serrant brusquement la pince en silence. J'ai envie de
disparaître. Sa mère se montre un peu plus chaleureuse, elle me fait
une accolade. Athéna a hérité de son sourire… et de son nez.
Puisque ni l'un ni l'autre de ses parents ne maîtrise l'anglais, nous
nous éclipsons rapidement.

Athéna m'entraîne vers les hôtes, Isidore et Isidora : ils sont
les deux membres de la famille qui parlent le mieux l'anglais.
Isidora dégage un certain snobisme. Lèvres pincées, elle maintient
son visage bien haut en me tendant la main. Elle roucoule à mon
intention un message de bienvenue ridiculement pompeux.

— C'est un honneur pour mon mari et moi de recevoir dans
notre humble demeure un dignitaire étranger de votre importance.

Moi, un dignitaire étranger important ? C'est probablement
une phrase qu'elle a apprise par cœur, sans en comprendre
totalement la signification. D'ailleurs, Isidore tousse et semble être
gêné par l'attitude de sa femme. Avec une certaine bonhommie, il
me donne une poignée de main et chuchote :

— Excusez-la, elle se prend trop souvent au sérieux.

Athéna me laisse seul avec eux pour aller parler avec des
cousins. Isidore ouvre une bouteille d'ouzo, un alcool anisé. Il
m'en verse un verre, puis il se sert. Survient alors entre les deux
époux une engueulade épique, dont je ne saisis pas le contenu,
puisqu'ils se parlent en grec. Certains invités assistent à la scène

médusés, tandis que d'autres continuent à papoter sans en tenir compte.

— Ah ! les femmes... Parfois, j'aimerais mieux être gai, qu'il me dit en anglais dans un éclat de rire forcé.

Isidore trinque avec moi, boit l'alcool cul sec et s'essuie l'épaisse moustache. Je l'imite en vidant mon verre d'un trait. J'en récolte un étourdissement immédiat. Sa femme l'engueule de nouveau. Il l'ignore et remplit encore nos verres. Je lui fais savoir que je préfère attendre, mais il insiste autoritairement pour que je boive avec lui. Et de deux !

Peu après, Isidora invite tous les convives à prendre place à l'une des trois grandes tables qui ont été montées pour l'occasion. Athéna vient nous rejoindre, me sauvant momentanément de la soûlerie imposée. La maîtresse de maison apporte un immense pain et le pose devant un vieillard, le grand-père d'Athéna. L'aïeul se lève, demande le silence de tous et prononce des paroles dont la signification m'échappe, mais que je devine être soit une prière soit une bénédiction. Il trace une croix sur le pain avec un couteau, puis il le sépare en de nombreux morceaux. Athéna m'explique qu'il s'agit d'une galette de noix qu'on appelle *Christopsomo*, le pain du Christ. Je participe au rituel religieux en espérant que ma part de galette sacrée épongera l'alcool qui me brûle l'estomac.

Isidore me sert du vin rouge, alors que sa femme dépose au milieu de la table un porcelet entier. Je suis en tête à tête avec la bête, le groin pointant dans ma direction. Cette situation me perturbe légèrement; j'aurais préféré être du côté de son cul. Le *gourounopoulo psito* est badigeonné d'huile d'olive; il est aussi luisant qu'une Miss Univers en bikini. Isidora me demande quelle partie du cochon je préfère. J'insiste pour obtenir un morceau générique, que je ne serai pas en mesure d'identifier.

Après le repas, l'alcool aidant, je participe à une ronde traditionnelle grecque, entre Athéna et Isidora. La main de la tante descend dans mon dos et me saisit fermement une fesse. Comme si j'étais fautif, je me retourne brusquement pour m'assurer qu'Isidore n'a rien vu. Il est seul à table avec sa bouteille d'ouzo, qu'il contemple amoureusement. Isidora remonte brièvement sa main, mais recommence son manège dès qu'elle en a l'occasion. Mal à l'aise, je quitte la danse pour aller à la toilette. En ressortant, je suis face à Isidora. Elle m'entraîne dans un couloir adjacent, me saisit encore le popotin et pose ma main gauche sur son bourrelet saillant, tout en tentant de m'embrasser. Dégoûté, je me défais difficilement de son étreinte et je la laisse en plan en disant :

— *I'm sorry!*

Au fait, pourquoi devrais-je me montrer désolé ? Elle m'a pratiquement agressé et c'est moi qui devrais être repentant ? Dans la situation inverse, une femme m'aurait probablement giflé, plutôt que de s'excuser de ne pas se plier à mes désirs.

Pour esquiver toute nouvelle tentative de ce genre de la part d'Isidora, je vais m'asseoir avec son moustachu de mari. Quelle moustache en effet ! Elle recouvre complètement sa lèvre supérieure. Un petit morceau de viande est resté pris dans les poils au coin gauche de sa bouche. Isidore semble être trop heureux de mon retour, il me tapote l'épaule et me sert un autre verre d'ouzo.

La suite des événements est plutôt floue. Isidore et moi avons trinqué un nombre incalculable de fois. Je me souviens vaguement d'une intervention d'Athéna me conseillant d'arrêter de boire. Le reste de la fête flotte dans un épais nuage jusqu'à ce qu'une désagréable sensation à l'anus me tire de ma torpeur. C'est une queue, j'en suis convaincu ! Un homme me pénètre ! Complètement nu, je suis couché dans un lit sur le ventre et j'ai la tête enfouie dans un oreiller. Paniqué, je réussis à me défaire de cette fâcheuse position comme si ma survie en dépendait. Je me retourne vivement. Mon agresseur est nul autre qu'Isidore. Il me repousse sur le lit, je tombe mollement sur le dos. Je suis trop saoul pour m'enfuir. Isidore entreprend de me faire une fellation. Les poils de sa grosse moustache m'éraflent légèrement le pénis. La sensation m'écœure, mais c'est un moindre mal que la sodomie.

Un cri strident me réanime. Isidora vient de surprendre son mari avec mon pénis dans sa bouche. Isidore se relève, il semble baragouiner des excuses en grec. Sa femme se dirige vers moi et m'assène une solide droite au visage, comme si j'étais le fautif. Blessé à l'œil, au cul et à l'orgueil, je me rhabille en vitesse, sans avoir pu retrouver mes sous-vêtements.

Athéna vient me rejoindre en pleurs dans la chambre. Elle m'intime de quitter les lieux sur-le-champ, un taxi m'attend déjà à l'extérieur. Je passe devant les invités en zigzaguant. Un lourd murmure se fait entendre. Dès que j'ai franchi le pas de la porte, j'entends une voix masculine crier : *"Go to Hell, faggot!"*

Chapitre 43 — Margaret

Deux jours durant, je reste seul sans sortir de ma chambre d'hôtel, étendu dans mon lit, replié sur moi-même, au sens propre comme au figuré. Nerveux, anxieux, suicidaire, je somnole pendant plus de 48 heures sans vraiment dormir. Dès qu'une idée noire me traverse l'esprit, j'essaie de m'imaginer que je suis un chat, qui n'a d'autre préoccupation dans la vie que de se prélasser toute la journée. Pas un chat de gouttière affamé comme on en trouve à tous les coins de rue dans ce pays de pédérastes non assumés, mais un chat pacha se faisant entretenir par des maîtres fortunés, dans un environnement douillet.

La vie vaut-elle la peine d'être vécue ? La justice existe-t-elle dans ce bas monde ou dans un au-delà qui m'apparaît plus illusoire que jamais ? Cesse de te questionner, cervelle de chat ! Lèche tes blessures et oublie tout le reste. Il n'y a que le présent qui existe. Et encore ! Le présent, la vie, la mort ne sont-ils qu'illusions ?

Au matin du troisième jour, j'allume mon ordinateur portable. Bianca m'annonce par courriel qu'elle a réussi à faire libérer Fatoumata et que la pauvre a été admise dans un hôpital avec lequel collabore MSF. Ce succès devrait être un baume sur mes blessures. Mais je me sens incapable de m'en réjouir, je suis trop affecté par mes tourments. Sans en avoir le cœur, j'écris un petit mot à Bianca pour la féliciter et la remercier de ses efforts. La beauté de l'écriture, c'est qu'on peut envoyer des messages joyeux ou positifs sans que l'amertume du moment ne transparaisse.

Je sors ensuite de ma retraite pour aller déjeuner au restaurant de l'hôtel. J'ai très peu mangé dans les derniers jours. Ce matin, je ne prends qu'un café et un *koulouri*, un beignet qui me rappelle les bagels montréalais. À la table d'à côté se trouve une femme d'âge mûr qui me dévisage. Je suis conscient que l'ecchymose à mon œil gauche, celui qu'a frappé Isidora, est encore bien visible. La dame me demande, une pointe d'inquiétude dans la voix, ce qui m'est arrivé.

— C'est une longue histoire, que je me contente de répondre.

— Je reconnais cet accent, qu'elle me dit en anglais. Tu viens du Québec ?

— Oui. Et vous ?

— Je suis Canadienne moi aussi, de Vancouver. Je m'appelle Margaret.

Après une agréable conversation, elle m'invite à visiter l'Acropole avec elle. Je n'ai pas la tête à une telle visite touristique; je ressens cependant le besoin d'une présence humaine bienveillante. J'accepte donc de l'accompagner.

En arrivant sur le site, nous nous joignons à une visite guidée. La première chose qui me marque n'est pas la beauté des lieux, mais le fait qu'on se croirait dans un vaste chantier de construction. Des grues ainsi que de nombreux échafaudages et ouvriers gâchent le paysage de carte postale. Maintenir ces ruines en état semble être tout un défi : notre guide nous informe que cela fait plus d'un siècle qu'elles sont en restauration continue.

L'Acropole ressemble à mon monde intérieur actuel, en décrépitude. Depuis la mort de ma mère, la disparition de mon père et le début de mon aventure, je tente tant bien que mal de tenir le coup. Je m'imagine à la place d'un ouvrier avançant sur son échafaudage et risquant de tomber à tout moment. C'est comme si une violente tempête survenait alors que je suis affaibli. Je crains de ne pas pouvoir garder l'équilibre et survivre. Je me sens comme un condamné qu'on conduit à l'échafaud.

Margaret se rend compte que je n'écoute pas les explications didactiques du guide, qui s'éternise sur des détails. Nouvelle retraitée de l'enseignement, elle se permet de critiquer son manque de pédagogie. Elle perçoit peut-être aussi une partie de ma détresse. Elle me propose de quitter la visite guidée et de marcher aléatoirement sur le site. J'accepte sans enthousiasme ni aucune attente.

Nous nous dirigeons tout de go vers la pièce maîtresse de l'Acropole, le Parthénon. Margaret lit dans une brochure que ce nom signifie la « demeure des vierges », en grec ancien. En temps normal, cela me ferait bien rire et me réchaufferait le cœur, mais pas aujourd'hui. Margaret ajoute que ce temple était dédié à la déesse Athéna. J'éclate en sanglots.

— Qu'est-ce qui ne va pas, Frédérik ? Tu sembles être très perturbé… Tu peux te confier à moi, je ne te jugerai pas.

En marchant parmi ces monuments et sculptures de marbre millénaires, je déballe d'un trait ce qui m'est arrivé dans la famille d'Athéna à Noël. Seuls mon larmoiement sert de ponctuation. À la fin de mon récit, Margaret me serre dans ses bras et elle me confie à l'oreille qu'elle comprend ce que je vis, parce qu'elle a déjà subi un viol. Un viol ? Je lui ai décrit en détail ce qui m'est arrivé; toutefois, jamais ne m'était venu à l'esprit ou en bouche le mot « viol ». J'ai donc été violé ! C'est comme si mon cerveau avait cherché à noyer cette réalité en ne la nommant pas. Je fais part de cette réflexion à Margaret.

— Moi, ça m'a pris des années avant de pouvoir nommer cette réalité, qu'elle me révèle avec une expression de dégoût. J'avais 16 ans quand j'ai été agressée. Imagine, ça fait déjà 40 ans et, pourtant, c'est gravé en moi comme si c'était arrivé hier...

— Qui t'a fait ça ?

— Un oncle, le frère de mon père. C'était à Noël, comme toi. Toute la famille était réunie chez mon grand-père. C'était en fin de soirée, la plupart des gens étaient saouls. Moi, j'avais seulement bu un peu. Mon oncle m'a entraînée dans une chambre et c'est là que ça s'est passé. Je résistais, mais il ne s'arrêtait pas. Après, il m'a dit de n'en parler à personne, parce qu'on me traiterait de putain et de salope. Je l'ai cru et je me suis tue pendant des années. Je croyais réellement que j'étais une traînée parce que je n'avais pas su l'arrêter. Je me sentais coupable, même si en réalité j'étais la victime...

— Mon père aussi... Il était un agresseur...

— Il t'a déjà fait quelque chose ?

— Non... je pense qu'il n'était attiré que par les filles.

— Il a déjà été dénoncé ?

— Oui et non... Il n'a pas été accusé en cour... et aujourd'hui il est mort... enfin, je crois.

— Tu crois ? Tu n'en es pas sûr ?

— Il est porté disparu depuis mai dernier...

— Qu'est-ce qui lui est arrivé ?

— Je... je ne sais pas...

— Ta vie n'est pas facile, qu'elle me dit. Tu sais, mon principal regret, c'est de ne pas avoir dénoncé mon oncle avant sa mort. Je pense que tu devrais dénoncer ton agresseur, l'oncle d'Athéna. Ça pourrait te libérer d'un lourd poids.

— Personne ne me croirait... Au mieux, toute sa famille pense que j'étais consentent. Et au pire, je pourrais passer pour l'agresseur.

— J'admets que les apparences ne jouent pas en ta faveur, mais il faudra que tu prennes des moyens pour te libérer de ce fardeau. N'attends pas trop longtemps. Moi, j'ai attendu 20 ans avant de faire une psychothérapie. Avoir su, j'y serais allé bien avant parce que ça m'a beaucoup aidée.

— Comment ?

— C'est ce qui m'a aidée à réaliser pleinement que j'étais une victime et que je ne devais pas ressentir de culpabilité concernant ce qui s'était passé, parce que c'était entièrement la faute de mon oncle. Ça m'a également aidée à accepter mon identité sexuelle et qui je suis réellement. J'ai toujours été attirée par les femmes. Mais je croyais à tort que j'étais devenue lesbienne en réaction à l'agression que j'avais subie. C'est comme si je me définissais uniquement par rapport à cet événement. J'avais honte de ne pas avoir pu freiner les ardeurs de mon oncle et j'avais honte parce que je croyais que cela m'avait transformée en lesbienne. Mais c'étaient des idées erronées et néfastes pour moi, ce n'était pas conforme à la réalité. Ç'a été une grande libération quand je l'ai compris en thérapie. Même si le viol n'avait jamais eu lieu, je serais malgré tout aux femmes. C'est mon orientation sexuelle, c'est mon identité, je suis faite ainsi indépendamment du reste et je me sens mieux dans ma peau depuis que je l'ai accepté.

Chapitre 44 — Aphrodite

Une fine pluie commence à tomber, suffisamment polluée apparemment pour accélérer la dégradation des vestiges qui nous entourent. Margaret et moi allons nous réfugier à l'intérieur du musée de l'Acropole, qui abrite de nombreux artefacts provenant des monuments et des fouilles archéologiques.

Après notre discussion bouleversante à l'extérieur, je m'imprègne en silence de la solennité des lieux. Nous explorons le musée chacun de notre côté, à notre rythme. Margaret semble surtout s'attarder aux détails des œuvres; moi, je laisse galoper mes pensées au gré d'une observation plus générale de l'ensemble des collections. Puis mon attention se pose sur une frise représentant les dieux Poséidon et Apollon, en compagnie d'Aphrodite. La déesse porte sur ses genoux ce qui serait les restes d'un Éros ailé. Je consulte le livret que l'on m'a donné à l'entrée pour en savoir davantage sur ces dieux érotiques, plus attrayants et fantasmatiques que le Dieu omniscient et platonique des religions monothéistes.

Aphrodite est une sacrée cochonne ! Déesse de la sexualité et de la fécondité, elle a trompé son mari, Héphaïstos, avec plusieurs autres dieux, dont Arès, de qui elle aura trois enfants. Et qui est Arès ? Le dieu de la guerre et de la destruction, demi-frère d'Aphrodite ! C'est comme si je couchais avec ma demi-sœur, Émilie. Je préfère ne pas y penser.

Merde, Émilie… Un autre souvenir enfoui refait surface. J'ai sept ou huit ans, je suis en visite chez mon père et j'entre sans cogner dans la chambre du bébé. Gilbert est assis dans une chaise à côté du berceau, pantalon baissé jusqu'aux chevilles. Il tient bébé Émilie de façon à ce qu'elle ait la tête sur le bout de son pénis. Ahuri, je lui demande ce qu'il fait. Il m'ordonne de fermer la porte et de venir le rejoindre. Il m'explique que les bébés aiment téter, parce que ça leur donne à boire.

— D'habitude, ils tètent les seins de la maman, mais ils peuvent aussi téter les zizis des papas. Mais n'en parle à personne, c'est un secret. C'est notre secret à toi et à moi. Tu veux essayer ?

Tétanisé, je n'ai rien répondu. Gilbert a baissé mon pantalon et a saisi mon sexe pour le mettre dans la bouche d'Émilie. Je me sentais doublement souillé. D'abord, le simple fait d'avoir de la bave de bébé sur mon pénis me dégoûtait. Puis instinctivement, sans comprendre exactement toutes les implications de ce qui se passait, j'avais le profond sentiment que c'était fondamentalement mal.

Margaret s'approche de moi et me demande ce que m'inspire cette œuvre pour que je m'y attarde si longtemps. Troublé, je garde le silence, je suis incapable de formuler les pensées qui se bousculent dans ma tête.

— Tu es tout blanc. Viens t'asseoir, ça te fera du bien.

Nous nous dirigeons vers le café du musée, d'où l'on aperçoit un site de fouilles archéologiques situé au centre du bâtiment. Une fois assis, je prends de grandes respirations pour tenter de me calmer. Cependant, l'exercice provoque l'effet contraire : je suis en état d'hyperventilation. Je panique. Margaret m'encourage à ralentir le rythme de mes inspirations et de mes expirations. Sa voix douce me réconforte, elle m'enseigne le chemin pour retrouver une certaine contenance. Lorsque je commence à reprendre mes moyens, je lui confie les détails de l'événement qui m'est revenu en mémoire. Elle me laisse tout raconter sans m'interrompre. Puis après un long silence, elle entreprend de me questionner, pour m'aider à y voir plus clair.

— Est-ce la première fois que tu te remémores cet événement depuis qu'il est arrivé ?

— Je pense que oui… Je ne comprends pas pourquoi j'avais oublié quelque chose d'aussi marquant.

— Parfois notre mémoire nous protège en bloquant nos souvenirs trop traumatisants, comme pour ces artefacts archéologiques qu'on voit maintenant et qui étaient enfouis sous terre. Ils reviennent à la surface quand on creuse en nous ou qu'on vit des événements qui nous les rappellent. Est-ce que d'autres souvenirs remontent en toi ?

— Je… je ne sais pas. Non, pas vraiment.

— Tu disais que ton père ne t'avait jamais touché. Mais c'est une forme d'agression, ce qu'il t'a fait subir cette journée-là. Vous étiez deux victimes, ta sœur et toi.

— Je me rappelle maintenant que je me sentais coupable, comme si j'avais mal agi. J'imagine que tu as raison, j'étais une victime comme ma sœur. Ce qui m'inquiète le plus, c'est qu'il l'a probablement agressée à de nombreuses autres reprises, peut-être même jusqu'à récemment.

— Elle ne t'a jamais rien dit ?

— Non.

— Elle peut avoir peur d'en parler… ou elle ressent peut-être le besoin de se mentir.

— Comment je fais pour savoir ?

— Il ne faut rien pousser, il faut être patient et délicat avec elle. Comment t'as su que ton père était un agresseur ?

— On m'a raconté des anecdotes scabreuses… et il s'en est toujours sorti. Peut-être que j'aurais pu éviter qu'il agresse ma sœur ou d'autres personnes si je n'avais pas enfoui mes souvenirs et que j'en avais parlé à ma mère à l'époque.

— Il ne faut pas t'accabler comme ça. Tu n'as pas décidé d'oublier, c'est un mécanisme automatique de défense du cerveau. Tu connais l'allégorie de la caverne de Platon ?

— Vaguement. J'en ai entendu parler dans un cours de philosophie.

— Tu te rappelles donc que c'est l'histoire d'hommes qui ont toujours été enchaînés dans une caverne profonde, dos à l'entrée. Ils n'ont jamais vu la lumière du jour, et seul un feu allumé derrière eux leur permet de voir dans la pénombre. En fait, leur connaissance de la réalité et de l'univers se limite à leurs propres ombres projetées sur les murs de la caverne par le feu et à l'écho de leurs propres voix. Lorsque l'un d'entre eux est libéré et accompagné vers la sortie, il est d'abord aveuglé par la lumière extérieure, à laquelle il n'est pas habitué, et il ne parviendra pas à voir ce qu'on veut lui montrer. Son premier réflexe sera de vouloir retourner dans la caverne, à la seule réalité qu'il connaît et qu'il comprend. Mais s'il prend le temps de s'accoutumer à la lumière du jour, il pourra voir le monde comme il est réellement. Durant l'enfance, on est un peu comme les hommes enchaînés au fond de la caverne de Platon, on n'a pas tous les outils pour bien comprendre toute la réalité. Certains ne sortiront jamais de leur caverne, même à l'âge adulte. Et d'autres, comme toi et moi, auront la chance ou le courage d'en sortir. Je te raconte cette histoire pour que tu réalises et acceptes le fait que l'enfant que tu étais ne pouvait concevoir la réalité d'une façon aussi complète que tu la vois aujourd'hui en tant qu'adulte. Donc on ne peut pas considérer cet enfant comme étant coupable de ne pas avoir dénoncé les gestes de son père à l'époque. Et il est également important que tu comprennes que ta jeune sœur est probablement encore dans la caverne et qu'il faudra que tu l'accompagnes avec délicatesse, sans la brusquer, pour qu'elle en sorte.

Chapitre 45 — Maria Madelena

À 8 000 mètres d'altitude au-dessus de l'Égée, la mer se confond avec le ciel. Le monde est bleu, le néant est bleu, l'univers est bleu. Le nez collé à mon hublot, je flotte, je plane, je nage, je voltige dans l'azur. Assise à ma droite, Margaret me tire de mes rêveries en me passant un minuscule sachet d'arachides offert par la compagnie aérienne pour faire de notre vol une « expérience inoubliable »; c'est du moins son slogan.

Maggie — elle insiste pour que je l'appelle ainsi — m'a convaincu de l'accompagner dans l'île de Lesbos pour y fêter le Nouvel An. Elle m'a expliqué que le terme « lesbienne » est inspiré de cette île grecque, puisque c'est là qu'est née la poétesse Sappho, qui a écrit sur l'amour homosexuel féminin plus de 600 ans avant Jésus-Christ. Pour cette raison, l'endroit attire aujourd'hui de nombreuses touristes lesbiennes. En ce 31 décembre, nous avons prévu faire la fête en boîte de nuit à Mytilène, la principale ville de l'île.

*

De ma chambre d'hôtel, j'ai une agréable vue sur la mer, la côte turque et une partie de la ville. Une certaine fébrilité est palpable dans la rue commerciale qui longe le bord de l'eau. Je m'assoupis un moment. Lorsque je me réveille, le soleil s'est déjà couché une dernière fois sur cette année, que je ne revivrai plus jamais, heureusement. Je me coiffe à l'ancienne en peignant mes cheveux vers l'arrière, avec beaucoup de gel. Et je revêts un costard noir cintré acheté dans une boutique d'Athènes. Je me regarde dans le miroir, fier de mon effet : j'ai gagné au moins 5 ou 10 ans. Je rejoins ensuite Maggie à sa chambre. Maquillée et coiffée comme une starlette des années 70, elle est méconnaissable dans sa longue robe blanche scintillante. Elle a rajeuni de 15 ans.

Nous allons d'abord nous régaler dans un restaurant de fruits de mer, avant de nous rendre dans l'un des principaux bars de lesbiennes de la ville. En y entrant, j'ai l'impression que tout le monde nous regarde. Nous formons effectivement un couple plutôt curieux, surtout dans un tel contexte. Maggie remarque mon malaise, elle m'incite à me relaxer.

— Après un verre ou deux, tu te sentiras mieux. Ce soir, c'est toi qui es bizarre dans ce groupe. Mais toutes les femmes ici savent ce que c'est que d'être marginale.

Nous nous asseyons à une table sur une plateforme surélevée, qui offre une vue imprenable sur l'ensemble de la foule. Maggie commande une margarita. Je suis tenté de l'imiter, mais je demande finalement une pinte de bière : je sens le besoin de marquer ma virilité dans cette atmosphère imprégnée d'œstrogène. Pendant un long moment, nous ne parlons pas, nous observons la faune environnante, au son de la musique disco. Je suis étonné par la diversité des looks, au-delà des stéréotypes. Bien sûr, il y a quelques femmes à barbe, aux habits et aux gestes plus masculins que les miens. Il y a aussi des pétasses à demi nues aux comportements vulgaires. Mais la plupart des femmes sont simplement coquettes et de bon goût, dans une étonnante variété de styles. Leur sensualité collective m'émoustille : j'espère que certaines d'entre elles s'intéressent aux hommes.

À une table située près de la nôtre, je remarque une jeune femme aux cheveux bleus en brosse qui embrasse tendrement une brune de type latino. Est-ce possible ? Est-ce bien elle ? La dernière fois que je l'ai vue, elle avait les cheveux roses. Les traits du visage sont les mêmes. Si ce n'est pas elle, c'est son sosie ou sa sœur jumelle. Je m'approche lentement de sa table. Je lui tapote l'épaule, elle lève les yeux vers moi. Ses pupilles se dilatent, son visage s'éclaire.

— Freddy ! Qu'est-ce que tu fais ici ?

— Je suis tellement content de te retrouver !

— Moi aussi, qu'elle me dit en m'étreignant.

Becky l'Australienne, cette boule d'énergie que je pensais ne plus voir de ma vie, recroise inopinément mon chemin en un lieu et des circonstances on ne peut plus improbables.

— Pourquoi t'as quitté l'auberge de jeunesse à Londres sans m'en avertir ? J'étais inquiète pour toi, *you bastard*. La pauvre fille que t'as baisée était elle aussi dans tous ses états.

— T'as su que je l'avais baisée ?

— Oui, je l'ai recroisée le lendemain, elle te cherchait désespérément, en pleurs. Elle m'a dit qu'elle avait passé la nuit avec toi, mais que tu n'étais plus là quand elle s'est réveillée.

— Je me suis enfui quand j'ai réalisé la gaffe que j'avais faite. Cette fille-là est tellement envahissante… j'avais peur… je ne savais pas comment j'allais pouvoir me débarrasser d'elle.

— C'est vrai qu'elle semblait être névrosée, mais de là à t'enfuir…

— J'admets que c'est un peu pathétique de ma part…

Je change de sujet de conversation sans révéler que Kate est enceinte de moi. Je raconte brièvement à Becky comment j'en suis venu à fêter le Nouvel An dans un bar de lesbiennes de Lesbos.

— Ça ne me surprend pas de te voir ici. Pour me draguer, tu m'avais bien dit que t'étais un « lesbien », qu'elle me rappelle dans un éclat de rire.

— *Go with the flow*, ça fait des mois que je suis ton conseil et c'est comme ça que je t'ai retrouvée. Sinon, t'as réussi à te faire de bons contacts à Londres pour percer comme chanteuse ?

— Non, qu'elle répond en baissant la tête. Il faut croire que ce n'était pas le bon moment ni le bon endroit.

— Ne t'en fais pas, la célébrité ne garantit pas le bonheur.

— Ne dis pas ça ! Un jour, je serai célèbre. Ne me décourage pas dans la poursuite de mes rêves. Il y a trop de gens négatifs qui parlent comme toi…

— Je ne te décourage pas… je te dis juste des… des…

— … des conneries !

— Non, des lieux communs… pour ne pas que tu désespères trop. Profite bien de ta vie d'inconnue pendant qu'il en est encore temps !

— Ouais, t'as peut-être raison. Quand je serai une star, je ne pourrai plus venir dans des endroits comme ici sans être harcelée, qu'elle lance en rigolant.

— *That's the spirit*… Tu me présentes ta copine ?

— Freddy, Maria Madelena… Maria, Freddy, qu'elle dit d'un ton bonhomme, sans finesse, comme le ferait un homme de chantier.

— Maria Madelena, comme dans la bible ? que je m'étonne à dire sans censure.

— C'est ça, comme la pute de Jésus, répond la principale intéressée, en riant avec moi.

Nous convenons de nous asseoir tous ensemble à la même table, avec Maggie. Maria Madelena dégage chaleur et sensualité. Ses traits ethniquement hybrides sont harmonieux. Cependant, lorsqu'on l'écoute et la regarde parler, il est difficile de ne pas être déconcentré par son œil gauche, qui louche horriblement vers l'extérieur. À cause de cela et de la forte musique, je ne saisis qu'approximativement tout ce qu'elle raconte. Elle est avocate… de Sao Paulo… année sabbatique… tour du monde… quelqu'un veut de la sangria ?

Après plusieurs verres, peu avant le coup de minuit, notre quatuor se fraye difficilement un chemin vers la piste de danse.

Becky est devant, suivie de Maggie et de Maria Madelena. Je ferme la marche. Je sens des mains d'inconnues me caresser les fesses au fur et à mesure que nous avançons. Les femmes se sentent plus libres d'agir en prédatrices lorsqu'elles sont largement majoritaires. En temps normal, je crois que j'aurais apprécié toutes ces caresses non sollicitées; j'imagine que ce serait le fantasme de tout homme hétéro. Mais aujourd'hui, je perçois ces gestes comme des agressions. Mon malaise est-il dû aux mauvais souvenirs du viol que j'ai subi ? Une importante vague d'anxiété m'envahit, je prends le bras de Maria Madelena et lui glisse à l'oreille que je suis en état de panique, que je ne me sens pas bien dans cette immense foule. Elle me tend un comprimé et m'incite à le prendre en disant que ça réglera mon problème. Je l'avale et lui demande ensuite ce que c'est.

— Ecstasy, qu'elle répond en avalant à son tour un comprimé.

J'entame la nouvelle année dans un état euphorique, j'ai la sensation de ne former qu'un avec toutes les femmes qui m'entourent sur la piste de danse. Chaque caresse devient jouissive, je comprends enfin l'humanité et le sens de la vie. L'ecstasy est la solution à tous les conflits et les incompréhensions dans le monde. J'éprouve une grande tendresse et affection envers tous les êtres, vivants ou non. Je comprends même Gilbert et Isidore dans leur grande détresse, je ne peux leur en vouloir, je leur pardonne, je leur ouvre mon cœur. Cette année qui commencera bientôt sera la plus belle de ma vie, je deviendrai l'heureux père de l'enfant que porte Kate. Nous l'élèverons ensemble, ce petit, je serai un excellent papa. *Happy New Year!* Bonne année ! *Feliz Ano Novo*, Maria Madelena ! Tu es tellement belle, tu es ma Brésilienne préférée ! J'aime ton œil qui louche, il fait en sorte que tu es unique ! Pour moi, cet œil représente métaphoriquement ta capacité à transcender l'artificialité et à porter ton regard dans des directions insoupçonnées.

Chapitre 46 — Laurie

Quel début d'année merdique ! Après que l'extase de l'ecstasy eut été dissipée, j'ai ressenti en moi un vide abyssal, qui ne semble pas vouloir me quitter. J'ai passé la majeure partie du 1er janvier au lit, avec un mal de bloc tellement intense qu'il m'a fait oublier tous mes soucis réels. Ce soir-là, j'ai soupé avec Becky, Maria Madelena et Maggie, en gardant le silence durant tout le repas. Par moments, mes compagnes oubliaient pratiquement ma présence : elles discutaient ouvertement de sujets lesbiens, comme l'attractivité du look androgyne chez une femme ou l'intérêt du *strap-on* versus le godemiché utilisé manuellement dans les relations sexuelles.

Le 2 janvier, Maggie est repartie à Athènes afin de ne pas manquer son vol de retour pour Vancouver. Son départ m'a attristé, m'a démonté. En peu de temps, j'avais établi avec elle une relation profonde aux vertus thérapeutiques. J'aurais tant besoin encore de sa sage et empathique présence. Pendant quelques heures, je me suis consolé en pensant que je pouvais me rabattre sur Becky, mon égérie de voyage de la première heure. Mais le lendemain, elle a appris que sa mère était gravement malade, probablement atteinte d'un cancer. Elle a dû partir d'urgence vers son Australie natale.

Aujourd'hui, le 4 janvier, je me croise les doigts pour qu'aucun autre malheur ne vienne entacher cette foutue année que je déteste déjà. Maria Madelena et moi avons décidé de grimper le mont Olympe, rien de moins ! En fait, je fanfaronne. Il y a au moins cinq ou six monts Olympe en Grèce. Celui que nous nous apprêtons à monter n'est pas le fameux domaine des Dieux de la mythologie grecque, dont le sommet se situe à près de 3 000 mètres d'altitude. Il s'agit plutôt du deuxième plus haut sommet de l'île des lesbiennes, à 967 mètres au-dessus du niveau de la mer.

L'air est frais, mais nous sommes bien habillés, et l'exercice nous aide à maintenir une certaine chaleur corporelle. Comme moi, Maria Madelena est d'humeur maussade en entreprenant cette ascension. Elle a connu Becky à Londres il y a seulement deux mois.

— Je n'ai jamais réussi à être en relation à long terme avec une femme, qu'elle me révèle, dépitée.

— Pourquoi ?

— La malchance, je présume. Chaque fois que j'en fréquente une, il y a toujours un événement qui survient et qui nous empêche de rester ensemble.

— Si Becky t'intéresse vraiment, tu sais où elle est et comment la contacter. Vous pourrez vous retrouver.

— Je ne sais pas. Tu sais ce qu'on dit : loin des yeux, loin du cœur.

— Rien ne t'empêche d'aller la rejoindre en Australie.

— Je ne sais pas. Je crains d'être blessée davantage si j'y vais et que ça ne marche pas.

La montée devient de plus en plus ardue; la végétation, clairsemée. Maria Madelena a le souffle court, elle me demande d'arrêter un moment.

— J'ai un secret à te confier, qu'elle me dit en français, la langue maternelle de sa mère, d'origine suisse. J'ai 30 ans aujourd'hui.

— Bonne fête ! Joyeux anniversaire !

— Non, il est tout sauf joyeux. J'ai perdu mon amoureuse et j'ai aussi du mal à accepter la fin de ma vingtaine. Le problème dans la vie, c'est qu'il y a rarement des transitions lorsqu'on perd quelqu'un, quelque chose ou que l'on passe d'une étape à une autre.

— Je sais, je te comprends. La vie est brutale, un jour tout va bien, le lendemain rien ne va plus. Je me sens vide en ce moment. Je me sens si seul.

— C'est gentil pour moi !

— Tu comprends ce que je veux dire...

— Bien sûr, je vis la même chose... Mais tu vois, nous sommes deux à ressentir un même vide intérieur, une même solitude. Au fond, nous ne sommes pas aussi seuls que nous le croyons. La vie a horreur du vide.

— Pas d'offense, mais ce que tu dis est soit très nul ou très intelligent, je ne saurais le dire, je suis trop empêtré dans ma déprime.

— Je suis désolée, c'est un peu ma faute. Je n'aurais pas dû te donner d'ecstasy au Nouvel An. Chez bien des gens, ça peut avoir un effet dépressif après coup.

— Ce n'est pas seulement ça... Si tu savais tous les problèmes que j'ai.

— Raconte…

Nous reprenons notre ascension de l'Olympe des paresseux, et je débite certains de mes tracas à ma Marie-Madeleine brésilienne. Le sentier et le terrain sont de plus en plus rocailleux, comme mes propos. Maria m'écoute attentivement, commente à l'occasion, mais je ne sens aucun jugement de sa part. « Que celui qui n'a jamais péché lui lance la première pierre », disait Jésus de Nazareth au sujet de sa Marie-Madeleine. La mienne a bien appris cette leçon. Quand je lui révèle que Kate porte mon enfant et que j'ai peur de cette paternité non désirée, elle me confie qu'elle se considère chanceuse d'être une lesbienne, parce qu'elle ne risque pas de vivre de grossesse accidentelle.

Plongés dans notre discussion, nous réalisons que nous sommes arrivés au sommet seulement parce que nous ne pouvons plus monter davantage. Le ciel s'est couvert, la splendide vue qu'on nous promettait est gâchée par les nuages et une épaisse brume.

— Les problèmes que tu vis sont importants, tu devrais consulter un psy pour y voir plus clair, me conseille Maria Madelena.

— Juste le fait d'en parler avec toi, ça me fait du bien.

— Peut-être, mais moi, je ne peux pas t'amener beaucoup plus loin dans tes réflexions. C'est comme la montée que nous venons de faire. Nous ne pouvons pas aller plus haut. Il te faudrait une personne qui soit capable de t'accompagner au-delà de ce que je suis capable de faire. quelqu'un qui va t'aider à monter intérieurement le vrai mont Olympe, pas cette petite butte.

— C'est très imagé ce que tu dis… et encore là, c'est soit très con ou très brillant, je ne sais pas.

— Arrête de te foutre de ma gueule.

*

Quelques jours plus tard, je contacte la psychologue que j'avais consultée à Montréal l'an dernier, celle qui avait conclu que ma relation avec ma mère était comme un complexe d'Œdipe inversé et que je n'avais pas fait le deuil du père que Gilbert n'avait jamais été pour moi.

Laurie Tcheraghastshian — un nom d'origine arménienne qui se prononce comme il s'écrit, c'est-à-dire très mal — est une psychologue plutôt originale préconisant une fusion des approches psychanalytique et cognitivo-comportementale, en théorie à l'opposé l'une de l'autre. Elle manque de chaleur humaine et de compassion, ce que je trouve particulièrement frustrant. Mais elle est terriblement efficace pour analyser une situation et mettre le doigt sur les véritables enjeux. Elle accepte de faire une session de thérapie via Skype.

Je sursaute en la voyant apparaître à l'écran tellement son maquillage est hors du commun. Ses yeux sont entourés d'un fard sombre orangé, son rouge à lèvres tire sur le violet, son fond de teint est pratiquement aussi pâle que celui d'une geisha. Si je ne la connaissais pas déjà, je refuserais de m'engager dans une thérapie avec une telle psy, ressemblant à un clown démoniaque.

— Bonjour, Frédérik ! De quoi aimeriez-vous parler aujourd'hui ?

— Du vide. Je ressens un vide immense, plus grand que moi. J'ai peur de mourir et, en même temps, j'en ai envie.

— Pourquoi voulez-vous mourir ?

— Pour mettre fin à ma souffrance.

— Nommez-moi cette souffrance.

— Je… je ne sais pas… je souffre… je me sens comme un oiseau blessé par la vie… et chaque fois que je reprends du mieux, c'est comme si une nouvelle tuile s'abattait sur moi.

— Sont-ce ces nouvelles tuiles qui vous font tant souffrir ou le mal intérieur que vous ne réussissez pas à combattre ?

— Qu'est-ce que vous voulez dire ?

— Dans la vie, tout être humain aura sa part de malheurs. Certains plus que d'autres, bien sûr. Mais ce qui est le plus déterminant dans la façon de s'en sortir, ce n'est pas la nature intrinsèque des malheurs que nous rencontrons, c'est la manière dont nous y faisons face. Ou pas… Tant que vous n'aurez pas réglé en vous les problèmes de votre passé, vous ne serez pas en mesure de composer adéquatement avec les nouvelles tuiles qui s'abattent sur vous, comme vous dites.

— Mais attendez, je ne vous parle pas du passé, je vous parle du présent. Et peu importe mon passé, ce présent est dégueulasse. J'ai été violé par un homme le jour de Noël; je suis le principal suspect pour la disparition de mon père; j'ai mis enceinte une femme avec laquelle je ne veux pas avoir d'enfant… Je n'ai plus envie de vivre.

— Tous ces éléments malheureux font effectivement partie de votre présent ou de votre passé récent. Mais votre réaction à ces événements est teintée par ce que vous avez vécu plus jeune. Parlez-moi de ce viol dont vous avez été victime et de tout ce que cela a fait remonter en vous…

*

J'ai une relation d'amour-haine avec cette fichue Laurie. Je l'appelle simplement Laurie parce que je suis incapable de prononcer son nom de famille. Elle m'énerve avec ses questions sèches et ses constats fermes et sans appel dénués de toute trace d'empathie. Cependant, elle m'aide concrètement à prendre conscience de problèmes, de situations, de comportements et de réalités qui m'empoisonnent la vie. Sa conclusion à la fin de la séance de thérapie sur Skype : je me fais faussement croire que je ne veux plus vivre parce que j'aime trop la vie. De prime abord, on pourrait penser qu'elle n'a pas su m'écouter et qu'elle est déconnectée de ma souffrance. Mais en fait, elle a peut-être raison. Je tiens tellement à l'existence, je tiens tellement à exister, que je prends prétexte de toutes les emmerdes qui m'arrivent pour lancer des alertes, pour que quelqu'un vienne à ma rescousse.

Son conseil : affirmer mon existence par rapport aux paradigmes qui me posent problème et en dehors de ceux-ci, ou une connerie du genre. Qu'est-ce que ça signifie concrètement ? Je n'en sais rien ! Lorsque je lui demande des exemples, elle répond par des phrases encore plus alambiquées. Tout ce que j'ai compris dans son bla-bla, c'est que je devrais trouver une façon de me mettre au service d'autrui. Je dois méditer là-dessus.

Mais tout d'abord, j'ai un autre rendez-vous Skype à respecter, avec Bianca et Fatoumata. Après ma séance de thérapie avec Laurie, je me sens davantage en mesure d'apprécier cette rencontre virtuelle. Malgré la confusion que ma psy a semée en moi, je me sens déjà moins perturbé par mes problèmes.

Dès que Bianca et Fatoumata apparaissent à l'écran, je m'émeus, je laisse couler une larme. Débarrassée de sa crasse, Fatoumata est plus jolie que dans mon souvenir. Mais son visage reflète une grande tristesse.

— Bonne année, Frédérik !
— Bonne année, Bianca ! Bonne année, Fatoumata !

La jeune femme ne répond pas, et je ne note aucune modification dans son expression faciale.

— Fatoumata est bien accompagnée par une équipe en psychiatrie, mais elle parle très peu depuis son arrivée ici. Elle tenait quand même à te voir, Frédérik, et à te remercier. Nous lui avons dit que c'est grâce à toi qu'elle a pu être rescapée.

Fatoumata fait un léger signe de la tête, presque imperceptible.

— De rien, que je réponds, l'œil mouillé. Je te souhaite de bien te remettre !

La connexion a duré moins d'une minute. J'éprouve une certaine plénitude, une satisfaction d'avoir contribué à améliorer le sort d'un autre être humain. Toutefois, je ressens simultanément de façon plus aiguë mon mal de vivre en constatant que Fatoumata semble toujours si mal en point psychologiquement, même si son environnement a changé pour le mieux. Le bonheur s'acquiert d'abord à l'intérieur de soi. J'ai moi aussi un grand ménage à y faire. Peu importe les circonstances de vie dans lesquelles je serai placé, mon bonheur sera ultimement tributaire d'une paix intérieure que je n'ai pas encore su trouver.

Chapitre 47 — Çiğdem

Je marche sur la plage en compagnie de Maria Madelena; un vent froid provenant de la côte turque nous fouette le visage. Je lui fais part du contenu de ma séance avec Laurie. Sans commenter, elle me demande :

— Tu viens avec moi en Turquie ?

Je ressens une certaine frustration : c'est comme si elle ne m'avait pas écouté. Mais plutôt que d'exprimer mes émotions, je les cache en badinant.

— En Turquie ? OK, on peut y aller à la nage. D'ici, c'est seulement 20 kilomètres à traverser.

— Je suis sérieuse. Je dois rendre visite à une bonne copine turque que j'ai connue lorsque j'étudiais à Harvard et qui est retournée vivre à Istanbul.

— T'as étudié à Harvard, aux États-Unis ?

— Oui, j'ai étudié là-bas pendant trois ans, puis je suis revenue au Brésil pour y travailler durant six ans, avant de partir à l'aventure.

— Et qu'est-ce qu'elle fait, ton amie, à Istanbul ?

— Elle travaille pour une ONG de défense des droits de la personne. Elle a quitté Boston il y a quelques mois seulement; en ce moment, elle vit chez ses parents… On pourrait leur faire croire que nous sommes de nouveaux mariés en lune de miel.

— Pardon ?

— Ils sont musulmans. S'ils nous croient mariés, il y aura plus de chances qu'ils acceptent de nous héberger tous les deux chez eux.

— Ce n'est pas nécessaire de jouer la comédie, on n'a qu'à aller à l'hôtel.

— J'en ai assez des hôtels. Et c'est bien plus facile d'entrer en contact avec la population locale quand on est invité chez quelqu'un.

— Je sais bien, mais de là à prétendre qu'on est mariés… Ton amie sait que tu es aux femmes ?

— Non… Ce sera drôle, tu verras !

Le lendemain, peu avant notre atterrissage à Istanbul, Maria Madelena prend théâtralement la bague de son annulaire droit et la glisse sur son annulaire gauche, puis elle m'enfile un jonc qui était caché dans sa main.

— Vous pouvez maintenant embrasser la mariée, qu'elle dit d'un ton joyeux.

Elle me regarde intensément dans les yeux. Son œil croche me déconcentre. Elle s'avance vers moi et me fait un rapide baiser aseptisé sur les lèvres. Elle ricane et rougit comme une fillette.

*

Çiğdem, la copine de ma Marie-Madeleine d'épouse, demande au chauffeur de taxi devant nous conduire chez ses parents de faire un léger détour pour nous montrer le Bosphore, qui délimite géographiquement l'Europe et l'Asie. D'ailleurs, on perçoit bien cette mixité des civilisations dans l'architecture de l'ancienne Constantinople. Je m'attends à voir apparaître à tout moment le tapis volant d'Aladin entre un minaret et un gratte-ciel. Le chauffeur nous montre au loin les dômes de la fameuse Mosquée bleue et de la Mosquée Ayasofya, qui lui fait face.

— C'est tellement beau ! N'est-ce pas, *Honey* ? me lance Maria en anglais, le ton haut perché, avec un faux enthousiasme à l'américaine.

— *Yes, yes*, que je lui réponds timidement, gêné de sa performance d'actrice.

Çiğdem est une jolie femme réservée aux traits typiquement turcs. Visage allongé, pommettes saillantes, sourcils fournis, cheveux longs foncés, les yeux légèrement en amande, elle a tout pour me plaire. D'autant qu'elle ne porte pas le voile islamique.

Les parents de Çiğdem nous accueillent dans leur opulente résidence du quartier Nişantaşı, à forte influence européenne, en nous aspergeant de l'eau de Cologne dans les mains. Son père, Aslan Şentürk, est un riche homme d'affaires qui a fait fortune dans le secteur de la construction. Ne tenant pratiquement pas compte de la présence de Maria Madelena, qu'il laisse aux bons soins de sa fille et de sa femme, il me prend par l'épaule comme si j'étais son gendre et me fait faire le tour du propriétaire. Dans son anglais de businessman, il me décrit chaque pièce de sa demeure en précisant les sommes astronomiques qu'il a dépensées pour acquérir tel meuble, tel tableau ou tel objet. Ennuyé par cette mascarade, je me contente de pousser occasionnellement des ah ! et des oh ! plus ou moins démonstratifs. La décoration de la demeure est occidentalisée; rien n'indique que nous sommes dans une maison turque. Aslan — il insiste pour que je l'appelle par son prénom, qui signifie « le lion », précise-t-il — finit par me montrer la chambre dans laquelle je coucherai avec ma « charmante épouse ». Il n'y a qu'un lit à baldaquin : nous devrons vraiment dormir ensemble, Maria et moi.

Je suis soulagé lorsque nous retrouvons enfin les femmes dans une vaste salle à manger décorée de somptueuses draperies et de meubles de style pompeux de la vieille Europe. Nous nous asseyons à une table beaucoup trop longue pour notre petit groupe. Aslan trône tout au bout, Maria et moi nous trouvons à sa gauche, alors que sa femme et sa fille nous font face, à sa droite. Une domestique nous sert du champagne en apéritif; je suis heureux de constater que nos hôtes ne suivent pas strictement les préceptes de l'islam. Le « lion » porte un toast aux « nouveaux mariés ». Nous feignons notre bonheur conjugal avec un autre baiser aseptisé sur la bouche. Sibel, la mère de Çiğdem, nous lance un regard désapprobateur. Je tente de dissiper le malaise en demandant à sa fille pourquoi elle est revenue à Istanbul.

— Je suis une avocate spécialisée en droits de la personne et je représente surtout des militants kurdes accusés à tort ou à raison de terrorisme. En fait, au-delà d'assurer leur défense, le grand défi est de faire respecter leurs droits en tant que prisonniers, parce qu'ils sont souvent victimes de torture et qu'ils vivent habituellement dans des conditions de détention inhumaines.

— Je ne comprends pas pourquoi elle tient tant à défendre ces sales terroristes séparatistes, intervient son père avec rage. Ils sont aussi cinglés et dangereux que les fous d'Allah !

— Papa, tu sais bien que ce n'est pas la même chose. Et je ne veux pas me quereller avec toi, pas devant la visite.

— Tu risques seulement de t'attirer des ennuis... et de m'en attirer à moi aussi. J'ai payé des études de droit à ma fille dans la meilleure université du monde, et elle a tout gâché en se lançant dans le droit humanitaire, vocifère le lion en quittant la table.

Malgré cet incident, la domestique nous apporte une salade en entrée. Çiğdem profite de l'absence de son père pour parler davantage des enjeux et des idées qu'elle défend.

— Maria Madelena m'a dit que tu es un journaliste. J'aurais un excellent sujet pour toi. Il y a plusieurs adolescents kurdes qui ont été arrêtés il y a quelques semaines et qui ont été accusés d'activités terroristes. Ils ont tous été torturés et les filles ont subi des sévices sexuels de la part des gardiens de prison. Parmi elles, il y a une jeune accusée que je dois représenter à son procès. Elle était mineure quand elle a été arrêtée, mais elle vient tout juste d'avoir 18 ans et elle sera jugée devant un tribunal pour adultes. Tu crois que tu pourrais écrire un article pour dénoncer sa situation et le non-respect des droits de la personne par le régime ?

— Euh... il faudrait voir. Ça pourrait peut-être intéresser le magazine pour lequel j'écris, que j'avance prudemment, ayant ressenti un profond malaise en entendant les mots « sévices sexuels ».

La conversation cesse quand Aslan revient à table, à temps pour le plat principal, un gigot d'agneau. Il se plaint avec véhémence, parce qu'il le trouve trop sec. Le reste du repas se déroule dans un climat de tension, chacun essayant de trouver des sujets de discussion non controversés. Sibel se montre la meilleure à ce jeu : elle prononce de nombreuses inepties sur des gens que nous ne connaissons pas et sur sa collection de grenouilles en porcelaine, qu'elle promet de nous montrer plus tard. Puis à bout de salive, elle pose à Maria Madelena une question qui m'aurait déstabilisé si elle m'avait été adressée.

— Comment vous êtes-vous connus, ton mari et toi ?

— C'était comme dans un conte de fées, commence Maria sans hésitation. Nous nous sommes rencontrés par hasard au Carnaval de Rio. En fait, ce n'était pas un hasard, c'était notre destinée. Nous étions côte à côte sur le bord de la rue pour assister au défilé. Je lui lançais des petits regards furtifs du coin de l'œil; je le trouvais tellement beau, à moitié nu sans sa chemise. Il m'a lui aussi rapidement remarquée. Plutôt que d'observer les femmes sexy presque à poil qui se trémoussaient avec leurs paillettes dans la rue, Frédérik se retournait constamment vers moi. N'est-ce pas, *honey* ?

— *Yes, yes.*

— Ensuite, il s'est déplacé. Pendant un instant, j'ai paniqué : je ne voulais pas le perdre de vue. Mais en me tournant, je me suis aperçue qu'il était juste derrière moi. J'ai senti son souffle tiède dans mon cou. Son corps s'est collé peu à peu contre le mien, raconte Maria en soupirant et en faisant un geste rapide de la main de façon exagérée, comme si elle avait trop chaud.

Je remarque un léger rictus chez Çiğdem, mais je ne saurais dire si elle est intéressée, excitée, exaspérée ou scandalisée par ces détails inventés de toutes pièces. Sibel, elle, n'hésite pas à se montrer cassante.

— Ça va, nous avons entendu assez de détails…

— Le reste de l'histoire, vous le devinez. Ça fait près d'un an que nous sommes ensemble, et nous nous sommes mariés le jour de Noël !

Pourquoi a-t-elle choisi le maudit jour de Noël, celui de mon viol ? Je me sens déjà fragilisé depuis que Çiğdem a évoqué des sévices sexuels. Ma poitrine se contracte de plus en plus, j'ai du mal à respirer, mais je tente de faire comme si de rien n'était. Aslan m'offre du raki, un alcool fort à l'anis, comme l'ouzo grec avec lequel mon agresseur m'a saoulé. L'odeur me lève le cœur. C'en est trop, je quitte la table et arrive à la toilette juste à temps pour dégueuler.

*

— À quoi joues-tu ? que je demande à Maria lorsqu'elle vient me rejoindre dans le « lit conjugal », environ une heure après que j'eus pris congé de nos hôtes.

— Quoi, on n'a pas le droit de rigoler ? C'était mignon, cette histoire au Carnaval de Rio…

— Peut-être, mais tu les as scandalisés avec les détails. Et le mariage à Noël, c'était de trop.

— Pourquoi ?

— C'est à Noël que j'ai été violé.

— Désolée, j'avais oublié… C'est pour ça que t'as été malade ?

— Je pense bien.

— Ça va mieux ?

— Un peu.

— Toi, t'aurais pu être un peu plus discret pour Çiğdem.

— Qu'est-ce que tu veux dire ?

— Tu la déshabillais des yeux; c'est tout juste si ta langue ne pendait pas.

— Mais non, tu t'imagines des choses. Je l'observais parce que j'en avais assez d'entendre parler des grenouilles de sa mère.

— Ne change pas de sujet, je ne suis pas aveugle et eux non plus. Je passe pour une conne…

— T'es jalouse ?

— Non ! Mais ils nous croient mariés.

— Tu es jalouse parce que tu veux me garder pour toi ou parce que tu désires Çiğdem ?

— T'es con ! Ni l'un ni l'autre. Il faut bien jouer notre jeu, c'est tout.

— Tu nous entends parler ? Nous sommes comme un vieux couple.

— Oui… et nous allons dormir comme un vieux couple aussi. Prends ton sac de couchage, il n'est pas question que tu dormes sous les draps avec moi.

— Pourquoi ?

— Je ne veux pas que tu me prennes pour Çiğdem dans ton sommeil.

Chapitre 48 — Sibel

Le lendemain de notre arrivée, Sibel insiste pour nous accompagner dans notre découverte d'Istanbul, pendant qu'Aslan et Çiğdem travaillent. Avant de sortir, elle tient à nous exhiber sa collection de grenouilles anthropomorphiques en porcelaine, ce qu'elle n'a pu faire la veille en raison de mon malaise. Une pièce entière, un véritable temple du mauvais goût, est consacrée à son hobby. En y entrant, Sibel se vante de posséder exactement 2 183 bibelots, provenant de 26 pays. Elle les a triés en fonction de leur provenance, de leur style et de leur valeur, selon un système qui m'apparaît inutilement complexe. Il y a des grenouilles souriantes, des grenouilles tristes, des grenouilles fâchées, des grenouilles maigres, des grenouilles obèses, des grenouilles dansantes, des grenouilles à lunettes, des grenouilles serties de pierres précieuses, des grenouilles à vélo, des grenouilles de toutes couleurs, des grenouilles qui fument, des grenouilles qui tirent la langue, des grenouilles-tasses, des grenouilles-assiettes, des bébés grenouilles, de vieilles grenouilles fripées, des grenouilles pustulées, des grenouilles-princes charmants à couronne.

D'un ton enfantin, l'hôtesse se targue de posséder « tous les types possibles de grenouille du monde ». Je ne remarque cependant aucune grenouille sexy, aucune grenouille aux airs démoniaques, ni aucune grenouille vivante.

Sibel parle continuellement, sans tenir compte de notre niveau d'inattention. Plus je la regarde, plus je remarque chez elle des attributs qui me font penser à ceux d'un batracien : de grands yeux globuleux; une peau flétrie; une grande bouche pratiquement dénuée de lèvres; elle a même une pustule dans le cou. Difficile de croire que cette femme a pu engendrer une beauté comme Çiğdem. Elle me fait pitié, je devine qu'elle doit se sentir bien seule et inutile dans sa grande maison.

— Celle-ci me fait bien rire avec ses yeux croches, qu'elle déclare en saisissant un bibelot, sans se soucier du fait que Maria Madelena louche de façon semblable.

Maria s'emmure dans le silence, alors que je tente sans subtilité de mettre fin à la torture en affirmant qu'il serait temps de partir.

— Attendez un peu, nous ne sommes pas pressés. Je ne vous ai pas parlé de mes grenouilles chantantes.

Sibel nous fait subir un absurde récital de figurines d'amphibiens chantant, fredonnant, sifflant ou croassant des airs plus désagréables et ridicules les uns que les autres. L'esprit engourdi par cette interminable présentation, je me remémore des souvenirs d'enfance. Je me rappelle que j'aimais bien attraper des grenouilles quand j'allais en bateau avec Gilbert au lac Saint-Pierre. À l'endroit où il mettait son hors-bord à l'eau se trouvaient sur la berge des colonies entières de batraciens. Un jour, j'y ai attrapé une grosse grenouille que j'ai voulu aller lui montrer. Cette fois-là, la jeune sœur de ma mère, Maude, nous avait accompagnés à notre sortie nautique annuelle. À l'époque, elle n'avait que 16 ou 17 ans; je crois que c'était avant qu'elle ne devienne une putain. En arrivant au bateau, j'avais surpris Maude et mon père en train de s'embrasser. Gilbert avait une main dans son maillot.

*

Ce n'est qu'en début d'après-midi que nous réussissons enfin à sortir de la demeure des Şentürk. Je commence à nourrir des idées homicidaires envers cette damnée Sibel, qui nous retarde et nous saoule de ses propos insipides. À son air contrarié, je soupçonne Maria Madelena d'entretenir des pensées similaires aux miennes.

Nous nous rendons à la Mosquée bleue, ou Sultanahmet Camii, que nous avions aperçue de loin la veille. De l'extérieur, elle est spectaculaire avec ses six minarets et son immense dôme soutenu par un système de coupoles et de demi-dômes. Lorsque nous nous présentons à l'entrée pour une visite des lieux, Sibel sort deux foulards de son sac à main. Elle en revêt un sur sa tête et remet l'autre à Maria Madelena, qui s'insurge auprès de moi en français.

— Si elle croit cette vieille connasse que je vais m'abaisser à porter un voile pour faire plaisir aux extrémistes de cette religion arriérée, misogyne et machiste, elle se trompe. J'entre sans voile ou je n'entre pas du tout, je suis l'égale de l'homme.

— Aie un peu de souplesse. À Rome, on fait comme les Romains.

— Non, c'est un principe fondamental pour moi.

J'explique la situation à Sibel en termes plus diplomatiques, et elle nous informe que le port du voile est obligatoire pour toute femme désirant entrer dans une mosquée. D'un ton sec et sans appel, Maria Madelena nous dit de faire la visite sans elle, qu'elle nous attendra à la sortie.

Dans la mosquée, je n'ai pas le cœur ni la tête à m'émerveiller de la beauté des lieux, d'autant que je réalise que de nombreuses touristes ne portent pas de voile, contrairement à ce que prétendait la mère de Çiğdem. Ici, je ne ressens aucun appel spirituel comme en Algérie ou à la basilique Saint-Pierre. Je m'attarde peu aux détails architecturaux et je ressors en vitesse même si Sibel tente de m'y retenir plus longtemps. Maria ne se trouve pas au lieu de rencontre prévu à l'extérieur, entre Sultanahmet Camii et Ayasofya, une ancienne basilique du sixième siècle transformée en mosquée. Le fond de l'air est frais. Nous nous asseyons sur un banc au soleil pour l'attendre.

— Votre femme est intempestive, vous devriez mieux la contrôler, se permet Sibel.

— Ah, vous savez, les Sud-Américaines ont du tempérament. On n'y peut rien.

— Mais quand même, il y a un minimum de savoir-vivre à respecter. Et elle porte des vêtements beaucoup trop moulants.

— Trop moulants ?

— On voit trop bien ses formes féminines; c'est mal vu ici. Et vous, vous regardez trop les femmes.

— Quelles femmes ?

— Les jeunes femmes. Et ma fille…

— Mais…

— Sachez que Çiğdem, est une jeune femme bien, pas une déjantée.

— Mais… mais… je n'en doute pas. N'allez pas croire que j'ai eu des pensées… euh, vous savez… des pensées pour elle. Vous savez, je suis un homme marié et un homme fidèle, que je me surprends à dire.

*

Au bout d'une heure d'attente tendue, Sibel et moi rentrons chez elle. Nous n'avons toujours pas de nouvelles de Maria Madelena, mais ça ne me préoccupe pas outre mesure. J'imagine qu'elle ne pouvait plus supporter la présence de la vieille grenouille et qu'elle rentrera plus tard.

Entre-temps, je me réfugie dans notre chambre et je consulte mes courriels. La meilleure nouvelle, c'est que Kate ne m'a pas réécrit. La pire, c'est que Becky nous a envoyé un courriel commun, à Maria et moi, pour nous annoncer que la maladie de sa mère est un cancer du sein détecté trop tard et qu'il s'est transformé en cancer généralisé. Je revis des émotions dérangeantes en repensant à la maladie et à la mort de ma mère. Un mélange de tristesse, d'impuissance et de honte m'envahit. Je tente d'atténuer ces sentiments en composant un message d'encouragement pour Becky. Je peine à trouver les bons mots : ils me semblent tous superflus ou inadéquats. Après une demi-heure d'hésitations et d'essais-erreurs, je lui écris simplement :

Je suis de tout cœur avec toi.

Dans un courriel plus inspiré, Frédérique me souhaite une bonne année et me félicite pour la publication de mes deux articles sur le Congo. Elle ajoute cependant qu'elle s'inquiète pour moi.

Tes reportages sont très intéressants, mais je ne comprends pas pourquoi tu prends autant de risques en te rendant dans des régions aussi dangereuses et en te mettant volontairement dans des situations périlleuses. Après le décès de ta mère, je me suis inquiétée pour toi. Tu me semblais être tellement déprimé et absent que je craignais parfois que tu tentes de te suicider. Cette possibilité m'inquiète encore plus depuis la disparition de ton père. Et en voyant ce que tu fais maintenant de ta vie, j'ai l'impression que tu joues à la roulette russe, c'est comme si tu voulais défier la mort. Si tu meurs en prenant des risques trop importants qui ne sont pas nécessaires, je le verrai comme un suicide déguisé. Je veux que tu saches qu'il y a des gens qui t'aiment et qui ont besoin de toi. Je t'en supplie, ne prends plus autant de risques. Fredou, xxx

Des gens qui ont besoin de moi ? Pense-t-elle réellement que je vais revenir vers elle grâce à un tel message ? Je suis sensible à l'attention qu'elle me porte, mais s'il y a une chose dont je suis sûr, c'est que notre relation est définitivement terminée. Pour ce qui est de sa théorie de suicide déguisé, elle se fourre un doigt dans l'œil. Oui, j'ai été déprimé. Et oui, je le suis souvent encore. Mais si je me suicide, je le ferai clairement et d'une façon suffisamment forte pour que ça ne rate pas. Je ne peux toutefois pas lui répondre cela. Une réponse brève, claire et rassurante, c'est ce qu'il y a de mieux.

Chère Frédérique, Ne t'inquiète pas pour moi, je ne joue pas avec la mort. Grâce à des aventures comme celle au Congo, je me sens plus vivant que jamais. Bonne année ! Fred

Pourquoi m'écrit-elle que des gens ont « besoin » de moi ? Je ne suis pas irremplaçable. Souffre-t-elle de dépendance affective ? En fait, je crois qu'il n'y a que deux personnes qui pourraient réellement prétendre avoir besoin de moi. Kate, pour élever l'enfant à venir dont je ne veux pas. Et ma sœur Émilie : je suis à peu près sûr qu'elle a dû subir des agressions de la part de Gilbert, en plus de celle dont je me rappelle lorsqu'elle était bébé. D'ailleurs, il faudrait bien que je trouve un moyen d'aborder le sujet avec elle. Délicatement, comme me l'a conseillé Maggie.

On cogne à ma porte; je me lève pour ouvrir, c'est Çiğdem. Elle vient de rentrer, elle a parlé à sa mère et elle s'inquiète pour Maria Madelena.

— Je suis désolée, je m'excuse du comportement de mes parents. Tu as vu hier que mon père est trop intempestif. Et ma mère, elle peut être très chiante. J'espère qu'elle ne vous a pas trop embêtés aujourd'hui.

— Non, ça va… Je crois qu'on a tous un peu honte de nos parents à certains moments.

— Mais Maria, où est-elle ?

— La ville est immense, il y a beaucoup de choses à voir, je suis sûr qu'elle ne s'emmerde pas.

— Et toi ? T'as pu parler à tes patrons pour la jeune Kurde ? me demande-t-elle d'un ton chantant avec de grands yeux implorants auxquels je ne peux résister.

— Euh, non… En fait, je n'ai pas vraiment de patron, je travaille à la pige. Je peux écrire un article et tenter de le vendre par la suite, que je lui réponds la voix chevrotante, sous le joug de son charme.

— Merci, merci, je ne sais pas comment je peux te remercier, qu'elle me dit en tenant mes deux mains et me gratifiant d'un regard sulfurique.

Maria Madelena entre à ce moment dans la chambre.

— Ah ! je vous dérange à ce que je vois, qu'elle lance d'un ton irrité.

— Non, non, ce n'est pas ce que tu crois, Maria, que je réponds, encore troublé par la tension passionnelle que la belle Turque a fait monter en moi en si peu de temps.

— Fred a accepté d'écrire un papier sur la jeune Kurde, ajoute Çiğdem en guise d'explication.

— Oui, il est comme ça mon Fred, il est très avenant, réplique Maria avec une pointe d'ironie dans la voix.

Chapitre 49 — Leyla

Quelques jours plus tard, je me rends avec Çiğdem à Izmir, dans le sud-ouest de la Turquie, où est détenue la jeune Leyla en attente de son procès. Le temps est gris et maussade. Je grelotte. C'est comme si l'humidité frigorifique en provenance de la mer pénétrait dans mon corps par tous les pores de ma peau jusqu'aux os.

Dans ce pays réputé pour ses pratiques douteuses envers les prisonniers, je ne pourrais sûrement pas entrer dans une prison en me présentant sous ma véritable identité, que ce soit comme journaliste ou étudiant. Çiğdem a donc élaboré un scénario pour que je puisse rencontrer Leyla. Elle a emprunté les documents d'identité d'un avocat stagiaire français qui travaille pour son organisation et qui me ressemble vaguement. Pour confondre les gardiens de prison, elle m'a acheté une paire de lunettes. Nous prétendrons que je suis l'assistant de Çiğdem et que je l'accompagne à sa rencontre avec l'accusée pour préparer la défense en vue du procès.

Nous marchons vers les hauts murs à barbelés de l'établissement, mon niveau d'anxiété monte : je demande à Çiğdem ce que nous risquons si l'on s'aperçoit du stratagème.

— Calme-toi, ils ne peuvent pas s'en rendre compte. Le pire qui puisse arriver, c'est qu'ils ne te trouvent pas assez ressemblant avec les photos et qu'ils te refusent l'accès.

— Tu es sûre ?

— En théorie, ils pourraient se montrer zélés et nous détenir pour faire davantage de vérifications.

— Nous détenir ? Et quand ils découvriront que je ne suis pas la bonne personne, ils ne nous relâcheront certainement pas.

— Arrête de t'en faire, je cours plus de risque que toi. Tu es un Canadien; s'il t'arrive un pépin, ton pays interviendra pour te faire libérer. Moi, je risque de rester enfermée bien plus longtemps.

Dans quel pétrin suis-je sur le point de me mettre ? Fredou a peut-être raison. Serais-je un kamikaze du journalisme courant inconsciemment après le malheur et la mort ? Il est déjà trop tard pour reculer : une épaisse porte métallique s'ouvre devant nous. Les pentures grincent, un frisson me parcourt l'échine. Çiğdem échange des paroles en turc avec deux brutes moustachues en uniforme, qui nous escortent jusqu'à un bureau d'accueil plutôt inhospitalier. Une femme trapue, affichant une expression tout aussi glaciale que l'air ambiant, nous dévisage. Elle scrute attentivement mon supposé passeport, le visa de travail pour la Turquie et une autre pièce d'identité nécessaire pour établir mon prétendu statut professionnel.

— *Your name?* qu'elle me demande d'un ton bourru.

— Fré... lippe Dupont. Philippe Dupont, que je répète en toussant pour mieux camoufler ma quasi-bourde.

Contre toute attente, elle nous fait signe de continuer notre parcours sans poser davantage de questions. Je crois avoir été épargné d'un interrogatoire plus serré en raison de sa maîtrise apparemment limitée de l'anglais. L'un des cerbères nous ouvre une autre porte et il nous accompagne dans un labyrinthe de corridors bétonnés, jusqu'à une petite pièce, dans laquelle nous sommes soumis à une fouille sommaire. Au loin, nous entendons des cris horribles, mais je suis incapable d'en déterminer la nature et l'origine. J'éternue à répétition : il y a trop de moisissures.

On nous conduit ensuite dans une grande salle, surveillée par deux autres gardes. Nous nous asseyons à une petite table. Çiğdem me chuchote que nous devrons parler à voix basse pour ne pas que l'on entende le contenu de notre conversation. Avant d'arriver, nous avons également convenu que nous allions cacher à Leyla le fait que je suis un journaliste. Je lui donnerai un nom fictif dans mon article pour éviter les représailles contre elle ou contre Çiğdem.

Après une attente de quelques minutes, une porte s'ouvre à l'autre extrémité de la salle. Une jeune femme en piteux état apparaît. Çiğdem étouffe un soupir. Leyla est plus mal en point que la dernière fois qu'elle l'a vue. Elle marche lentement vers nous et s'assied difficilement avec une mimique de douleur. Ses yeux rougis sont entourés de cernes foncés, ses lèvres asséchées sont craquelées et ensanglantées, un profond désespoir se lit dans son visage.

Les deux femmes murmurent en turc, je ne comprends rien de ce qu'elles disent. Après une longue discussion, l'avocate se tourne vers moi et me dit en anglais de prendre des notes de façon à ce qu'elles ne puissent être décodées par les autorités. Aucun problème, peu de gens sont capables de déchiffrer mes pattes de mouche et mes abréviations.

Çiğdem m'informe que Leyla a subi des chocs électriques ce matin, parce qu'elle n'a pas été en mesure de dire où se cachent les principaux dirigeants de la cellule terroriste dont elle ferait partie selon les autorités. L'avocate fait signe à la prisonnière de me montrer ses mains. Leyla porte de légères traces de brûlures au bout des doigts, là où les électrodes ont été installées. Çiğdem ajoute qu'on assoiffe sa cliente et qu'on la prive de nourriture, toujours dans le but de la faire parler. C'est d'ailleurs pourquoi ses lèvres sont si sèches. Enfin, Leyla aurait été violée la veille, pour une troisième fois depuis le début de sa détention. En écrivant, je revis et ressens la douleur de ma propre agression, j'essuie mes larmes d'un geste sec, je regarde Leyla et lui demande pourquoi elle s'est engagée dans un groupe terroriste. Çiğdem traduit ma question, puis la réponse de la jeune femme.

— Je ne suis pas une terroriste, je suis innocente. J'ai seulement milité pacifiquement pour le respect des droits des Kurdes. Je ne crois pas en la violence, mais je comprends quand même la frustration des gens qui s'engagent dans le terrorisme. Ici, en Turquie, il n'y a pas d'espoir pour nous, les jeunes Kurdes. Mon arrestation injustifiée et la façon dont on me traite le prouvent bien. Et même lorsqu'on n'est pas victime de si grandes injustices, nous sommes victimes de petites injustices au quotidien. Les employeurs refusent de nous engager en raison de notre origine, les policiers nous arrêtent sous de faux prétextes, certaines personnes crachent sur nous et nous insultent dans la rue. Et après des siècles de discrimination, on nous empêche toujours de créer notre propre pays.

Pour une obscure raison, notre visite à Leyla est écourtée. Je crains qu'on ait découvert ma véritable identité. Tout mon corps est en alerte, je sue et tremble de partout. Finalement, on nous demande simplement de quitter les lieux sur-le-champ.

— C'est souvent comme ça, m'explique Çiğdem. C'est une façon de nuire à la préparation de la défense. On nous oblige systématiquement à quitter avant la fin prévue des audiences avec nos clients pour entraver notre travail. As-tu tout de même suffisamment de matière pour écrire un article ?

— En rappelant le contexte politique et historique, je crois bien que ce sera possible.

*

Çiğdem et moi occupons chacun une chambre dans le même hôtel du centre-ville d'Izmir. La grisaille règne encore à l'extérieur lorsque nous sortons de la prison. Nous convenons de nous reposer avant de nous rejoindre un peu plus tard pour le souper.

Je profite de cet intermède pour clavarder avec ma sœur Émilie et lui proposer une conversation sur Skype. En la voyant apparaître à l'écran, j'ai un léger choc. Elle a presque 15 ans, mais je lui en donnerais au moins 18.

— Wow, t'es superbe ! Ma petite sœur est en train de devenir une femme.

— Arrête, tu vas me faire rougir.

— As-tu passé de belles fêtes ?

— Non, horribles. Avec la disparition de papa, c'est la déprime totale dans la famille. Et toi, t'as bien fêté ?

— Non, pas vraiment… mais c'est une longue histoire.

Je ne veux pas lui raconter mon agression, contrairement à ce que m'avait suggéré Maggie. Elle croyait que cela pourrait inciter Émilie à s'ouvrir sur ce qu'elle aurait pu vivre avec mon père. Mais je préfère lui parler de la rencontre que j'ai eue aujourd'hui avec Leyla, en prison.

— C'est dégueulasse ce qu'elle vit, cette fille-là, s'insurge ma sœur avec toute sa force d'indignation adolescente. Pourquoi il y a des gens si méchants dans la vie ?

— Je ne sais pas…

— Ça n'arriverait jamais ici, ce genre de choses.

— Probablement pas. Mais tu sais, il y a des gens méchants partout… et dans bien des familles, même la nôtre.

— Pas méchants à ce point-là quand même.

— Ça dépend… Est-ce que papa… est-ce qu'il a déjà…

— Pourquoi tu parles de papa ?

— Est-ce qu'il t'a déjà touchée ?

— Pourquoi tu me demandes ça ? Je ne veux pas en parler…

— Il t'a déjà touchée ?

— Arrête de parler comme ça, il m'a toujours aimée, et je l'ai toujours aimé. Pas comme toi.

— Comme moi ?

— Je sais que tu ne l'aimais pas.

— C'est parce qu'il ne m'aimait pas.

— T'as vraiment rien à voir avec sa disparition ?

— Non, je ne sais pas ce qu'il lui est arrivé. Mais ne change pas de sujet. Qu'est-ce qu'il t'a fait ?

— Rien ! Il ne m'a rien fait, répond Émilie avec trop de véhémence pour que j'y crois.

— Tu peux tout me dire… Tu sais, cette fille que j'ai vue en prison, elle a peur parce que ses agresseurs ont encore du pouvoir sur elle. Et pourtant, elle a le courage de parler. Toi, tu es maintenant libre de tout dire… Gilbert n'est plus là, il ne peut plus te faire de mal.

— Comment peux-tu en être sûr ? Tu l'as tué ?

— Non… mais même s'il revenait, il ne pourrait plus te faire de mal.

— Il ne m'a pas fait de mal, il m'aimait, lance Émilie en pleurant.

— …

— Je te dis qu'il ne s'est rien passé !

— Vous avez sûrement un psy à l'école.

— Oui, mais je le déteste. Je l'ai vu après la disparition de papa, et ça ne m'a pas fait de bien.

— Il y a bien un prof ou une amie à qui tu pourrais te confier ?

— Non, qu'elle répond avant de disparaître de l'écran.

Malgré de nombreuses tentatives, je ne réussis pas à reprendre contact avec ma sœur. Désemparé, je vais cogner à la porte de Çiğdem. Elle me laisse entrer dans sa chambre, je lui expose ce qui vient de se produire, elle m'écoute attentivement, avec affabilité.

— L'important, c'est que tu aies ouvert une brèche. Laisse du temps à ta sœur… elle reviendra peut-être vers toi.

— Peut-être que je n'aurais pas dû aborder la question aussi directement avec elle…

— Tu ne peux pas revenir en arrière, ça ne sert à rien de te flageller, me dit Çiğdem de sa voix douce, en posant sa main sur mon épaule.

Je suis irrésistiblement attiré vers ses lèvres pulpeuses. Je l'embrasse tendrement, tout en saisissant sa nuque fermement. Elle pousse un grand soupir de contentement. Le rythme s'accélère, sa langue danse éperdument avec la mienne, dans un tango à la fois costaud et suave. Je taquine ses seins en les effleurant subrepticement de mes mains, par-dessus ses vêtements. Elle pousse quelques supplications, avant que je saisisse pleinement sa poitrine, vigoureusement. Tout en poursuivant mon mouvement de la main droite, je caresse son dos de ma main gauche, sous sa camisole, et je détache au passage son soutien-gorge en un geste vif et précis, ma spécialité. Je la pousse sur son lit; elle enlève son top et son soutif. Elle prend le contrôle de la situation, présentant sa poitrine à ma bouche en arquant son dos. Je lèche ses mamelons foncés, fermes, dressés, bandants. Je reprends le contrôle à mon tour, avec ma main droite, parfaitement ajustée au galbe de son sein.

Illusion. Je ne prends pas le contrôle, je le perds. Ce sein parfait, sublime, en santé, je l'imagine soudainement malade. Le cancer m'obsède, prend mon esprit et mon corps en otage. Je débande instantanément. Le cancer de la mère de Becky ravive dans ma mémoire le cancer de ma mère. Et le souvenir du viol que j'ai subi m'enlève toute sensation de volupté. Mon esprit est malade, et mon enveloppe corporelle en subit les conséquences. Voilà pourquoi en amour il ne faut pas penser, il faut se laisser porter par les sens.

Évidemment, Çiğdem se rend compte de mon soudain mal-être, de ma panne.

— Je suis désolée, c'est ma faute. Nous ne pouvons pas faire ça à Maria.

— Euh, oui… t'as raison, que je réponds, trouvant cette excuse plus convenante que de lui dire la vérité, ce qui me forcerait à admettre ma défaillance et le mensonge du mariage avec Maria Madelena.

Chapitre 50 — Sergente

À notre retour à Istanbul, Çiğdem et moi avons décidé de ne rien dire à Maria à propos de notre « incartade ». Je retrouve ma « douce épouse » dans un état surexcité que je comprends mal. Elle m'annonce qu'elle prévoit quitter dès le lendemain pour Israël.

— C'est soudain comme décision, qu'est-ce qui se passe ?

— Je ne me sens pas bien ici.

— Nous pouvons aller à l'hôtel.

— Non, je veux dire ici, en Turquie. Et j'ai hâte d'être en Terre sainte : j'attends ce moment depuis mon départ du Brésil.

— En Terre sainte ? J'aurais cru que tu étais athée ou agnostique.

— Je déteste la façon dont sont organisées les religions et je suis anticonformiste, mais au fond de moi, je suis aussi une croyante. Et j'ai hâte de revoir madame Cohen. C'est une survivante de l'Holocauste qui m'a enseigné à Harvard et qui est retournée vivre à Jérusalem pour sa retraite. Elle est d'une sagesse incroyable.

— Et moi, qu'est-ce que je fais ?

— Tu fais comme tu veux. Tu peux venir avec moi, tu peux aller ailleurs ou même rester ici pour te marier à la turque et devenir le gendre de Sibel.

— Tu m'énerves… Tu ne me laisses pas assez de temps pour réfléchir.

— J'aimerais bien que tu m'accompagnes, j'ai du plaisir à voyager avec toi. Et puis c'est plus facile d'être accompagnée d'un gars : ça éloigne les machos.

— Les Israéliens sont machos ?

— Je ne sais pas, mais on m'a dit qu'il y a beaucoup homophobie en Israël.

Ne voyant aucune possibilité de relation durable avec Çiğdem, je décide sans trop réfléchir de repartir à l'aventure avec l'impétueuse Maria Madelena. En achetant mon billet d'avion, le jour même du vol, je me rends compte que nous sommes le 14 janvier. C'est mon 22e anniversaire. Maman est morte il y a exactement deux ans.

Comme lors de mon départ de Montréal, il y a plus de sept mois, j'ai le sentiment en m'envolant dans le ciel de me rapprocher de Marjolaine. Je me demande si elle est en mesure de me suivre et de veiller sur moi dans mes pérégrinations. Peut-elle avoir une influence sur mes rencontres, sur mon parcours en apparence imprévisible ? Et au-delà de cette question, ma voie est-elle tracée d'avance, la destinée existe-t-elle ou est-ce un pur hasard si en ce moment je me dirige vers ladite « Terre sainte » avec une lesbienne qui joue à être ma femme ?

À l'atterrissage à Jérusalem, Maria Madelena essuie une larme.

— Qu'est-ce qui se passe ?

— Tu te rends compte, nous foulons la terre natale de Jésus.

— Attends au moins de descendre d'avion pour t'émouvoir. De toute façon, je suis sûr qu'il n'est pas né à l'aéroport.

— Rabat-joie... T'es trop pragmatique.

— Si tu savais... Je me demandais tout à l'heure si ma mère t'a volontairement mise sur ma route.

— Oh ! ça me touche... c'est mignon.

— Ne ris pas de moi !

— Non, je suis sérieuse. Je suis sûre qu'elle m'a mise sur ta route et que ce n'est pas un hasard que tu m'aies suivie ici. Ça te permettra de trouver ta propre voie vers la foi.

À la douane, un fonctionnaire scrute minutieusement ma carte d'entrée et mon passeport, sous tous les angles possibles, avec un zèle inquiétant.

— La raison de votre séjour en Israël ?

— Tourisme.

— Je vois dans votre passeport que vous vous êtes rendu dans plusieurs pays islamiques au cours des derniers mois... Pourquoi ?

— Tourisme.

— Pourquoi autant de pays islamiques ?

— Parce que je fais le tour du monde et qu'il existe plus de pays musulmans que de pays juifs, que je réponds en laissant transparaître une certaine exaspération.

Mauvaise réponse, mauvaise attitude. Quelques secondes plus tard, je suis entouré de trois militaires ou policiers — je ne saurais dire — armés de mitraillettes. Ils me menottent et m'entraînent sans ménagement avec eux, malgré les protestations de Maria Madelena, qui implore les sbires de me relâcher, comme une Marie-Madeleine voulant défendre son Jésus.

Sans explication, on m'enferme ensuite dans une cellule qui a des allures de cachot, dans l'édifice même de l'aéroport. Il n'y a pas de banc pour s'asseoir. Bienvenue en Terre sainte ! Intérieurement, je maudis tous les « saints du ciel » et je fais savoir à ma mère que c'est une mauvaise plaisanterie qu'elle me joue, si jamais elle a un quelconque pouvoir d'où elle se trouve. À moins qu'il ne s'agisse d'un mauvais sort de mon père ? Quoi qu'il en soit, tout cela me confirme que le 14 janvier est une date maudite. Accroupi dans un coin, je pleure ma mère, je pleure mon père, je pleure ma vie. En plus d'une certaine frustration et de la peur face au sort qui m'attend, j'éprouve un étrange sentiment de honte, comme si j'étais coupable et responsable de ce qui m'arrive actuellement. Ai-je un mauvais karma en raison des gestes que ma mère m'a incité à poser ? Jésus, Moïse, Allah... tous les Dieux hindous... Venez-moi en aide, je vous en prie.

Au bout d'une heure, les larmes me manquent. J'entends un bruit de clé dans la serrure. Une géante en uniforme, mesurant près de deux mètres, m'intime de la suivre en compagnie de deux gardes. Elle s'exprime en français, mais je ne saurais qualifier son accent. Le trio m'entraîne dans une salle d'interrogatoire chaude et humide. Un garde m'enlève les menottes. Avec son énorme main, la géante me fait signe de m'asseoir. Je me sens comme un enfant sans défense.

— Monsieur Tuuuuurmel, pourquoi avez-vous menti pour entrer en Israël ? qu'elle me demande sèchement en caressant son duvet apparent au menton.

— Mais je n'ai pas menti, je n'ai jamais nié le fait que je sois allé dans des pays à majorité musulmane.

— Sur la carte d'entrée que vous avez remise au douanier, vous avez inscrit « étudiant » comme occupation. Nos recherches indiquent plutôt que vous êtes un journaliste. Pourquoi avez-vous menti et qui venez-vous rencontrer ici ?

— Personne... J'ai écrit quelques articles dans un magazine, vous les avez sûrement trouvés sur Internet. Mais je suis d'abord et avant tout un étudiant. Un étudiant en journalisme.

— Cessez de jouer avec les mots. Compte tenu de votre parcours des derniers mois, il est évident que vous avez des affinités avec les islamistes. Qui avez-vous prévu de rencontrer durant votre séjour dans la région ?

— Vous vous trompez, monsi... euh, madame... quel est votre nom ?

— Appelez-moi sergente... Et ne jouez pas au plus fin. Vous vouliez vous rendre en territoire palestinien et rencontrer des terroristes ?

— Non... non...

Plus je nie, plus je proteste, plus la sergente Géante avance des théories saugrenues. Elle affirme d'abord que je serais un scribe antisémite, dont le but est de critiquer la légitimité de l'État d'Israël. Puis elle suggère que je pourrais agir comme messager pour transmettre des instructions entre différents leaders terroristes. Enfin, elle va jusqu'à insinuer que je serais l'un de ces jeunes fanatiques occidentaux tentés de se joindre à la lutte armée des islamistes. Je pouffe d'un rire sarcastique devant cette dernière assertion. La sergente Géante m'ordonne de garder le silence. Elle me dévisage pendant un long moment, qui s'étire au-delà de ma capacité de contenance. Je baisse les yeux pour ne pas éclater de rire de nouveau; elle reprend son interrogatoire.

— Nous avons trouvé ces notes étranges et inquiétantes dans vos bagages. Qu'est-ce que cela signifie ?

Elle me tend le carnet dans lequel j'ai pris des notes lors de ma visite en prison à la jeune Leyla. Mes hiéroglyphes sont difficiles à décoder pour les non-initiés, mais ce n'est pas une tâche impossible. Encore faut-il connaître le contexte. Même si le sujet et la nature de l'article à écrire ne concernent pas Israël, je crains de dévoiler la vérité, étant incapable d'entrevoir toutes les conséquences possibles que pourrait avoir cet aveu.

— Ce sont des notes que j'ai prises pour moi... des idées pour l'écriture d'un roman, que je me surprends à improviser.

— L'abréviation ici, c'est bien pour le mot « terroriste » ou « terrorisme » ?

— Laissez-moi voir... Non ! Ça signifie que mon personnage principal est terrorisé. Il a peur, c'est tout.

— De quoi a-t-il peur ?

— Il a peur de.... peur de se faire violer... Vous voyez là, c'est le mot viol.

— Arrêtez de mentir ! Si vous ne collaborez pas, vous risquez de rester détenu longtemps, qu'elle réplique en se levant pour quitter la pièce avec ses deux collègues.

— Attendez, je demande à voir un représentant de l'ambassade canadienne. C'est mon droit !

— Quand on s'associe à des terroristes, on perd tout droit, qu'elle réplique avant de faire claquer la lourde porte.

Le long silence qui s'ensuit n'est perturbé que par le sifflement des néons au plafond. Sur le mur à ma gauche se trouve un grand miroir derrière lequel on m'observe et on me filme, j'en suis persuadé. Tenaillé par la faim, épuisé par les derniers événements, je m'assoupis en étendant le haut de mon corps sur la table devant moi.

Comme mon personnage de roman inventé à l'improviste, je suis terrorisé, je ressens une peur profonde. Je ne parle pas ici de la peur du viol, même si elle est présente et que je crains énormément de me retrouver en compagnie d'autres détenus. Ni même de la peur, bien réelle, de cette nouvelle situation absurde dans laquelle je me retrouve. Je fais référence à une peur plus ancrée en moi, une peur qui semble provenir du fin fond de ma prison intérieure. J'ai peur de moi. C'est pour cela, je crois, que j'ai entrepris un tour du monde dont j'ignorais jusqu'à présent l'objet, dont j'ignorais le sens. En fait, je suis en quête d'un sens à donner à la vie, à ma vie. C'est pourquoi j'ai peur, c'est pourquoi je fuis tout en cherchant des réponses à des questions essentielles qui demeurent floues dans mon esprit. J'ai peur de prendre ma place, je crains constamment de ne pas poser les bons gestes. Je suis bien sûr marqué par les fautes horribles de mon père, mais je le suis encore davantage par les miennes. J'essaie de trouver une paix intérieure qui m'échappe toujours. Tant que je ne l'aurai pas acquise, tant que je ressentirai remords et culpabilité, tant que je ne me serai pas accordé mon propre pardon, j'aurai peur. Je parle de cette peur qui paralyse les élans de notre cœur, qui bloque l'amour, qui nous empêche d'être en contact avec nos valeurs et nos convictions profondes; de les découvrir même.

Le bruit des néons me ramène à la réalité matérielle et actuelle de ma situation. Graduellement, j'ai l'impression que le sifflement devient de plus en plus intense. Est-ce mon imagination fertile ou est-on en train de procéder à une méthode de torture invisible pour me pousser à faire des aveux ? Rapidement, le sifflement devient strident et intenable, je me bouche les oreilles, mon questionnement se transforme en certitude.

— Arrêtez ce bruit, que je crie en direction du miroir. Si vous voulez provoquer un scandale international sur vos méthodes de torture, vous vous y prenez de la bonne façon. Dès que je sortirai d'ici, je dénoncerai publiquement vos pratiques.

Malgré mes protestations, la torture sonore se poursuit pendant au moins 10 pénibles minutes. Je crois aussi qu'on tente de me déstabiliser en surchauffant la pièce. Je sue à grosses gouttes. L'intensité du bruit diminue, puis la porte se rouvre. Cette fois, la géante est seule et elle m'adresse un sourire qu'en d'autres circonstances j'aurais peut-être qualifié de bienveillant.

— Calmez-vous, pourquoi êtes-vous énervé comme ça ?

— Vous jouez avec mes nerfs, vous utilisez des méthodes de torture à mon endroit. C'est interdit par les Nations Unies !

— Je ne comprends pas. De quoi parlez-vous ?

— Vous le savez très bien ! La chaleur et le sifflement que vous avez activés pour me faire perdre la tête.

— Vous parlez du faible sifflement des néons ? Il a toujours été au même niveau. Et il ne fait pas particulièrement chaud ici. Vous vous faites des idées, c'est dans votre imagination, qu'elle dit d'une voix doucereuse. Alors maintenant, vous voulez me parler sérieusement des raisons de votre venue en Israël ?

— J'ai une amie, gouine comme vous, qui m'a convaincu de la suivre pour visiter la « Terre sainte ».

— Gouine ? Qu'est-ce que ça signifie ?

— Ça veut dire qu'elle est aux femmes ! Elle est une lesbienne... comme vous. *She's a lesbian like you*, que je précise dans la langue de Shakespeare pour être sûr que les collègues de la sergente Géante, cachés derrière le miroir, comprennent bien ce que je dis.

— Je ne suis pas une lesbienne, qu'elle réplique avec rage. Et si vous continuez de vous montrer insolent, je vous renvoie en cellule.

— Je suis sûr que l'ambassade et le gouvernement canadien apprécieront vos méthodes, tout comme l'ONU. En passant, ce n'est pas une mauvaise chose d'être une lesbienne, que je lui dis avec un sourire ironique.

Chapitre 51 — Patricia

La patience de la sergente Géante est très limitée. Je l'ai appris à mes dépens. Dès que j'ai tenté de la convaincre d'accepter son orientation sexuelle, elle a fait signe à ses compères de venir me chercher et de me ramener dans mon cachot.

Après avoir subi la chaleur insoutenable de la salle d'interrogatoire, je frissonne comme un fiévreux, assis au sol. Depuis le début de ma détention, on ne m'a pas nourri. Je suis affamé et assoiffé, tout mon être est léthargique. En tenant compte de ma mésaventure à Paris, c'est la deuxième fois qu'on m'emprisonne. Est-ce la vie qui me prépare graduellement à un triste destin ? Est-ce un signe m'avertissant que la sergente Jocelyne Barré réussira un jour, prochainement peut-être, à me coincer ? Les sergentes sont à coup sûr mes pires ennemies; après moi-même.

Alors que je somnole sur ces pensées, deux gardiens que je n'avais pas encore rencontrés viennent me chercher en affirmant que j'ai de la visite. Ils m'emmènent dans une pièce minuscule sans fenêtre ni miroir, où je m'attends à retrouver Maria Madelena. Quelques instants plus tard, c'est plutôt une inconnue aux traits asiatiques qui fait son entrée. Après le départ des gardes, elle m'invite à m'asseoir et se présente comme étant Patricia Chow, de l'ambassade canadienne à Tel Aviv.

— Vous êtes venue de Tel Aviv juste pour moi ?

— Votre cas a été traité en priorité parce que vous êtes un journaliste...

— Qui veut éviter un scandale ? Israël ou le Canada ?

— Là n'est pas la question. Expliquez-moi pourquoi vous vous retrouvez dans cette situation ?

Je lui raconte en détail tout ce qui est arrivé depuis mon arrivée. Au fil de mon récit, je tente de détecter sur son visage si elle est sympathique ou non à ma cause. Je suis incapable d'y déchiffrer ce qu'elle pense. Stoïque, elle se contente de prendre des notes et de me questionner pour me faire préciser certaines affirmations. En quittant, elle me dit froidement que l'ambassade devra prendre connaissance des éléments que les autorités israéliennes détiennent contre moi avant de déterminer les actions à entreprendre.

Peu rassuré par cette visite, je suis ensuite reconduit vers la salle d'interrogatoire. J'y suis accueilli par Sergente Géante, qui me propose une boisson gazeuse et des chips. Je mange et je bois sans manière, à toute vitesse, comme les enfants de la rue à Bamako.

— Vous savez, monsieur Tuuurmel, nous vivons à une merveilleuse époque. Grâce aux technologies, on ne peut plus dire « a beau mentir qui vient de loin ».

En plus de vos longs séjours dans des pays qui nous sont hostiles, nous savons également que vous vous êtes enfui du Canada après la disparition de votre père. Il vaudrait mieux pour vous de me dire la vérité. Toute la vérité !

— La vérité, c'est que je suis né un 14 janvier, comme aujourd'hui. Ma mère est morte un 14 janvier comme aujourd'hui. Et en ce 14 janvier, je voudrais partir pour toujours, là où personne ne me pourrait m'embêter. Je n'ai rien d'autre à vous dire.

— Qui avez-vous côtoyé et fréquenté en Algérie ?

— Pourquoi cette question sur l'Algérie ?

— Ici, c'est moi qui pose les questions. Répondez.

— …

— Votre silence parle. Je crois qu'on tient quelque chose. Qu'avez-vous fait lors de votre séjour en Algérie ?

— Je me suis intéressé à la foi musulmane. Et cette expérience m'a permis de confirmer que je ne crois pas en un Dieu unique, grand Dictateur de nos misérables vies. Et si jamais un tel Dieu existe, je suis convaincu qu'il n'est ni musulman, chrétien ou juif… et qu'il ne correspond à aucune représentation que s'en font les humains. Ça vous va ? La voici, ma vérité !

— Si vous pensez réellement ainsi, que venez-vous faire en Terre sainte ?

— Je vous l'ai déjà dit. J'ai suivi mon amie gouine pour continuer à découvrir le monde.

— Avec qui avez-vous été en contact en Algérie ?

— Je m'y suis seulement fait quelques connaissances. Je ne les connais que par leurs prénoms.

— Vous mentez !

— Votre affirmation est totalement gratuite. Vous n'avez aucune raison et aucun droit de me retenir ici plus longtemps.

— C'est ce que nous verrons. N'oubliez pas que le Canada pourrait être intéressé à vous reprendre, concernant votre père. Pour l'instant, vous retournez en cellule.

Dans ma geôle, je loge maintenant avec un autre homme, d'une trentaine d'années, un Marocain qui s'appelle Mohamed, en l'honneur du Prophète Mahomet, comme à peu près la moitié des hommes musulmans. Il prétend lui aussi être injustement détenu. Il me raconte comment il s'est retrouvé dans cette situation, dans des circonstances similaires aux miennes. Je l'écoute distraitement, les chips n'ont pas comblé ma faim.

Passant du coq à l'âne, il me demande où je logerai si je réussis à me sortir de ce pétrin et à rester en Israël. Ma première réaction en est une de méfiance : je me demande s'il est de mèche avec les gardiens pour me faire parler. Mais en songeant aux circonstances qui m'amènent dans ce pays, je réalise que je n'ai absolument rien à cacher. Me croyant enregistré par des micros, je lui réponds d'une voix forte que j'avais prévu rendre visite à une survivante de l'Holocauste, une amie de ma copine brésilienne. Je me trouve idiot de ne pas avoir dit cela directement à la sergente Géante. Pourquoi n'y ai-je pas pensé avant ? Peut-être en raison de la nature tendancieuse et belliqueuse de ses questions…

— Dieu ne veut pas que tu rencontres cette femme, affirme Mohamed avec certitude.

— Pourquoi dis-tu cela ?

— Rien n'arrive pour rien, grâce à Dieu. Allah a un plan pour chacun de nous, et si tu as été arrêté à ton entrée dans ce pays, c'est parce qu'il veut t'enseigner un autre chemin.

— Je ne crois pas en Allah, je ne crois en aucun Dieu.

— C'est triste… Crois-tu que la Shoah a bel et bien eu lieu ?

— Bien sûr, c'est un fait historique.

— C'est ce que tente de nous faire croire le lobby juif.

— Arrête tes conneries. Tu parles comme un militant d'extrême-droite.

— Seul Dieu détient et connaît la vérité absolue. Il ne faut pas te laisser aveugler par les jeux de miroirs des hommes.

— C'est très bien dit. Je ne me laisserai pas aveugler par tes jeux de miroirs ou par ceux des gens qui t'ont convaincu que l'Holocauste n'a pas eu lieu, pauvre con.

— Comment tu me traites ? Je t'ai manqué de respect, moi ? Tu m'insultes et tu insultes Dieu.

— Aussi bien dire que je n'insulte personne…

Sur ces entrefaites, la porte de la cellule s'ouvre avec fracas. Mohamed m'engueule en arabe. Deux cerbères s'interposent et me demandent de sortir. Confus, ne sachant si leur intervention à ce moment délicat n'est qu'un hasard, je les suis avec une certaine appréhension. Ils me conduisent jusqu'à un comptoir, où je retrouve Patricia Chow, qui affiche une mine toujours aussi impénétrable.

— Monsieur Turmel, après certaines vérifications et des discussions avec notre ambassade, les autorités israéliennes vous relâchent et permettent votre entrée dans le pays. L'ambassade vous conseille toutefois d'être très prudent au cours de votre séjour ici. Puisque vous avez éveillé des soupçons, vous devriez éviter tout contact avec des militants palestiniens, et il vous est interdit de faire des entrevues ou des reportages, étant donné qu'Israël vous permet l'entrée en tant que touriste et non comme journaliste. Compris ?

— Oui, madame.

Chapitre 52 — Hanan

Maria Madelena m'attend à ma sortie de cellule, tout juste après les douanes de l'aéroport. Elle me saute dans les bras et me presse intensément contre elle. Je ressens une profonde émotion et une tendresse que je n'avais jusqu'à présent jamais éprouvées pour elle. Je la regarde avec affection directement dans les yeux, ou du moins dans son œil qui ne louche pas. J'en oublie ma faim. Elle m'entraîne par la main et me présente à une jeune femme d'apparence arabe.

— Voici Hanan ! C'est grâce à elle que tu es maintenant libre, me dit-elle en anglais, pour que sa nouvelle copine comprenne notre conversation. Quand on t'a arrêté, j'étais désespérée, je ne savais pas quoi faire. J'étais tellement dépitée qu'elle s'est arrêtée pour me demander ce qui n'allait pas. Je lui ai expliqué la situation, et elle a eu l'idée de contacter l'ambassade canadienne. Elle m'a accompagnée toute la journée. Sans elle, tu aurais probablement passé la nuit en cellule ou on t'aurait peut-être expulsé du pays.

Je remercie Hanan en arabe. Elle incline simplement la tête. Nerveusement, je passe ensuite au français pour dire à Maria que nous ne pouvons pas rester avec la « Bonne Samaritaine », que nous ne pouvons pas être vus en sa présence.

— Tu déconnes ou quoi ?

— Patricia Chow, de l'ambassade, m'a dit que je pourrais avoir des problèmes si j'étais en contact avec des activistes palestiniens.

— Mais attends, ce n'est pas une activiste.

— Qu'est-ce que t'en sais ?

— Elle n'est pas musulmane, c'est une Arabe chrétienne.

— Ce sont les apparences qui comptent, surtout ici à l'aéroport : je suis sûr qu'on nous surveille.

— Calme-toi, tu deviens parano.

— Après avoir été emprisonné toute la journée, j'ai de bonnes raisons de l'être. Et ce n'est pas moi qui suis parano, c'est ce pays.

À l'extérieur, la nuit est tombée depuis longtemps. Devant l'insistance de Maria, j'accepte à contrecœur de partager un taxi avec Hanan. Elle vit dans le quartier chrétien de la vieille ville de Jérusalem et elle veut nous conduire à un petit hôtel sympathique, selon ses dires, près de chez elle et de la basilique du Saint-Sépulcre. En route, Hanan nous explique avec émotion que c'est à cet endroit que se trouve le tombeau du Christ.

— Je vais m'y recueillir presque tous les jours, qu'elle précise en faisant un signe de croix.

— Si Jésus est véritablement ressuscité, le tombeau n'a plus vraiment d'importance puisqu'il l'a quittée trois jours plus tard, que j'affirme avec une pointe d'arrogance, maintenant que je m'assume de nouveau pleinement comme non-croyant.

— Tu ne comprends pas. L'important, ce n'est pas le corps, mais l'esprit et la signification de ce lieu.

— Et comment est-il mort la seconde fois ?

— Mais il n'est mort qu'une fois, sur la croix, pour nous sauver.

— Il a accepté de mourir pour soi-disant nous sauver… Je ne la comprends pas, celle-là. C'est une apologie du suicide ?

— Mais non, il s'est sacrifié pour nous…

— Qu'est-ce que son sacrifice a changé ?

— Il a racheté nos péchés et il est ensuite ressuscité.

— Je ne comprends pas davantage. Mais je reviens à ma question précédente. S'il est ensuite ressuscité, il a bien fallu qu'il meurt une deuxième fois. À ma connaissance, il n'y a aucun homme de 2 000 ans qui s'appelle Jésus sur terre.

— Arrête de te montrer aussi désagréable et cynique, intervient Maria, outrée.

— Je ne suis pas cynique, je me questionne, j'utilise à bon escient mon sens critique.

— Ça va, ça va, dit Hanan. Certaines âmes ont plus de difficulté à accueillir le Seigneur en eux, et notre devoir en tant que chrétiens est de les aider. Le sens de son message, de sa vie et de sa mort ne doit pas se comprendre avec la tête, mais avec le cœur. En réalité, il est apparu à de nombreuses personnes sur une période de 40 jours et il s'est ensuite élevé dans les airs, vers les cieux.

— Heureusement que les avions n'avaient pas encore été inventés. Il aurait pu en percuter un et le faire crasher.

— Pourquoi tu dis des choses stupides comme celles-là ? me demande Maria Madelena en colère.

— Excuse-moi, Hanan, j'admets que j'ai été irrespectueux envers toi dans ma façon de m'exprimer. Dans les derniers mois, pour la première fois de ma vie, je me suis réellement questionné sur l'existence de Dieu, la spiritualité et le sens de la vie. Je suis prêt à concevoir qu'il y ait des réalités qui nous dépassent et que nous ne soyons pas en mesure de bien les comprendre comme humains. Mais quand j'entends des histoires aussi fantaisistes, je trouve que ça discrédite les religions et l'idée même de l'existence de Dieu.

— L'important, c'est le message qui est véhiculé derrière ces histoires.

— Je veux bien. Je suis en faveur de l'amour universel et fraternel. Mais dans les religions, les dogmes comme ceux dont tu parles me semblent prendre plus d'importance que la philosophie de vie à adopter. Et ces dogmes justifient parfois les pires horreurs.

— C'est faux. L'amour de Dieu est universel. En réalité, le Dieu des chrétiens, celui des juifs et celui des musulmans est le même. Ces religions ne sont que différentes façons d'y accéder. Et si tous les humains respectaient le message de ce seul et unique Dieu, nous vivrions tous en paix.

— Ici, c'est supposément la « Terre sainte » de ces trois religions et c'est l'un des endroits dans le monde où ces différentes communautés se détestent le plus. Ce n'est qu'un ramassis d'extrémistes juifs, d'extrémistes musulmans et d'extrémistes chrétiens. Ils se ressemblent beaucoup plus qu'ils ne le pensent, ils éprouvent tous une haine viscérale pour les gens qui ne pensent pas comme eux. Bravo pour la paix et l'amour universel ! En fait, ce pays est la terre de la « Haine universelle ».

Hanan retient ses larmes. Je me sens soudainement fautif d'avoir été aussi véhément dans mon argumentation. Maria Madelena me donne un douloureux coup de coude dans les côtes.

— Je connais plus que toi les difficultés de ce pays, s'emporte Hanan, entre deux sanglots. Ma mère est morte dans un attentat-suicide quand j'étais petite. J'ai la trouille chaque fois que je prends le bus, de crainte qu'il explose. Mais je n'accepte pas qu'un étranger ignorant tout de notre réalité quotidienne et des différentes religions porte des jugements simplistes comme ceux-là. Qui es-tu pour juger et te sentir moralement supérieur ?

— Je... je suis désolé, je ne te juge pas... mais s'il y a des gens qui se sentent moralement supérieurs, ce sont les extrémistes de tous les côtés. Et ici, ils semblent être majoritaires, ou du moins dominants. Si tout le monde pensait comme toi, ce pays vivrait en paix et ne connaîtrait pas l'insécurité.

— Peut-être... mais tu ne sais rien du vécu des gens d'ici, tu ne peux les juger. Chacun a, dans son histoire personnelle et familiale, des raisons d'être révolté.

— Toi aussi, tu viens de me l'exprimer. Et pourtant, tu sembles être ouverte à tous.

— Je n'ai pas le choix. Je suis une chrétienne d'origine palestinienne et de nationalité israélienne.

— Tu appartiens à tous les groupes et à aucun à la fois.

— C'est une façon de le dire... Je vis, je partage et je connais les angoisses de tous les groupes.

— Tu as déjà pensé à te lancer en politique ?

— Moi ? Non... je n'y connais rien. Et je ne me reconnais dans aucun parti.

— Aucun parti ne voudrait de toi parce que tu es trop modérée et ouverte aux autres.

— Mais c'est différent dans la population. Beaucoup de gens ordinaires ne veulent que vivre en paix.

— Ça, tu le sais mieux que moi.

Pendant cette discussion enflammée, je n'ai pas pris le temps d'observer la ville. Le chauffeur nous interrompt lorsque nous arrivons à l'hôtel.

En descendant du taxi, Hanan nous montre au loin l'église qui abriterait le tombeau de Jésus. Soudainement éreinté, je la remercie timidement pour tout : Maria Madelena l'enlace avec insistance.

Pour économiser de l'argent, Maria et moi décidons de partager la même chambre. En y entrant, elle me reproche d'avoir manqué de savoir-vivre et de reconnaissance envers Hanan.

— Le savoir-vivre, c'est relatif. Si personne ne remettait jamais rien en question, il n'y aurait que des régimes totalitaires. D'ailleurs, quand on y pense bien, les religions monothéistes sont toutes comme des dictatures, avec un Dieu omnipotent qui décide de tout tel un despote.

— Je t'en prie, cesse de parler ainsi, tu vas me faire perdre la foi.

— Tu peux croire en moi : je serai ton gourou, que je dis en riant.

— Tu n'es pas drôle. Prends-moi dans tes bras.

— Pardon ?

— Prends-moi dans tes bras.

Surpris, je me plie à sa demande maladroitement.

— Plus fort, serre-moi plus fort, insiste-t-elle.

Je sens bien la forme de ses seins fermes contre mon corps, je hume sa douce odeur de patchouli vanillé, je ne peux m'empêcher de bander. Elle caresse mon dos, d'abord vers le haut. Ses mains se dirigent ensuite lentement vers mes reins. Étonné, je reste immobile et attends sagement la suite.

— Embrasse-moi, qu'elle me lance en saisissant vigoureusement mon cul à deux mains.

Je me penche vers son cou, que je bécote tendrement, alors qu'elle se frotte le bas-ventre contre ma queue gonflée à bloc. Je mordille délicatement le lobe de son oreille. Je la saisis ensuite solidement par la crinière et j'approche lentement mes lèvres des siennes. Je les lèche tendrement, puis je me retire doucement vers l'arrière. Je l'attire vers moi comme un aimant. Elle me sourit, avant de m'attaquer à pleines lèvres. La danse suave se transforme en un féroce corps-à-corps.

Maria Madelena combine la force d'une tigresse dominante et la volupté d'une chatte en chaleur. Elle me lèche, me suce et me mordille les mamelons comme si j'étais une femme. Puis elle m'offre sa croupe en m'implorant de la pénétrer. Son cri animal pourrait faire trembler le tombeau du Christ. Je m'imagine 2 000 ans plus tôt, dans la peau du fils de Dieu baisant sa Marie-Madeleine de la même façon, avec la même intensité. J'éjacule en même temps que Maria Madelena pousse le cri ultime de sa jouissance féminine. Elle ne feint pas, j'en suis convaincu.

Étendus côte à côte, en sueur et à bout de souffle, nous pouffons d'un même rire.

— C'est mon cadeau d'anniversaire ?

— Non, il est déjà plus de minuit…

— Ça t'était déjà arrivé avec un homme ?

— Non…

— Le chemin était pourtant bien tracé.

— J'ai offert ma virginité vaginale à un *dildo* en silicone.

— Qu'est-ce que tu préfères ? Le *dildo* ou ma queue ?

— La langue d'une fille... Non, ta langue. Tu embrasses mieux qu'une nana, alors les attentes de mon clitoris sont élevées.

Chapitre 53 — Madame Cohen

Il est environ 10 h lorsque je me réveille le 15 janvier en avant-midi. Maria Madelena dort profondément, complètement nue à côté de moi. J'ai un vertige en réalisant que notre formidable nuit d'amour n'était pas qu'un rêve. Je prends également conscience que c'est la première fois que je baise depuis le viol que j'ai subi. J'ai le sentiment de reprendre le contrôle de ma sexualité et de ma masculinité. C'est comme une renaissance.

Ne voulant pas réveiller Maria, je lui écris un petit mot et j'ouvre la porte pour aller prendre l'air; et surtout, pour manger.

— T'essaies de t'enfuir ? qu'elle me dit d'un ton léger.

— Euh… non, pas vraiment, que je réponds d'une voix chevrotante en me sentant fautif, comme à l'époque où j'étais avec Frédérique.

— Je te taquine. Tu n'es pas mon esclave… pas encore !

Elle me fait signe de venir l'embrasser, comme si nous étions un véritable couple, pleinement assumé.

— Tu as faim ?

— Je suis affamé…

— Mange ma chatte !

— Plus tard… Ça fait 24 heures que je n'ai pratiquement rien avalé. Je sens que je vais m'évanouir.

Après un copieux déjeuner, nous convenons d'aller visiter la basilique du Saint-Sépulcre. Maria me pose une condition : que je n'y fasse pas de blagues de mauvais goût ou de commentaires désobligeants. En y entrant, je ressens un étonnant calme intérieur, même si une importante foule s'y entasse. Pendant que Maria Madelena prie devant le prétendu tombeau de Jésus, j'observe les gens tout autour. Les réactions sont variées. La plupart des croyants se recueillent sobrement. Mais quelques-uns entrent dans de spectaculaires transes, comme si leur corps était possédé et ne leur appartenait plus. Enfin, d'autres fêlés pleurent bruyamment et à chaudes larmes. Ce qui m'étonne le plus, c'est que la majorité calme de la foule ne semble pas être dérangée ou porter attention outre mesure à ces démonstrations extrêmes.

En regardant la sépulture du Christ, je pense à celle de ma mère. Après son enterrement, je ne suis allé me recueillir qu'une fois sur sa tombe au cimetière, l'avant-veille de mon départ pour Londres. Je m'étais directement adressé à elle, comme si elle pouvait m'entendre. Je ne savais trop que dire et surtout comment recevoir ses réponses. Étant l'exécuteur de sa volonté, je lui avais demandé de m'envoyer des signes sur l'attitude à adopter et la façon de m'y prendre pour mon ultime rencontre avec mon père. Mais je n'avais alors rien détecté comme message de l'au-delà. J'ai donc finalement suivi mon instinct. Est-ce que je le regrette ? Parfois oui, parfois non. Je suis ambivalent. Aurais-je pu agir autrement ? Encore là, je suis incapable de trouver une réponse claire. Curieusement, en ressassant tout cela, j'éprouve plus de colère envers Marjolaine qu'envers Gilbert.

— Tu pries ? me demande Maria Madelena avec étonnement.

— Non, j'étais absorbé par mes pensées, c'est tout.

— À quoi pensais-tu ?

— Rien d'important.

— Je ne te crois pas.

— Je ne veux pas en parler.

*

En après-midi, nous nous rendons au mur des Lamentations, dernier vestige du temple de Jérusalem, détruit il y a 2 000 ans et considéré comme le plus important lieu saint du judaïsme. Une imposante foule se bouscule pour passer les stricts contrôles policiers. La tension est palpable et une ségrégation s'opère entre les touristes de toutes sortes et les juifs qui viennent y prier. Comme dans un zoo, les non-juifs observent de loin les rituels des « élus de Dieu », dont plusieurs orthodoxes complètement vêtus de noir, qui évitent tout regard et tout contact avec les gens qui ne sont pas des leurs. Ils prient et récitent des passages de la Torah à voix haute; certains introduisent dans les fentes ou les crevasses du mur des feuilles sur lesquelles ils ont écrit des souhaits ou des prières.

— Jusqu'à tout récemment, les femmes juives n'avaient pas le droit de prier ici, m'apprend Maria Madelena.

— Tu me donnes un argument de plus contre les religions. T'as remarqué qu'elles sont toutes dirigées par des hommes et qu'elles prônent toutes la soumission de la femme ?

— Je sais, ça me dérange, surtout dans le catholicisme. En fait, je crois que le message de Jésus a été déformé. Le Christ était fondamentalement un féministe.

— Ha ! Ha ! T'as un bon sens de l'humour. Ce gourou entouré de ses 12 apôtres mâles, un féministe ?

— Certaines femmes ont eu une influence importante sur lui, comme Marie-Madeleine. Et n'oublie pas toute la place qu'occupe sa mère, Marie, dans les Évangiles.

— Ah ! oui, celle qui s'est fait inséminer proprement par le Saint-Esprit, sans son consentement. On pourrait appeler ça un viol, non ?

— Ne sois pas vulgaire.

— C'est cette histoire d'Immaculée Conception qui est vulgaire et machiste. Le bon Dieu engrosse une vierge à son insu. Il ne faut surtout pas que la mère du Christ ait éprouvé de plaisir pendant sa conception, c'eut été un sale péché indigne du fils de Dieu. Quel beau message féministe !

— Parle moins fort, tout le monde nous regarde.

— Tant mieux, c'est ici en Terre sainte que je deviendrai un gourou reconnu de l'agnosticisme et du féminisme.

— T'es con. Que veux-tu que je réponde ? Tu es en train d'achever ma foi...

Dans un lourd silence, nous faisons ensuite la queue pour accéder à l'esplanade des Mosquées, important lieu saint des musulmans, dont le mur des Lamentations des juifs est ironiquement un mur de soutien. Lorsque nous parvenons à y entrer, un policier nous informe en anglais que les non-musulmans ne peuvent pénétrer dans les édifices et ne peuvent prier.

— Pas même les juifs ?

— Pas même les juifs.

— Juifs, musulmans, chrétiens, vous êtes tous des barbares, que je maugrée en français.

— Tais-toi, m'intime Maria à voix basse, craignant que quelqu'un ne comprenne mes propos.

Dégoûté par la bêtise humaine et le sectarisme omniprésents, je refuse d'apprécier la beauté des lieux. Cet endroit n'est pas saint ni sain. Cette ville n'est pas sainte ni saine. On s'y entretue depuis des lustres en raison d'un même dogmatisme et d'une même étroitesse d'esprit partagés par tous ces fanatiques qui sont bien plus semblables à leurs ennemis qu'ils ne le croient.

— Tu sais, Maria, quand la colère s'empare de notre cœur, je crois qu'on a tous en nous un potentiel de connerie élevé.

— ...

— C'est vrai. Je les trouve tous tellement cons, ces gens qui vivent en conflit constant sous prétexte de la religion, que ça me met en colère. Et si je n'écoutais que cette colère, je les tuerais tous.

— Donc, ça te rendrait aussi con qu'eux.

— Oui. C'est ça qui est troublant, ce potentiel de vengeance et de violence qu'on a tous en nous.

— Tu t'es déjà vengé sérieusement de quelqu'un ?

— Oui...

— Qui c'était ?

— Je ne veux pas en parler.

*

Depuis notre visite de l'esplanade des Mosquées, mon cœur est chargé d'une rage diffuse dont je suis incapable de me départir. En soirée, j'accompagne Maria Madelena chez madame Cohen, son ancienne professeure à Harvard. Consciente de mon mal-être, Maria me supplie de ne faire aucun esclandre chez la vieille dame et même de feindre la bonne humeur si nécessaire.

Madame Cohen habite à l'extérieur de la vieille ville, dans un édifice récent. Dès qu'elle nous ouvre la porte de son appartement, son sourire m'irradie d'une chaleur telle que je change instantanément d'état d'âme. Elle étreint bienveillamment Maria, me tend sa main tremblante et nous invite à passer au salon.

Une immense bibliothèque contenant des centaines, sinon des milliers d'œuvres, couvre un mur entier de la vaste pièce. Un parfum de rose y règne. Nous nous asseyons sur une causeuse moelleuse sans âge, et madame Cohen nous sert du thé et des biscuits. Tout en prenant place dans un large fauteuil, elle se met à parler de ses années d'enseignement et des souvenirs joyeux que Maria Madelena fait rejaillir en elle. Les deux femmes échangent et se remémorent des anecdotes avec une complicité étonnante. Je suis surpris de constater qu'une survivante de l'Holocauste puisse dégager une telle sérénité et qu'elle se permette de parler frivolement des choses les plus banales de la vie. Maria m'avait bien prévenu de ne pas aborder le thème de la Shoah, à moins que madame Cohen ne le fasse d'abord.

Étant pour le moment exclu de la conversation, j'observe attentivement les gestes, l'attitude et les traits de cette grande dame qui a connu les pires horreurs. Tout chez elle est en contraste. Son visage raviné, reflétant sûrement les stigmates d'un passé douloureux, est ensoleillé par un sourire gracieux, témoignant sans doute d'un profond amour de la vie. Ses paroles vives et sensées s'accompagnent d'une gestuelle passionnée, de laquelle se dégage une indubitable force de caractère. Cependant, au plus profond de ses yeux se lisent une fragilité et une tristesse en apparence incurables. Cette dame, j'aimerais l'avoir pour grand-mère. En admirant la majesté de sa personne, je regrette de ne jamais avoir pu établir de relations profondes avec mes aïeules. Mamie Colette est morte trop tôt, et je doute qu'elle ait eu les aptitudes requises pour être une digne grand-maman. En ce qui concerne Henriette, la mère de mon père, je me rappelle ne l'avoir vue que quatre ou cinq fois. J'ai toujours ressenti qu'elle éprouvait du mépris pour ma mère et moi. Son mari est mort à 40 ans : ses enfants et elle n'ont jamais manqué de rien, puisque qu'elle a hérité d'une importante fortune familiale. Elle est encore vivante, la « vieille malcommode », comme la surnommait maman.

Madame Cohen se tourne vers moi et s'enquiert de mes origines. Lorsque je lui parle du Québec, son regard s'illumine. Elle me dit qu'elle a séjourné quelques fois à Montréal pour rendre visite à une grande amie.

Puis elle me questionne sur le sens de mon périple autour du monde.

— Je ne sais pas… je voyage pour découvrir de nouvelles réalités, bien sûr… mais aussi pour vaincre mes peurs.

— Quelles peurs ?

— La peur des autres… la peur de moi… la peur du destin…

— Tu me sembles être très sage pour un jeune homme de ton âge. En quelques mots, tu viens de résumer ce qui est commun à tous les êtres humains et ce qui constitue les causes de tant de malheurs. Ces peurs sont le moteur des pires bêtises et des pires injustices… Tu sais à quoi elles sont dues ?

— Non.

— Elles sont essentiellement dues à l'ignorance, à la méconnaissance des autres et de soi, de ce qui se trouve au plus profond de notre cœur. C'est pourquoi les deux principaux remèdes à ces maux sont la connaissance et l'amour. Plus on approfondit notre connaissance de la réalité, notre connaissance d'autrui et des différents peuples du monde, plus la peur de l'autre s'estompe, plus on est en mesure d'aimer. Il en va de même pour soi-même. Plus on apprend à se connaître, plus on peut corriger nos travers, mieux on apprend à s'accepter et à s'aimer véritablement. Et cette bienveillance envers soi entraîne une bienveillance envers autrui. En ce sens, nous ne formons qu'un avec l'univers.

— Et vous croyez au destin ?

— Je crois que lorsqu'on a appris à connaître et à aimer, on est en mesure de faire des choix éclairés pour chercher et investir la part de destin que l'on doit assumer. C'est même une responsabilité, un devoir envers soi-même et l'humanité toute entière.

— Mais on ne contrôle pas tout.

— Effectivement, j'en sais quelque chose. J'en ai souffert, ma famille et mon peuple en ont souffert. L'important, c'est de trouver sa propre destinée et de la vivre pleinement malgré la part qui nous échappe, ou parfois même grâce à elle, une journée à la fois.

— Et vous pensez que c'est possible pour tout le monde, malgré toutes les injustices qui existent ?

— Est-ce à la portée de tous ? Je ne sais pas. Mais ce que je sais, c'est que la vie est fondamentalement injuste. La justice, ça n'existe pas : c'est une vue de l'esprit. Tout est injuste : autant les bonheurs que nous vivons, alors que d'autres personnes souffrent, que les malheurs que nous subissons, pendant que des gens ignobles s'en sortent plutôt bien.

— Mais si la justice n'existe pas, à quoi bon vivre ?

— Il s'agit là de la principale raison de vivre, pour le meilleur et pour le pire. La vie n'a de sens que s'il faut faire des efforts pour apprendre, évoluer et atteindre un certain équilibre. Il ne sert à rien d'attendre un miraculeux retour du balancier. Il faut tenter d'aller chercher le meilleur de ce que la vie veut bien nous offrir, même si l'on a parfois le sentiment que le résultat ne rend pas justice à tous les efforts que nous y mettons.

Chapitre 54 — Simone

Après une semaine de tourisme à Jérusalem et à Tel-Aviv, Maria Madelena et moi sommes en route vers Bethléem, lieu de naissance de Jésus selon les Évangiles. Au volant d'une voiture louée, je suis particulièrement nerveux lorsque nous arrivons à un *checkpoint* de l'armée israélienne. Je crains que les soldats puissent avoir accès à un dossier qui les informerait de ma détention à mon entrée au pays. Dans le siège du passager, Maria me semble être trop détendue, les pieds appuyés sur la boîte à gants. Je panique et lui demande fermement de mieux se tenir pour ne pas attirer l'attention. Piquée au vif, elle réplique en criant qu'elle n'a pas d'ordres à recevoir de moi, ce qui suscite les soupçons des militaires.

Un petit soldat imberbe nous intime de descendre de voiture les mains en l'air, alors que deux de ses collègues pointent leurs mitraillettes dans notre direction. Ils nous ordonnent de poser nos mains sur le capot et d'écarter nos jambes, de façon à ce qu'ils puissent nous fouiller. Ils nous font ensuite passer dans un détecteur de métal, vérifient nos passeports et font une fouille complète de notre véhicule, avant de nous demander pourquoi nous nous rendons en territoire palestinien.

— Nous allons à Bethléem pour rendre grâce à Jésus-Christ notre Seigneur, que je dis le plus sérieusement du monde.

— Ça va, vous pouvez passer.

Encore sous le coup de l'adrénaline, je conduis en silence pendant au moins une minute avant que Maria n'éclate de rire.

— Je le savais bien que notre petit séjour en Terre sainte te donnerait la foi.

— Très drôle, j'ai failli pisser dans mes culottes.

— Tu vois, quand la situation nous semble désespérée, on finit toujours par se retourner vers Dieu.

En arrivant dans la chambre d'hôtel que nous avions réservée, j'exige à la blague une fellation de Maria Madelena, pour tout le stress qu'elle m'a fait subir. Elle s'agenouille docilement devant moi, baisse mon pantalon et s'exécute avec brio. Elle a beaucoup appris en une semaine. Au début, elle trouvait mon membre trop long pour l'enfoncer profondément dans sa bouche, elle ne faisait que de petites lichettes sur le bout du gland. Il était évident qu'elle avait seulement mangé de la chatte dans sa vie. J'ai donc dû lui donner quelques conseils. Maintenant, elle fait bien glisser sa langue contre ma queue dans un vigoureux mouvement de va-et-vient, elle s'aide aussi de sa main pour une efficacité maximale et elle recrache les écoulements spermatiques sur ma verge au fur et à mesure plutôt que de les avaler avec dédain.

Dans un échange de bons procédés, Maria m'a aidé à perfectionner mes techniques de cunnilingus. À double titre de donneuse et de receveuse, son expertise en la matière est indéniable. Selon ce qu'elle m'a montré et fait expérimenter, la recette du succès tient dans la précision et la délicatesse des mouvements, la variation des méthodes et la patience.

Règle numéro un, la précision : il faut découvrir l'endroit exact où se trouve le clitoris, c'est un incontournable, on ne doit pas rater la cible.

Règle numéro deux, la délicatesse : le clitoris est un organe fragile, il ne faut pas le blesser mais l'exciter. Pour ce faire, on peut d'abord le sucer tout en douceur, puis le lécher frénétiquement à l'horizontale ou à la verticale, en alternant avec des mouvements de langue circulaires. Lorsqu'on détecte laquelle de ces méthodes provoque davantage de plaisir chez notre partenaire, on l'exploite à fond, tout en pénétrant et stimulant le vagin avec les doigts.

Règle numéro trois, il faut y mettre le temps nécessaire : rares sont les femmes qui jouissent en un rien de temps. Cependant, Maria Madelena atteint l'orgasme plutôt vite si l'on sait s'y prendre.

J'admets que l'odeur et le goût de sa chatte m'aident à offrir une performance convenable. Son sexe dégage habituellement un léger parfum aigre-doux aphrodisiaque qui excite mes sens et me donne envie de la dévorer. C'était plus exigeant avec Frédérique. Je devais parfois me faire violence pour lui donner du plaisir, parce que sa pelote, comme on dit élégamment chez nous, libérait souvent un effluve nauséabond s'apparentant davantage à l'odeur d'un poisson avarié qu'à l'arôme de la tarte aux pommes. En discutant de nos expériences respectives, Maria m'a confirmé que toutes les vulves ne sont pas aussi appétissantes les unes que les autres, et qu'elle-même s'est déjà montrée dédaigneuse envers certaines.

*

Je flotte nu dans un bain chaud, je suis détendu, je me sens protégé, je n'ai aucun souci. Puis soudainement je suis aspiré dans un tuyau, au bout duquel une forte lumière m'aveugle. Il fait froid, je grelotte, j'aperçois Gilbert. Il est furieux, il crie qu'il n'est pas mon père et il me pousse pour me forcer à retourner dans le ventre de ma mère. Je me réveille en hurlant.

— T'as fait un cauchemar, mon amour ?

Étonné, je lève la tête vers Maria Madelena. Elle est assise dans le lit à côté de moi; je m'étais assoupi après nos ébats oraux. Pourquoi m'appelle-t-elle mon amour ? Elle me regarde intensément, son œil croche me déconcentre, je crois qu'elle s'en aperçoit. Troublé, je bafouille et je prétends que je ne me rappelle pas de mon rêve.

— Il te dérange, mon œil ?

— Mais… mais non, que je dis sans assurance.

— Ce n'est pas convaincant comme réponse.

— Mais non… même que je trouve ça mignon. Ça te rend unique. Qu'est-ce que tu lis ? que je lui demande en faisant référence au livre qu'elle tient dans ses mains, pour changer de sujet de conversation plutôt que par véritable intérêt.

— *Le Deuxième Sexe.*

— C'est un roman érotique ?

— Si tu n'étais pas si jeune, je te frapperais. Tu n'as jamais entendu parler de Simone de Beauvoir ?

— Non. Je devrais la connaître ? C'est une actrice porno ?

— T'es trop con ! Je te pensais un peu plus cultivé…

— C'est une blague. Je sais qu'elle a écrit des trucs féministes, mais j'en sais pas beaucoup plus…

— Je suis comme une mère pour toi; il faut vraiment que je fasse ton éducation. *Le Deuxième Sexe* est son œuvre majeure, c'est un peu comme la bible du féminisme.

— Et qu'est-ce que ça dit ?

— Beaucoup de choses… Comment résumer ? Elle établit que les femmes ont de tout temps été injustement traitées en inférieures en raison essentiellement de leur capacité exclusive à enfanter et à allaiter. À cause de leur propre incapacité à donner naissance, les hommes ont confiné les femmes au rôle de mère et ils se sont arrogé tous les autres rôles sociaux et économiques. C'est ainsi qu'ils sont devenus dominants et c'est ce qui explique l'inégalité entre les hommes et les femmes tout au long de l'histoire. Elle reproche aussi à la majorité des femmes de s'être résignées à leur sort, sans tenter quoi que ce soit pour changer cet ordre des choses. Mais finalement, son livre a incité bien des femmes à s'organiser et à revendiquer l'égalité avec les hommes.

— Si je comprends bien, tu es une Simone moderne.

— Ha ! Ha ! Je n'ai rien écrit, moi. Bien sûr, ces idées-là me tiennent à cœur. Mais je ne suis pas d'accord avec toutes ses interprétations sur ce que signifie l'égalité entre les hommes et les femmes.

— Qu'est-ce que tu veux dire ?

— Elle a écrit : « On ne naît pas femme, on le devient. » Quand elle affirme cela, elle veut dire qu'on devient femme dans un sens péjoratif et non dans un sens positif. Selon elle, la famille et la société préparent les petites filles à assumer leur rôle de mère infériorisée… et les formatent pour être coquettes et vouloir séduire à tout prix les hommes par leur élégance et leur féminité. Je crois que Simone de Beauvoir nie ainsi les différences innées entre les hommes et les femmes. C'est pourquoi je ne suis pas complètement d'accord avec elle. On peut être féministe tout en étant coquette et féminine. On peut se considérer comme l'égale de l'homme tout en assumant la maternité et en célébrant nos différences.

— Je suis bien d'accord avec toi.

— J'espère bien, sinon ton châtiment serait terrible…

— Tu m'emmènerais dans une autre église ?

— Non… ça, ce n'est pas un châtiment, mais ta récompense.

*

Le lendemain matin, nous nous retrouvons dans la grotte de la Nativité — considérée comme le lieu exact de la naissance de Jésus — sous la basilique du même nom. L'endroit est restreint. Nous nous y entassons avec des dizaines d'autres touristes, de diverses nationalités. Une étoile argentée à 14 branches indique l'endroit précis où la « Vierge Marie » aurait accouché. Maria Madelena se recueille, émue. Je m'autocensure et garde pour moi toutes les plaisanteries de mauvais goût qui me viennent en tête.

Près de nous se trouve une femme obèse caucasienne, probablement dans la cinquantaine, qui chante des cantiques en anglais beaucoup trop fort, en faussant. La plupart des autres fidèles acceptent de bonne grâce sa présence perturbante. Elle s'arrête de chanter et proclame que Jésus-Christ renaîtra en Terre sainte très bientôt. Plusieurs visiteurs entonnent ses paroles et l'applaudissent. Puis subitement, elle s'étend de tout son long à côté de l'étoile et elle se met à crier : « Aidez-moi, aidez-moi, je vais accoucher, je vais accoucher ! Je porte le fils de Dieu, je vais donner naissance à notre Sauveur ! »

En quelques secondes, des agents de sécurité interviennent. Après avoir tenté en vain de calmer la pauvre folle, ils la soulèvent sans précaution et l'entraînent vers l'extérieur avec autorité. Elle a de toute évidence davantage besoin d'un psychiatre que d'un obstétricien.

— Tu vois, ça confirme ma théorie sur les religions, que je dis à Maria en me retournant vers elle. Les religions sont simplement le symptôme d'un trouble mental répandu. Je suis sûr que Simone serait d'accord avec moi.

— Qu'est-ce que t'attend pour me conduire à l'asile ?

— Il n'y a pas assez de place pour vous tous.

Ma réplique me vaut un solide coup de poing sur l'épaule, que j'absorbe sans fléchir, en feignant que je n'ai rien senti.

— Tu ne suis pas les enseignements de ton Sauveur. Il t'aurait sûrement dit de tendre l'autre joue, que j'ajoute sarcastiquement.

— Tu vas brûler en enfer, riposte Maria Madelena brusquement.

Remis de nos émotions, nous sortons de la basilique et retournons à notre voiture de location. En montant à bord, Maria me dit qu'elle aimerait visiter un autre lieu « saint », la grotte du Lait.

— La grotte du Lait ? Qu'est-ce qu'il y a là ? Des vaches qui descendent du bœuf ayant réchauffé le petit Jésus dans la crèche ?

— Laisse faire…

— Quoi ?

— J'ai en ai assez de tes mauvaises farces et de ton manque de respect.

— Mais qu'est-ce que j'ai fait de mal ?

— …

— Tu manques d'humour…

— …

— Tu boudes ?

— …

— Merde, réponds-moi !

— …

— Ah ! les femmes…

— …

— Tu as raison… et Simone de Beauvoir avait tort. Nous naissons différents, les hommes et les femmes…

— …

— Un homme pourrait m'engueuler, m'insulter, se venger…

— …

— … mais il serait incapable de bouder comme tu le fais…

— …

— … comme vous êtes toutes capables de le faire, les femmes, quand vous êtes fâchées…

— …

— … peut-être certains gais aussi…

— …

— C'est fini ?

— …

— OK, où dois-je me rendre maintenant ? que je demande en démarrant la voiture.

Maria Madelena inscrit la destination sur le GPS, tout en gardant le silence. Une voix féminine robotisée me dit de tourner à droite dans 50 mètres. Je suis les indications.

— S'il y avait eu des GPS à l'époque, crois-tu que Marie aurait boudé comme toi et aurait laissé la machine guider Joseph vers la crèche ?

— Imbécile…

— Ouf ! je suis soulagé. Tu peux encore parler.

— …

— Alors, c'est quoi, cette grotte du Lait ?

— C'est l'endroit où la Vierge s'est réfugiée pour donner le sein à son enfant, Jésus, avant de fuir vers l'Égypte.

— Ils ont fui vers l'Égypte ?

— Oui, parce que le roi Hérode avait ordonné le massacre de tous les enfants de moins de deux ans pour s'assurer que le divin enfant annoncé soit tué et ne prenne pas sa place.

— Je m'abstiens de tout commentaire.

— Je pense que ça vaut mieux pour toi.

— En fait, j'en suis incapable…

— Quelle connerie encore vas-tu me dire ?

— Simone dirait sûrement qu'on ne nait pas vierge, on le devient.

— Imbécile !

« Vous êtes arrivés à destination », annonce la voix suave du GPS.

— On aurait pu marcher, ce n'était pas si loin, que je dis.

— Si on avait marché, ça t'aurait laissé plus de temps pour dire des inepties. Attends-moi ici. Je veux y aller seule…

Chapitre 55 — Henriette

Après sa visite de la grotte du Lait, Maria Madelena revient à la voiture et me demande sur un ton trop sérieux si je suis prêt à reconnaître l'enfant que porte Kate et à m'occuper de lui.

— Je t'en ai déjà parlé ?

— Bien sûr ! Tu ne t'en rappelles pas, au mont Olympe ?

— Ah ! oui, c'était avant que…

— Oui, avant qu'on se rapproche, pour dire poliment les choses. Si t'avais cru à ce moment-là en la possibilité de coucher avec moi, tu m'en aurais parlé ?

— Sûrement pas.

— Ça me déçoit de toi.

— De toute façon, je ne veux pas de cet enfant… et je ne crois pas que je ferais un bon père.

— Je ne suis pas d'accord. Même si tu encore un peu immature, tu es un homme attentionné et intelligent. Avec moi, tu aimerais avoir un enfant un jour ?

— Je… je ne sais pas. Je suis trop jeune pour penser sérieusement à ces choses-là. Ça te tente d'aller en Égypte ? On pourrait visiter Le Caire et les pyramides.

— Pourquoi changes-tu de sujet ?

— Parce que je ne veux pas parler d'enfants… et quand tu as mentionné l'Égypte tout à l'heure, ça m'a donné le goût d'y aller.

— Non… il y a trop d'instabilité politique actuellement là-bas.

— Et ici, il n'y a pas d'instabilité ?

— Moi, je voulais plutôt te proposer d'aller à Moscou. Je rêve de voir de la neige.

— Ah non, pas de neige ! C'est le premier hiver de ma vie que je passe à la chaleur. La neige et le froid, ça n'a rien d'excitant…

— Pour moi, c'est exotique. Si tu ne veux pas me suivre, tant pis, j'irai seule, qu'elle me lance, avec un faux air de détachement.

*

À l'hôtel, je consulte mes courriels. Les deux derniers messages reçus s'intitulent « Grand-maman Henriette est morte » et « Décès de ta grand-mère ». Le premier est de ma demi-sœur, Émilie, et l'autre provient de ma tante Nathalie, qui ne m'avait pas écrit depuis son message accusateur après la disparition de Gilbert. La mort de « la vieille malcommode » ne m'émeut pas : Henriette n'a jamais vraiment rimé avec grand-mère dans mon esprit. Je suis davantage curieux qu'attristé de lire les détails.

Allo frérot ! Un petit mot pour t'avertir que grand-maman Henriette est morte cette nuit. Je suis triste, j'espère te voir aux funérailles. Bisous, Émilie

Bonjour Frédérik, Je t'écris pour t'informer que ta grand-mère Henriette est décédée durant la nuit d'un arrêt cardiaque. La pauvre avait énormément dépéri depuis la disparition de Gilbert, elle est morte de chagrin. Si l'idée de venir aux funérailles te venait en tête, sache que tu n'es pas bienvenu. Nathalie

De toute façon, jamais je ne me serais présenté aux obsèques de cette mégère, qui se donnait de faux airs de grande dame. En réalité, elle rabaissait les autres pour mieux se rehausser. C'est du moins le souvenir que j'en ai, alimenté par les propos de ma mère à son sujet.

La dernière fois que je l'ai vue, je devais avoir neuf ou dix ans. Gilbert m'avait emmené en visite chez elle, dans sa grande maison de Batiscan, sur le bord du fleuve Saint-Laurent, à l'est de Trois-Rivières. C'était en hiver, j'avais la morve au nez et je grelottais. Dès qu'elle me vit entrer avec mon père, elle lui demanda :

— Pourquoi tu traînes encore ce petit bâtard-là avec toi ? Ça fait des années que tu n'es plus avec sa mère…

À l'époque, je ne connaissais pas la réelle définition du mot « bâtard ». Je croyais que c'était simplement une expression pour traiter quelqu'un d'idiot. En me remémorant ce moment, je réalise qu'elle parlait peut-être de moi comme étant un enfant « illégitime ». Si c'est le cas, cela signifierait que Gilbert ne serait pas mon vrai père. À bien y penser, nous nous ressemblons peu physiquement. M'aurait-on trompé toute ma vie sur mes origines, comme on l'a fait à madame Marie-Jeanne en Normandie ? Je ne vois pas pourquoi un homme aussi méchant que Gilbert se serait astreint à me faire croire pendant toutes ces années qu'il était mon père biologique.

— Tu fais une drôle de tête. Qu'est-ce qu'il y a ? T'as eu une mauvaise nouvelle ?

— Non, que je réponds à Maria. C'est juste ma grand-mère qui est morte.

— « Juste » ta grand-mère ? Tu te coupes de tes émotions ou quoi ?

— C'était une vieille chipie qui me détestait. Je l'ai très peu connue.

— Je ne comprends pas comment les gens d'une même famille peuvent se détester. Tu étais tout de même son petit-fils ! C'était ta grand-mère paternelle ou maternelle ?

Je garde le silence pendant quelques secondes; je crains d'ouvrir une boîte de Pandore. Je sens qu'en répondant à cette question, je devrai déballer à Maria un tas de choses dont je ne veux pas causer. Jusqu'à maintenant, elle m'avait peu questionné sur mon passé. J'appréciais beaucoup cette discrétion. Elle ne sait rien à propos de Gilbert, et c'est à peine si je lui ai parlé du décès de ma mère.

— Du côté de mon père, que je finis par répondre, en espérant qu'elle passe à un autre sujet.

— Et tu t'entends bien avec ton père ?

Merde, c'était inévitable.

— Euh... plus ou moins. Il s'est peu occupé de moi après la séparation de mes parents.

— Tu iras aux funérailles ?

— Non...

— Je suis sûre que ton père serait heureux de pouvoir compter sur toi. Ce pourrait être un bon moment pour te réconcilier avec lui.

— Non... non... je ne me sentirais pas à l'aise d'y aller seul.

— Je peux t'accompagner si tu veux... je serai là pour toi, et tu pourras me faire découvrir l'hiver de ton pays, qu'elle propose avec trop d'enthousiasme.

— Non ! Je préfère encore aller à Moscou... ou même en Sibérie !

— Qu'est-ce que tu fuis ?

— Euh... je... rien. Pourquoi penses-tu que je fuis quelque chose ?

— Je crois que tu fuis quelque chose dans ton passé... quelque chose qui affecte tes émotions.

Pour éviter de parler des événements récents, je lui dis des généralités sur mon enfance.

— Je n'ai jamais vraiment existé pour mon père... Il ne s'est jamais occupé de moi... Alors oui, ça m'affecte dans mes émotions.

— Mais ta mère, elle a été là pour toi...

— Oui... mais elle n'acceptait pas que je grandisse. Je crois qu'elle aurait voulu que je reste toujours son bébé. Elle m'a allaité jusqu'à l'âge de cinq ans ! Elle ne s'intéressait pas réellement à l'enfant plus grand et à l'adolescent que je devenais. Dès que je lui parlais de moi au présent, de ce que j'aimais, de ce que je pensais, elle me coupait la parole pour me rabâcher toujours les mêmes histoires ennuyantes sur ma petite enfance. Ça nous a éloignés l'un de l'autre bien longtemps avant sa mort. À partir de l'âge de 16 ans, j'ai surtout vécu chez les parents de ma copine, Frédérique.

— Vraiment ? Dans ma famille, ça n'aurait pas été possible. Pas avant le mariage ni à un si jeune âge !

— Le mariage, c'est désuet au Québec. Plus personne ne se marie, plus personne ne va à l'église...

— Et Frédérique ? Elle a compensé pour l'attention que ne t'accordaient pas tes parents ?

— Oui et non... Bien sûr, j'avais droit à de l'attention et à de la tendresse de sa part. Mais elle voulait me formater comme elle le voulait plutôt que m'accepter comme j'étais. Pendant longtemps, mes seuls repères ont été ce que Fredou désirait.

— Fredou ? C'est mignon... Je devrais t'appeler comme ça.

— Non, surtout pas ! Ça fait trop féminin... Et ça me fait trop penser à elle.

— Alors t'as raison, c'est une mauvaise idée. Je veux que toutes tes pensées soient pour moi !

— Vraiment ? Es-tu amoureuse de moi ? que je demande, en le regrettant aussitôt.

— Et toi ?

— Je t'ai posé la question en premier...

— Pourquoi cette question ?

— Tu sais... on s'amuse bien ensemble. Mais ça m'apparaît curieux qu'une lesbienne s'entiche de moi.

— Tu m'as fait découvrir que je ne suis pas une lesbienne, mais une bisexuelle. Ce n'est pas uniquement le sexe de la personne que j'aime, c'est ce qu'elle est profondément. Et tu sais quoi ? Je t'aime ! qu'elle déclare en me regardant intensément dans les yeux.

Je m'étais habitué à son œil qui louche : toutefois, dans une telle circonstance, je le trouve insupportable. Je ferme les yeux pour ne plus le voir et j'embrasse Maria pour ne pas avoir à faire lui faire une déclaration d'amour. Puis je ne trouve rien de mieux pour faire dévier la conversation qu'un autre sujet périlleux.

— Tu veux vraiment un enfant ?

— Pas maintenant… mais plus tard, oui. Pas toi ?

— Je dois apprendre qui je suis avant même de commencer à y penser.

Chapitre 56 — Irina

Depuis près d'une semaine, nous découvrons Moscou en hiver. Les températures oscillent entre – 5 et – 15 degrés Celsius. Maria Madelena ne cesse de se plaindre du froid; pourtant, elle porte un long et chaud manteau d'hiver. Tant pis pour elle, je l'avais bien prévenue.

Tous les jours, nous passons par la place Rouge, située tout près de notre hôtel. Je trouve la vaste esplanade impressionnante : cependant, le Kremlin me déçoit. De loin, il me semble être un palais multicolore en carton-pâte, davantage compatible avec l'image de Mickey Mouse qu'avec celle du sanguinaire Staline, qui cela dit ressemble à un certain Mario Bros. : plombier prolétaire, symbole de l'Amérique profonde et/ou icône d'un capitalisme sauvage détournant l'attention de la populace par des jeux vidéo divertissants ?

Maria et moi empruntons fréquemment la rue Tverskaya, large avenue où se côtoient de remarquables bâtiments de différentes époques, de grands et hauts immeubles d'habitation staliniens et les plus récentes boîtes de nuit et boutiques de marques. Malgré la froidure, la plupart des jeunes femmes russes y portent de longues bottes à talon et sont habillées comme des cartes de mode. Ici, seules de vieilles babouchkas quêtant aux abords des bouches de métro nous rappellent l'existence révolue d'un austère communisme soviétique pas si lointain.

Dès mon arrivée en Russie, je me suis empressé d'envoyer au magazine *Dossiers* mon article sur la jeune Leyla, emprisonnée en Turquie. Je ne voulais surtout pas prendre le risque de le faire depuis Israël, après les avertissements qui m'avaient été faits. J'ai aussi pris le temps de répondre aux messages d'Émilie et de

Nathalie concernant le décès d'Henriette. À ma demi-sœur, j'ai envoyé un petit mot d'encouragement. Mais je me suis montré plutôt vindicatif envers ma tante.

Nathalie, tu n'as pas le droit de vouloir m'effacer de ta vie, comme si je n'avais jamais existé. Depuis ma tendre enfance, tu m'as fait croire que j'étais important pour toi, tu me disais que j'étais comme ton fils. Bravo, tu es une excellente menteuse ! Tu sais bien que Gilbert ne s'est jamais occupé de moi et que l'attention que tu m'accordais prenait une grande importance dans ma vie. Tu sais aussi que je te considérais comme une seconde mère. Marjolaine aurait voulu que je reste son bébé : tu étais donc la seule adulte qui semblait m'accepter et m'aimer comme j'étais réellement. Tu es cruelle de m'avoir faussement fait croire cela et de m'abandonner lâchement à la première occasion. Tu n'existes plus pour moi. Fred

J'ai envoyé ce message sans prendre la peine de le relire et je me suis effondré en larmes sur la table de la chambre d'hôtel. Maria Madelena, qui lisait sous les couvertures pour se réchauffer, s'est immédiatement levée pour m'enlacer. D'une voix douce, elle m'a dit qu'elle était prête à écouter mes malheurs. J'ai pleuré dans ses bras durant au moins une demi-heure, sans parler, et je me suis endormi. Les jours suivants, Maria a eu la délicatesse de ne pas revenir sur cet événement. Mais je la sentais tout de même inquiète pour moi : ou était-ce pour elle ?

*

Cet après-midi, au musée d'art moderne, nous avons rencontré un « nouveau riche » moscovite prénommé Dimitri. Il se vantait d'avoir fait fortune dans l'industrie de la musique. Vêtu d'un costard multicolore, portant de gros bijoux en or, il ressemblait à un banquier sur l'acide et ne parlait que d'argent. Bien que nous affichions volontairement un désintérêt complet pour ce qu'il racontait, il nous a invités à une grande fête privée chez lui, ce soir. Après avoir hésité, nous avons finalement décidé de nous y rendre, davantage par curiosité que par sympathie pour l'hôte.

En entrant dans son gigantesque loft, je dois faire beaucoup d'efforts pour ne pas me moquer devant de grandes et ridicules reproductions dorées de la tour Eiffel et de la statue de la Liberté, entourées de deux gros lions en marbre. Des dizaines d'invités sont déjà arrivés, dont plusieurs jeunes femmes longilignes légèrement vêtues.

— Je suis la plus vieille et la plus moche de toutes, constate Maria Madelena avec justesse.

— Mais non, mais non, que je lui réponds, sans la convaincre.

— Je veux m'en aller…

— Mais non… c'est une expérience à vivre… Je suis sûr qu'on va en rire pendant longtemps…

À contrecœur, je le sens bien, Maria accepte de rester. En fait, je crois que le somptueux buffet et le champagne ont davantage contribué à faire tomber sa résistance que ma force de persuasion. Après notre deuxième verre, elle me déstabilise quelque peu en me proposant d'accorder avec elle des notes aux femmes présentes, ce qu'elle qualifie d'indice de « baisabilité ». Flairant un piège et de futurs reproches, je prétends que je n'ai pas la tête à ça. Elle éclate d'un rire sarcastique; elle sait bien qu'il n'y a rien de plus faux.

Je n'ai jamais vu réunis en un même endroit autant de décolletés plongeants, de poitrines fermes, de cuisses sans cellulite, de talons aiguilles, de minettes aux comportements provocants. Au son d'une musique techno abrutissante, la plupart d'entre elles semblent être à la chasse au richissime *sugar daddy* et/ou à la recherche de l'homme qui les rendra célèbres et fortunées. Un quarantenaire bedonnant m'adresse la parole et se présente comme étant un impresario français « à la recherche de talents ». Je l'aperçois plus tard avec deux nymphettes à ses bras, sniffant de la coke dans le cou de l'une d'elles.

Peu après notre arrivée, j'ai remarqué une très jeune femme d'une grande beauté, blonde au teint blafard, d'apparence réservée. Elle était assise sur un canapé, entourée d'autres lolitas et de quelques hommes bruyants : mais elle n'interagissait avec personne. Plusieurs fois au cours de la soirée je l'ai cherchée des yeux et je l'ai contemplée. Tout en correspondant parfaitement aux critères esthétiques de la gent féminine présente, elle paraît étrangère à tout ce qui l'entoure. Elle tire chaque bouffée de cigarette comme si sa vie en dépendait et qu'il s'agissait de son dernier souffle. La fumée qu'elle expire lui donne l'aura d'un spectre. Alors que je crois l'observer discrètement, Maria Madelena me demande brusquement ce que je lui trouve. Me sentant pris en flagrant délit, je mens et je prétends qu'elle me fait penser à ma sœur. J'ajoute aussitôt qu'elle dégage une grande tristesse.

— C'est comme si elle n'existait pas. Je la comprends, je me sens souvent comme elle.

— T'as raison. On devrait aller lui parler, dit Maria en m'agrippant par le bras.

En nous voyant apparaître devant elle, la belle nous fait un sourire timide et baisse les yeux. Nous nous présentons à elle en anglais. Il est évident qu'elle maîtrise peu la langue. Elle est cependant en mesure de nous dire qu'elle s'appelle Irina, qu'elle vient d'Ukraine et qu'elle est venue à Moscou dans l'espoir de devenir une star. Ce terme étant si vague, ne signifiant que la célébrité pour la célébrité, je m'apprête à lui demander de quelle façon elle entend le devenir, mais je suis interrompu par Dimitri, qui est accouru auprès de nous dès qu'il nous a vu discuter avec Irina.

— Je vois que vous avez fait la connaissance de ma muse, ma petite protégée. Je l'ai dénichée dans un pauvre bled glauque en Ukraine. Elle a beaucoup d'avenir, vous savez ! Grâce à moi, elle deviendra riche et célèbre…

— Pauvre fille, une naïve comme Becky, me glisse Maria Madelena à l'oreille, en français.

— Contrairement à elle, Becky n'a pas le profil d'une victime, que je rétorque à voix basse.

— Est-ce que vous avez tout ce qu'il vous faut ? demande Dimitri. Vous voulez de la poudre peut-être ?

À ma grande surprise, Maria Madelena répond par l'affirmative avec enthousiasme. N'ayant jamais consommé de cocaïne, je suis à la fois inquiet et curieux de tenter l'expérience. En reniflant la substance, je pense à grand-maman Colette, qui y était totalement accro. J'en comprends la raison dès que j'expérimente les premiers effets. Je me sens plus vivant que jamais.

— J'existe ! J'existe enfin, que je dis à Maria.

— Bien sûr que t'existes… Moi aussi j'existe ! Nous existons !

— Oui, mais moi, c'est encore plus ! Avant, j'avais l'impression de n'exister pour personne, de n'être important pour

personne. Maintenant, je sens que j'existe, je me sens important !
Si ma tante Nathalie était devant moi, je l'enverrais chier.

— Pourquoi ?

— Parce que cette salope-là m'a abandonné. Durant des
années, elle m'a fait croire qu'elle m'aimait et que j'étais important
pour elle. Et puis elle a décidé de couper les liens avec moi juste
parce mon père a eu le sort qu'il méritait. C'est ce que je pense en
tout cas.

— Qu'est-ce qui est arrivé ?

— Rien d'important. Maintenant, j'existe... et je suis
important !

— Bien sûr que tu es important !

Tout autour de nous, l'alcool et les drogues aidant, s'ébauche
une orgie généralisée. Dans cet immense espace ouvert, on ne voit
bientôt plus qu'un champ de poitrines, de bouches et de chattes
offertes, de jambes et de queues en l'air, de culs rebondissant dans
tous les sens. L'air ambiant doit frôler les 100 % d'humidité, il est
gorgé d'effluves de phéromones et de sexes en pleine action. De
toutes les directions nous parviennent des cris et des râlements
animaux. Sans hésiter, Maria et moi nous embrassons
sauvagement : nous nous dévêtons pour participer à ce concert
bestial, à cette chorégraphie orgastique.

Après l'acte, nous observons — repus, béats et comblés — le
spectacle qui continue de s'offrir à nous. Je cherche désespérément
où se trouve Irina, lorsque Maria Madelena pousse un cri d'effroi.

— Regarde, c'est affreux, qu'elle me dit en pointant en
direction de la jeune Ukrainienne.

La pauvre se fait pénétrer collectivement par trois hommes,
dans ses orifices buccal, anal et vaginal. Cinq ou six autres
hommes, dont Dimitri, attendent leur tour en se masturbant.

— J'ai souvent fantasmé de participer à un *gang bang*, que
j'admets à Maria.

— T'es un violeur comme ces imbéciles ?

— Non... non... Ça me dégoûte autant que toi, ça brise mon
fantasme. C'est triste, c'est comme si elle n'existait pas... Elle est
leur objet.

Chapitre 57 — Zainab

Le surlendemain de cette folle soirée, Maria revient sur mes propos ambigus concernant Nathalie et Gilbert, tenus sous l'effet de l'alcool et de la coke.

— Qu'est-ce que tu voulais dire au juste ?

— Euh… je ne sais pas. Je n'étais pas dans mon état normal.

— Tu as dit que ton père avait eu ce qu'il méritait.

— Je ne sais pas… Je devais peut-être parler de… de la mort de sa mère.

— Pourquoi ta tante cesserait de te parler à cause de cela ?

— Tu travailles pour le KGB ou quoi ?

— Tu me caches des choses ?

— Non, mais j'en ai assez que tu cherches des problèmes là où il n'y en a pas. J'ai dit n'importe quoi, c'était la première fois que je consommais de la poudre et il faut croire que ce n'est pas fait pour moi.

Je mets fin à cette conversation en allumant mon ordinateur, qui me transmet une autre mauvaise nouvelle. Bianca m'informe par courriel que la cousine de Moussa, Fatoumata, s'est enfuie de l'hôpital où elle était internée. Au cours des derniers jours, elle était en proie à de sérieux délires, et Bianca craint pour sa sécurité. Je ressens une certaine culpabilité, même si je n'avais que de bonnes intentions en la faisant rescaper. J'écris à Moussa pour qu'il me contacte s'il apprend où elle se trouve. La situation est délicate : je ne lui avais pas dit que sa cousine avait été libérée de son arbre « grâce à moi » ou « à cause de moi », c'est selon. Je ne sais pas s'il se trouve à Bamako, dans son village ou même au Canada avec Marie-Josée. Je prends donc également la peine d'écrire un message à Marie-Jo, pour qu'elle comprenne le contexte.

Entre-temps, le rédacteur en chef du magazine *Dossiers* m'a envoyé un message de félicitations pour mon « excellent » article sur Leyla. J'accepte le compliment comme un baume. Par ailleurs, il me propose une mission qu'il dit être à la hauteur de mon talent. Il veut que je me rende au Pakistan pour tenter d'obtenir le témoignage des proches d'une jeune femme qui a été lapidée à mort par des membres de sa famille, parce qu'elle les aurait déshonorés en voulant se marier avec un homme qu'ils n'approuvaient pas.

Cette histoire a fait les manchettes partout dans le monde, puisqu'une troublante vidéo de cet événement, survenu en pleine rue, a été mise en ligne et est devenue virale sur le Web. On y voit clairement la victime écroulée au sol, recevoir des dizaines de pierres, surtout au visage et à la tête. Au début de cette scène insoutenable qui dure environ deux minutes, on perçoit encore ses jolis traits malgré le sang qui coule. Mais au fur et à mesure, sa figure et sa tête ne deviennent qu'une bouillie méconnaissable sur laquelle on s'acharne. Malgré la diffusion de ces images abominables, peu de détails ont filtré sur les circonstances exactes du meurtre. *Dossiers* me demande donc d'aller mener une enquête sur le sujet. Je ne m'attendais pas à ce qu'on me confie une mission aussi délicate et importante si rapidement. Mon humilité risque de ne pas s'en remettre.

Lorsque j'annonce la nouvelle à Maria Madelena, elle se montre plus circonspecte que moi, et le mot est faible.

— Tu n'iras pas là tout seul ?

— Non, je voulais y aller avec toi.

— Jamais… et je vais tout faire pour te convaincre de ne pas y aller. C'est une mission suicide qu'on te propose. Ce magazine a tout plein de grands reporters aguerris. Pourquoi crois-tu qu'on ne les envoie pas là-bas ? Sûrement parce que c'est trop risqué et que ça coûterait trop cher en assurances. Toi, le petit pigiste qui cherche à se faire valoir, tu ne coûtes pratiquement rien et tu ne demandes aucune garantie. On peut bien prendre le risque de te sacrifier comme un agneau.

— Mais… c'est la chance d'une vie. Imagine ce que ça pourrait représenter pour ma future carrière.

— Ce n'est pas la chance d'une vie, c'est la chance de perdre ta vie et de ne pas avoir de futur tout court. Les extrémistes qui ont lapidé cette fille et qui méprisent l'Occident, tu crois qu'ils vont t'accueillir chez eux à bras ouverts ?

— T'exagères… Je ne vais pas parler aux meurtriers, seulement aux gens plus modérés qui les entourent.

— Tu es soit inconscient, soit complètement maboule.

*

Maboule ou inconscient, j'atterris à Lahore 24 heures plus tard. Maria Madelena a décidé de se rendre à Delhi, en Inde, où je prévois ensuite la rejoindre. La direction du magazine a envoyé à ma rencontre ce qu'on appelle dans le jargon du métier un *fixer*, c'est-à-dire un habitant du pays qui me servira à la fois de guide, de chauffeur, de traducteur et d'intermédiaire pour m'aider à entrer en contact avec la population locale. Il m'attend à l'aéroport avec un carton sur lequel est inscrit mon nom. Il affiche une mine dubitative lorsque je me présente à lui : j'imagine qu'il devait s'attendre à accueillir un journaliste plus âgé et expérimenté. Il se prénomme Pervez et il me semble avoir une quarantaine d'années.

De l'aéroport, nous nous dirigeons directement vers la modeste communauté de Phool Nagar, également appelée Bhai Pheru, au sud-ouest de Lahore. C'est là, en pleine rue, qu'est morte la jeune Zainab Gujjar il y a quatre jours, sous les roches et les insultes lancées par ses frères, ses oncles et possiblement son père. Ici, on appelle ça un « crime d'honneur ». La plupart du temps, les victimes sont des jeunes femmes que l'on tue sous prétexte qu'elles ont déshonoré leur famille, en rejetant un mariage arrangé ou en voulant choisir elles-mêmes un amoureux. Ces crimes sont habituellement perpétrés à l'abri des regards. Ils se comptent par milliers chaque année et sont rarement punis ou publicisés, parce qu'ils sont considérés comme relevant du domaine privé.

Dans le cas de Zainab, c'est différent en raison de la vidéo qui a suscité l'indignation de la communauté internationale. D'ailleurs, en arrivant dans la petite ville, Pervez et moi nous rendons rapidement compte que je ne suis pas le seul journaliste étranger en quête de témoignages. Sur le côté sablonneux de la route principale, nous nous arrêtons près d'une équipe de tournage américaine qui compte sept ou huit personnes. Le reporter-vedette me confie qu'en deux jours, il n'a réussi à parler à aucun habitant.

— Les gens se méfient de nous; plusieurs restent barricadés chez eux. Hier et ce matin, il y avait aussi des journalistes britanniques et allemands. Ils n'ont pas eu plus de chance…

Pervez me prend à part et me dit que nous aurions avantage à quitter immédiatement ces Américains trop visibles et identifiables avec leur équipement.

— Ici, beaucoup de gens détestent les États-Unis et les caméras de télévision. En arpentant discrètement les petites rues, nous aurons de meilleures chances de pouvoir entrer sans être vus chez des habitants qui pourraient vouloir nous parler anonymement.

Je me rallie à la suggestion de mon *fixer*, et nous repartons promptement pour nous assurer que les Américains ne nous suivent pas. Nous nous enfonçons dans un dédale de petites rues de sable. Chaque fois que nous croisons un homme, Pervez arrête sa voiture, une vieille Daihatsu déglinguée. Habilement, il entre en contact avec l'individu en lui demandant une information sans importance et en parlant ensuite de banalités. Quand ce premier lien est créé, il tente d'aborder informellement la question de la lapidation de Zainab Gujjar. Systématiquement, tous les hommes refusent de poursuivre la conversation et s'en vont pour ne pas être aperçus en notre compagnie. Après de nombreux échecs, nous convenons de stationner notre véhicule et de continuer notre quête à pied pour être plus discrets. Nous allons même jusqu'à nous aventurer en périphérie de la communauté, en espérant croiser un promeneur solitaire qui pourrait être plus à l'aise de nous parler loin des regards. Peine perdue. En fin d'après-midi, alors que le soleil hivernal commence déjà sa descente, nous nous résignons à rentrer à Lahore pour la nuit.

Nous marchons vers la voiture lorsqu'un homme agrippe Pervez par la manche et nous fait signe d'entrer dans une modeste maison. Nous hésitons brièvement, ne sachant pas s'il s'agit d'un piège. Sous l'insistance pressée de l'inconnu, qui regarde nerveusement dans tous les sens, nous nous y engouffrons. Dans la pénombre de l'unique pièce de l'habitation, je distingue deux femmes assises au sol ainsi que trois jeunes enfants. L'une d'elle se lève pour nous offrir du thé; l'homme nous invite à nous asseoir sur des coussins.

En alternant son intense regard entre Pervez et moi, il parle très vite en punjabi. Deux des petits se mettent à pleurer et à crier à pleins poumons, provoquant en moi une soudaine envie de les frapper. Décidément, je ne ferais pas un bon père. Je pense à Kate, qui devrait accoucher dans les prochaines semaines, si ce n'est déjà fait.

Pervez attire mon attention pour me traduire les propos de notre hôte, Javed. Il est un cousin de Zainab; il a été témoin de la lapidation, mais il n'y a pas participé. Il trouve ce geste odieux et il se dit prêt à répondre à mes questions à condition que l'on préserve son anonymat.

Au cours de l'entrevue, j'apprends que Zainab avait décidé de se marier avec un pauvre ouvrier contre l'avis de sa famille. Elle voulait ainsi éviter un mariage arrangé avec un homme riche et cruel, qui avait battu sa première femme à mort sans ne jamais être inquiété par les autorités. Le père et les frères de Zainab étaient furieux pour deux raisons : ils jugeaient que le refus du mariage arrangé entachait l'honneur de la famille; et que le pauvre ouvrier que Zainab voulait épouser ne pouvait leur verser une dot assez élevée. Ils avaient donc enfermé la jeune femme dans une pièce pour l'empêcher de se marier avec son amoureux. Il y a quatre jours, Zainab a réussi à se libérer et à s'enfuir. Elle a cependant été rattrapée par ses frères et d'autres hommes de la famille, qui l'ont lapidée en pleine rue.

— Et vous, comment vous vous êtes senti en voyant cela ? que je demande à Javed.

— Je… j'étais complètement impuissant… je ne pouvais rien faire pour les en empêcher : ils étaient trop nombreux et en colère.

— Est-ce que le père de Zainab a participé à la lapidation ?

— Je ne crois pas qu'il l'ait fait directement. Mais il était présent, et c'est lui qui l'a ordonnée.

— Savez-vous où il se trouve ?

— J'ai entendu dire qu'il n'est plus chez lui, qu'il se cache… mais je ne sais pas où.

— Et les autres, ceux qui ont tué Zainab ?

— À ma connaissance, seulement deux de ses frères ont été arrêtés. Mais comme on le voit sur la vidéo, au moins une dizaine d'hommes ont participé à la lapidation.

— Pouvez-vous nous indiquer où vivent ces hommes pour qu'on tente de leur parler ?

— Non… ce serait de la folie. Ce serait trop dangereux…

— Vous savez qui a filmé la scène et mis la vidéo en ligne ?

— Non… Il y avait une grande foule tout autour. N'importe qui a pu filmer discrètement avec son téléphone.

— Est-ce que Zainab voulait se marier avec le jeune ouvrier par amour ou uniquement pour éviter le mariage arrangé ?

— Je crois que c'était surtout pour ne pas avoir à se marier avec Amin Mirza, l'homme qui a tué sa première femme.

— Vous croyez qu'on pourrait lui parler ?

— Non. Je vous le déconseille, il est extrêmement violent.

— Et le jeune ouvrier ?

— Je ne sais pas où il se trouve, il a fui la ville. Il avait peur pour sa vie.

— Vu de l'étranger, ces pratiques nous apparaissent barbares. Comment cela vous apparaît-il à vous ?

— Moi aussi... moi aussi je trouve cela barbare et injuste, au plus profond de mon cœur. C'est pour cela que je vous parle... et c'est pour honorer la mémoire de Zainab. Je ne suis pas le seul ici à penser ainsi, mais les gens ont peur de s'exprimer, parce qu'ils craignent des représailles.

Chapitre 58 — Victoria

Victime de mon succès, je dois rester au Pakistan plus longtemps que je ne l'avais prévu. En moins de deux jours, j'ai réussi à faire confirmer auprès d'autres sources presque toutes les informations inédites que le cousin de Zainab m'avait dévoilées, de sorte que j'ai pu écrire et publier un article contenant plusieurs révélations exclusives. Mes scoops ont été relayés par les principales agences de presse du monde entier, ce qui m'a valu une importante visibilité. J'ai d'ailleurs accordé plusieurs entrevues radiophoniques et télévisées — en français et en anglais — à de nombreuses chaînes situées en France, au Royaume-Uni, aux États-Unis, en Australie, en Suisse, en Belgique et au Canada.

Enchanté par ces retombées, le rédacteur en chef de *Dossiers* m'a demandé de rester plus longtemps pour approfondir mon enquête. Il veut que je tente de retracer le père de la victime et les présumés agresseurs qui n'ont pas été arrêtés pour obtenir leurs versions des faits. Il tient aussi à ce que je parle à l'homme avec lequel Zainab voulait se marier et à celui que sa famille avait choisi pour elle. Enfin, il aimerait que j'obtienne des informations auprès des autorités policières pakistanaises, qui sont demeurées muettes depuis le début de cette histoire.

Un matin, dans le lobby de mon hôtel de Lahore, je me fais aborder par une femme châtaine aux mèches blondes portant négligemment un foulard sur la tête. Elle se présente comme étant Victoria Clayton, envoyée spéciale d'un prestigieux magazine britannique.

— Félicitations pour votre dernier article !

— Merci, que je réponds timidement.

— Il n'est pas facile de faire parler les gens dans ce pays. Vous avez énormément de talent ! J'ai beaucoup aimé également l'entrevue que vous avez accordée à la BBC sur les circonstances dans lesquelles vous avez obtenu ces informations.

— Je… vous me flattez trop.

— Je pense réellement ce que je dis. Ça prend à la fois toute une dose de courage et une bonne capacité à cerner les gens pour obtenir de telles confidences. Vous savez, je suis souvent venue faire des reportages au Pakistan au cours des dernières années… et malheureusement, c'est une société très sexiste. Les journalistes masculins ont l'avantage d'avoir plus aisément accès aux hommes. Et nous, les journalistes femmes, sommes les seules à pouvoir recueillir les confidences des femmes du pays. J'ai donc une proposition à vous faire, qui serait gagnante à la fois pour vous et pour moi. Nous pourrions travailler en équipe et nous échanger des informations. Vous pourriez vous concentrer sur les hommes impliqués dans cette affaire, et moi sur les femmes. Ensuite, nous pourrons diffuser les informations recueillies au même moment.

— Vous voulez qu'on travaille ensemble toute la journée ?

— Non… séparément. Sinon personne, homme ou femme, ne voudra nous parler. Ensuite, on publiera les informations dans chacune de nos publications. Nous ne sommes pas en réelle compétition, puisque nos lectorats sont différents et ne parlent pas la même langue. Voici ce que je vous propose, nous partons dès maintenant chacun sur nos pistes et nous nous rejoignons ici en soirée pour échanger les informations amassées. Je vais vous laisser mon numéro de portable. Appelez-moi si vous obtenez une info cruciale durant la journée.

*

Compte tenu de l'importance de transmettre et de recevoir rapidement de l'information au cours de cette mission, j'ai dû m'acheter un téléphone dit « intelligent ». En route vers Phool Nagar avec Pervez, je consulte mes e-mails. Je suis inquiet, car Maria Madelena ne m'a pas écrit depuis son arrivée à Delhi.

J'espère qu'aucun malheur n'est survenu. Moussa, lui, a répondu à mon message concernant Fatoumata. Il est furieux et désespéré. S'il m'en veut, ce n'est pas parce que j'ai fait libérer sa cousine, mais en raison du courriel que j'ai envoyé à Marie-Josée sur le sujet.

Je devais rejoindre Marie-Jo au Canada dans deux semaines, mais elle ne veut plus que je m'y rende, parce qu'elle me trouve ignoble d'avoir accepté que Fatoumata soit ainsi attachée à un arbre pendant tout ce temps. Je t'en prie, Frédérik, fais-la changer d'avis. Je risque de perdre ma meilleure chance de quitter l'Afrique et de vivre en Occident.

Cette saga prend une tournure à laquelle je ne m'attendais pas. Marie-Josée ne m'a rien écrit, et je n'ai pas l'intention d'intercéder auprès d'elle en faveur de Moussa. Comme je m'en doutais, il semble davantage avoir maintenu cette relation pour émigrer que par amour.

Dans une mer de pourriels, je trouve un nouveau message de Kate dont je me serais bien passé. Il est intitulé *« C'est un garçon ! »*

Cher Fred, je suis la femme la plus comblée du monde. Regarde ce beau bébé que nous avons fait ensemble; je suis sûre que tu ne pourras y résister et que tu viendras bientôt nous rejoindre. Il est adorable, il a tes yeux. Je t'ai vu à la télé parler du Pakistan. C'est à ce moment que j'ai perdu mes eaux et que je suis allée accoucher à l'hôpital. C'est un signe du destin, nous sommes reliés l'un à l'autre, même à distance. Bisous !!! Maman Kate et bébé Kevin

Kevin ? Je n'aime pas ce prénom qu'on dirait destiné à un enfant négligé, élevé par une mère monoparentale paumée. En regardant la photo jointe à l'envoi, je ne ressens aucune émotion. C'est un bébé naissant, sans cheveux, pas particulièrement beau, la peau plissée, les yeux mi-clos. Comment peut-elle dire qu'il a « mes yeux » ?

Pervez me ramène à la réalité du terrain en me prévenant que nous arrivons. Il y a une importante foule sur la route.

— Cache-toi à l'arrière, qu'il me dit. Ils chahutent les deux véhicules des Américains.

Sans attirer l'attention, la vieille bagnole de Pervez contourne sur le bas-côté de la route ces habitants visiblement en colère contre la présence prolongée des médias étrangers dans leur bled. Nous laissons la voiture plus loin et nous nous dirigeons ensuite à pied chez Javed pour tenter de lui soutirer davantage d'informations. Le pauvre homme nous laisse entrer, mais il n'est pas heureux de nous voir.

— Depuis la parution de votre article, tout le monde ici se demande qui a bien pu vous parler anonymement. Certaines personnes on fait courir la rumeur que ce pouvait être moi. Heureusement qu'il y a de nombreuses autres rumeurs contradictoires, sinon je crois qu'on m'aurait déjà lynché.

— Javed, je ne vous demanderai plus d'informations qui pourraient faire en sorte qu'on vous identifie. Je veux seulement savoir où vit l'homme avec lequel était prévu le mariage arrangé.

— Amin Mirza ? Il habite la grande maison au coin de la rue. Mais n'y allez pas directement en partant d'ici. Si on vous voyait, je serais un homme mort.

— Ne vous inquiétez pas, nous allons être très prudents.

— Vous saviez que la police serait sur le point d'arrêter Tariq, le père de Zainab ?

— Vraiment ? Est-ce qu'il y a un mandat d'arrestation ?

— Je ne sais pas. Je ne fais que répéter ce que beaucoup de gens disent depuis ce matin.

*

De retour dans la voiture de Pervez, j'appelle des enquêteurs de la police pakistanaise pour tenter de me faire confirmer l'arrestation imminente de Tariq Gujjar. Ce serait un autre scoop fumant. Incapable d'obtenir de réponse, je laisse des messages et je téléphone à Victoria pour la mettre au courant de cette info. Elle affirme avoir des relations auprès de hauts placés de la police; elle me promet de me rappeler si elle obtient une confirmation.

Entre-temps, Pervez et moi nous rendons à la grande maison indiquée par Javed, en faisant des détours dans des petites rues. Nous sonnons à plusieurs reprises, et ce n'est qu'au bout de quelques minutes qu'un homme grand et taciturne vient nous répondre.

— Messieurs, je vous attendais depuis longtemps. Veuillez entrer dans mon humble demeure.

Comparativement aux habitations environnantes, cette « humble demeure » est la plus cossue.

— J'ai malheureusement peu de choses à dire, affirme l'homme d'une cinquantaine d'années, en nous faisant signe de nous asseoir.

— C'est bien vous que la famille avait choisi comme époux pour Zainab ?

— Oui… si j'avais pu lui parler avant qu'elle fasse ses folies, je suis convaincu que nous vivrions heureux ici ensemble en ce moment.

— On m'a dit que vous avez tué votre première femme.

— Un malheureux incident involontaire. Je préfère ne pas en parler, c'est un souvenir trop douloureux…

— On m'a dit que ce serait pour cette raison que Zainab avait peur de vous.

— Qui vous a dit cela ?

— C'est confidentiel.

— C'est ridicule. Vous me semblez prêt à croire n'importe quel bobard.

— Alors pourquoi Zainab avait-elle peur de vous ?

— Comment pouvez-vous affirmé qu'elle me craignait ? Vous lui avez parlé dans l'au-delà peut-être ? Je crois simplement qu'elle s'était fait laver le cerveau par ce minable ouvrier qui n'avait même pas suffisamment d'argent pour payer la dot.

*

De mon entretien avec Amin Mirza, je n'ai réussi à tirer guère plus. Il semblait éprouver un plaisir malsain, voire macabre, à offrir des réponses sibyllines à mes questions. Le soleil se couchera bientôt, et la police ne m'a toujours pas rappelé. Je tente de contacter Victoria, mais elle ne répond pas. Je décide donc avec Pervez de retourner vers Lahore.

En chemin, mon téléphone vibre : c'est le rédacteur en chef de *Dossiers*. Il est furibond.

— Un mandat d'arrestation a été émis il y a trois heures contre le père. Tu aurais dû nous contacter pour qu'on diffuse l'info sur notre site. !

— Je… j'avais des infos en ce sens, mais j'attendais des confirmations de la police.

— Tu t'es royalement fait « scooper » : ça fait plus de deux heures que l'article de Victoria Clayton est en ligne sur le site de son magazine.

— Ah, la salope ! C'est moi qui l'ai mise sur cette piste. Elle m'a promis qu'elle me rappellerait dès qu'elle aurait une confirmation.

— Tu t'es fait baiser... et par en arrière...

— Mais on devait travailler en équipe elle et moi.

— T'es trop naïf. C'est une bonne leçon pour toi. Il ne faut jamais se fier aux journalistes concurrents... et encore moins aux femmes. Elles sont les plus hypocrites !

Chapitre 59 — Priya

La semaine suivante, sans nouvelles de Maria Madelena, je m'envole vers Delhi en ne sachant trop ce qui m'y attend ni même si j'y reverrai ma chère Brésilienne. Dans les derniers jours, j'ai tenté d'obtenir des informations auprès de Becky et du consulat du Brésil à Lahore. Notre amie australienne, au chevet de sa mère, n'a pas eu de nouvelles de Maria récemment. Et au consulat, on m'a simplement affirmé qu'aucun rapport d'incident la concernant n'avait été rempli à l'ambassade brésilienne de New Delhi.

Dans l'avion, j'essaie de rester calme en respirant profondément. Une agente de bord m'apporte un plateau, mais je ne touche pas à la nourriture, j'ai l'estomac noué. Les hypothèses et les images se bousculent dans ma tête, des plus folles aux plus inquiétantes. Parfois, je m'imagine Maria méditant dans un havre de paix où aucune technologie n'est admise. Ou encore, je me la figure prenant la fuite parce qu'elle n'a pas le courage de rompre franchement avec moi. Trop souvent, je la vois prisonnière et en détresse, victime d'un enlèvement. Et je peine à oublier l'image de son cadavre, auquel j'ai rêvé la nuit dernière.

Dans ce cauchemar, Fatoumata et Maria Madelena mouraient ensemble, noyées dans le lac Saint-Pierre de mon enfance. Je tentais de les sauver en leur faisant le bouche-à-bouche sur la berge, sans succès.

En fait, j'ai appris il y a deux jours que Fatoumata s'est suicidée. Bianca m'a écrit qu'elle s'est volontairement jetée devant un camion qui roulait à vive allure. À distance, j'ai voulu devenir son sauveur : et j'ai lamentablement échoué. Nous avons si peu de pouvoir sur la vie, la nôtre et celle d'autrui.

*

Je suis particulièrement nerveux en descendant d'avion. Par où vais-je commencer mes recherches pour retrouver Maria Madelena dans une des agglomérations les plus peuplées d'Inde et du monde ? Bien des voyageurs rencontrés au fil de mes pérégrinations m'ont dit que ce pays était tantôt « le plus dépaysant », tantôt « le plus fascinant », tantôt « le plus effrayant », tantôt « le plus déstabilisant » sur terre.

Après les douanes, je suis immédiatement happé par une immense foule, bruyante. Je me sens démuni, j'ai envie de me jeter au sol et de pleurer. Quelqu'un me tapote doucement l'épaule. Je me retourne, je crois avoir une vision. C'est Maria Madelena. Elle saute dans mes bras, je la serres contre moi de toutes mes forces.

— Pourquoi tu ne m'as pas répondu ? que je lui demande, en pleurs, à la fois fâché et soulagé.

— Je voulais que tu t'inquiètes un peu pour moi, comme je me suis inquiétée pour toi.

— Mais… mais… ça ne se fait pas ! Tu savais où j'étais et ce qui m'arrivait. Moi, je te croyais morte !

— N'exagère pas, arrête de jouer à la nana ! Tu devais bien te douter que je serais ici pour t'accueillir, sinon tu ne m'aurais pas prévenue de ton arrivée.

— Je t'ai envoyé ce courriel comme on envoie une bouteille à la mer. Je m'imaginais partir à ta recherche dans cette ville pendant des jours, des semaines, des mois !

— Ça me touche.

— Moi, ça me frustre !

— Je vais trouver des moyens de te détendre.

— Qu'est-ce qu'on fait maintenant, où on va ?

— C'est une surprise… un endroit génial, sur lequel tu voudras écrire un article, j'en suis sûre.

*

Dans le taxi qui nous mène vers notre destination inconnue, j'ai la nausée et un fort mal de tête. Même en étant confiné à l'habitacle de la voiture — sans air climatisé, il faut le préciser — je subis un premier choc des civilisations provoqué par l'importante densité de population et de circulation, dans un chaos et une anarchie possédant leurs propres codes, qui me sont totalement incompréhensibles. Le chauffeur conduit comme un suicidaire, il se faufile entre des voitures, des autobus et des camions aux trajectoires aléatoires; des piétons, cyclistes et motocyclistes se fiant trop à la probabilité d'une réincarnation; ainsi que des chevaux, chameaux, vaches sacrées et autres animaux qui ne se doutent sûrement pas de l'existence de la campagne. Ayant pourtant l'habitude du dépaysement, je perds déjà pratiquement tous mes repères. Je suis à la fois dépassé, dégoûté et fasciné par tout ce que je vois, j'entends et je sens. Aux bruits incessants et agressants des klaxons, des moteurs diesels en mauvais état et d'une foule omniprésente grondant d'une même plainte tonitruante s'ajoutent un smog apocalyptique, d'intenses odeurs de gazole mélangées à celles des corps suintants dans une chaleur infernale, des puissantes épices vendues dans les rues et des immenses latrines publiques à ciel ouvert.

Toute cette merde se trouve aux pieds de grandes tours luxueuses, qui dominent outrageusement un paysage complété par de modestes constructions qu'on dirait faites de carton.

— C'est fou comment le luxe côtoie la grande pauvreté ici.

— C'est un peu comme chez moi, à São Paulo… mais en plus chaotique.

— Ça ne t'écœure pas, toutes ces inégalités ?

— Bien sûr. Mais le monde est ainsi fait.

— Il y a des inégalités dans tous les pays, mais les écarts ne sont pas partout aussi grands qu'ici ou au Brésil.

— Je sais bien, mais c'est la vie.

Je reproche à Maria Madelena son insensibilité face aux malheurs d'autrui. Elle ne réplique rien. Elle m'annonce plutôt que nous arrivons à destination. À notre descente du taxi, une nuée d'enfants en haillons souillés et aux pieds nus nous entourent pour nous demander de l'argent. Maria m'avertit de ne pas sortir mon portefeuille, parce que je risquerais de me le faire piquer. Elle appuie sur une sonnette à une porte grillagée derrière laquelle se trouve un bâtiment anonyme, faisant vaguement penser à une petite école.

Une charmante femme aux traits indiens vient nous ouvrir en souriant et referme la porte du grillage derrière nous, en repoussant gentiment les enfants. Elle porte un sari turquoise qui fait ressortir avantageusement son teint légèrement basané.

— Bonjour, Frédérik, je suis si heureuse de vous recevoir ici, qu'elle me dit en anglais. J'ai beaucoup entendu parler de vous.

J'aurais aimé pouvoir en dire autant la concernant, mais je dois me contenter de baragouiner maladroitement que je suis enchanté de la rencontrer, sans savoir qui elle est.

— Je te présente la merveilleuse Priya, lance Maria avec enthousiasme. Elle a fondé ce magnifique centre d'accueil pour des jeunes filles et des jeunes femmes qui ont été forcées de se prostituer dans des bordels.

— C'est horrible… En fait, c'est bien ce que vous faites, mais c'est horrible ce qu'ont vécu ces jeunes filles. C'est fréquent dans ce pays ?

— Malheureusement oui, me répond Priya. La plupart de ces filles sont issues des basses castes ou elles sont des intouchables, c'est-à-dire qu'elles ne font partie d'aucune caste. Elles sont utilisées comme esclaves sexuelles, et les autorités ne font presque rien pour empêcher cela.

— Mais comment vous pouvez faire votre travail sans l'aide de l'État ?

— Grâce aux dons d'une fondation que j'ai créée en Grande-Bretagne. Je suis née à Londres et j'y ai grandi. Là-bas, je me suis engagée dans l'accueil des réfugiés clandestins. En Europe, on les traite comme des sous-hommes, tout en se permettant de faire des leçons au monde entier sur les droits humains. Cette hypocrisie me fâche… les doubles standards, les doubles discours. Quoi qu'il en soit, je suis venue m'installer dans le pays d'origine de mes parents il y a cinq ans, pour venir au secours des jeunes esclaves sexuelles. Nous les recueillons ici, nous leur apprenons à lire et à écrire… et nous leur redonnons goût à la vie grâce à des cours de danse. Mais assez parlé de cela pour l'instant. Entrons, je vais vous montrer la chambre que vous pourrez partager avec Maria. Vous avez de la chance d'être avec elle. Elle est une excellente personne et une excellente bénévole.

À l'intérieur du bâtiment règne un calme étonnant comparativement à la cohue à l'extérieur. On entend faiblement au loin une musique indienne : c'est l'heure du cours de danse. L'air est imprégné d'une agréable odeur d'encens. Priya nous précède pour monter à l'étage.

— Vous savez, vous êtes le premier homme qui dormira ici depuis la fondation du centre. C'est Maria qui m'a convaincue de vous accueillir. Ne soyez pas surpris : certaines des filles pourraient se montrer craintives envers vous, après avoir subi des horreurs innommables de la part de nombreux hommes. Mais je crois que cela sera sain de vous avoir dans les parages pendant un certain temps, ça pourra les familiariser avec une figure masculine positive.

Chapitre 60 — Shivani

Nandita, Manasi, Ishika et Lopa. Sur une trentaine de pensionnaires, ce sont les seules filles dont j'ai été capable de retenir le prénom après une semaine au centre d'accueil de Priya. J'ai toujours eu une mémoire déficiente pour les noms. C'est évidemment pire quand ce sont des prénoms étrangers. Maria Madelena me le reproche. Elle prétend que cela démontre que je ne m'intéresse pas suffisamment à autrui et trop à moi.

Pourtant, j'aide chaque jour Maria à donner un cours d'anglais qui dure environ une heure. La plupart des filles ont entre 14 et 20 ans et elles sont peu scolarisées. Les premiers jours, elles me regardaient avec une méfiance intriguée. Maintenant, dès que j'entre dans la grande pièce qui sert de classe et de studio de danse, elles murmurent et ricanent comme des fillettes.

Nandita a un visage d'ange et un regard de jeune biche apeurée. Elle n'a que 16 ans et elle est enceinte de 37 semaines. Comme ma grand-mère jadis, elle ne sait pas lequel des innombrables clients anonymes qui ont passé sur son corps est le géniteur de l'enfant qu'elle porte. Toutefois, à la différence de mamie Colette, elle n'aurait pu faire vivre le rejeton du commerce de son corps, puisqu'elle avait été vendue par ses parents à des proxénètes qui la maintenaient en esclavage et touchaient tous les profits qu'elle rapportait. Priya a acheté sa liberté à fort prix, comme ce fut le cas pour la vaste majorité des filles qu'elle a recueillies.

Seulement trois d'entre elles ont trouvé refuge au centre après avoir réussi à s'enfuir des griffes de leurs bourreaux, qui les livraient sans condition aux violences et aux bas instincts des michetons les plus pervers des castes supérieures. La dernière en date est Manasi, qui a été recueillie la veille de mon arrivée, en très piteux état. Elle me rappelle ma mère à la fin de sa vie. Squelettique, les yeux éteints, les traits tirés, elle n'est âgée que de 18 ans, mais elle a l'apparence d'une femme gravement malade qui aurait au moins 35 ou 40 ans. Elle tient souvent ses jambes recroquevillées vers elle et se balance de façon compulsive. En trois ans, son proxénète l'a avortée quatre fois en la frappant à l'abdomen et en lui insérant violemment des bâtons insalubres profondément dans le vagin jusqu'à l'utérus. Hier, elle a tenté de se suicider en se coupant les veines. Nandita et elle seront les deux principaux personnages d'un article que j'entends écrire.

*

Ce n'est qu'à mon huitième jour au centre que les filles acceptent enfin que j'assiste à un cours de danse. Gerda, une professeure bénévole hollandaise, m'a expliqué qu'elles ont maintenant une pudeur exacerbée en raison des traitements qu'on leur a fait subir.

— En dansant, les jeunes filles se réapproprient le corps, qu'on leur avait volé, qu'elles avaient appris à détester. Elles sont fragiles, c'est pourquoi elles sont réticentes à s'exposer aux regards, surtout à ceux des hommes.

Depuis qu'elle est ici, Maria Madelena participe à ces séances quotidiennement. Elle se déhanche plutôt bien sur des airs de Bollywood. Quand je lui en fais la remarque, elle affirme sans complexe que les Brésiliennes savent bien danser sur toutes les musiques. Les filles qui retiennent le plus mon attention sont Ishika et Lopa, pour des raisons diamétralement opposées et complémentaires. Je suis curieux de voir comment la plus extravertie et la plus introvertie du groupe s'en sortent. Sans surprise, la délurée Lopa danse de façon énergique, trop énergique même, ce qui enlève du charme et du mystère à sa performance. Pour sa part, la timide Ishika dégage une sensualité hors du commun dans de subtils mouvements qui la démarquent des autres filles. Mais ce qui m'émeut le plus, c'est d'observer la gestuelle et l'harmonie du groupe, la confiance et la jeunesse retrouvées de ces corps abusés et meurtris. Avec son ventre sur le point d'exploser, Nandita se contente de battre la mesure, tout comme Manasi, à peine remise de sa tentative de suicide.

*

Dans mes temps libres, je pars me perdre dans les méandres de Delhi, à la recherche de l'inconnu et de moi-même. Je tente d'éviter les pièges abscons, les pièges à touristes. Je préfère discuter avec les gens dans la rue, surtout avec les enfants — ils sont les plus authentiques — et ceux qui ne cherchent pas particulièrement à me parler. Je me méfie comme la peste des hommes qui m'approchent de façon trop amicale. Ce sont habituellement des escrocs qui ont seulement l'intention de soutirer de l'argent aux signes de dollars ambulants que sont tous les Blancs dans ce pays.

Lorsque je reviens au centre, je participe à la corvée collective de préparation des repas. Nous mangeons régulièrement des caris de lentilles et riz; et parfois, des mets végétariens plus élaborés, très épicés. Ce changement radical de régime alimentaire modifie mon odeur et celle de Maria Madelena. Les parfums de nos corps sont acres; je la désire moins qu'auparavant.

Quand je les aide à cuisiner, la plupart des filles se tiennent à distance de moi. Elles communiquent relativement peu, même entre elles. Priya m'a dit que c'est la manifestation d'un trouble de l'attachement. Elles ont tellement été bafouées dans leur vie, souvent dans leur propre famille avant même de devenir des esclaves sexuelles, que c'est le principal mécanisme de défense qu'elles ont su développer. En constatant cela, je réalise qu'en n'ayant pu compter sur mon père, j'ai moi aussi développé à un degré moindre une forme de trouble de l'attachement.

Nandita, l'adolescente sur le point d'accoucher, est celle qui m'approche le plus facilement. Je me demande parfois si c'est en raison des hormones de grossesse ou tout simplement grâce à une meilleure capacité de communication et d'attachement de sa part. Peu importe, elle réussit dans son anglais limité à me faire part de ses impressions de femme enceinte et des espoirs qu'elle nourrit pour l'enfant à naître. Elle sait déjà que c'est une fille et qu'elle l'appellera Shivani, un prénom qui fait référence au dieu hindou Shiva, « celui qui porte bonheur ».

Au dixième jour de ma présence au centre, alors que nous coupons des oignons côte à côte, Nandita me pose une question qu'on ne m'avait jamais adressée auparavant et qui me trouble particulièrement, parce que je ne sais comment répondre.

— As-tu des enfants ?

J'hésite, je bafouille, je m'apprête à lui révéler l'existence de Kevin, mais Nandita perd soudainement ses eaux. Alertées par d'autres filles, Priya et Maria arrivent en vitesse pour l'escorter dans la chambre qui avait déjà été préparée pour elle.

Après avoir nettoyé le plancher, Lopa vient terminer la tâche de Nandita avec moi.

— J'espère que sa fille a un meilleur karma que moi, qu'elle me dit la larme à l'œil.

— Pourquoi elle n'aurait pas un bon karma ? Elle aura une bonne mère, que je dis à Lopa pour essayer de la rassurer.

— Avoir une bonne mère ne signifie pas avoir un bon karma. J'ai un mauvais karma même si j'ai eu une bonne mère. Je paie pour toutes les fautes commises dans mes autres vies.

— C'est ça, la réelle signification du karma ?

— Oui. On mérite tout ce qui nous arrive.

Je m'apprête à rétorquer que cette conception de la vie est ridicule, mais je me retiens juste à temps pour ne pas heurter Lopa.

— Et tu crois que les gens qui vivent moins de difficultés que toi ont été de meilleures personnes ?

— Oui, c'est évident.

— Pas pour moi. Je connais un homme très mauvais qui a eu une vie beaucoup plus facile que toi, et même que moi.

— Il en subit sûrement les conséquences dans une autre vie.

— C'est une drôle de façon de voir le monde.

— Tu trouves ? C'est pourtant ce que dit l'hindouisme; ce que je crois et que je comprends en tout cas.

— Donc, tu ne penses pas pouvoir devenir heureuse un jour ?

— Un jour, oui… mais dans une autre vie.

Nous terminons de couper les oignons en silence. Sans trop y croire, je me dis que si la réincarnation existe, ma prochaine vie pourrait être plus difficile que mon existence actuelle.

*

Nandita a finalement accouché de la petite Shivani durant la nuit. Ce n'est qu'au matin que j'ai l'occasion de voir le bébé, en compagnie de Maria Madelena. Shivani est minuscule : elle pèse à peine deux kilos et demi, moins de six livres. Je remarque qu'elle a plus de cheveux que Kevin, si je me fie en tout cas à la seule photo que Kate m'a fait parvenir. Je m'étonne d'avoir une pensée pour lui en ce moment.

Nandita me tend sa fille pour que je la porte. Mon premier réflexe est de refuser. J'ai peur de la casser. Devant l'insistance de la mère, je la prends maladroitement.

— Tu es le premier homme à la toucher. J'espère et je souhaite qu'elle ne rencontre que des hommes bons comme toi dans de cette vie-ci.

Je ne me sens pas à la hauteur de cette affirmation. J'ai tellement de haine et de ressentiment enfouis au plus profond de moi, surtout envers mon père. Et moi-même je me comporte en père indigne.

Maria Madelena prend une photo en disant que j'ai un « talent naturel » pour porter les bébés. Pourtant, je me sens plutôt encombré par cette masse molle et atone : je crains de l'échapper à tout moment. La petite Shivani doit bien le sentir, elle se met subitement à hurler comme si je la battais. Je la rends à sa mère avec soulagement.

Le jour même, je ressens le besoin d'écrire à Kate. Je la remercie de m'avoir envoyé une photo de Kevin; j'ajoute que j'aimerais bien le voir au moins une fois à mon retour au pays, mais que cela ne signifie en rien que je veuille jouer le rôle de père.

Chapitre 61 — Katarina

Depuis mon arrivée au centre, Maria Madelena s'est montrée plutôt distante envers moi. Nous avons bien eu quelques rapprochements discrets, mais je n'y retrouvais pas la passion de nos premiers ébats. Hier, j'ai découvert son journal intime par hasard. Après une brève hésitation, je me suis mis à le lire. J'y ai découvert une Maria plus tourmentée et névrosée que la femme que je croyais connaître. J'ai été particulièrement surpris par ce qu'elle a écrit à Moscou, lorsque je suis parti pour le Pakistan.

Je veux mourir. Après Becky, voilà que c'est Fred qui m'abandonne. Qu'est-ce que j'ai fait pour mériter un tel sort ? Suis-je damnée parce que j'aime trop la volupté, parce que j'aime trop les femmes, parce que je ne respecte pas les enseignements de Dieu ? Pourtant, Jésus avait bien une pute comme amie. Elle s'appelait Marie-Madeleine comme moi. Il ne la jugeait pas. L'Église juge, mais Jésus ne juge pas. Cela veut-il dire que Jésus n'était qu'un homme ordinaire bienveillant et non le fils de Dieu ? Cela signifierait que l'Église et Dieu ne seraient que les inventions d'hommes méchants se croyant moralement supérieurs. Si c'est le cas, je préfère mourir maintenant et ne plus souffrir.

En lisant ces lignes, j'ai ressenti toute la souffrance et la tristesse qu'elles contenaient. Même si j'y percevais un certaine victimisation, j'avais envie d'aller retrouver Maria Madelena et de la consoler. Ma curiosité était toutefois plus forte que cette pulsion. J'ai donc poursuivi ma lecture. C'est ainsi que j'ai découvert que Maria est en réalité une manipulatrice qui peut jouer plusieurs jeux à la fois. Voici ce qu'elle a écrit la veille de mon arrivée en Inde.

Fred doit arriver demain à Delhi. Je n'ai plus le goût de le voir. J'ai plutôt envie de Priya. Elle m'a fait oublier l'attachement que j'avais pour lui et les souffrances qu'il m'a fait subir. J'irai quand même le chercher à l'aéroport. Ce serait trop salaud de ma part de le laisser poireauter seul là-bas à son arrivée.

Par ailleurs, certains passages sur Becky m'ont fait comprendre que Maria est d'un égocentrisme troublant. Non seulement reproche-t-elle à Becky de l'avoir « abandonnée » alors que la pauvre est allée s'occuper de sa mère malade, mais en plus elle éprouve envers elle une jalousie malsaine que j'ai du mal à comprendre.

Becky se croit supérieure parce qu'elle est belle et qu'elle chante bien. Mais qu'est-ce qu'elle a dans la tête en réalité ? Sa superficialité et ses rêves ridicules de célébrité me répugnent. Son égoïsme aussi. Je ne comprends pas pourquoi je me suis entichée de cette idiote.

Finalement, la dernière entrée du journal — écrite hier — a profondément blessé mon orgueil.

Fred baise de plus en plus mal. S'il est représentatif de tous les hommes, je préfère rester aux femmes. Il ne prend que son plaisir et il se fout du mien. J'ai sûrement trop vanté ses performances du début. Il ne fait plus d'efforts et il ne me fait plus d'effet. Je cherchais un homme pour avoir des enfants, mais je crois maintenant que l'insémination est la meilleure solution. J'espère que Fred partira bientôt, pour que je puisse enfin séduire Pryia.

Devant ce texte, je me sens comme une pute qu'on rejette après utilisation. Au lit, dernièrement, Maria insistait souvent pour que je « termine le travail » après mon éjaculation, afin de la faire jouir. Parfois, cela semblait bien fonctionner, mais pas toujours. Elle me prenait pour une machine, son objet ou quoi ? Si un homme tenait le même discours qu'elle au sujet des performances d'une femme, il se ferait traiter de macho. Peut-être pas ici en Inde : mais au Québec, assurément.

Ce qui me bouleverse le plus, c'est de constater à quel point Maria Madelena est en mesure de faire une coupure entre ses idées méprisantes et ce qu'elle dit ou projette extérieurement. Outré et blessé, je n'ai pas voulu la confronter avec ses écrits. En me levant ce matin, j'ai décidé de rompre, sans nommer la chose. Je lui ai simplement annoncé que je souhaitais voir du pays, que je ne voulais plus demeurer sédentaire au centre d'accueil. Elle a sèchement répondu :

— Ça va. Moi, je resterai ici. Mon expérience aux côtés de Priya va me permettre de reproduire un modèle semblable de centre d'accueil pour des jeunes femmes victimes d'esclavage sexuel à São Paulo.

— C'est bien, ça peut donner un sens à ta vie.

— Quoi ? Tu penses que ma vie n'a pas de sens ?

— Ce n'est pas ce que j'ai dit…

— Continue ton tour du monde… Tu pourras venir me rejoindre quand je serai de retour au Brésil.

— D'accord, que j'ai répondu sans vraiment y croire.

En quittant le centre, chargé de mon lourd sac à dos et de ma peine, j'éprouvais une sensation de fin du monde, de fin d'un monde. Notre dernier baiser fut entremêlé de larmes. Sans l'admettre, nous savions tous les deux qu'il s'agissait là d'un adieu, pas d'un simple au revoir.

Je me suis rendu à la gare à bord d'un rickshaw, une mobylette taxi à trois roues. La conduite folle du chauffeur — qui zigzaguait entre les autos, les camions, les charrettes et les vaches sacrées comme si nos vies n'avaient aucune valeur — a eu comme effet de me faire gerber mon déjeuner.

Le cœur et l'estomac vides, je monte maintenant dans un train en direction d'Agra, pour voir le Taj Mahal, l'une des sept merveilles du monde moderne. Je m'y rends davantage parce que c'est un passage obligé dans la région que par réel intérêt envers un énième monument grandiose. Je me sens physiquement et émotionnellement anéanti. Je m'impose cette visite comme on impose à un malade sans appétit de manger pour prendre des forces.

Quand j'y arrive enfin, le mausolée de marbre qu'a fait construire l'empereur Shâh Jahân pour sa femme au 17e siècle n'a malheureusement pas l'effet espéré. Plutôt que d'être émerveillé par la magnificence des lieux, je suis répugné par ce luxe ostentatoire, dans un pays où des centaines de millions de personnes vivent dans des conditions abjectes.

Désabusé, découragé, désenchanté par la vie, je sens un incontrôlable besoin de fuir. Fuir quoi et pourquoi ? Fuir l'humanité ? Me fuir moi-même ? Fuir pour mieux me retrouver ? Qu'importe, pour satisfaire mon envie irrépressible de fuite, je décide de quitter Agra le soir même. Sans réfléchir, je prends au hasard le premier train de nuit. Il se rend à Khajurâho; j'ignore totalement où ça se trouve. Puisqu'il ne restait plus de couchette libre, je suis contraint de passer la nuit en position assise, en troisième classe, entre des compagnons de voyage à l'hygiène douteuse, dont certains ont des allures de brigands. Pour m'assurer de ne pas me faire voler mes effets, je place mon volumineux sac à dos sous mes jambes : il me sert de repose-pied.

Malgré des conversations animées autour de moi et le bruit strident des roues avançant sur le chemin de fer rouillé, je réussis à somnoler. Mes songes nébuleux sont envahis de bébés. Je berce deux poupons sans cheveux qui vagissent des plaintes insupportables semblables au bruit du train. L'un est l'enfant de Kate et l'autre, celui de Maria Madelena. Je porte également dans mon ventre un troisième bébé, de mère inconnue. Un bambin faisant ses premiers pas s'approche de moi; son visage ressemble à celui de Frédérique. Il m'arrache les poupons des bras et les lance sur les rails entre deux wagons. Je tente de les sauver, mais sans succès. Je suis éclaboussé de leur sang. Un chaud liquide dégouline contre mon visage et entre mes jambes. L'enfant que je porte veut sortir de mon corps, mais il demeure emprisonné en moi. Je me réveille en panique : je m'essuie le visage, ce n'est que de la sueur. Je me touche l'entre-jambe : j'ai pissé dans mon pantalon.

*

En Inde, il y a un dicton selon lequel le mauvais train peut vous emmener à la bonne gare. Eh bien, c'est littéralement ce qui m'arrive, je crois, en arrivant à la gare de Khajurâho. Pour la première fois depuis que je suis dans ce pays, je me trouve dans un espace public qui n'est pas totalement bondé de monde. La petite ville est en pleine campagne, et seule la présence de quelques touristes suscite une certaine activité. En me renseignant, j'apprends que l'endroit attire beaucoup d'étrangers en raison de la présence de nombreux temples hindouistes et jaïnistes.

Je monte dans un rickshaw et demande au chauffeur de me conduire à un hôtel décent. Pour faire augmenter le prix de la course, il fait deux fois le tour de la petite communauté avant de me déposer devant un établissement. Trop fatigué pour me plaindre et argumenter, je paie le prix qu'il me demande (disproportionné par rapport au coût de la vie en Inde) et je prends une chambre afin d'y terminer ma nuit de sommeil.

J'en ressors revigoré en début d'après-midi et je croise dans le petit lobby de l'hôtel une très grande femme, blême, qui me fait un très grand sourire laissant apparaître une dentition quasi chevaline. Je la salue d'un signe de la tête, et elle me tend son énorme paluche, en me disant dans un anglais aux accents slaves qu'elle s'appelle Katarina. Elle s'apprête à aller visiter des temples et elle m'offre de me joindre à elle. Déstabilisé par cette familiarité précoce, j'hésite un peu avant de balbutier que ça me ferait plaisir.

Compte tenu de leur proximité, nous nous rendons en marchant vers les temples situés à l'ouest de la ville. Nous profitons de ce moment pour faire plus ample connaissance. Katarina est une Serbe ayant vécu toute sa vie à Belgrade. Comme elle aura bientôt 30 ans, elle a connu dans son enfance les troubles entraînés par le démantèlement de l'ex-Yougoslavie. Elle est cependant réticente à approfondir le sujet lorsque je demande des précisions. En visitant l'Inde, elle réalise un rêve qu'elle caressait depuis l'adolescence.

Il me fait tout drôle de me promener aux côtés d'une femme qui me dépasse d'au moins une demi-tête. Comme la sergente Géante en Israël, elle doit mesurer plus de 1,90 mètre. Elle me confie qu'elle se sent davantage en sécurité en raison de ma présence, ce qui m'étonne. Malgré sa stature imposante, elle dit s'être fait harceler par des hommes pratiquement tous les jours depuis le début de son séjour indien, il y a près d'un mois.

En arrivant au complexe ouest, nous nous joignons à un groupe de touristes bénéficiant des explications d'un guide. Le jeune homme parle rapidement en anglais, avec un fort accent. Nous avons de la difficulté à comprendre tout ce qu'il dit. Éberlué, j'observe sur les parois du temple Lakshmana (dédié au dieu Vishnou) des sculptures érotiques dignes du Kâma-sûtra. Elles représentent des orgies où apparaissent hommes et femmes dans des positions sexuelles diverses, dont certaines que j'aurais crues impossibles. Il y a même certaines scènes de bestialité. Katarina attire mon attention vers la représentation d'un homme pénétrant un cheval par derrière.

— J'ose espérer que c'est une jument, que je lui glisse à l'oreille, ce qui provoque un fou rire.

Prenant les sculptures pour prétexte, Katarina m'envoie des commentaires salaces. Il est évident qu'elle est en mode de chasse. Je ne la trouve pas particulièrement jolie. Sa mâchoire est trop large, ses yeux sont trop écartés. Malgré sa taille relativement fine, ses fesses et ses hanches sont trop amples. Mais je serais tout de même curieux de savoir quelle est la sensation de baiser avec une femme plus grande que soi. Je garde donc la porte ouverte à ses avances peu subtiles en lui répliquant de douces cochonneries, sur le ton de la blague.

Après notre visite, elle m'invite directement à sa chambre pour fumer du cannabis. J'accepte, en me doutant bien qu'il ne s'agit pas là de sa seule intention. D'ailleurs, plutôt que d'allumer un joint, elle m'attaque dès que nous refermons la porte. Elle me domine non seulement de par sa grandeur, mais aussi de par son attitude. Elle me pousse sur le lit et m'écrase de tout son poids, en imposant sa longue langue dans ma bouche. Difficilement, je fais rouler la Serbe sur le côté pour tenter de prendre le dessus dans ce combat charnel. Elle enlève son t-shirt et son soutien-gorge pour m'offrir son appétissante poitrine. On dirait deux pamplemousses juteux, mûrs juste à point. Je les lèche, je les suce comme un assoiffé. Je les mange comme un affamé. Avec force, rapidité et détermination, elle reprend le dessus sur moi pour me déshabiller. Elle engloutit avidement ma queue dans sa gueule profonde, c'est comme si j'étais avec la réincarnation de Deep Throat, non pas la taupe du Watergate mais l'actrice porno. Mon sexe ne m'a jamais paru si minuscule. C'est comme si je réalisais les premiers fantasmes de mes 12 ans, alors que je rêvais de pénétrer des corps de filles plus grandes et plus vieilles que moi.

Ne voulant sûrement pas me faire jouir hâtivement, Katarina cesse la fellation pour s'étendre sur le dos et écarter ses interminables jambes tel un condor déployant ses ailes gigantesques. Impressionné, j'engouffre mon chétif pénis habillé d'un condom dans l'immense orifice qui m'est offert. Si je me fie aux cris que glousse mon amante format géant, mon engin semble être suffisamment vigoureux malgré sa petitesse relative. J'en retire une grande fierté. Tout en continuant mon mouvement du bassin, je regarde de chaque côté de moi ces longues pattes en l'air en m'imaginant que je pilote un Boeing ou un Airbus, plutôt qu'un petit Cessna comme d'habitude. Quand j'éjacule enfin, Katarina m'enferme entre ses puissantes jambes et m'impose de continuer mon va-et-vient malgré la douleur. Elle ne jouira qu'après avoir siphonné le peu d'énergie qui me restait. Je me jette sur le dos trempé et à bout de souffle, ressentant la satisfaisante sensation d'avoir trompé Maria Madelena, malgré la rupture non nommée, et de m'être vengé de sa condescendance envers moi. Katarina vante mes talents de baiseur et me demande aussitôt à quoi je pense. Je lui mens : je prétends que je ne pense plus à rien grâce à elle.

*

La journée suivante, Katarina et moi décidons de remonter vers le nord-est en train pour rejoindre la vallée du Gange. Nous partons en direction de Varanasi (un trajet de plus de six heures) pour y séjourner et observer les rituels de purification des hindous dans le fleuve sacré. Dès le départ du train, Katarina se plonge dans un roman à l'eau de rose. N'ayant aucun autre livre à portée de la main, je fouille dans le désordre de mon sac à dos pour retrouver *Le Tour du monde en 80 jours*, dont j'avais abandonné la lecture il y a bien longtemps. Je retrouve le livre dans un piètre état, au milieu d'un tas de vêtements sales.

Ironiquement, mon signet indique que j'étais rendu au chapitre XIV, qui s'intitule : « Dans lequel Phileas Fogg descend toute l'admirable vallée du Gange sans même songer à la voir ». Je me souviens maintenant avoir lu le chapitre précédent — « Dans lequel Passepartout prouve une fois de plus que la fortune sourit aux audacieux » —, lorsque je me trouvais à bord du rafiot qui remontait le fleuve Niger vers Bamako. Ça fait effectivement un bail. Dans ce chapitre, le serviteur de Fogg avait trouvé une façon loufoque et invraisemblable de sauver madame Aouda d'un sacrifice odieux. C'est cela qui m'avait convaincu de faire tout ce que je pouvais pour que cette pauvre Fatoumata soit libérée. Que son âme repose en paix.

Dans le chapitre XIV du roman de Jules Verne, la jeune madame Aouda reprend conscience et se montre très reconnaissante envers ses sauveurs. Comme le suggère le titre du chapitre, les héros et leur ingénue filent sans s'arrêter vers Calcutta, pour y embarquer dans un bateau en direction de Hong Kong. De leur train en marche, tout ce qu'ils verront du Gange, ce sont des éléphants et des zébus ainsi que « des bandes d'Indous des deux sexes » se baignant. Qu'est-ce qui choque le plus ? Le fait que « Indous » soit écrit avec un i, le fait que lesdits Indous semblent être considérés sur le même plan que les animaux ou encore que le seul personnage féminin du roman soit réduit à un rôle de potiche ?

Chapitre 62 — Tanya

Varanasi, également appelée Bénarès, nous apparaît dans toute sa splendeur au coucher du soleil. Les teintes orangées donnent une aura de mystère aux bâtiments ocreux de la capitale spirituelle millénaire et au fleuve sacré aux abords duquel on fait brûler les corps des morts à ciel ouvert, alors que les vivants se purifient spirituellement dans une eau empoisonnée par les égouts de la ville, qui s'y déversent directement.

Katarina pousse un grand cri de dégoût en apercevant des pèlerins boire l'eau du Gange, pendant qu'un cadavre déposé sans crémation dans le fleuve flotte tout près d'eux. Certains y lavent leur vaisselle et leurs vêtements, malgré la présence de nombreux détritus à la dérive. Rajesh, un jeune dévot croisé près de cette scène, nous explique qu'il croit pouvoir laver ses péchés en s'immergeant dans le Gange. Quand je lui demande s'il craint les effets de la pollution de l'eau, il hausse les épaules nonchalamment et me répond que le plus important, c'est la propreté de l'âme. Il ajoute ensuite que la dispersion des cendres des défunts dans le fleuve peut leur permettre d'avoir de meilleures vies futures ou d'atteindre le *moksha*, c'est-à-dire la libération définitive du cycle des renaissances. Katarina me glisse sarcastiquement à l'oreille que, dans une eau si sale, il est clair que les morts ne peuvent revenir à la vie.

En rentrant à notre chambre d'hôtel plus tard en soirée, nous ressentons le besoin impérieux de nous laver pour nous libérer psychologiquement de toute la crasse et les saletés que nous avons vues dans le fleuve et sur les berges. La douche est trop petite pour nous deux, Katarina y passe avant moi.

Lorsque j'en ressors, elle m'attend complètement nue, agenouillée au sol, le tronc penché sur le matelas, lisant son roman. Sa croupe m'est totalement offerte. Je n'attends aucun autre signal de sa part et je m'agenouille à mon tour pour lécher l'arrière et l'intérieur de ses longues cuisses. Tête penchée sur le côté, je titille ensuite son clitoris du bout de la langue tout en enfonçant quatre doigts dans sa chatte évasée, chaude et humide. Elle gémit. Je me lève debout et j'enfile ma bite dans son con, en variant les rythmes de mes déhanchements, pour provoquer davantage de plaisir et de supplications de sa part. Elle a le cul, les pattes et la crinière d'une jument : ses cris me rappellent des hennissements. Je m'imagine comme étant le valeureux amant sculpté sur le temple de Khajurâho, baisant sa monture. Pendant un instant, cette image m'excite. Puis elle me répugne quand je pense à une vraie jument. Je me change les idées en fantasmant que la géante que je pénètre actuellement est la maudite sergente Géante israélienne. Je la défonce avec force, avec haine. En éjaculant, je crie en français : « Prends ça, ma salope ! Tu paies pour toutes les autres ! »

*

Ayant de la difficulté à dormir en raison des images de corps brûlés et de cadavres flottants qui hantent mon esprit, je me lève en pleine nuit et me connecte à Internet. Je consulte un site québécois d'informations pour savoir ce qui fait l'actualité au pays.

En apercevant la première manchette, je fige : *Le corps de Gilbert Turmel retrouvé près du fleuve.* Un courant électrique parcourt mon échine. Je fixe l'écran sans bouger. Puis la main tremblante, j'utilise ma souris pour pouvoir lire l'entièreté du texte.

Le cadavre retrouvé hier en bordure du fleuve Saint-Laurent, près de Yamachiche, a été identifié aujourd'hui comme étant celui de Gilbert Turmel. L'homme de Laval, âgé de 48 ans, était porté disparu depuis mai dernier.

Son corps se trouvait dans un secteur boisé et isolé longeant le lac Saint-Pierre. « Il a été recouvert tout l'hiver par la neige, et des promeneurs nous ont contactés après avoir remarqué qu'il flottait dans une vase créée par la fonte précoce des neiges », a affirmé la sergente Jocelyne Barré de la Sûreté du Québec.

L'été dernier, la voiture de Gilbert Turmel avait été localisée à environ huit kilomètres de cet endroit. La sergente Barré a confirmé qu'une arme de chasse a été retrouvée sur les lieux et que le défunt est mort d'une balle à la tête : « Cependant, nous n'avons pas encore déterminé s'il s'agit d'un meurtre ou d'un suicide ».

Dans les jours et les semaines ayant suivi la disparition de Gilbert Turmel, la Sûreté du Québec avait demandé l'aide du public pour retracer son fils, qu'on avait alors qualifié de « témoin important » dans cette histoire. Frédérik Turmel, aujourd'hui âgé de 22 ans, avait amorcé un périple autour du monde au lendemain de la disparition de son père, ce qui avait alimenté les rumeurs et les soupçons. Depuis, le jeune globe-trotter et journaliste s'est fait connaître à l'échelle mondiale en réalisant des reportages d'impact publiés dans le prestigieux magazine Dossiers. *La Sûreté du Québec refuse de révéler où il se trouve actuellement et si elle le considère comme un suspect.*

L'article est accompagné d'une photo de Gilbert sur laquelle il affiche un sourire bienveillant et un air sympathique. On dit qu'une image vaut mille mots, mais il n'y a rien de plus faux : en réalité, une image vaut mille mensonges. N'importe quelle petite dame qui verrait cette photo sans connaître la nature profonde de Gilbert pourrait le plaindre comme étant une innocente victime. En fait, il n'a été victime que de lui-même, peu importe le rôle que j'ai joué dans sa mort.

Je me sens dans l'obligation d'écrire à une seule personne, ma demi-sœur.

Chère Émilie, j'ai su pour la découverte du corps de Gilbert. Je suis désolé de cette conclusion, mais j'espère que tu pourras trouver en toi la force pour surmonter cette épreuve. Comme à la mort d'Henriette, je ne me présenterai pas aux funérailles, je sais trop bien qu'on me déteste dans cette famille. Prends soin de toi, Fred xx

*

Au cours de cette nuit d'insomnie, j'ai pris la décision de ne rien dire à Katarina à propos de la mort de mon père pour m'éviter des explications et des soupçons. À son réveil, elle remarque cependant que je ne suis pas dans mon état habituel, elle me dit que j'ai l'air absent. Mon esprit est effectivement engourdi. Je lui réponds simplement que j'ai mal dormi.

Après le déjeuner, nous retournons près du Gange à la découverte d'autres bizarreries qui auraient pu nous échapper la veille. Nous observons une cérémonie autour d'un cadavre sur le point d'être brûlé. Je m'imagine que le mort pourrait se lever à tout instant et m'accuser d'avoir tué mon père.

Des cris m'arrachent à mes fabulations. Des gens paniqués pointent leurs doigts vers un corps emporté par le courant; c'est un enfant qui est en train de se noyer.

Tout le monde reste figé sur la berge ou dans les eaux peu profondes. Sans réfléchir, oubliant même ma crainte des grandes étendues d'eau, je plonge dans cette soupe toxique et je nage sans ménager mes énergies. Je perds l'enfant de vue, mais je continue à aller dans sa direction. Je commence à ralentir et à me décourager en réalisant qu'il n'y a que des débris, des détritus et des étrons autour de moi dans cette gigantesque toilette. À bout de souffle, je suis sur le point d'abandonner lorsque je vois réapparaître une petite tête tout près. Une poussée d'adrénaline me permet de me rendre jusqu'à l'enfant, une fille. Quand je l'agrippe, elle crache ce qui pourrait être ses derniers souffles. Elle ne bouge plus et ne respire plus; je combats le courant avec l'énergie du désespoir pour la ramener vers la rive.

Alors que je m'en approche, plusieurs pèlerins m'entourent et m'aident à porter la fillette jusqu'à la terre ferme. Lorsque nous y arrivons, un homme d'un certain âge lui fait le bouche-à-bouche et des manœuvres de réanimation. Elle regagne le monde des vivants en recrachant les eaux empoisonnées qu'elle avait avalées. Elle respire, mais elle est toujours inconsciente.

Une femme vêtue d'un sari tout mouillé arrive en courant et la prend dans ses bras en pleurant. C'est visiblement sa mère. Un homme les rejoint; le père je suppose. Il semble être fâché et veut immédiatement les soustraire à la foule. La femme se défait de lui d'un geste brusque et vient s'agenouiller devant moi pour me remercier d'avoir sauvé sa fille :

— Elle s'appelle Tanya. S'il vous plaît, priez pour elle, qu'elle me dit en anglais avec un fort accent.

Derrière, le père beugle que j'aurais dû me mêler de ce qui me regarde, que la destinée de sa fille était de mourir ici, dans le Gange, pour échapper au cycle des renaissances. Il soulève la petite Tanya et quitte les lieux précipitamment, suivi de sa femme.

Encore sous le choc de l'événement, je suis de surcroît stupéfait par ce que je viens d'entendre. Katarina réussit à se frayer un chemin parmi les curieux pour me retrouver. Elle me félicite, mais n'ose pas me toucher, parce qu'elle me trouve trop gluant et révulsant.

*

Une autre nuit d'insomnie. Mes pensées tournent et se bousculent au rythme du ventilateur au plafond. Katarina ronfle comme un homme et moi, je cogite comme une femme. Tanya est-elle garante de ma rédemption ? Me lave-t-elle de mes péchés comme les eaux du Gange ? Pourquoi cette coïncidence — s'il en s'agit d'une — entre la découverte du corps de Gilbert et cette occasion pour moi de sauver une vie ?

Si je n'avais pas été là, Tanya serait-elle morte ? Sa destinée était-elle vraiment de mourir à ce moment et à cet endroit, comme le prétend son père ? Ai-je entravé la bonne marche du monde et du cycle des réincarnations ? Quelles circonstances m'ont amené à me trouver à cet instant précis aux abords du Gange, en position de venir au secours de Tanya ? Si j'étais resté avec Maria Madelena un peu plus longtemps, si je n'avais pas pris le premier train en partance, celui pour Khajurâho, si je ne m'étais pas lié à Katarina, Tanya serait probablement morte. En fait, dans cette série de « si », il faudrait même remonter plus loin dans toutes les circonstances de ma vie. À la limite, on pourrait dire que si ma mère avait choisi de se faire avorter, je n'aurais pu sauver Tanya.

Chapitre 63 — Madame Wu

J'ai accompagné Katarina jusqu'à Calcutta, d'où elle doit prendre son vol de retour pour Belgrade.

— Je pourrai aller te rendre visite là-bas ? que je lui demande à l'aéroport, avant son embarquement.

— Euh… non… pas vraiment… Il y a une chose que je ne t'avais pas dite. J'ai un copain. En fait, nous sommes fiancés. Nous allons nous marier cet été.

— Ah…

— Mais j'ai eu beaucoup de plaisir avec toi, je n'oublierai jamais les moments que tu m'as fait vivre.

— Tant mieux…

— Tu es fâché ?

— Non… je savais bien que ce n'était qu'une aventure. Mais c'est quand même bizarre d'apprendre après coup que tu es sur le point de te marier…

— Tu es ma dernière folie de jeunesse… Prends ça comme un privilège, qu'elle me dit avant de me donner un dernier baiser humide et de disparaître dans la section du contrôle de sécurité.

Laissé à moi-même, je profite de ma présence à l'aéroport pour consulter ma boîte de courriels, et ainsi tromper un vague sentiment de vide et de rejet. Comme je m'y attendais, j'ai beaucoup reçu de mails dans les 48 dernières heures : près d'une trentaine. Je décide de ne pas lire ceux qui semblent concerner la découverte du corps de mon père, c'est-à-dire la vaste majorité. Évidemment, Jocelyne Barré m'a envoyé quelques missives, que je me fais un plaisir d'ignorer. Curieusement, je n'ai pas de nouvelles de Kate, même si je me suis montré ouvert à voir Kevin. Maria Madelena ne m'a rien écrit non plus.

Je prends le « risque » d'ouvrir un e-mail sans titre provenant de Frédérique. Je le regrette aussitôt, mais il est trop tard, je dois le lire jusqu'au bout.

Cher Fred, Pourquoi tu ne t'es jamais confié à moi sur tes difficultés avec ton père ? Tu as toujours été si secret, si distant. Je ne comprends pas ce qui a pu se produire dans ta tête. J'ai de la difficulté à croire que tu aies pu poser un tel geste. Rassure-moi, dis-moi que tu ne l'as pas tué. Ici, presque tout le monde saute aux conclusions et est persuadé que tu es son meurtrier. C'est encore pire depuis la découverte de son corps. Mes parents m'ont fait jurer de ne plus entrer en contact avec toi, mais c'est plus fort que moi. J'ai besoin de savoir.

Exaspéré, j'écris une brève réponse. *Je ne l'ai pas tué !!!*

Comme un homme traqué, je ressens le besoin de fuir. Mais de m'enfuir d'où exactement et vers quel endroit ? Je suis en quelque sorte déjà en fuite. Devrais-je sortir de l'aéroport pour me perdre dans Calcutta ? Je n'en ai pas réellement envie : l'Inde m'a éreinté. Je décide de consulter le tableau des départs internationaux et de partir pour la première destination qui m'inspirera. Karachi ? Non, j'ai déjà eu ma dose de Pakistan. Dacca ? Non plus. À tort ou à raison, le Bengladesh m'apparaît trop semblable à l'Inde. Dubaï ? Le désert des riches ne m'attire pas. Paris ? Je ne veux pas revenir sur mes pas. Beijing ? Pourquoi pas ? Le plus loin je serai du Québec, le mieux ce sera.

*

J'ai dû rester quelques jours à Calcutta avant d'obtenir un visa du consulat chinois. Comme un fugitif, je me suis confiné à ma chambre d'hôtel pendant cette attente; je n'avais envie d'entrer en communication avec personne.

Dans la capitale chinoise, mon besoin de prendre une pause des relations humaines a perduré. Ironiquement, je l'ai satisfait en visitant plus de monuments et de sites touristiques qu'à aucun autre endroit auparavant. Rien de mieux pour éviter de véritables rencontres avec autrui que de se rendre à la Grande Muraille de Chine en compagnie de dizaines de milliers d'autres individus, sans devoir parler à personne, ou encore de se promener sous le regard bienveillant de Mao, à la place Tiananmen, et d'imaginer le massacre de 1989, qu'aucune plaque ne commémore et que les autorités chinoises ont carrément effacé de la mémoire collective.

Ce n'est qu'au bout d'une semaine que je commence à prendre le temps d'observer la façon dont vivent les Chinois ordinaires, au quotidien. Un matin, je m'arrête dans un parc urbain rempli de retraités qui dansent, chantent et font des exercices de toutes sortes. Nulle part ailleurs n'ai-je vu une telle vivacité collective de la part des aînés. On se croirait en présence de groupes d'enfants. Une dame qui paraît avoir la jeune soixantaine s'approche de moi et me souhaite la bienvenue dans un anglais compréhensible. Avec un sourire et des yeux pétillants, elle m'invite à participer à une danse en ligne, au son d'une musique kitsch de synthétiseurs. Je refuse gentiment. Elle insiste un peu. Je lui dis que ça me gêne trop. Elle me demande mon nom et elle le répète plusieurs fois, en escamotant les r. Puis elle se présente comme étant madame Wu, l'une parmi des millions d'autres j'imagine.

Elle se montre surprise quand je lui apprends que, dans mon pays, on n'organise pas ce type d'activités pour les vieux dans les parcs.

— C'est pourtant le moment de la vie où nous avons le plus de temps pour nous amuser.

— Vous avez probablement raison !

— Vos parents ne font pas des choses comme celles-là ?

— En fait, mes parents… ils sont déjà morts. Ils étaient jeunes, ils n'avaient pas atteint l'âge de la retraite.

— Je suis triste pour vous… Ils étaient malades ?

— Oui, que je réponds, sans spécifier que mon père est mort d'une balle dans la tête.

— Ici, en Chine, notre mode de vie nous permet de vieillir en bien meilleure santé qu'en Occident ou qu'au Japon.

Doutant de la véracité de cette affirmation, je rétorque qu'il y a pourtant beaucoup moins de pollution dans mon pays, et que les Japonais battent des records de longévité.

— Vous êtes peut-être victime de la désinformation de votre gouvernement. J'ai travaillé toute ma vie au ministère de la Santé. Je vous assure qu'ici, à Beijing, l'air est de bien meilleure qualité qu'il y a 20 ou 25 ans.

— Si vous le dites, que je réponds poliment, en toussant à cause de l'intense smog dans lequel baigne la capitale en tout temps.

Apparemment satisfaite de ma concession, madame Wu retourne danser. En l'observant, je me dis qu'elle devait être une fonctionnaire modèle qui exécutait à la lettre tout ce qu'on lui demandait, sans même avoir la capacité et le désir de rechigner, de remettre en question ou de critiquer; tout comme elle exécute de façon précise et exacte, sans fantaisie personnelle, les mêmes mouvements que tout le monde dans cette danse en ligne.

Le lendemain, je reçois un courriel de Pénélope intitulé : « C'est un garçon… et il a deux papas ! ». Curieux, je clique sur le message : je n'ai pas eu de nouvelles de mon amie française depuis qu'elle m'a annoncé sa grossesse. J'apprends avec stupéfaction que Pénélope est retournée au Québec pour y vivre et y accoucher.

Cher Fred, il s'est passé tant de choses dans ma vie ces derniers mois. La plus importante est la naissance de mon petit Lucas. Il est tellement mignon, il ressemble à son papa !!! Eh oui, je sais maintenant qui est le « géniteur ».

Ce n'est pas Guillermo. Heureusement, parce qu'il m'a larguée dès qu'il a su que j'étais enceinte. Je ne savais plus que faire, je ne voulais surtout pas retourner avec Henrique. J'ai donc contacté Tintin à Montréal, et il m'a annoncé qu'il s'était fait un copain (il est aux hommes, finalement). En pleurs, je lui ai dit qu'il était peut-être le père de mon enfant, mais que j'en n'étais pas certaine. Il m'a répondu qu'il était prêt à l'élever avec moi, que ce soit son enfant biologique ou pas, à condition que j'accepte son homosexualité et le fait que nous ne formerons jamais un couple. La semaine suivante, je l'ai rejoint à Montréal. Tintin et son copain, Charles, m'ont bien accompagné tout au long de la grossesse. Et ils sont fantastiques avec Lucas depuis sa naissance, il y a maintenant une semaine.

Encore plus formidable, Lucas est le portrait craché de Tintin ! Ça me soulage tellement. Je sais que nous sommes une famille « hors norme » qui aura des défis particuliers à surmonter. Mais je m'estime chanceuse de pouvoir vivre cela à Montréal. Quand reviendras-tu ici ? Nous avons hâte de te présenter notre petit chéri ! Bisous, Pénélope, Lucas, Martin et Charles.

Ébahi, je relis le message attentivement et je regarde la photo que Pénélope a jointe à son envoi. Lucas a un petit duvet blond, la peau pâlotte et des yeux ronds bleutés. Il n'est certainement pas le fils de Guillermo ou de Henrique. Je trouve néanmoins Tintin courageux d'avoir accepté d'assumer les responsabilités de père. Moi, je n'en suis pas là.

*

Ce midi, je mange du canard laqué dans un resto bondé. Depuis que je suis à Beijing, je ne commande que des plats de volaille, de poisson et de fruits de mer, de crainte qu'on me serve du chat ou du chien sans que je ne m'en rende compte. Est-ce de la saine méfiance ou une peur irrationnelle ?

En sortant du restaurant, je croise un couple de caucasiens. Il est grand et châtain, elle est petite et blonde. Ils détournent tous deux le regard lorsqu'ils se rendent compte que je les observe. J'ai aussi l'impression qu'ils accélèrent le pas.

D'instinct, je me mets à marcher dans la direction opposée. Durant des mois, j'avais laissé tomber mes gardes. Mais depuis la découverte du corps de Gilbert, je crains de nouveau d'être sous filature.

Comme la veille, je m'arrête au parc de vieux pour les regarder danser dans le smog. Madame Wu est là; elle se dirige vers moi dès qu'elle m'aperçoit.

— Vous m'avez bien dit hier que vous étiez du Canada, n'est-ce pas ?

— Oui…

— J'aimerais vous présenter ma nièce. Son mari et elle sont des gens très fortunés. Ils dirigent une grande entreprise de jouets et ils aimeraient faire du business dans votre pays.

— Mais… je ne connais rien aux jouets ni aux affaires.

— Ce n'est pas important… Elle veut simplement savoir comment bien approcher les gens là-bas, dans votre culture.

Sans entrain, j'accepte d'aller dîner avec sa nièce le lendemain au Ritz-Carleton. En retournant vers mon hôtel miteux, j'ai la sensation d'être suivi par un autre couple de Blancs. Est-ce possible ou suis-je paranoïaque ?

Chapitre 64 — Li Lan

En entrant au Ritz-Carleton de Beijing, je quitte la Chine pour me retrouver dans une bulle intemporelle de luxe. Je pourrais aussi bien être à Paris, à New York ou à Aruba. Modestement vêtu d'un pantalon et d'une chemise noirs achetés ce matin, je crois tout de même passer inaperçu dans cet environnement fastueux grâce au classicisme et à la neutralité de mes vêtements.

Madame Li Lan vient me rejoindre dans le lobby à l'heure convenue. La nièce de madame Wu est une femme svelte et gracieuse. Elle porte une robe noire qui souligne avantageusement les légères courbes de son corps, tout en laissant suffisamment place à l'imagination. Un discret collier de petites perles et des boucles d'oreilles assorties mettent en valeur son cou et les traits fins et harmonieux de son visage. Seules quelques ridules laissent deviner qu'elle a au moins une décennie de plus que moi. Je suis soulagé de constater que son mari n'est pas avec elle.

Après de brèves salutations et présentations, nous nous dirigeons vers l'un des trois restaurants de l'hôtel. L'ambiance est feutrée, on y sert principalement des mets italiens. Ça me convient parfaitement : je n'ai pas mangé de pâtes dignes de ce nom depuis des mois. Li Lan choisit l'assiette de penne rigate à la sauce arrabiata. Et moi, je fais un acte de foi en commandant un spaghetti à la bolognaise : j'ose croire qu'on ne servirait jamais de viande de chien dans un tel lieu. Madame Li demande à la serveuse de nous apporter « la meilleure bouteille de vin rouge ».

En trinquant, Li Lan affirme que sa tante a insisté lourdement pour qu'elle me rencontre. Embarrassé, je me confonds en excuses, je lui explique que sa tante m'a pratiquement imposé ce rendez-vous de la même façon.: La femme d'affaires ajoute aussitôt qu'elle ne regrette pas d'être venue, qu'elle est enchantée de faire ma connaissance. Dans un anglais presque impeccable, elle me parle brièvement des activités de l'entreprise qu'elle dirige avec son mari; elle tombe ensuite dans un registre plus personnel en se plaignant de lui. Elle lui reproche son manque de romantisme et le peu d'attention qu'il lui accorde.

Li Lan termine rapidement sa première coupe de vin, alors que je n'ai bu que la moitié de la mienne. Je remplis à nouveau nos deux verres pendant qu'elle continue à discourir contre son homme. Après avoir ventilé ses frustrations, elle commence à s'intéresser à moi en me demandant ce qui m'a amené en Chine.

— La beauté des femmes, que je réponds pour la flatter et éviter des détails inutiles.

— Vous mentez trop bien, qu'elle réplique en clignant des yeux.

La serveuse interrompt ce flirt naissant en nous apportant les plats. Avant d'entamer son assiette, Li Lan m'informe avec une pointe de fierté que les spaghettis sont une invention chinoise et que Marco Polo en aurait rapporté en Italie à son retour d'Asie.

— Maintenant, j'aimerais vous entendre et savoir comment je devrais me comporter avec les gens de votre pays pour faciliter le business.

— Je n'ai rien à vous apprendre. Vous êtes déjà d'un commerce agréable. Et comme je l'ai dit à votre tante, je ne connais rien aux affaires. Je suis convaincu que vous auriez davantage de choses à m'apprendre que le contraire.

— Vous êtes modeste… C'est rare chez un homme.

— Je ne sais pas…

— La modestie ne vous apportera jamais rien, à part la pitié peut-être. En business et dans la vie, ce ne sont pas les plus modestes et les plus travaillants qui ont du succès : ce sont ceux qui savent le mieux se vanter et se vendre, ceux qui font croire qu'ils travaillent beaucoup, mais qui en réalité réussissent à faire travailler les autres pour eux et à en retirer le crédit et les bénéfices.

— Malheureusement, vous avez sûrement raison…

— Cessez d'être défaitiste comme cela et profitez de l'occasion d'apprendre que je vous offre. Je suis née femme dans un pays dominé par les hommes. Si je m'étais résignée à accepter mon sort, je n'aurais pas obtenu le succès et l'argent que j'ai aujourd'hui. Je suis née à l'époque de la politique de l'enfant unique, quand les couples ne pouvaient avoir qu'un seul enfant afin de ne pas entraîner une surpopulation de la Chine. Souvent, les femmes se faisaient avorter lorsqu'elles apprenaient qu'elles étaient enceintes d'une fille, parce qu'on considérait qu'il valait mieux avoir un garçon. Après avoir passé son échographie, ma mère a fait croire à mon père que j'étais un garçon, parce qu'elle ne voulait pas qu'il la force à avorter. À l'accouchement, il était furieux en apprenant la vérité. Par la suite, il a décidé de m'élever comme un garçon, et c'est grâce à cela et à ce qu'il m'a transmis que je suis devenue l'une des femmes d'affaires les plus respectées dans ce pays. Si mon mari a eu du succès, c'est grâce à moi et non le contraire.

— Votre parcours est hors du commun et admirable…

— Et le vôtre ? Vous êtes encore jeune, mais vous paraissez fort intelligent et avoir un avenir prometteur. Qu'est-ce que votre père vous a appris ?

— Rien… rien de significatif. Il m'a appris que je n'avais que très peu d'importance pour lui.

— Vous lui en voulez beaucoup ?

— Oui… et non. Il est maintenant mort.

— Comment ?

— C'est une longue histoire.

— J'ai tout mon temps.

— Il s'est suicidé.

— C'est terrible ! Quel âge aviez-vous ?

— C'est arrivé l'an dernier.

— Et vous êtes sûr que c'était un suicide ?

Pourquoi pose-t-elle cette question ? Li Lan serait-elle l'agent double que je n'ai pas su voir venir ? Je décide de clore le dossier en affirmant avec conviction qu'il s'agit d'un suicide.

Durant tout le reste du repas, je laisse Li Lan parler. Elle sape et rote en mangeant, son charme en est quelque peu entamé. Je n'ose cependant pas lui faire une leçon de bienséance à l'occidentale, comme l'aurait peut-être souhaité madame Wu, si elle est réellement sa tante.

J'observe bien les voisins de table qui nous entourent, pour les reconnaître si je devais recroiser leur chemin plus tard. Après le dessert, la roteuse-charmeuse me demande sans détour de monter avec elle dans une chambre. Je conçois deux possibilités : ou il s'agit bel et bien d'une riche femme d'affaires aux comportements d'homme prédateur ou bien c'est une habile pute de luxe, à la Mata Hari, engagée à fort prix pour me soutirer des confidences sur la mort de Gilbert. Advienne que pourra, je n'ai pas l'intention de bouder mon plaisir : j'accepte son invitation.

Au lit, elle se montre plus soumise que je m'y attendais, tout en restant directive. Avant même le début de nos ébats, elle me tend des menottes et m'ordonne de l'attacher à un barreau. J'accomplis son désir. Elle m'implore ensuite d'une petite voix de la battre au visage avec ma queue. J'obéis. J'en profite pour glisser mon membre gonflé dans sa bouche grande ouverte. Je saisis fermement sa tête et lui impose un intense mouvement de va-et-vient. Quand je la pénètre enfin par devant, elle se met à crier comme une corneille. Je n'avais jamais entendu un cri coïtal aussi haut perché. Je me demande si toutes les Chinoises hurlent ainsi. À défaut d'être mélodieux, ces graillements me donnent vraiment l'impression de baiser la belle contre son gré, ce qui me procure une nouvelle forme d'excitation, inconnue jusqu'alors.

Une fois la séance terminée, Li Lan m'indique où sont les clés pour que je la libère. Puis elle s'étend contre moi, me caresse la poitrine et joue avec mes quelques poils épars.

— T'en voulais beaucoup à ton père ?

Pourquoi me parle-t-elle encore de mon père ? Qui plus est dans un moment aussi inapproprié ?

— Je n'ai rien à dire…

J'ajouterais : « sans la présence de mon avocate ». Je me lève brusquement et me rhabille en vitesse.

— On peut se voir après-demain ?

D'abord incertain, je finis par céder et accepter la proposition devant les supplications incessantes de Li Lan. En sortant de l'hôtel, je mets machinalement ma main dans ma poche. J'y trouve 5 billets de 100 dollars américains. Est-ce moi qui suis une pute de luxe ?

Chapitre 65 — Janis

Becky nous a envoyé un courriel, à Maria Madelena et moi, pour nous annoncer le décès de sa mère.

Pendant les derniers mois, je me suis occupée seule de maman, parce que nous n'avons pas de famille. J'ai perdu tout contact avec mes amis d'enfance, j'ai peu de gens ici pour m'appuyer. J'aimerais tant que vous veniez à Darwin pour me consoler et être présents aux obsèques.

Becky savait que Maria et moi avions continué à voyager ensemble après son départ précipité de la Grèce. Mais nous nous étions entendus pour ne rien lui dire au sujet de notre relation. Aujourd'hui, en lisant son message, je me sens comme une salope qui a trahi une amie en couchant avec son copain. Je crois que c'est un sentiment pire que celui vécu par le salaud qui aurait sauté la copine de son pote. Blesser les sentiments d'une femme me semble plus odieux que de blesser ceux d'un homme.

Sans hésiter, je réponds à Becky que je me rendrai dès que possible à Darwin pour les funérailles de sa mère. Ce coït interrompu avec la Chine me contrarie quelque peu. Cependant, je ressens le besoin de partager le deuil de Becky, en espérant que cela m'aidera à apaiser mes blessures non cicatrisées depuis la mort de Marjolaine.

*

299

Après une longue escale à Kuala Lumpur, j'arrive dans le nord de l'Australie à la fin d'un après-midi sombre d'avril. Le ciel est déchaîné. Alors que l'avion descend vers l'aéroport, de nombreux éclairs déchirent le ciel, offrant aux passagers un spectacle tout aussi angoissant que féérique. À Londres, Becky m'avait bien dit que Darwin était la capitale mondiale des orages électriques; j'en ai maintenant la preuve. C'est comme si les cieux pleuraient la mort de sa mère.

En m'apercevant à ma sortie des douanes, Becky court vers moi et m'étreint longuement. Ses larmes tièdes coulent à flot dans mon cou, presque aussi intensément que la pluie orageuse à l'extérieur. Aujourd'hui, ses cheveux sont noirs comme le plumage d'un corbeau. J'ai une sensation de déjà-vu. Ça me rappelle étrangement mes retrouvailles avec Maria Madelena à l'aéroport de Dehli. Je m'enquiers d'ailleurs de sa possible venue.

— Elle ne me répond plus.

— Ne t'inquiète pas… Je crois qu'elle est trop absorbée par sa personne.

— Toi aussi, tu as remarqué ça ?

— Oui, que je me contente de répondre, ne voulant pas m'aventurer davantage en terrain glissant.

— Pourquoi tu dis ça ?

— J'ai eu… différents petits indices ici et là, que je réponds en évitant d'avouer que j'ai lu son journal intime.

— Est-ce qu'elle a une nouvelle copine ? me demande Becky d'une voix tremblante.

— Je ne sais pas. Mais n'en parlons plus, c'est probablement mieux qu'elle ne vienne pas.

— L'amitié, c'est plus fort que l'amour. Toi, au moins, tu ne m'as pas abandonnée, qu'elle lance avec conviction, ce qui ajoute à mon malaise intérieur.

Pour nous rendre chez Becky, nous défions le déluge dans une vieille Westfalia orangée dont l'intense grondement fait compétition aux pétarades de l'ondée et du tonnerre. La fourgonnette typique des hippies sied bien à son style peu orthodoxe.

Nous gardons le silence pendant un long moment. Je songe à l'ironie de la situation. Maria Madelena, celle qui me reprochait de ne pas vouloir aller aux funérailles d'une grand-mère que je détestais, ne prend pas la peine de venir réconforter dans son deuil la fille dont elle était soi-disant amoureuse. « Faites ce que je dis, pas ce que je fais. » Dans ma jeune existence, j'ai déjà rencontré trop de gens dont ce pourrait être la devise. En bon darwiniste, j'en déduis qu'ils sont probablement nombreux nos ancêtres ayant survécu en trompant leur congénères plutôt qu'en appliquant de réels principes de solidarité.

— T'as l'air préoccupé. À quoi penses-tu ? me demande Becky.

— Euh… je ne pense à rien. J'adore ta Westfalia, que je dis pour faire diversion. Ça fait longtemps que tu l'as ?

— C'était celle de Janis… depuis au moins 10 ans.

— Janis ?

— … ma mère.

— Comme Janis Joplin ?

— Oui…

— Je suis sûr que vous aviez beaucoup en commun.

— Pourquoi tu penses ça ?

— Je n'aurais pas vu ma mère conduire une Westfalia.

— Tu t'imagines que la mienne n'était pas conventionnelle ?

— Exactement.

— T'as un peu raison…

L'orage cesse soudainement pour faire place à un intense soleil, alors que nous arrivons à la maison dont Becky vient d'hériter. C'est une mignonne petite demeure jaune canari et vert pomme, située à proximité d'une plage et de l'océan. À l'intérieur, nous sommes accueillis par une ménagerie composée de deux chiens et trois chats, tous des bâtards, ainsi qu'un magnifique cacatoès blanc très bavard, nommé Hector. Becky précise que ce perroquet mal élevé sait prononcer une vingtaine de mots ou d'expressions, dont *fuck you* et *mother fucker*.

L'endroit est décoré dans un style *New Age* des années 70 et 80, avec différentes teintes de bleu, de rouge et de rose. Quelques portraits accrochés aux murs montrent Janis et sa fille à différentes époques. Sur toutes les photos, la mère arbore un style et une coiffure vaguement hippies; Becky, elle, se métamorphose énormément, passant de la parfaite fillette blonde à une adolescente aux looks tantôt punks, tantôt grunge, tantôt… inqualifiables.

Après une rapide visite des lieux, nous profitons de l'accalmie à l'extérieur pour aller marcher sur la plage en compagnie des chiens, avant que le soleil ne se couche.

— Je te préviens, il faut être prudent ici : il y a des crocodiles et des méduses, m'avertit Becky.

— S'ils ne t'ont jamais tuée, ils ne doivent pas être si dangereux, que je réplique, pince-sans-rire.

— Pour les crocodiles, il y a tout un système de pièges, admet Becky. C'est dommage que tu sois si peu impressionnable : j'aime bien effrayer les gens avec ces histoires. Mais les méduses, elles sont réellement là jusqu'en mai et elles reviennent en septembre.

— Comme la neige chez moi, que je dis à la blague, en exagérant la durée de la période de grands froids.

Ne connaissant rien de l'hiver canadien, Becky ne saisit pas mon humour et garde le silence. Fossé culturel. Mon regard et mes pensées enneigées se perdent dans les vaguelettes et l'horizon infini, pendant que les chiens aboient et se chamaillent.

— Je ne peux pas croire que Janis soit morte aussi isolée, lance Becky d'une voix étranglée.

— Tu étais là…

— Oui, mais seule avec elle. Quand j'étais petite, la maison était constamment remplie de monde, la joie de vivre régnait. Les gens entraient et sortaient à leur guise. C'était souvent la fête, des amis nous rendaient visite pratiquement tous les jours. Nous avions aussi en pension des étudiants étrangers qui venaient apprendre l'anglais. C'était un milieu très stimulant.

— Et qu'est-ce qui s'est passé ? Pourquoi ta mère a fini sa vie dans la solitude ?

— Parce qu'elle a été déçue par les êtres humains. Elle était trop naïve : certaines personnes ont abusé de sa bonté. Des gens qui prétendaient être ses amis l'ont fait investir dans des projets frauduleux. Elle en a quasiment perdu la maison. Elle s'est isolée et elle s'est entourée d'animaux. Elle se disait qu'eux, au moins, ne la décevraient pas.

— Vous n'avez pas de familles ?

— Non, mes grands-parents sont morts dans un accident de voiture quand ma mère était petite… et je n'ai jamais connu mon père.

— C'est peut-être mieux ainsi. Moi, je l'ai connu… et je le regrette.

— Est-ce qu'on peut regretter quelque chose qui n'est pas en notre pouvoir ?

— Oh ! tu fais de la haute voltige philosophique !

— Je suis sérieuse. Ta mère t'a déjà demandé de l'aider à mourir quand elle était malade ? me demande Becky sans transition.

— Euh… pourquoi tu me demandes ça ?

— Parce que tu parles de regrets. Janis m'a suppliée tellement souvent de mettre fin à ses souffrances dans les dernières semaines. J'en avais la possibilité, mais j'étais trop lâche pour le faire. Elle a souffert trop longtemps pour rien. Et ça, je le regrette.

— Il ne faut pas regretter… Tu as fait ce qu'il fallait, tu l'as accompagnée jusqu'au bout.

— Je… je me sentais tellement impuissante et inutile.

— Moi, j'ai une confession à te faire. Mais il faut que tu promettes de n'en parler à personne.

— Promis.

— J'ai tué ma mère.

— Elle te l'avait demandé ?

— Oui…

— Personne ne s'en est rendu compte ?

— Je l'ai étouffée avec un oreiller à l'hôpital. Elle était malade, personne n'a posé de questions.

— Et comment tu te sens ?

— Je me sens coupable. J'aurais préféré avoir pu résister à ses pressions, comme toi.

— Qu'est-ce qui est mieux, de regretter ou de se sentir coupable ?

— Je crois que la culpabilité pèse davantage que le regret…

— …

— J'ai aussi besoin de me libérer d'un secret sur la mort de mon père…

*

Deux jours plus tard, nous nous retrouvons sur la plage au crépuscule, en compagnie d'une dizaine de connaissances de Janis et de Becky, pour une cérémonie funèbre informelle, menée par un moine bouddhiste. La mère de Becky est morte athée, mais elle avait fréquenté le petit milieu bouddhiste de Darwin quelques années auparavant.

Dans un discours senti, le moine au crâne rasé fait référence au principe d'impermanence de toutes choses et de la vie. Il déclare que la mort n'est pas une fin, mais le début d'une nouvelle occasion, surtout lorsqu'elle est vécue consciemment et sereinement. Becky pousse un cri étouffé dans un pleur. Je devine que sa mère n'était pas plus sereine que la mienne face à la fin prématurée de sa vie. Le moine reprend calmement son oraison en affirmant que la mort n'est qu'un processus de transformation et qu'au décès physique, l'esprit est appelé à se réincarner en fonction du karma du défunt, déterminé par ses actions et ses pensées au cours de son existence. Je ne connais à peu près rien de la vie de Janis. Mais si on appliquait ce principe de karma à la vie de ma mère, je crains qu'il n'en ressortirait pas grand-chose. La vie de Marjolaine se résumait à exister sans prendre de risque, sans fantaisie, sans bonheur ni malheur. Bref, ma mère se confinait à la stagnation, à une illusoire permanence de l'immobilisme. Tout le contraire de la philosophie bouddhiste, si je comprends bien les propos du moine.

— Le Bouddha nous a enseigné que le monde est impermanent, que rien ne dure éternellement. La vie, les joies et les peines, le jour et la nuit. L'attachement est donc source de souffrance. C'est pourquoi la solution est d'éliminer nos désirs, d'emprunter la *voie du milieu*. Ainsi, nous pouvons notamment nous détacher de la peine éprouvée au décès d'un proche et nous rapprocher un peu plus du Nirvana.

À la toute fin de la modeste cérémonie, Becky prend sa guitare, se lève et chante de belles paroles destinées à sa mère sur une douce mélodie qu'elle a composée. La magie opère, elle nous transporte avec elle dans un univers parallèle, à la frontière entre la vie et la mort.

Puis au seul son des vagues, elle se penche, ouvre l'urne contenant les cendres de Janis et les disperse dans l'eau. À ce moment précis, un tortueux éclair bleuté surgit sur l'océan, suivi d'un grondement au loin.

Chapitre 66 — Sharon

Nous roulons vers le parc national Kakadu; Becky me laisse conduire la Westfalia à ses risques et périls. C'est la première fois que je pilote un véhicule dont le volant se trouve à droite, dans un pays où l'on conduit à gauche sur la voie publique. Au détour d'une courbe prononcée, Becky pousse un cri de frayeur suivi d'un rire incontrôlable. Je sue à grosses gouttes. Les chiens et les chats sont tétanisés dans leurs cages à l'arrière du véhicule. Seul Hector, le cacatoès, pousse des hurlements agressants.

Nous apportons les animaux chez une amie qui a accepté de les adopter. Sharon est l'une des rares personnes qui soit restée fidèle à Janis jusqu'à la fin. Elle vit près de la petite communauté aborigène de Cooinda. En arrivant à sa modeste demeure de bois, entourée d'une luxuriante végétation, nous sommes ceinturés par une horde de cinq ou six chiens aboyant à tout rompre. Ceux que nous transportons dans le véhicule se mettent à japper et à hurler comme des loups. Hector ajoute au vacarme en piaillant d'effroi et en battant frénétiquement des ailes. Les chats poussent des miaulements de terreur.

Sharon sort de sa maison, un large sourire partiellement édenté aux lèvres. Ses chiens se taisent. La vieille autochtone bien en chair, aux cheveux blancs ébouriffés, leur ordonne de rentrer à l'intérieur. Ils obéissent sans rechigner. Après nous avoir salués, elle prend l'initiative d'ouvrir la portière arrière de la Westfalia. Sa voix apaisante suffit à calmer les animaux. Elle libère d'abord les chats, qui profitent de l'ouverture de leur cage pour s'enfuir dans la nature.

— Ils reviendront bien assez vite, quand ils auront faim.

Puis elle s'occupe des chiens un à un, en précisant qu'ils nécessitent davantage d'attention que les félins. Enfin, elle me demande de l'aider à transporter la cage d'Hector dans un cabanon à l'arrière de chez elle.

— Celui-ci, il faut l'isoler un peu. Il est encore traumatisé le pauvre.

En nourrissant les animaux et en s'assurant de leur bien-être, Sharon nous parle de ses croyances aborigènes.

— Nous ne sommes pas différents des animaux. Certains esprits peuvent prendre une forme humaine, et d'autres, une forme animale. Les esprits ancestraux donnent vie aux plantes, aux animaux, aux astres et même aux roches. Tout cela fait partie de nous, nous formons un tout avec la nature. C'est pourquoi nous avons des devoirs envers elle. Et c'est pourquoi je voue ma vie aux animaux; ils font partie de moi, de nous. Nous sommes liés dans une même spiritualité.

— Que pensez-vous du darwinisme ? que je m'enquiers, perplexe.

— Vous parlez de la théorie de l'évolution ?

— Oui.

— Elle n'entre pas en contradiction avec nos croyances aborigènes. La sélection naturelle, ce n'est pas qu'une question de biologie : ça concerne aussi la moralité et la spiritualité, pour le meilleur et pour le pire. Selon moi, l'évolution des organismes vivants sur notre planète se fait en complémentarité avec l'évolution des esprits, contrairement à ce que croient certains Chrétiens assez stupides pour se laisser convaincre que Dieu a tout créé dans un état définitif il y a seulement quelques milliers d'années.

Au coucher du soleil, Sharon nous invite à une promenade pour observer les kangourous, plus actifs au crépuscule et la nuit. Je suis excité comme un enfant; je rêve de voir l'animal emblématique de l'Australie depuis mon arrivée. Nous marchons pendant quelques minutes, puis la vieille dame nous fait signe de rester silencieux. Elle nous indique de regarder en direction d'une clairière plus bas. Dans la pénombre, nous apercevons quatre kangourous — deux grands et deux petits — grignotant des végétaux. La scène est splendide, des lueurs indigo colorent drôlement leur pelage. En chuchotant, je demande à Sharon s'ils sont dangereux. À ce moment, l'un d'eux frappe fortement le sol avec ses pattes — une façon de prévenir d'un danger — avant de déguerpir avec les autres.

Plus tard, sous un ciel étoilé, Sharon nous fait griller des viandes typiques du bush dans son arrière-cour. Au menu, kangourou et lézard. J'ai des réticences à manger les deux mets. Le kangourou est trop beau. Le lézard est trop laid. L'odeur de la cuisson est cependant agréable. Sharon a placé les morceaux de viande sur des roches chauffées et des herbes sauvages pour ajouter de la saveur. Elle a recouvert le tout de terre pour créer un genre de four artisanal. Je ne sais pas si ma curiosité, mon appétit et mon savoir-vivre l'emporteront sur mon dédain. Les chiens salivent en position d'attente, tout près du feu.

— Vous qui aimez tant les animaux, ça ne vous dérange pas d'en faire cuire et d'en manger ?

— Tant qu'il s'agit de viande sauvage et que l'animal a été tué en tout respect de son esprit, ça ne me dérange pas du tout, me répond Sharon. L'animal nous fait don de sa vie. Comme je le disais tout à l'heure, nous ne formons qu'un avec la nature, et il est dans l'ordre des choses que nous y puisions notre nourriture. Si je croise un crocodile, vous croyez qu'il va s'empêcher de me manger ? qu'elle ajoute dans un éclat de rire contagieux, tout en me servant la viande cuite dans une grande assiette.

Devant un tel argument et après avoir terminé un premier verre de syrah, je trouve le courage de goûter au lézard frit. Je coupe la viande, ferme mes yeux et mastique une bouchée. Je me surprends à aimer le goût, qui me rappelle celui du poulet. Mais la texture est plus caoutchouteuse. Je m'attaque ensuite au steak de kangourou en m'imaginant que c'est du bœuf. La diversion fonctionne. La saveur est un peu corsée; elle me fait penser à celle du bison.

Ce soir, les chiens resteront penauds : Sharon ne veut pas que nous partagions notre repas avec eux.

— Ils ont déjà eu leur part de nourriture pour aujourd'hui. S'ils ont encore faim, ils n'ont qu'à aller chasser, les fainéants.

*

Au petit matin, nous sommes réveillés par les cris stridents d'Hector, qui semble se prendre pour un coq. Une légère bruine donne à la nature environnante une touche féérique. Nous sommes à cheval sur la saison des pluies et la saison sèche. À l'horizon, le soleil levant orangé fait concurrence à une averse localisée. Un arc-en-ciel se forme, Sharon nous raconte une légende aborigène.

— Anciennement, les nomades considéraient l'arc-en-ciel comme un signe indiquant non seulement des pluies récentes dans sa direction, mais aussi la présence d'un point d'eau à proximité. C'est une croyance qui est encore ancrée chez certaines personnes. On parle du « Serpent arc-en-ciel », qui rivalise avec la force du soleil pour préserver des réserves d'eau. On dit qu'il habite dans les puits et au fond des cours d'eau. Il est un bienfaiteur, il donne la vie, mais il peut également la reprendre pour punir ceux qui se conduisent mal.

— C'est une jolie histoire. Vous n'y croyez pas ?

— Non… je crois globalement que nous avons un lien spirituel avec toute la nature, comme je vous l'ai expliqué hier. Mais les légendes comme celle-là, elles ne sont que des outils pédagogiques pour mieux comprendre. Ce ne sont que des histoires pour illustrer concrètement ce qui est abstrait et pour rassurer les gens sur la bonne marche du monde et une certaine idée de la justice.

— Comme les histoires de la bible, affirme Becky.

— Exactement. Il ne faut pas les prendre au pied de la lettre, il faut comprendre leur esprit.

Sharon nous invite à une nouvelle promenade dans les bois, à la recherche de notre petit déjeuner. Nous commençons par nous baigner dans un marais. Nous devons arracher et amasser des tiges de nénuphars, qui ont un goût apparemment semblable à celui du céleri. L'idée me dégoûte davantage que de manger du lézard. Becky s'inquiète de la présence possible de crocodiles ou de serpents. Sharon lui dit négligemment qu'il n'y en a pas à cet endroit, seulement un peu plus loin. Je jette un regard troublé à mon amie : cette réponse approximative m'inquiète.

Ayant survécu à notre baignade, nous nous séchons et allons ramasser des *pikikis*, des baies que l'on doit faire tomber au sol en lançant des roches contre un arbre. Nous cueillons ensuite des noix sauvages poussant dans des arbustes. Puis nous complétons notre collecte de nourriture en débusquant des fourmis vertes. Sharon s'en délecte et nous invite à l'imiter. Becky mange une poignée d'insectes sans hésiter.

— C'est très bon, qu'elle dit en se retournant vers moi. Goûte ! Ne fais pas ta princesse !

Hésitant, je mets quelques fourmis vivantes dans ma bouche.

Le goût suret n'est pas désagréable : on dirait de la lime. Sharon précise que c'est une excellente source de vitamine C et que c'est un bon remède contre les maux de tête et d'estomac. Je préfère tout de même l'orange et l'acétaminophène.

Pour retourner à sa maison, nous marchons silencieusement en file indienne. J'ai une soudaine pensée pour la petite Tanya que j'ai sauvée des eaux du Gange; puis je réfléchis à mon cycle de vie. Je me remémore la série d'événements improbables qui font en sorte qu'en ce moment précis, je me promène dans le bush australien en compagnie d'une vieille sage aborigène, plutôt que de cocufier un riche chinois, de baiser Frédérique dans la position du missionnaire ou de croupir en prison. Si ma mère n'avait pas été malade, si je ne l'avais pas tuée prématurément avant la fin de son agonie, si elle ne m'avait pas donné comme mission de punir Gilbert, si je n'avais pas quitté Fredou pour faire le tour du monde, si Becky ne m'avait pas abordé dans le hall d'entrée d'une auberge de jeunesse londonienne, si je n'avais pas croisé Margaret à Athènes… je n'aurais pas revu Becky à l'île de Lesbos, je n'aurais pas continué mon voyage avec Maria Madelena, Becky ne m'aurait pas appelé à l'aide à la mort de sa mère, et je ne serais pas ici. J'irais même plus loin dans mon raisonnement. Si mes parents n'avaient jamais baisé ensemble, si ma grand-mère ne s'était jamais prostituée, si mes ancêtres de Normandie n'avaient jamais traversé l'Océan Atlantique, si de grands singes n'avaient jamais évolué suffisamment pour se mettre debout il y a des millions d'années, si le Big Bang n'était pas survenu il y a des milliards d'années… je n'existerais pas.

Cela me donne le vertige. En fait, j'existe en raison d'une série de circonstances totalement hors de mon contrôle. Et en ce moment, je suis ici, dans le bush australien, parce que j'ai « suivi le courant », comme me l'a enseigné Becky dès notre première rencontre.

Sharon met fin au tourbillon de mes pensées en capturant une étrange grenouille verte fluorescente qui a de grands yeux et une bouche en forme de sourire. Ses traits lui donnent un air sympathique, elle paraît irréelle. Elle serait digne de la collection de Sibel en Turquie, une collection qui me fait douter du degré d'évolution allégué de l'être humain. Sharon nous informe que ce type de grenouille peut changer de couleur selon la température et l'environnement dans lequel elle se trouve, afin d'échapper aux prédateurs. En ce sens, elle est plus évoluée que nous.

Nous reprenons notre randonnée, mes pensées recommencent à tourbillonner. Comme cette grenouille, j'ai souvent dû m'effacer par réflexe de survie dans le passé. Ce même réflexe de survie m'a aussi poussé à enfouir bien des souvenirs au plus profond de moi et à ne pas en tenir compte, comme s'ils n'avaient jamais existé.

Malgré son amour pour moi, ma mère m'a fréquemment battu dans mon enfance et au début de l'adolescence. Pourquoi mentionner « malgré son amour pour moi » ? M'en témoignait-elle vraiment ? En fait, après les coups venaient parfois ses baisers et caresses de remords. Puis elle disait qu'elle me frappait pour mon bien. Elle m'envoyait des messages contradictoires. D'abord, elle défoulait ses frustrations sur moi, comme si j'étais un objet ne méritant aucune considération. Ensuite, elle me câlinait, comme si j'étais son plus grand trésor. Pour ne pas m'y perdre, je tentais au fur et à mesure de tout effacer de ma mémoire, autant les mauvais traitements que les rapprochements. Toutefois, je m'illusionnais en pensant que cela n'existait plus et ne pouvait plus m'atteindre.

La grenouille de Sharon me rappelle également le souvenir de mon père pelotant ma tante Maude au lac Saint-Pierre. En colère, j'avais étouffé et tué de mes propres mains la grenouille que je voulais fièrement montrer à Gilbert. J'en avais ressenti un soulagement sadique, une toute-puissance absolue, que j'ai recréée à maintes reprises dans mon enfance et dans mon adolescence. J'ai effectivement zigouillé beaucoup d'autres grenouilles; quelques chats et chiens du voisinage aussi.

À partir de mes 14 ans, je me suis passionné pour le phénomène des tueurs en série. J'ai lu plusieurs biographies de meurtriers cruels et sanguinaires. Je me reconnaissais en eux. Tous avaient commencé leur carrière à un jeune âge, en tuant des animaux par pur plaisir. Tous venaient de familles dysfonctionnelles; la plupart avaient été abandonnés par leur père et élevés par une mère inadéquate, voire sadique. Qui plus est, ils avaient en commun avec moi le fait d'avoir un QI largement supérieur à la moyenne et une capacité à passer inaperçus. Ils sont devenus mes héros.

Peu avant de rencontrer Frédérique, l'été de mes 16 ans, j'ai voulu commencer ma propre carrière de tueur en série. J'avais minutieusement préparé le coup. Il me suffirait d'attendre à la nuit tombante le passage d'une jeune femme seule dans un parc mal éclairé et peu fréquenté, près de chez moi. Je la bâillonnerais et l'entraînerais ensuite dans un boisé adjacent, suffisamment en retrait des résidences du quartier, où je pourrais la faire souffrir à ma guise avant de la tuer.

Un soir de pleine lune, j'ai mis mon plan à exécution. Bien caché, il m'a fallu patienter environ une demi-heure avant qu'une proie intéressante s'engage sur le sentier que je surveillais. Elle était menue. Je croyais qu'elle serait facile à contrôler, mais elle s'est débattue plus vigoureusement que je m'y attendais. Malgré cela, j'ai réussi à l'entraîner à l'endroit prévu. Je l'ai dévêtue sous la menace d'un couteau. Je m'apprêtais à la pénétrer tout en l'étouffant, cependant ses supplications et son regard terrifié ont atteint en moi une corde sensible dont les réels tueurs en série ne sont pas pourvus. J'ai eu pitié d'elle. Je l'ai laissée tranquille et me suis enfui.

Il m'a fallu quelques années pour comprendre que la seule différence entre moi et les monstres qui vont au bout de leur folie meurtrière, c'est une certaine capacité d'empathie dont je suis doté. En fait, je me demande si ces meurtriers sont vraiment des monstres. Ou sont-ils simplement des humains ayant une déficience de l'âme, comme d'autres ont une déficience physique ou intellectuelle ?

Chapitre 67 — Kumiko

En retournant vers Darwin — ville qui a bel et bien été nommée en l'honneur du père du darwinisme —, Becky me parle à nouveau de son rêve de devenir une chanteuse connue internationalement.

— Tu sais, j'ai réfléchi à ce que tu m'avais dit à Londres à propos de la célébrité.

— Qu'est-ce que je t'avais dit ?

— Que j'étais en manque d'attention et que je ne réussirais pas à combler mon besoin d'amour en devenant célèbre… ou quelque chose du genre.

— Ah ! désolé…

— Mais non, tu avais raison. Tu m'as fait réaliser que j'en faisais trop pour attirer l'attention des gens, parce que je ne me sentais pas aimée.

— J'en étais pas vraiment conscient.

— Et maintenant que je le sais et que je le comprends, je me sens plus forte pour essayer de réaliser mon rêve. Je veux devenir une grande star parce que j'aime chanter, pas seulement parce que je cherche de l'amour.

— Ah ! tant mieux !

— J'ai envoyé mon démo un peu partout et j'ai eu une réponse d'un producteur de Los Angeles. Il dit qu'il aime beaucoup ma voix...

— Bravo ! Il veut te rencontrer ?

— Oui, dans un mois... Tu veux bien m'accompagner là-bas ?

— Bien sûr ! Je te suivrais jusqu'au bout du monde, mais nous y sommes déjà.

— T'es trop con... et trop *cool* ! Ça te dirait de faire un arrêt au Japon, avant, pour voir mon amie Kumiko ?

— Euh... Oui. Pourquoi pas ? Je regrettais d'avoir quitté l'Asie si vite.

— Super ! J'avais peur que tu refuses.

— Comment tu l'as connue, Co...mico ?

— Kumiko ! C'est une des étudiantes étrangères qui a vécue chez nous pour apprendre l'anglais. Je préfère te prévenir : c'est une Japonaise typique... conformiste, respectueuse et raffinée. Tout le contraire de moi... Ha ! Ha !

*

Trois jours plus tard, nous prenons l'avion en direction de Tokyo, avec escale à Singapour, un déplacement qui durera plus de 15 heures au total. Nous décollons de Darwin en plein milieu de la nuit. Becky s'endort dès le début du vol; moi, j'en suis incapable. Quel meilleur remède contre l'insomnie que *Le Tour du monde en 80 jours*, ce roman pour lequel j'éprouve un étrange sentiment oscillant entre un mépris bienveillant et une sympathie par pitié ?

Je reprends la lecture à la page où l'ennuyant monsieur Fogg et son domestique clownesque, Passepartout, sont arrêtés à Calcutta dans des circonstances invraisemblables, parce que le serviteur n'avait pas enlevé ses chaussures dans une pagode de Bombay. Police, prison, tribunal, caution, le tout est réglé en quelques heures, juste à temps pour ne pas rater le départ d'un navire à destination de Hong Kong. J'anticipe que ce ne sera pas aussi simple et rigolo si la « Justice » me met un jour la main au collet.

Après une escale à Singapour — tiens, comme nous — et des problèmes en mer, Phileas Fogg et son équipée arrivent à Hong Kong avec un jour de retard sur l'horaire prévu. Mais la chance leur sourit, le départ du bateau qu'ils devaient prendre pour se rendre au Japon a également été retardé. Fogg tente de retrouver un parent de madame Aouda résidant à Hong Kong, pour lui confier cette dernière, comme si elle était une enfant. Il apprend cependant que cet homme n'y vit plus depuis deux ans, qu'il est parti en Hollande. Le gentleman anglais invite donc la belle Indienne à l'accompagner jusqu'en Europe.

Pendant ce temps, le méchant et incompétent inspecteur Fix drogue Passepartout à l'opium, à défaut de pouvoir le convaincre de se retourner contre son maître. Les héros se perdront de vue, mais ils se retrouveront tous au Japon dans des circonstances abracadabrantes. Pourquoi n'ai-je toujours pas sommeil en lisant un récit si naïf et linéaire ? Il y aurait beaucoup plus de piquant, par exemple, si un triangle amoureux se développait entre Passepartout, madame Aouda et Phileas Fogg.

*

Je suis complètement épuisé lorsque nous arrivons enfin à Tokyo, en fin de journée. Kumiko et son mari, Yoshiro, tirés à quatre épingles, nous accueillent à l'aéroport de façon quasi-protocolaire. Ils nous saluent en s'inclinant et nous offrent chacun un bouquet de fleurs. En fiers représentants sans manière des cultures occidentales — au-delà de la géographie, l'Australie des colonisateurs est assurément occidentale de culture —, Becky et moi sommes habillés négligemment et nous n'avons rien prévu pour eux. Aucune émotion ne paraît dans leurs visages, aussi impénétrables que des masques de nô. Un malaise règne en silence; il tarde à se dissiper. *Arigato, arigato*, finit par balbutier Becky, que j'imite aussitôt d'une voix ensommeillée pour les remercier de leur accueil.

Kumiko est une modeste employée de bureau, alors que Yoshiro est un haut dirigeant de l'une des plus importantes banques du pays. Et malgré une attitude réservée, il n'hésite pas à faire étalage de sa richesse. Au volant de sa Maserati de l'année, il se vante de ne porter que des complets taillés sur mesure et consulte ostentatoirement sa montre Rolex à toutes les cinq minutes. Nous restons bloqués dans un bouchon de circulation : les automobilistes demeurent d'un calme et d'une courtoisie impensables ailleurs dans le monde; nous n'entendons pas un seul klaxon.

Il fait déjà nuit quand nous arrivons enfin dans l'arrondissement de Shibuya, l'un des quartiers centraux de la capitale nippone, où vivent Yoshiro et Kumiko. Jamais n'avais-je vu autant de néons et d'écrans géants en un même endroit. Le carrefour où nous nous trouvons me fait penser à Times Square, ou du moins à ce que j'en imagine. Une immense foule se déplace sur les larges trottoirs dans un faible murmure, avec un degré de civisme que je n'aurais pu concevoir.

La Maserati entre dans le garage sous-terrain d'une tour d'habitation de construction récente. Par l'ascenseur, nous montons directement au luxueux condo de nos hôtes, situé au dixième et onzième étage de l'édifice. Le dixième étage est en fait un vaste espace à aire ouverte, décoré de meubles aux designs froids se voulant tendances. L'un des murs est constitué d'une immense baie vitrée, du plancher jusqu'au plafond, avec une vue spectaculaire sur cette partie de la ville et son animation permanente. Quatre chambres sont situées au onzième étage, auquel nous accédons par un escalier de marbre. Kumiko nous en assigne chacun une, avec salle de bain adjacente. Dès que j'en ai l'occasion, je m'y précipite : j'ai une envie pressante. En m'asseyant sur le bol de toilette, je suis ébloui par sa configuration futuriste et les nombreuses options offertes sur un écran tactile. Tout en faisant mes besoins, j'appuie sur un icône au hasard. Je sursaute et retiens un cri en sentant un jet d'eau froide couler entre mes fesses. Je ne suis pas prêt à abandonner le papier cul.

Un peu plus tard, Yoshiro, Kumiko, Becky et moi faisons partie intégrante du spectacle incessant qu'offre la foule en mouvement perpétuel au carrefour Hachiko. Nous entrons dans un restaurant situé tout près. L'endroit est bondé, mais on nous conduit sans attendre à une table basse sur tatami. Nous nous installons au sol en tailleur.

Yoshiro commande la nourriture pour nous tous, sans nous demander notre avis, ainsi qu'une grande bouteille d'*umeshu*, en apéritif. Cette liqueur aux prunes est sublime : Yoshiro et moi buvons rapidement; les filles la dégustent plus lentement. En raison de ma fatigue, la boisson fait vite effet. Je remarque que Yoshiro est toutefois plus sensible que je le suis aux influences de l'alcool. Après un seul verre, il parle fort et rit sans raison apparente; son masque tombe. L'arrivée de la nourriture ralentit sa consommation, mais il boit tout de même davantage qu'il ne mange et s'empresse de demander une bouteille de saké. Au milieu de la table sont joliment disposés des plats de sushis et de sashimis, des légumes et poissons tempuras, des brochettes à la sauce teriyaki et du *takoyaki*, un délicieux mets de pieuvre cuite dans des boulettes de pâte.

Avec la politesse artificielle d'une « parfaite hôtesse », Kumiko nous demande en anglais si nous aimons le repas. Nous avons à peine le temps de répondre que c'est délicieux, avant d'être brusquement interrompus par Yoshiro, qui s'emporte en japonais contre sa femme pour une raison qui nous échappe. Kumiko baisse la tête en signe de soumission et essuie discrètement une larme naissante qui apparaît au coin de son œil droit. Stupéfaits, Becky et moi gardons le silence en tentant d'apprécier la nourriture et l'alcool, à défaut de la compagnie.

Comme si rien ne s'était passé, Yoshiro remplit nos verres de saké et porte un toast à notre rencontre. De plus en plus éméché, enfilant les verres en vitesse, il fanfaronne de façon déplaisante Il prétend que le Japon est la société la plus avancée du monde et il déprécie les Occidentaux, particulièrement les États-Uniens. Toujours tête baissée, Kumiko n'ose plus nous regarder. Puis Yoshiro devient vulgaire. En dévisageant Becky, il affirme haut et fort pouvoir satisfaire trois femmes en même temps. Kumiko tente de camoufler ses pleurs. Yoshiro rajoute à son humiliation en disant que son épouse n'est bonne à rien au lit. Kumiko se lève et part se réfugier aux toilettes, aussitôt suivie de Becky.

Chapitre 68 — Guylaine

Le lendemain de cette première soirée inconfortable à Tokyo, Becky et moi voulons aller dormir à l'hôtel. Mais Kumiko insiste pour que nous restions. Elle dit que ce serait un grand déshonneur pour Yoshiro si nous refusions leur hospitalité. Dans les jours suivants, nous réalisons que le sacrifice n'est pas aussi important que nous le craignions au départ. Nous avons peu d'occasions de croiser Yoshiro, puisqu'il part pour le travail très tôt le matin et ne revient que tard le soir. Nous profitons de nos journées pour découvrir la capitale nippone, et nous passons nos soirées avec Kumiko, toujours très réservée.

Dans les lieux publics, je suis quotidiennement impressionné par la propreté et le civisme des Japonais. Cependant, je n'arrive pas à concevoir comment cette société si avancée accepte l'étalage public de perversions pédophiles. Dans le métro, il nous arrive parfois de voir des photos publicitaires montrant des écolières en uniforme, jupes relevées et jambes écartées. Curieusement, ces photos sont brouillées au niveau des culottes qu'elles laissent entrevoir, probablement par respect d'une quelconque loi de bienséance. Chaque fois que nous voyons l'une de ces publicités, Becky écume, critiquant « l'hypocrisie » de cette « société malade ». Un jour, dans une librairie, elle fait une crise mémorable en trouvant des mangas à saveur pédophile, mettant en scène des monstres violant des fillettes, aux côtés de bandes dessinées ordinaires. Elle s'empare de plusieurs exemplaires en vociférant et les lance sur le caissier, devant une foule médusée.

Un matin en déjeunant, Becky me raconte que Yoshiro critique Kumiko pour ses piètres performances au lit depuis qu'ils ont appris qu'elle est infertile.

— J'aimerais pouvoir intervenir; il est un bourreau pour elle, affirme Becky.

— Tu ne peux pas faire grand-chose, à part faire prendre conscience à Kumiko qu'il n'y a qu'une solution avec un tel homme : le divorce.

— Ce n'est pas envisageable pour elle. L'honneur et la famille sont trop importants au Japon. En divorçant, elle déshonorerait sa famille.

— C'est con.

— Je sais, mais c'est comme ça.

— Parlant d'enfants, il faut que je te dise… Tu sais la grosse Kate, que j'ai baisée à l'auberge de jeunesse, à Londres…

— Pourquoi tu dis la grosse Kate ? Appelle-la Kate, tout simplement.

— OK. Kate, elle est devenue enceinte de moi et elle a eu son bébé il y a deux ou trois mois, je ne sais plus.

— Tu plaisantes ?

— Non, c'est vrai…

— Mais qu'est-ce que tu fous ici si tu as un enfant de trois mois ?

— Eh bien… je suis… je suis seulement le géniteur.

— T'es vraiment, vraiment con !

— Quoi ? Je ne vais quand même pas me marier avec la gr… avec Kate, simplement parce qu'on a baisé une fois ensemble.

— Non, mais tu pourrais être là pour l'aider ou au moins voir ton enfant de temps en temps ? C'est un garçon ou une fille ?

— Un garçon.

— Tu vois, Yoshiro adorerait avoir un garçon.

— Tu me donnes Yoshiro en exemple, vraiment ?

— Là n'est pas la question. Tu as un fils, tu dois être présent pour lui.

Poussé par Becky, j'appelle Kate au numéro qu'elle m'a laissé dans un courriel. C'est le début de la soirée au Québec. Une femme à la voix rauque répond d'un ton agressif. Je lui demande s'il s'agit bien du téléphone de Kate.

— Oui, je suis sa mère, Guylaine. C'est de la part de qui ?

— Frédérik.

— Frédérik ? Tu existes vraiment, toi ? qu'elle lance avec une pointe d'ironie.

— Euh, oui… que je réponds mal à l'aise, prenant cette réaction comme un reproche, puisque je n'ai pas été présent pour sa fille et le bébé.

— Kate est à l'hôpital.

— C'est grave ?

— Ni plus ni moins que d'habitude.

Ne sachant comment interpréter cette sèche réplique, je me contente de demander le numéro de téléphone pour la joindre. Je le compose tout de suite après avoir terminé l'appel.

— Département de psychiatrie, bonsoir !

— Psychiatrie ?

— Oui. À qui voulez-vous parler ?

— À Kate, euh… Kate, je ne me rappelle plus de son nom de famille.

— Ça va, il n'y a qu'une seule Kate ici.

Après une brève attente, une voix éteinte répond.

— Allo...

— Kate ?

— Oui...

— C'est Frédérik.

— Frédérik... mon amour ! qu'elle s'exclame d'un ton soudainement enjoué.

— Pas ton amour, mais... le père du bébé.

— Je suis si heureuse d'entendre ta voix. T'es de retour au Québec ?

— Non, je suis au Japon. Qu'est-ce qui se passe ? Pourquoi t'es à l'hôpital ?

— J'ai fait une dépression post-partum. Le médecin a dit que c'est parce que tu n'étais pas là pour m'aider avec le bébé.

— Ah ! désolé... Comment il va ?

— Qui ?

— Le bébé...

— Il va bien. Ma mère s'occupe de lui. Quand prévois-tu venir le prendre ?

— Je n'ai pas encore...

— Ah, non ! Tu ne m'appelles pas du Japon pour me dire que tu vas te défiler devant tes responsabilités ?

— C'est-à-dire que...

— Pourquoi je tombe toujours sur des pères irresponsables ?

— T'as d'autres enfants ?

— Oui, deux autres...

— Ah !... et c'est ta mère qui s'en occupe ?

— C'est ça. Tu ne crois quand même pas qu'on les enferme en psychiatrie avec moi.

— En fait... je n'y avais pas vraiment pensé.

— Mais pense avant de parler, qu'elle crie.

— Oui... oui... c'est ce que je vais faire. Je dois maintenant te laisser, ma carte d'appel est terminée, que j'invente pour raccrocher.

Abasourdi, je remets le téléphone à Becky, qui a assisté à l'appel et à mes réactions sans comprendre ma conversation en français. Je lui explique la situation; elle se montre peu empathique envers moi.

— Tu vois, Kate et ton enfant auraient bien besoin de toi.

— Non, mais cette fille est folle ! Ça ne changerait rien que je sois là ou pas.

— Toutes les mères peuvent faire une dépression post-partum. Et c'est pire quand le père n'est pas présent.

— Ça va, ça va, elle me l'a déjà dit.

— Rappelle au moins sa mère pour t'informer de ton fils.

— Mon… fils ? Ça fait drôle d'entendre ça.

— Eh bien, habitue-toi. Ce sera une réalité pour le reste de tes jours.

Devant l'insistance de Becky, je rappelle la mère de Kate, même si je préférerais plutôt subir une vasectomie sur-le-champ.

— Oui, bonjour… madame Guylaine ?

— Appelle-moi Guylaine tout court.

— C'est Frédérik.

— Qu'est-ce que tu veux encore ?

— Je viens de parler à Kate. Je pense qu'elle ne va pas très bien.

— Pourquoi tu penses qu'elle est en psychiatrie, le *smatte* ?

— Oui, je comprends… je pense qu'elle aurait peut-être besoin de soutien. Qu'est-ce que vous en pensez ?

— Tu crois que je ne lui en donne pas de soutien, à ma fille ?

— Non, ce n'est pas ce que j'ai dit…

— Ça fait des années que je suis là pour elle, c'est pas la première fois que ça lui arrive…

— Oui, je sais, elle me l'a dit…

— Tu sauras que je souffre autant qu'elle !

— Oui, oui…

— Toi, t'arrives de nulle part et tu te permets de me juger ?

— Non, non… je trouve que votre dévouement est admirable.

— T'es la première personne à me le dire… Ça me fait du bien, qu'elle affirme la voix tremblante.

— Tant mieux ! Je me demandais… comment va Kevin ?

— Kevin ?

— Oui, le bébé…

— Quel bébé ?

— Le bébé de Kate…

— Pauvre petit gars ! Elle t'a fait croire qu'elle était enceinte ?

— Quoi ? Elle m'a menti ?

— Oui. Chaque fois qu'elle part dans sa folie, elle annonce à tout le monde qu'elle est enceinte. Mais ce n'est jamais vrai.

— Mais elle m'a envoyé une photo du bébé…

— En tout cas, c'était pas le sien…

— Mais… elle disait que j'étais le père.

— T'es bien le premier gars qui a l'air triste en apprenant que ce n'est pas vrai. Tous les autres étaient soulagés.

— Mais… je le suis. Je suis soulagé. C'est juste que je me sens… comment dire ? Trompé… je me sens trompé.

Chapitre 69 — Samantha

Un soir, en rentrant de son travail, Kumiko se fait la messagère de son mari. Il serait fort honoré si j'acceptais de l'accompagner à une soirée entre hommes, avec ses collègues. N'ayant aucune autre option, je réponds que j'en serais enchanté. Becky me lance le regard amusé de celle qui s'en tire à bon compte.

Le lendemain, à 20 h précisément, je rejoins Yoshiro à la sortie d'une station de métro. Comme d'habitude, il est vêtu d'un costard austère. Ayant prévu le coup, je porte ma tenue passe-partout, chemise-pantalon noirs, achetée en Chine, convenant aussi bien à une folle soirée qu'à un enterrement. Peu loquace, Yoshiro mène le pas vers un immeuble de plusieurs étages, illuminé de néons. Les enseignes sont uniquement en japonais. J'ai le mauvais pressentiment qu'il m'emmène dans un *love hotel*, un type d'établissements communs au Japon, dans lesquels on peut louer des chambres à thème pour y assouvir des fantasmes.

À la réception, nous sommes accueillis par un jeune homme très efféminé. Je ne comprends rien de sa conversation avec Yoshiro en japonais, mais ses regards appuyés me laissent entendre que je lui plais. Un désagréable frisson me parcourt l'échine, je sens l'adrénaline monter en moi, comme pour fuir face à un danger imminent. Le préposé nous invite à le précéder dans un couloir étroit. Je suis pris en sandwich entre Yoshiro et lui, je sens son souffle chaud dans ma nuque. Au bout du corridor, nous montons dans un ascenseur à l'espace très restreint. Je m'y retrouve pratiquement nez à nez avec les deux hommes, qui baissent pudiquement les yeux, à mon soulagement temporaire.

Nous sortons au sixième étage et nous nous engageons dans un autre corridor étroit, longé de chaque côté de portes numérotées de 61 à 68. Le jeune préposé nous conduit jusqu'au bout du couloir, où se trouve la porte 69, qu'il déverrouille pour nous. À la vue de ce nombre sexuellement chargé de sens, je retiens mon souffle. Lorsque la porte s'ouvre, une forte musique nous parvient de la pièce insonorisée. Un spectacle surréaliste s'offre à moi. Quatre Japonais d'âge mûr, portant des costards aussi fades que celui de Yoshiro, chantent une chanson au karaoké, dans la pénombre d'une salle privée simplement meublée de divans et de tables basses. La scène est d'autant plus cocasse qu'ils entonnent les refrains du tube américain *Unbreak My Heart*, d'un air sérieux et appliqué. Ils faussent et massacrent involontairement les paroles en anglais, destinées à être chantées par une femme suppliant son homme de lui revenir. J'ai une pensée pour Maria Madelena.

Après m'avoir présenté ses collègues, Yoshiro m'explique qu'au Japon le karaoké se pratique surtout entre amis, dans des salles privées insonorisées comme celle-ci. En plus d'avoir le contrôle du karaoké, nous avons droit à de l'alcool à volonté. Yoshiro et ses collègues boivent à un rythme effréné; moi, je préfère consommer de façon plus modérée. Ça me permet de rester aux aguets et de constater que les banquiers faussent autant en japonais qu'en anglais.

Après environ une heure, six jolies jeunes femmes asiatiques portant minijupes et talons aiguilles font irruption dans la pièce. Yoshiro me fait un sourire complice et me dit que la fête va enfin commencer. En m'apercevant, assis en retrait, les courtisanes se mettent toutes à rire et à me faire des regards mielleux. Visiblement jaloux de cette attention, les vieux Japonais s'empressent de leur faire la conversation. L'une d'elle, la plus jolie et la plus sexy, vient directement s'asseoir à côté de moi sur le sofa. Elle me tend la main et se présente dans un anglais potable comme s'appelant Samantha.

— Samantha ? Non, ça ne peut pas être ton vrai nom... que je lui dis en pensant qu'il s'agit probablement d'un nom d'escorte.

— Oui, oui.

— Pourtant, tu es Japonaise, non ?

— Oui, mais je m'appelle Samantha…

En me retournant vers les autres, je m'aperçois que chaque homme s'est déjà approprié une femme. Yoshiro caresse les cuisses de la plus petite d'entre toutes, qui semble aussi être la plus jeune. Son patron, Kenzo, chante maladroitement en compagnie d'une autre greluche la chanson thème du film *Titanic*, dont la mièvrerie m'énerve au plus haut point. Devant l'insuccès du duo, le groupe réclame avec intensité que je m'exécute, semblant croire à tort que l'anglais est ma langue maternelle et que cela me procure automatiquement un don pour le chant. Malgré de fortes protestations pour m'épargner ce supplice, je suis incapable de mettre fin aux supplications. Il ne me reste qu'une option civilement acceptable : me planter devant l'écran avec un micro pour y lire les paroles et tenter de les fredonner sans trop écorcher les oreilles de ce curieux public. Après mon début laborieux, Samantha vient joindre sa voix à la mienne. Elle me charme par la justesse de son ton et de sa prononciation. Je laisse sa voix puissante prendre le dessus, je ne chante que faiblement comme un choriste du dimanche. Mon honneur est sauf.

Plus la soirée avance, plus l'alcool coule à flot, plus les inhibitions tombent. Les banquiers ne se gênent pas pour peloter allègrement les filles. Je suis le seul à garder une certaine réserve. Samantha attend patiemment auprès de moi que je fasse les premiers pas. J'ai envie d'elle, de son corps coupé au couteau, de sa peau de satin, de sa bouche pulpeuse. Mais le fait qu'elle soit probablement une escorte payée par la banque ou par Yoshiro me rebute. Et je ne souhaite pas participer à l'orgie qui semble se dessiner autour de nous.

S'inquiétant de mon apparent désintérêt, Yoshiro me demande si je préfère amener la belle dans un *love hotel*, tout près. Je réponds par l'affirmative. Quelques minutes plus tard, je suis seul avec Samantha dans un lobby à l'allure clandestine, sans réception ni préposé. Au mur, sur un écran, défilent des images des chambres à thème disponibles : prison avec chaînes et barreaux; château du Moyen Âge; chambre d'hôpital; salle de classe avec pupitres et tableau noir; salle de torture; chambre de miroirs avec lit en forme de cœur; chambre de fillette.

N'éprouvant que peu d'intérêt pour la plupart de ces thèmes, je demande son avis à Samantha. Elle répond simplement que je suis celui qui doit décider, puisque c'est moi qui paye. Il n'y a plus de doute possible : c'est une réponse de prostituée. La prison ? Il en est hors de question, je la crains par-dessus tout. Même chose pour la chambre d'hôpital, ça me rappelle trop la mort de ma mère. La petite école et la chambre de fillette ont sûrement été conçues pour les fantasmes des pédophiles. Il reste le château, la salle de torture et la salle aux miroirs. J'opte finalement pour les miroirs, dans le but de voir Samantha en action sous tous les angles. Elle m'explique que je dois appuyer sur l'écran pour confirmer mon choix. Ensuite, j'introduis le montant demandé dans une machine, puis un numéro de chambre apparaît avec une carte magnétique pour ouvrir la porte.

Nous montons au troisième étage dans un minuscule ascenseur, collés l'un contre l'autre. En entrant dans la pièce choisie, nous sommes accueillis par nos propres clones : les miroirs sont disposés de façon à ce que l'on se perçoive en d'innombrables copies. Samantha s'assied sur le lit en forme de cœur et défait machinalement mon pantalon. Je me penche vers elle pour l'embrasser, elle détourne la tête et dit que ce n'est pas compris dans le tarif, que c'est trop personnel. Malgré ma surprise et ma frustration, je tâte sa poitrine ferme et tente d'observer dans ses yeux bridés si elle en ressent du plaisir ou si elle le feint. Elle déboutonne sa blouse et m'offre ses seins à lécher. Ses râlements sont véritables, j'en suis sûr. Je caresse ensuite sa cuisse et remonte tranquillement ma main sous sa jupe, mais elle m'interrompt brutalement. Elle précise d'un ton très professionnel qu'elle n'offre que des fellations. Tentant de reprendre le contrôle de la situation, elle me pousse sur le lit. Étendu sur le dos, je l'observe descendre mon pantalon. Des dizaines d'exemplaires de mon membre gonflé apparaissent sur les miroirs autour nous. Imitée par les nombreux reflets d'elle-même, Samantha engouffre toute mes queues en même temps dans sa profonde bouche ovale. J'ai l'impression de participer à une immense orgie avec moi-même.

Je trouve curieux que la geisha des temps modernes considère moins dégradant de me sucer que de m'embrasser. Au moment où je me fais cette réflexion, un miroir au plafond me renvoie une image de moi avec un regard libidineux, triste plutôt que satisfait. Je viens dans la bouche de Samantha avec ni plus ni moins d'entrain que si j'avais éjaculé dans un mouchoir. Je l'invite tout de même à s'étendre contre moi. Elle met sa tête sur mon épaule et me caresse la poitrine et le torse. Sa jambe remonte un peu vers la mienne; je sens une bosse dure contre ma cuisse. Instinctivement, sans avertissement, je plaque ma main contre son sexe. Samantha est bandée, elle a une queue.

Honteuse, elle se lève en pleurant, remet sa blouse en vitesse et quitte précipitamment sans m'adresser la parole.

*

Si Samantha n'avait pas été une pute, j'aurais probablement raconté l'anecdote à Becky. Mais le lendemain, je lui dis seulement que j'ai passé une soirée ennuyeuse de karaoké avec un groupe d'hommes soporifiques. De toute façon, j'avais promis à Yoshiro de ne rien dire concernant la présence féminine.

Mon expérience avec Samantha me rappelle des confidences que ma mère m'avait faites, deux semaines avant sa mort, au sujet de Gilbert. Lorsqu'ils vivaient encore ensemble, elle avait surpris mon père rentrant à la maison par la porte du sous-sol, vers 2 h du matin. Il était habillé en femme. Sous le choc, elle s'était mise à le frapper. Il avait répliqué en la battant solidement. Les vêtements que portait Gilbert dégageaient selon elle une forte odeur de sexe, « du sexe d'une femme ». Lorsqu'elle lui avait demandé avec quelle greluche il avait passé la soirée, il avait répondu : « Avec ta mère ». Grand-maman Colette est morte d'une overdose peu de temps après.

Marjolaine a demandé le divorce pour cette raison et elle en a toujours gardé rancune à Gilbert. Est-ce dans ce contexte qu'il nous avait tenus en joue avec son fusil de chasse ? Je ne le saurai probablement jamais.

Quoi qu'il en soit, la rancœur de femme trompée que Marjolaine a ressentie tout le restant de sa vie a été amplifiée et renforcée, un mois avant sa mort, par les confidences de sa jeune sœur Maude, venue lui rendre une dernière visite. Maude lui a alors confié que mon père l'avait agressée sexuellement dans son enfance.

— Maintenant, je n'en veux plus à Gilbert de m'avoir trompée avec ma mère, m'a dit Marjolaine les yeux dans l'eau. Je lui en veux de s'en être pris à ma petite sœur dès son enfance. Et je m'en veux de n'avoir rien vu, rien deviné.

J'ai alors raconté à maman mon souvenir d'avoir surpris mon père la main dans la culotte de Maude avant une promenade en bateau au lac Saint-Pierre. Marjolaine m'a regardé intensément et m'a dit, comme si j'étais coupable :

— Tu peux maintenant te racheter. Tu peux te racheter en obtenant vengeance pour moi quand je serai morte.

Elle m'a expliqué que Maude refusait de dénoncer Gilbert aux autorités, parce qu'elle craignait les policiers et le système de justice en raison de sa vie de prostituée et de son implication dans le trafic de drogue.

— Il n'y a que toi, Frédérik, qui pourra rendre justice. Après ma mort, va voir Gilbert, dis-lui que tu sais tout ce qu'il a fait à Maude… et que je t'ai donné pour mission d'obtenir vengeance.

— Et ensuite ?

— Ensuite, dis-lui qu'il mérite la peine de mort…

Chapitre 70 — Milagros

Je ressens la nécessité de me libérer de mes secrets, de me laver de mes péchés pour employer un vocabulaire judéo-chrétien. Je ressens un malaise de non-dit envers Becky. J'ai profité de son départ précipité de Grèce pour lui chiper sa copine, et elle ne le sait toujours pas.

Le lendemain de ma sortie « entre hommes » avec Yoshiro et ses collègues, Becky insiste pour que je l'accompagne au même complexe de karaoké. Je ne me lasse pas de l'entendre chanter : cette fille a un talent fou, comme je l'avais déjà constaté dès notre première sortie karaoké à Londres. Après plusieurs chansons, elle choisit *Unbreak My Heart*, qui avait fait paraître si ridicule le chœur des banquiers. Il me semble qu'elle la chante avec plus d'émotion que l'interprète originale, Toni Braxton. Elle a les larmes aux yeux. À la fin, elle me confie s'ennuyer de Maria Madelena. Elle ne comprend pas pourquoi elle ne répond pas à ses messages.

Bêtement, je profite de ce moment pour lui parler de ma relation avec Maria. Je lui raconte comment tout s'est passé, comme par accident. Au fur et à mesure de mon récit, je vois le visage de Becky se décomposer. Son regard se brise, les traits de son front se durcissent, ses lèvres et ses joues flageolent. À la toute fin, elle me gifle et se lève pour quitter la salle de karaoké. J'essaie de la retenir, elle me traite de traître.

— Ce qui me dégoûte le plus de toi, c'est que t'aies joué toute cette comédie en venant me rejoindre en Australie et en te prétendant mon ami. En réalité, tu n'es qu'un sale menteur.

Dès le lendemain, Becky quitte pour Los Angeles sans me prévenir; je l'apprends de la bouche de Kumiko. Je m'en veux de l'avoir trahie et d'avoir perdu son estime et probablement son amitié. J'aimerais aller la rejoindre là-bas, mais Kumiko m'en dissuade en précisant que Becky a insisté fortement pour que je ne cherche pas à la retrouver. Dépité, je décide de m'envoler pour le Pérou, un pays qui me fait rêver depuis que j'ai lu dans mon enfance *Le Temple du Soleil*, une bande dessinée mettant en vedette le « vrai » Tintin : en fait, le « vrai personnage fictif ».

*

En sortant de l'aéroport de Lima, je suis happé par une humidité accablante et une horde enragée de chauffeurs de taxi qui crient et s'arrachent mes bagages, ayant tout un chacun pour but de me faire monter dans leur voiture. Déstabilisé par cet accueil agressant, je hurle un puissant « STOP » et je pointe mon doigt en direction d'un vieillard en retrait pour signifier que je le choisis. Je tente de reprendre mes bagages, mais de jeunes chauffeurs vigoureux m'en empêchent. Je me mets de nouveau à hurler, cette fois d'un cri animal, et je brandis mes poings en leur direction, prêt à défouler toute ma peine, ma frustration et mon agacement au visage du premier qui osera s'opposer à ma volonté. Ma colère fait effet; j'en profite pour quitter avec le petit vieux avant que les esprits ne s'échauffent encore.

Pendant le trajet vers le centre de la mégapole, la pauvreté et la saleté des rues me choquent davantage que je m'y serais attendu. J'ai pourtant déjà vu bien pire, en Inde et en Afrique. Mais cette fois, j'arrive du Japon, le pays le plus rangé et le plus propre qui soit. C'est probablement l'énorme contraste entre les deux réalités qui marque tant mon esprit. Le chauffeur de taxi baragouine un peu d'anglais. Il me dit qu'il ne faut pas en vouloir à ses collègues pour leur agressivité, parce que la vie est dure ici et que les gens font ce qu'ils peuvent pour survivre. Il ajoute que beaucoup de gens de la campagne sont venus s'installer dans les bidonvilles au cours des dernières années en espérant améliorer leurs conditions de vie, mais qu'en réalité ils n'y ont trouvé que davantage de misère.

En plus du tarif convenu, je laisse un bon pourboire au chauffeur — ce qui semble le surprendre — lorsqu'il me dépose à un charmant petit hôtel du centre historique de la ville, au style colonial. Après y avoir déposé mes effets, je pars explorer les environs à la marche. Sous un ciel gris, j'admire les vieux bâtiments de la plus ancienne colonie espagnole en Amérique du Sud. Je m'installe sur un banc public, dans la splendide Plaza de Armas, et j'admire l'architecture du palais gouvernemental et de la cathédrale. J'observe aussi la foule et suis surpris par la petite taille de la majorité des Péruviens : ils sont encore plus chétifs que les Japonais. Ici, je me sens comme un géant.

Une fillette frêle et menue s'approche de moi avec une vieille guenille trouée et un contenant de cire à chaussures. Elle est vêtue d'un t-shirt taché de noir, comme ses petites mains. Avec des gestes, elle me propose de cirer mes chaussures. Je porte cependant des espadrilles de marche qui ne se prêtent pas du tout à un cirage. Je lui fais non de la tête, en les pointant, pour lui montrer que ce n'est pas possible. Mais elle insiste de plus belle. Ne pouvant résister à ses grands yeux noirs, je finis par céder et la laisser faire. Elle se contente de lustrer le bout et les côtés noirs en caoutchouc, puis elle me tend sa petite main maculée, dans laquelle je dépose quelques *soles*. Elle affiche un énorme sourire, comme si je venais de lui donner une fortune.

Plutôt que de partir à la recherche d'autres clients, elle s'assied à côté de moi et tente de me faire la conversation en espagnol. Je comprends qu'elle s'appelle Milagros. Puis elle précise que cela veut dire « miracles », en prononçant le mot à l'anglaise. Je réussis péniblement à me faire comprendre en lui demandant où sont ses parents. Elle fait non de la tête. Je crois bien avoir affaire à une enfant de la rue. D'ailleurs, nous sommes rapidement entourés d'une dizaine d'autres jeunes enfants, aussi sales et mal habillés qu'elle. Ils me demandent tous de l'argent. Je fouille dans le petit sac à dos que je transporte avec moi et leur donne quelques pièces de monnaie chacun. Je me retourne vers Milagros et lui demande son âge. Elle me montre huit doigts. Je suis stupéfait : je croyais qu'elle avait environ cinq ans, compte tenu de sa petite taille. Je ne peux m'imaginer à quoi ressemble son quotidien. Et dire qu'au même âge, je croyais que ma mère et moi étions pauvres...

Au moment où je me fais cette réflexion, trois gamins m'arrachent des mains mon sac à dos, et tous déguerpissent ensemble, y compris Milagros. Mon réflexe est de les poursuivre. Mais j'abandonne la course quand je réalise que ce sac ne contient ni mon passeport ni mes cartes bancaires. Je continue à marcher lentement pour me remettre de mes émotions, contradictoires. D'abord, je me suis d'instinct senti lésé : mais après considération, je suis en réalité scandalisé par le fait que ces enfants n'aient pas eu les mêmes chances de départ que moi dans la vie. J'en ressens une certaine culpabilité. Je croise une église devant laquelle est inscrit sur une pancarte « Señor de los Milagros », le Seigneur des miracles. J'y entre, j'en fais le tour dans un esprit de recueillement. Je m'assieds et observe une grande peinture du Christ crucifié. Une vieille dame d'allure bourgeoise s'approche de moi et me dit en anglais :

— Cette fresque est demeurée intacte à travers les siècles malgré deux énormes tremblements de terre qui ont complètement détruit les édifices où elle se trouvait. C'est pour cela qu'on appelle ce Christ le Seigneur des miracles. Vous pouvez lui demander ce que vous voulez, et il vous l'accordera si vous le méritez.

— Permettez-moi d'en douter.

— Vous êtes athée ?

— Je ne sais pas vraiment... mais une chose est sûre, notre monde n'est pas une méritocratie.

Visiblement heurtée par mon commentaire, la dame s'éloigne de moi sans un mot, en faisant un signe de la croix. Je me lève et me dirige vers la sortie. À la porte, une autre dame bien vêtue me demande un don pour la réfection de l'église.

— Désolé. Je préfère donner mon argent aux enfants des rues.

*

Le mérite. Quelle mauvaise farce ! C'est probablement un concept inventé par des privilégiés de la vie pour se convaincre que leur bonne fortune n'était pas que l'effet du hasard. S'il y a une vérité que mon aventure autour du monde m'a apprise jusqu'à présent, c'est que la vie est fondamentalement injuste. Le plus ironique, c'est qu'elle peut être injuste en notre faveur comme en notre défaveur. En quoi ai-je mérité d'hériter de tout l'argent que

Marjolaine m'a légué en mourant ? En quoi ai-je mérité que ma mère me demande de la tuer et de la venger de mon père ? Et en quoi Gilbert méritait-il de mourir ? Les mots de ma mère étaient bien ceux-là :

— Ensuite, dis-lui qu'il mérite la peine de mort…

— Tu veux que je le tue ?

— Non… Il pourrait se donner la mort lui-même, ce qui est encore plus horrible; et moins risqué pour toi.

— Mais on ne peut pas obliger quelqu'un à se suicider !

— Oui, on le peut…

Chapitre 71 — Pachamama

Dans un minibus me conduisant dans le chic quartier de Miraflores, près de l'océan Pacifique, je fraternise avec Daniel, un étudiant en histoire à l'Université de Lima. Il prévoit se rendre bientôt dans la région éloignée d'Ayacucho, dans les Andes, pour y étudier les rituels et les croyances liés à la Pachamama, la Terre mère nourricière dans l'ancien Empire inca.

— Le concept de Pachamama est galvaudé de nos jours. L'industrie touristique s'en est emparée pour attirer les voyageurs étrangers au Pérou. On dénature les rites originaux pour faire des représentations grotesques aux groupes de touristes qui paient le gros prix afin de vivre des expériences prétendument authentiques. Tout ce qui se fait maintenant aux alentours de Cusco, du Machu Picchu et d'autres lieux touristiques populaires comme ceux-là, c'est du théâtre. Ce n'est plus la réalité. C'est pourquoi je me rends hors des sentiers battus, dans de petits villages qui n'ont pas été contaminés par le tourisme, pour documenter les coutumes qui se sont perpétuées depuis des siècles et qui remontent d'avant l'arrivée des Européens.

Fasciné par ses explications, je lui demande si je peux l'accompagner. Daniel accepte avec joie; il ajoute toutefois que je devrai avoir le cœur solide. Pour nous y rendre, nous aurons au moins une vingtaine d'heures de bus à faire, en majeure partie sur des routes montagneuses de terre et de pierres en haute altitude.

*

Trois jours plus tard, au petit matin, après une pénible nuit d'autobus, nous arrivons épuisés à Ayacucho, capitale régionale perchée à plus de 2 700 mètres d'altitude dans la cordillère des Andes occidentales. Depuis Huancayo, j'étais le seul touriste à bord. Tous les autres passagers — à l'exception de Daniel — étaient de pauvres habitants de la région.

La fraîcheur de la nuit ne s'est pas encore dissipée, le soleil pointe paresseusement derrière les montagnes. Les rues de la petite ville sont vides. Daniel me dit que nous devrons attendre au moins une heure avant de pouvoir prendre un minibus qui nous mènera dans le village de Quinua. Sacs sur le dos, nous marchons pour nous réchauffer. Puis nous nous installons sur un banc de la Plaza Sucre; c'est ainsi qu'on appelle la place d'Armes d'Ayacucho.

Daniel me raconte que l'histoire de la région s'est écrite dans le sang. D'ailleurs, Ayacucho signifie littéralement « ville du sang » en quechua, la principale langue autochtone. En 1824, la bataille d'Ayacucho fut gagnée par le général Antonio José de Sucre — d'où le nom de la place où nous nous trouvons — contre les troupes du dernier vice-roi. C'est grâce à cette ultime victoire que Simón Bolívar a libéré l'Amérique du Sud de la domination espagnole. Et plus récemment, à la fin du 20e siècle, Ayacucho a été le fief du groupe terroriste le Sentier lumineux. Le terrorisme et les exactions de l'armée ont fait plus de 10 000 victimes dans la région.

Ma tante Gertrude travaillait comme missionnaire dans la région à cette époque, et ses récits me reviennent en tête. L'Église et le clergé n'avaient pas la cote auprès des terroristes communistes. Gertrude et ses collègues vivaient dans la crainte constante des enlèvements et des assassinats. Il m'est difficile de comprendre comment elle pouvait se sentir près de Dieu dans de telles circonstances.

*

Ce n'est que deux heures après notre arrivée à Ayacucho que nous trouvons, près du terminus d'autobus, une fourgonnette qui doit se rendre à Quinua. C'est du moins ce qui est inscrit sur une affiche informelle à l'avant du véhicule. Nous confirmons avec le chauffeur que c'est bien le cas et nous montons à bord. Après 10 ou 15 minutes d'attente, nous sommes toujours seuls avec lui. Je demande à Daniel ce qu'il attend pour partir.

— Il attend que le minibus soit plein.

— Tu te fous de ma gueule ? À ce rythme, ça va prendre au moins une heure.

— Peut-être deux ou trois. C'est comme ça au Pérou, surtout dans les petits bleds perdus. Il faut être patient.

Ma fatigue est plus forte que mon impatience : je m'endors dans la fourgonnette malgré ma position inconfortable.

*

De longue date, Daniel a créé des contacts avec des *campesinos* de la région — des fermiers — ayant préservé de fortes croyances liées à la culture inca. En arrivant à Quinua, je nous crois enfin arrivés à destination, mais il n'en est rien. Daniel m'informe que nous devons encore marcher près d'une heure en montagne. Je reprends mon sac à dos, qui me paraît plus lourd que jamais. N'eût été de ma sieste dans le minibus, je crois que j'aurais piqué une crise.

En plus de la fatigue, nous devons composer avec la réduction d'oxygène due à l'altitude. En grimpant le chemin rocheux que nous empruntons, je dois me concentrer sur chacune de mes inspirations et de mes expirations pour ne pas trop m'essouffler. Après un long moment, Daniel m'invite à me retourner pour contempler le paysage, sublime. Le village, aux toitures légèrement rosées, se trouve dans une plaine entourée de montagnes à la végétation parcimonieuse, dépourvues d'arbres. En tournant la tête un peu, nous apercevons le sanctuaire, le lieu exact où eut lieu la bataille d'Ayacucho. Un vieil homme, chapeau traditionnel sur la tête, descend le chemin avec un lama attaché à une corde. Il nous salue timidement et poursuit sa route. Nous prenons une gorgée d'eau avant de reprendre l'ascension.

Plus en forme que moi, Daniel a suffisamment de souffle pour discourir sur l'agriculture du coin tout en montant. Il m'explique que les fermiers cultivent à même la montagne en utilisant un ingénieux système de paliers élaboré à l'époque des Incas pour maximiser la surface cultivable et le rendement de la terre dans cet environnement hostile. On y fait surtout pousser des patates, de la feuille de coca et du quinoa, d'où le nom du village.

Au bout de nos forces, nous arrivons enfin à un petit hameau, destination finale de notre expédition. Il n'est composé que de quelques cabanes de bois et de tôle. En comparaison, les villageois de Quinua vivent dans un grand luxe. Ici, il ne se fait que de l'agriculture de subsistance. Nous sommes accueillis par de jeunes enfants aux visages couverts de poussière, portant le traditionnel bonnet péruvien au bout allongé. Les adultes sont aux champs, trois lamas broutent de l'herbe. Une vieille grand-mère sort d'une cabane et s'adresse à Daniel en quechua. Il m'expliquera plus tard que c'est l'aînée de la bourgade, celle qui a les connaissances les plus approfondies et les plus anciennes des rites et croyances liés à la Pachamama.

*

Nous passons une nuit frigorifique, à une température près du point de congélation, dans la plus grande cabane du hameau. Mon sac de couchage, pouvant supposément convenir jusqu'à – 8 degrés Celsius, ne garde pas suffisamment la chaleur. Pendant des heures, je grelotte et suis incapable de dormir. Je peine à imaginer comment font nos hôtes pour vivre dans un milieu aussi hostile, sans chauffage ni eau courante, à longueur d'année.

Au lever du soleil, les femmes allument un petit feu et préparent un déjeuner de patates, avec du thé de coca. Elles sont toutes vêtues de la même façon — blouse couleur crème, longues jupes bleues — et elles portent toutes un typique chapeau andin. Certaines transportent leur bébé au dos, dans un linge multicolore en bandoulière. Après le repas, Daniel et moi accompagnons les hommes aux champs, aménagés en paliers comme à l'époque préhispanique. Quelques femmes viennent nous rejoindre un peu plus tard. En ce premier vendredi de juin, le mois de la récolte dans cette région, nous déterrons des patates toute la journée. Et nous mâchons des feuilles de coca pour tromper la faim et la soif. Daniel m'explique que l'effet analgésique de la coca est beaucoup plus faible que les effets de la cocaïne, dont la production nécessite un important travail de transformation de la feuille dans des laboratoires clandestins.

En fin de journée, tous les habitants se réunissent pour une cérémonie d'offrandes à la Pachamama, la Terre mère nourricière à l'origine de la vie, qui assure des sols fertiles et de bonnes récoltes. C'est ainsi à tous les premiers vendredis de chaque mois.

Un feu est allumé, un vieil homme joue de la guitare, et tout le monde danse. Plus tard, l'aînée du hameau remplit une tasse de *chicha morada*, une boisson à base de maïs violet, et elle y ajoute des feuilles de coca. Elle prononce une prière et lève la tasse vers tous les sommets environnants. Puis elle en jette le contenu au sol pour abreuver la Terre mère.

Ensuite, elle s'assied au milieu de l'assemblée et parle en quechua. Chacun écoute ses propos avec attention. Daniel me fait la traduction au fur et à mesure, en chuchotant dans mon oreille.

— La Pachamama est notre mère à tous. Elle est à l'origine de tout ce qui existe et elle a légué en chacun de nous l'univers tout entier. Regardez au plus profond de vous et vous y trouverez tout le vécu de la nature depuis le début des temps. D'instinct, dans nos gestes quotidiens, nous reproduisons tous les degrés de l'évolution des êtres vivants. Il existe une harmonie entre ce qui constitue notre âme et la façon dont nous recréons chaque jour les cycles de la vie, à l'aide de tout ce qui nous entoure : les plantes, la terre, les montagnes, les ruisseaux, les animaux. C'est pourquoi il faut chérir la vie et rendre hommage à la Pachamama. La vie et la Pachamama ne font qu'une. Elles sont à la fois fragiles et éternelles... Comme vous le savez tous, il y a plusieurs années, j'ai perdu mon mari et deux fils à cause de la violence des hommes. Ils ont lâchement été assassinés par les terroristes du Sentier lumineux, parce qu'ils refusaient courageusement toute violence. Ils refusaient la violence de l'armée et ils refusaient celle des révolutionnaires, qui tuaient tous ceux qui n'adhéraient à leur combat ou à leurs méthodes. Malheureusement, la violence s'est introduite de façon insidieuse dans les cycles de la vie. À différents degrés, elle fait aussi partie de nous. Cependant, nous devons absolument combattre ce mal, tous les jours. Lorsque notre instinct nous dicte l'agressivité, la vengeance ou même la simple jalousie comme ligne de conduite, nous devons lui résister. En tant qu'humains, nous sommes dotés du savoir et de la conscience pour résister à ces pulsions et à ces poisons, qui ne sont en réalité nécessaires qu'aux bêtes sauvages pour leur survie.

*

Durant notre deuxième nuit au hameau, j'ai encore de la difficulté à dormir. Le froid me dérange toujours, mais ce sont davantage les sages propos de l'aînée qui me tiennent éveillés. Ils ont amorcé en moins une intense réflexion qui m'empêche de trouver le sommeil.

Je réalise que cette violence qui est en moi, qui est en nous tous, ma mère l'a sciemment alimentée dans les dernières semaines de sa vie. Non seulement pour que j'obtienne vengeance pour elle en ce qui concerne Gilbert, mais également pour que j'accepte de l'assassiner, elle, afin d'abréger ses souffrances. J'ai tué Marjolaine à sa demande et je me suis plu à penser que c'était un geste courageux de ma part, fait par pur altruisme. Mais en réalité, si j'ai réussi à passer à l'acte, c'est parce que je nourrissais une haine grandissante envers elle. En se montrant aigrie, désagréable et revancharde dans ses derniers moments, elle a alimenté mon désir de la voir quitter ce monde au plus tôt. Idéalement, j'aurais souhaité pouvoir l'accompagner sereinement vers la fin, en sentant qu'elle avait acquis une certaine paix d'esprit par rapport à la mort et à ce qu'avait été sa vie. Mais en rétrospective, je crois qu'elle considérait que son existence avait été veine, et que cela l'empêchait d'accueillir dignement son trépas.

Chapitre 72 — La *Bella Durmiente*

Une semaine après mon aventure dans les Andes, je me trouve dans un tout autre climat, toujours au Pérou. De la froidure de la haute montagne, je suis passé aux chaleurs de la jungle amazonienne, en pleine saison sèche. L'humidité ambiante est tout de même très élevée. En attendant un certain Eduardo à l'ombre de la cathédrale de Tingo María, j'observe attentivement les passants qui s'approchent de moi, en plein centre de celle que l'on surnomme *La Ciudad de la Bella Durmiente*, « La ville de la Belle aux bois dormants ».

Je n'ai jamais rencontré Eduardo. Il est le représentant d'une organisation non gouvernementale, et il doit me servir de guide et de traducteur pour un reportage sur la culture de coca dans la jungle, principalement destinée à la transformation en cocaïne par les narcotrafiquants, contrairement à la coca de Quinua, qui est surtout consommée à son état naturel par les habitants. Pour que je puisse le reconnaître, Eduardo m'a simplement dit au téléphone qu'il porterait une chemise blanche. Dans l'attente, mon attention se porte surtout vers les hommes, contrairement à mon habitude.

Aussi n'ai-je pas remarqué la présence d'une jouvencelle à quelques mètres sur ma gauche. *¿Sexo?* Je crois entendre le sifflement du vent. *¿Sexo?* Je me retourne, incrédule. *¿Sexo?* Je retiens mon souffle. La jeune fille n'a pas plus de 11 ou 12 ans. Elle m'aborde de la même façon que la petite Kadiatou au Mali.

Vêtue d'un short et d'un t-shirt roses aux motifs enfantins, elle ressemble à une sauterelle avec ses longues jambes chétives, ses courts bras maigrelets et les deux petits pois qui lui font office de poitrine. Son joli minois basané et son large sourire sont gâchés par une dentition pourrie, bicolore. De ses yeux naïfs en amande, elle semble m'implorer d'accepter son offre. Du simple fait qu'elle m'ait destiné cette proposition, je me sens honteux. Je m'empresse de refuser. Ayant l'air déçue, elle me relance.

— J'ai faim, tu m'achètes du chocolat ? J'ai soif aussi, tu m'invites à boire un Inca Kola ?

Ainsi, au pied de la cathédrale, je m'imagine un Dieu omnipotent qui s'amuse à me mettre à l'épreuve. J'ai également l'impression que tous les regards sont tournés vers nous, désapprobateurs. Craignant de passer pour un pédophile, je lui donne quelques *soles* pour qu'elle déguerpisse. À ce moment, j'entends un homme héler mon nom. Je me retourne, gêné, comme si j'avais été pris en flagrant délit. C'est Eduardo. Il se présente à moi, sans faire de cas de la sauterelle. Elle en profite pour disparaître sans bruit, comme elle était apparue.

À bord de sa Jeep, Eduardo me conduit en campagne chez Pablo, un agriculteur ayant été menacé par des narcotrafiquants après avoir décidé de cesser la culture de coca, pour plutôt cultiver du cacao. Avec l'aide de l'ONG d'Eduardo, il tente maintenant de vendre sa production à des fabricants de chocolat équitable, à un prix décent, bien qu'inférieur à celui des feuilles de coca. Ironiquement, il risque ainsi davantage sa vie que lorsqu'il commerçait avec les trafiquants de drogue, irrités par sa décision.

En fait, il craint tellement pour la sécurité de sa famille, qu'il a relocalisé femme et enfants en ville avec des proches. Après m'avoir raconté son histoire en entrevue, il me confie qu'il s'ennuie d'eux. Puis dans un regain d'enthousiasme, il me raconte sans pudeur — par l'entremise d'Eduardo — qu'il profite de leur absence pour « s'amuser » avec des *jovencitas* — des petites jeunes — de 12 ou 13 ans.

— C'est le vieux Domingo qui les amène de la ville jusqu'ici. Pour 15 *soles*, elles font tout ce que tu veux, ajoute-t-il d'un rire gras.

J'ai une triste pensée pour la sauterelle. Je me l'imagine entre les pattes de ce sale personnage aux airs d'honnête homme.

En route vers un autre village, je m'informe auprès d'Eduardo s'il est fréquent que de si jeunes filles se prostituent dans la région. Il me confirme que c'est monnaie courante, en raison de la pauvreté omniprésente.

— Tu repenses à la petite devant la cathédrale ? demande-t-il en riant gaiement.

— Oui… non… enfin, oui, mais elle est trop jeune pour m'attirer… que je me contente de répondre, troublé.

Sans transition, Eduardo se met à me raconter la légende de la *Bella Durmiente*.

— Les anciens racontent qu'il y a très longtemps, un jeune sorcier nommé Cuynac a transformé en papillon son amoureuse, la princesse Nunash, et qu'il s'est lui-même métamorphosé en pierre pour échapper à un monstre. Nunash s'est enfuie dans la jungle, puis elle est revenue à son état normal et a tenté de retrouver Cuynac, en vain. Fatiguée et désespérée, elle s'est endormie sur un rocher. Dans son sommeil, elle a entendu la voix de son amoureux. Il lui a dit :

« Ne me cherche plus, tu m'as enfin trouvé. Je suis maintenant condamné à n'être qu'une roche pour l'éternité. Si tu veux rester à mes côtés pour toujours, demande aux Dieux qu'ils te transforment, toi aussi, en pierre. » Depuis ce temps, les habitants de Tingo María peuvent admirer dans la montagne le rocher de la princesse endormie, la *Bella Durmiente*.

*

Après nous être repus de sanglier dans une gargote au bord d'un chemin caillouteux, Eduardo et moi nous rendons dans des champs de coca à la rencontre de paysans qui vendent leurs récoltes aux cartels de la drogue. À peine plus prospères que l'agriculteur Pablo, Mario et son fils Juan cueillent la coca à la main. Tout en mâchouillant des feuilles, ils m'expliquent que les trafiquants de cocaïne ont le gros bout du bâton pour maintenir au plus bas les prix de la ressource première. Mario préfère néanmoins continuer dans cette voie, plutôt que de cultiver du cacao, ce qui confinerait sa famille de huit enfants à une plus grande pauvreté.

— Je ne veux pas avoir à vendre mes filles au plus offrant, affirme-t-il avec dignité.

Le lendemain, Eduardo et moi rencontrons d'autres intervenants pour mon reportage avant de retourner à Tingo María. En soirée, il m'invite dans un bar avec un collègue de son ONG. La coutume locale veut que tous boivent la bière dans un même verre, chacun son tour. Je participe d'abord au rituel avec un certain dégoût, m'imaginant partager une soupe de bactéries avec mes compagnons. Puis le dégoût se dissipe au fur et à mesure que les vapeurs d'alcool font leur effet. Nous vidons plusieurs grosses bouteilles de bière et rencontrons 3 jeunes femmes d'environ 18 à 20 ans sur des rythmes chauds de salsa et de merengue. Leurs charmes amazoniens ne me laissent pas indifférents. D'ailleurs, elles s'efforcent toutes trois de me plaire, en s'intéressant davantage à moi qu'à mes camarades. Deux d'entre elles boivent de la bière avec nous, tandis que l'autre se contente de siroter un Coca-Cola à même la bouteille, de petit format. Eduardo en profite pour nous expliquer que la bouteille traditionnelle de Coke, affichant des courbes et des rayures incrustées, est inspirée de la forme de la graine de coca, ingrédient de la recette originale.

— Moi, ça me fait plutôt penser aux formes d'une femme, que je dis, provoquant l'hilarité de mon public.

Sous la table, la plus jolie des trois demoiselles me caresse discrètement la cuisse. Je suis d'autant plus surpris par son comportement qu'elle porte une grosse croix chrétienne ostentatoire dans son décolleté. Qu'importe, je me réjouis de l'avoir séduite. Mais Eduardo a tôt fait de briser mes illusions :

— Choisis la fille que tu veux, c'est nous qui payons ce soir.

Perplexe, je lui fais répéter sa proposition, ne pouvant concevoir qu'il s'agisse là de trois prostituées. Puis désabusé, me rappelant les mauvais souvenirs de Tokyo, je prétends que j'ai sommeil. Je quitte précipitamment, froissé qu'on m'ait ainsi pris pour une pute journalistique qui écrirait un reportage favorable pour l'ONG en échange des services d'une amazone.

En retournant d'un pas las vers mon hôtel, je repasse près de la cathédrale. À la lueur des lampadaires, j'aperçois la frêle silhouette de la « sauterelle », seule dans la nuit. La jeune fille pré-pubère vient directement vers moi. À ma hauteur, elle me lance son habituel *¿Sexo?* interrogatif. Je lui tends un billet de 20 soles et je l'enjoins de rentrer dormir chez elle. Elle insiste plutôt pour m'accompagner à ma chambre d'hôtel. Je refuse vivement et poursuis mon chemin. Intérieurement, je lui dis :

« Va dormir, petite *Bella Durmiente*, va te reposer. »

*

Peut-on mourir d'insomnie ? Je me sens comme si je n'avais pas dormi depuis des semaines. Ce soir, je comptais sur l'alcool et une bonne baise pour m'aider à trouver les bras de Morphée. Peine perdue. Eduardo, les putes et la pauvre petite sauterelle ont contrecarré mes plans. Étendu sur un matelas de mauvaise qualité, creusé au milieu, je cogite.

Ma tante Maude n'avait que 10 ans quand ce salaud de Gilbert a commencé à l'agresser, ce qui fait de lui non seulement un prédateur, mais également un pédophile, dans toute la force du terme. On ne parle pas ici d'un homme qui aurait cédé à des pulsions dites normales envers une jeune fille pubère, ayant des seins et un corps à faire baver tout homme apte à la reproduction. Maude était plus jeune et plus petite que la sauterelle. Elle avait encore la physionomie d'une enfant. Gilbert a souillé ce corps de fillette. Ensuite, il a continué à jouer avec sa proie et à la contrôler pendant plus de six ans. Je comprends ma mère d'avoir ressenti une haine irrépressible lorsqu'elle a appris tout cela. J'ai ressenti un sentiment probablement aussi fort lorsque je me suis rappelé qu'il se faisait sucer par bébé Émilie. Mais j'en veux tout de même à Marjolaine de m'avoir entraîné dans ce tourbillon de malheur.

Tous les soirs, je repense à ce qu'elle m'a demandé :

— Dis-lui qu'il mérite la peine de mort…

— Tu veux que je le tue ?

— Non, je ne veux pas que tu te retrouves en prison… Il pourrait se donner la mort lui-même; c'est encore plus horrible que d'être assassiné.

— Mais on ne peut pas obliger quelqu'un à se suicider !

— Oui, on le peut… C'est ce que j'ai fait à ta grand-mère.

— Grand-maman Colette ?

— Oui. Quand j'ai su qu'elle avait eu une aventure avec ton père, je l'ai forcée à se donner la mort.

— Comment ?

— Je lui ai dit que si elle ne se suicidait pas devant moi, je la dénoncerais à la police pour avoir vendu mon corps d'enfant à des hommes.

— Elle t'a...euh, elle a...

— Elle m'a obligé à... à avoir des relations... j'avais seulement 5 ans quand tout a commencé, m'a alors dit maman d'un ton robotique, avec un regard glacial.

— C'est dégueu... Je suis tellement triste que t'aies subi ça, que j'ai répondu en lui prenant la main, froide et mourante.

— C'est du passé. Ça n'existe plus... Elle n'existe plus, a précisé Marjolaine d'une voix monocorde.

— Mais... je croyais qu'elle était morte d'une overdose.

— Oui... d'une overdose... Maintenant, tu sais quoi faire avec Gilbert.

Après un silence qui me parut interminable, j'ai mollement protesté.

— Je ne sais pas comment je pourrais faire la même chose avec lui...

— Dis-lui que tu as toutes les preuves pour le faire emprisonner pour pédophilie et que Maude est prête à témoigner.

— Et tu crois qu'il va se suicider pour ça ?

— Ajoute qu'il sera sûrement tabassé et violé en prison, comme tous les autres pédophiles... que sa vie ne vaut plus la peine d'être vécue.

— Mais le suicide ? Comment je m'assure qu'il se suicide ?

— Tu es un homme maintenant. C'est à toi de trouver le meilleur moyen. Surtout, ne te fais pas prendre mon chéri.

J'aurais souhaité que maman ne meurt pas avec toute cette rage au cœur, qu'elle s'endorme plutôt paisiblement pour l'éternité, dans la sérénité, comme la *Bella Durmiente*.

Chapitre 73 — Ashley

Me sachant en Amérique, le rédacteur en chef de *Dossiers* m'a demandé de faire un « petit détour » de quelques milliers de kilomètres vers le nord pour aller mener une entrevue exclusive de 15 minutes — pas une seconde de plus — qu'il a négociée avec la vedette montante du tennis féminin, Ashley Davis, à San Francisco. Je suis surpris qu'un tel magazine, dit sérieux, s'intéresse à ce type de sujet et me confie une mission si frivole. Mais j'ai tout de même accepté le défi, d'abord et avant tout pour garder la cote. Également, je dois admettre que l'idée de rencontrer cette athlète adulée dans le monde entier, à la fois sex-symbol et superstar, ne me laisse pas indifférent. Je suis curieux de savoir comment elle vit sa célébrité; cela me fait penser aux discussions que j'ai eues sur le sujet avec Becky.

J'arrive au centre d'entraînement une heure avant le moment prévu pour l'entrevue. L'attachée de presse d'Ashley Davis me laisse l'observer depuis les estrades, pendant qu'un photographe pigiste engagé par le magazine prend des photos d'elle sous tous les angles. Taille fine et élancée, jambes et épaules musclées, joli minois, blonde naturelle, Ashley a tout pour elle et les commanditaires. Son père, qui est aussi son entraîneur, me lance à l'occasion des regards suspicieux. Il la reprend durement à la moindre erreur. Il a d'ailleurs la réputation d'être un véritable tyran envers elle.

En raison d'une blessure à la cheville, Ashley a manqué le tournoi de Roland-Garros, ce qui l'a empêchée de se hisser au premier rang mondial. La plupart des observateurs s'attendent toutefois à ce que cela survienne dans quelques semaines, au tournoi de Wimbledon.

Durant le quart d'heure que je passerai en sa compagnie, je voudrais surtout la questionner sur son sport, ses exploits et ses réflexions sur la célébrité. Mais le rédacteur en chef de *Dossiers* m'a envoyé des suggestions de questions nulles, qui conviendraient mieux à un magazine à potins. *Quel est le secret de votre beauté ? Quel est votre type d'hommes ? Qui sont vos amies parmi les autres joueuses ? Que faites-vous pour vous relaxer entre les compétitions ?* J'essaierai d'alterner les questions intelligentes et ces stupidités, pour faire plaisir au patron.

La joueuse de tennis a 22 ans, comme moi. À part cela, je crois que nous avons peu en commun. Elle me tend la main avec un sourire figé, s'assied à bonne distance et exige brusquement qu'on lui apporte un verre d'eau. En constatant comment son père la traitait il y a quelques minutes, je ressentais une certaine compassion pour elle. Cependant, ce premier contact me laisse plutôt percevoir une désagréable petite princesse : cela m'inspire une première question ironique.

— Comment faites-vous pour garder la tête froide et demeurer simple malgré tous les succès que vous connaissez ?

— C'est une question de *self-control*. Je dois contrôler mes pensées et l'image que je projette, parce que ça détermine qui je suis. Dès mon plus jeune âge, mon père m'a appris le *self-control* sur les terrains de tennis. Je lui dois tous mes succès. Et maintenant que je suis une vedette, un modèle, une icône, ce *self-control* me permet de garder la tête froide comme vous dites.

Je suis un peu décontenancé par cette réponse. J'aimerais en savoir davantage sur sa relation en apparence malsaine avec son père, mais je n'écris malheureusement pas pour un magazine de psychologie. Je souhaiterais également pouvoir approfondir cette notion de contrôle, qui semble être si importante pour elle, mais j'ai peu de temps devant moi et j'ai une série de questions nunuches à poser. Je me permets toutefois de la relancer dans la même veine tout en intégrant un aspect *people*.

— Vous êtes adulée par vos fans, les commanditaires sont également à vos pieds : l'image publique que vous projetez est-elle réellement la vôtre ? Qui est vraiment Ashley Davis ?

— Je suis moi, c'est tout… qu'elle lance d'un ton irrité.

— Est-ce que vous n'êtes pas plutôt ce que votre père et les fans veulent que vous soyez ?

— Je …

— Tenez-vous-en à des questions moins… moins tendancieuses, intervient l'attachée de presse.

— J'ai travaillé très fort pour me construire et obtenir du succès, ajoute sèchement Ashley en contre-attaque. Je mérite d'être là où je suis !

Bien sûr… tu me diras aussi que les intouchables en Inde et les enfants de la rue au Pérou méritent leur sort. J'imagine le titre : « Ashley Davis, plus méritante que les miséreux de la terre ». Je garde bien sûr ces réflexions pour moi. Afin de détendre l'atmosphère, je décide de poser une des questions idiotes proposées par la rédaction.

— Qu'est-ce que vous faites pour vous relaxer entre les compétitions ?

— Je fais des choses qui me plaisent. J'écoute de la musique et je regarde des téléséries.

Passionnant ! Tuons la une : « Ashley Davis aime les téléséries et la musique ».

— Vous n'avez pas d'autres hobbys ?

— J'adore le tir; j'ai une collection de 200 armes à feu.

— Vraiment ?

— Oui... la première m'a été offerte par mon père pour mon huitième anniversaire. C'est un calibre 22 rose.

Ils sont fous, ces Américains ! Mais qui suis-je pour juger, moi qui ai poussé mon père à se tirer une balle dans la tête avec un fusil de chasse.

— Et vous chassez ? que je demande.

— Oui… mais je m'entraîne surtout au stand de tir. On n'est jamais si bien protégé que par soi-même.

Rien de plus faux, Gilbert en sait quelque chose.

— C'est votre père qui vous a initiée ?

— Oui, comme pour le tennis. Il est exigeant, mais il est le secret de ma réussite.

— Est-ce qu'il y a de la place pour un autre homme que lui dans votre vie ?

— Pas pour le moment. Je ne dois pas détourner mon attention du tennis. Peut-être plus tard, on verra…

Quelle ironie ! Alors que chaque jour, aux quatre coins du monde, des millions d'hommes se branlent devant des photos d'elle en jupette, Ashley Davis se déclare abstinente, en affichant cette moue volontairement provocante qui la caractérise.

— Ça suffit, les questions personnelles, vous êtes ici pour parler de tennis, dit impatiemment l'attachée de presse.

— D'accord, madame ! Ashley, vous êtes sur le point de devenir la meilleure joueuse de tennis du monde. Qu'est-ce qui fait la différence entre vous et les autres joueuses du Top 10 mondial ?

— Je crois que c'est mon désir de vaincre… et mon *self-control*. Mon père intervient dès que je me laisse aller. Toutes les filles sont bonnes techniquement, alors c'est encore plus important de bien contrôler le match dans notre tête. Tout se passe dans la tête.

Elle n'a pas tort. Je lui ai dit, à Gilbert, que tout le monde saurait qu'il est un pédophile et qu'il vivrait un enfer en prison. Il a menacé de me tuer. J'ai répliqué qu'il était trop tard, que Maude était en train de faire sa déposition à la police. J'ai contrôlé le match en bluffant, en jouant dans sa tête. Je lui ai conseillé de se pendre, et je suis parti.

— Techniquement, qu'est-ce qui vous permet de bien réussir ?

— Mon service… et mon agressivité sur le court.

— Avez-vous des amies parmi les autres joueuses ?

— Non, je ne veux pas me lier d'amitié avec des filles que je dois vouloir battre à tout prix.

J'ai été surpris d'apprendre que j'avais battu Gilbert au jeu psychologique dans lequel ma mère nous avait entraînés. Je n'étais pas là pour le voir mourir. Pendant des mois, je me suis demandé s'il était simplement en fuite.

— Ashley, il ne faut pas oublier de parler des commanditaires, chuchote l'attachée de presse, comme si je ne pouvais l'entendre.

— Mes commanditaires sont très importants pour moi et ils font des produits de qualité que j'utilise tous les jours.

Eh misère ! On te paie réellement des millions de dollars pour dire ça ?

— Vous assurez-vous que ces commanditaires ont de bonnes pratiques commerciales et éthiques, qu'ils traitent convenablement leurs employés et qu'ils n'engagent pas des enfants ?

— L'entrevue est terminée, affirme l'attachée de presse d'un ton cassant, en faisant signe à sa vedette de quitter la pièce.

*

Assis à la terrasse d'un café, je contemple une vue splendide sur la baie de San Francisco. J'attends Becky. Je perds sûrement mon temps, elle ne viendra certainement pas. Elle ne répond plus à mes courriels. Je lui ai donné rendez-vous à cette terrasse, en espérant qu'elle se trouve toujours en Californie. J'aimerais bien la revoir pour me réconcilier avec elle; je ne me fais cependant pas d'illusion. Elle perçoit ma relation avec Maria Madelena comme une trahison d'amitié, ce qui peut faire aussi mal — sinon plus — qu'une trahison d'amour, j'en suis conscient.

En observant les passants et la ville, je réalise pleinement que je suis de retour en Amérique du Nord. Montréal se trouve à des milliers de kilomètres, à l'autre extrémité du continent, et pourtant je me sens déjà tranquillement revenir à la maison. Après avoir pratiquement fait le tour de la planète, je constate à quel point le

Québec et le Canada ressemblent aux États-Unis, ne serait-ce que par les bâtiments, les véhicules, l'attitude et même la démarche des gens, que je qualifierais de stressée-débonnaire. Et pourtant, je perçois que derrière ces similitudes se cachent de nombreuses réalités et mentalités différentes, à des lieues — il faut le préciser — du stéréotype simpliste qui fait percevoir les États-Unis à l'étranger comme une société impérialiste uniforme et unidimensionnelle, voire superficielle. Malheureusement, cela ne se reflète pas dans l'entrevue que m'a accordée Ashley Davis.

Devant mon ordinateur portable, je tente de trouver un titre et un angle intéressant pour écrire mon article. Seules des idées crétines me viennent en tête. « Ashley Davis, la femme qui tire plus vite que son ombre »; « Ashley Davis, le sex-symbol abstinent »; « Ashley Davis, marionnette de son père, de ses commanditaires et de son attachée de presse ». Tous ses titres seraient assurément refusés par la rédaction. Il est moins risqué d'y aller d'un portrait simple en rapportant sobrement les paroles d'Ashley — même les plus sottes — et en complétant l'article par de l'information générique déjà connue, comme le fait que son père était un riche entrepreneur ayant fait fortune dans la Silicon Valley. Ainsi, je suis sûr de ne pas me planter.

Au loin, j'aperçois le pont Golden Gate et l'île de l'ancienne prison d'Alcatraz. Je m'imagine tous les prisonniers qui ont rêvé de s'évader et tous les suicidaires qui ont réussi un autre type de fuite en se jetant en bas du pont légendaire. Ma mère disait que mon père méritait la peine de mort. Mais la mort est-elle véritablement une punition ? Qui sait, elle est peut-être la plus sublime des délivrances ? Dans ce cas, seuls les plus vertueux la mériteraient. De toute façon, qu'est-ce que le mérite ? À son insu, Ashley Davis m'a confirmé ce que je savais déjà. La vie est fondamentalement injuste. Tiens, je pourrais en faire le titre de mon article et ainsi commettre un suicide professionnel.

Mais je reviens à ma question initiale. Gilbert méritait-il réellement la mort ? Je crois qu'il méritait davantage de croupir en prison, un sort beaucoup plus souffrant à mon avis.

Chapitre 74 — Madame Liberté

Becky ne s'est pas présentée au rendez-vous. De peine et de misère, j'ai réussi à écrire un article plutôt ennuyeux sur Ashley. Ensuite, j'ai failli acheter en ligne un billet d'avion pour rentrer directement à Montréal. J'ai eu une hésitation tout juste avant de cliquer pour confirmer l'achat.

Je ne veux pas terminer mon aventure aussi tristement, sur des échecs. Par ailleurs, dans mon esprit, je ne peux prétendre avoir fait un réel tour du monde sans passer par New York.

En vol vers la Grosse Pomme, je poursuis la lecture du *Tour du monde en 80 jours*, que je veux terminer avant mon retour au Québec. Sans particulièrement apprécier la trame du livre, j'en suis tout de même venu à m'y attacher et à le considérer comme un symbole. Phileas Fogg et ses compagnons, toujours suivis par l'inspecteur Fix, arrivent sur le continent américain par le port de… San Francisco. Si j'étais ésotérique, je dirais qu'il n'y a pas de hasard dans la vie, comme dans les romans.

Les personnages s'y retrouvent au centre d'une manifestation politique trop enflammée qui tourne à la bagarre. Le gentleman Fogg s'y fait même un ennemi qu'il défiera plus tard à bord d'un train dans un duel aux revolvers, interrompu par une attaque d'Indiens sioux. Goscinny n'a rien inventé…

Passepartout est capturé par les « méchants » sauvages, puis ensuite libéré par Fogg et d'autres passagers. Pour reprendre le temps perdu, l'équipée monte à bord d'un invraisemblable traîneau à voile qui défie tous les obstacles géographiques à une vitesse folle sur des étendues glacées, jusqu'à Omaha. Ensuite, les voyageurs prennent le train jusqu'à New York. Mais ils arriveront 45 minutes après le départ d'un paquebot en direction de Liverpool qui leur aurait permis de compléter leur tour du monde à temps.

Je suppose que c'est vers cette époque qu'est née l'obsession du temps. Auparavant, la plupart des gens n'avaient pas de montre ou d'horloge. Les moyens de transport rudimentaires ne permettaient pas aux humains de défier les distances dans des temps records. J'imagine que les gens devaient alors être plus patients, que leurs humeurs étaient moins soumises aux retards et aux contretemps que celles de « l'homme moderne ».

*

À New York, je constate effectivement que la patience ne semble pas être une vertu de l'*homo erectus* du 21ᵉ siècle. Depuis que je suis arrivé dans Manhattan, en fin de journée hier, j'ai l'impression d'être au milieu d'un derby de poules sans tête qui courent après leur temps dans toutes les directions. Si j'avais qualifié les habitants de San Francisco de stressés-débonnaires, ici les gens sont stressés-stressés.

Pour m'extirper de cette folie et avoir une vue extérieure de la ville, je prends le ferry en direction de Liberty Island, où se trouve la fameuse statue de la Liberté. Au fur et à mesure que le bateau s'éloigne de la terre ferme, je découvre le spectaculaire *skyline* de New York, maintenant dominé par l'unique grande tour du 1 World Trade Center, en remplacement des tours jumelles détruites au début du millénaire par des fous de Dieu lors d'une douce journée ensoleillée de septembre. À bord du bateau, je remarque qu'une vieille femme chétive butine de passager en passager, en prononçant des paroles plus ou moins cohérentes. Puis elle s'approche de moi.

— Vous savez, ils sont tous fous dans cette ville, qu'elle me dit avec un accent typique des États du Sud. Le 11 septembre 2001, il y a des employés de bureau qui ont refusé d'évacuer les tours en feu, parce qu'ils ne voulaient pas perdre de temps dans leur travail. Vous vous rendez compte ? Du temps, ils n'en ont plus; à moins qu'ils n'aient trouvé une place auprès de Dieu pour l'éternité. Alors là, ils en ont trop.

— Je suppose que vous avez raison, que je lui réponds, surpris par l'acuité de ses propos.

— Bien sûr que j'ai raison. J'ai toujours raison !

Nous approchons de l'île, un soleil radieux brille. Au microphone, un enregistrement explique que la « statue de la Liberté éclairant le monde » est un cadeau du peuple français aux États-Uniens, pour célébrer le 100ᵉ anniversaire de la Déclaration d'indépendance américaine. Elle fut dévoilée au public avec une décennie de retard, en 1886. Le personnage principal de Jules Verne, Phileas Fogg, n'aurait donc pas pu l'observer à son départ de New York vers l'Angleterre en 1872. Mais à la fin du 19ᵉ siècle et au début du 20ᵉ, la statue a été le symbole d'accueil en Amérique pour des millions d'immigrants ayant traversé l'océan Atlantique.

Lorsque nous débarquons sur l'île, la vieille dame s'écrie :

— Voici la terre promise ! Enfin nous serons en sécurité !

Je cesse de lui accorder de l'attention et m'approche d'un groupe bénéficiant des services d'une guide. Celle-ci affirme que la couronne de la statue comporte sept pointes symbolisant les sept continents, comme on les concevait à l'époque : Amérique du Nord, Amérique du Sud, Europe, Asie, Afrique, Océanie et Antarctique. Merde, je ne suis pas allé en Antarctique ! Puis-je malgré cela considérer avoir accompli un tour du monde complet ? Bah ! pourquoi pas ? Après tout, il n'y a que quelques chercheurs dispersés en bordure de cette gigantesque étendue de glace qu'est l'Antarctique.

La guide souligne également que la statue symbolise la démocratie et la fin de tous types de servitude et d'oppression.

— À ses pieds se trouvent d'ailleurs des chaînes brisées représentant la liberté.

— Moi aussi, j'ai brisé mes chaînes ! Je suis libre, hurle la pauvre mémé dérangée.

J'ai une pensée pour Fatoumata. Le ciel se couvre soudainement, et de violentes cellules orageuses se dirigent vers nous à une vitesse inouïe.

— Je l'avais prédit, je l'avais prédit ! C'est la fin du monde ! Nous serons les seuls rescapés, puisque nous avons trouvé refuge sur l'île de la Liberté. Je suis la fille de Dieu, venue sur terre pour vous sauver. Je suis madame Liberté ! Vous voyez la statue ? Elle me représente quand j'étais plus jeune. Sur cette île, nous allons reconstituer une nouvelle humanité, plus juste et plus libre !

Alors que les guides touristiques incitent tout le monde à s'abriter pour se protéger de l'orage imminent, des dizaines de personnes filment le délire de la vieille Américaine avec leurs téléphones soi-disant intelligents.

Les grondements du tonnerre se font de plus en plus intenses, un agent de sécurité tente de convaincre madame Liberté de cesser son discours apocalyptique et de s'abriter. Elle le repousse, lui crache au visage et dit qu'elle est prête à mourir s'il le faut, au nom de la liberté.

Curieux, je m'assois en retrait, moi-même exposé aux éléments, pour voir comment elle réagira durant l'orage. Une pluie drue commence à tomber. La vieille dame lève un seul bras vers le ciel, comme la statue de la Liberté tenant sa torche pour éclairer le monde. Elle se tient ainsi immobile pendant plusieurs minutes. Puis sans signe avant-coureur, elle s'effondre au sol. Je me dirige vers elle pour lui porter secours; elle est inconsciente. Une équipe d'urgence me rejoint et tente de la réanimer. Sans succès.

*

À l'heure des réseaux sociaux, les vidéos du délire de la vieille dame avant sa mort étrange en un lieu aussi emblématique font rapidement le tour du monde, d'autant que l'événement est bien vite rapporté par les médias traditionnels. Malgré toute la publicité entourant ce décès troublant, aucun proche de la défunte ne se manifestera. Jamais nous ne connaîtrons son histoire.

Cet événement est tristement représentatif de notre époque. Madame Liberté a connu une éphémère popularité au moment de sa mort, après semble-t-il avoir vécu la fin de sa vie dans l'isolement et l'anonymat les plus complets.

Chapitre 75 — Elisapee

Il est un peu moins de minuit. En plein solstice d'été, j'observe des aurores boréales dans le ciel arctique d'Iqaluit, au son de chants gutturaux ancestraux des Inuits, qu'on appelait autrefois les Esquimaux. C'est comme si les anciens nous parlaient à travers ce spectacle lumineux naturel dans lequel leurs ombres verdâtres dominent le ciel étoilé, soutenues par des teintes orangées et rougeâtres, ensanglantées dirait-on.

Elisapee tient ma main au chaud dans la sienne. Je l'ai rencontrée aujourd'hui même, à mon arrivée à l'aéroport local. Il y a quelques jours, j'ai utilisé les services d'un site de rencontres en ligne dans le but de me trouver une copine à mon retour à Montréal. Parmi les centaines d'annonces que j'ai consultées, seules quelques-unes ont attiré mon attention. Parmi elles, celle d'Elisapee, une jeune Inuit du Nunavut qui rêve d'aller vivre à Montréal. Nous avons qu quelques échanges par courriel et par Skype, et elle m'a convaincu de lui rendre visite chez elle. J'ai donc pris un vol de New York à Montréal, où je ne suis resté en transit que deux heures, avant de m'embarquer pour le Grand

Nord. J'aurai donc vu l'Arctique à défaut de me rendre en Antarctique.

Cette nuit magique est la plus courte de l'année : elle ne dure qu'environ 3 heures au nord du 60e parallèle. Les habitants profitent du temps relativement clément de l'été — il fait environ 4 degrés Celsius actuellement — pour participer à des cérémonies traditionnelles en plein air. Elisapee m'a présenté à plusieurs membres de sa famille et de la communauté, mais le contact se fait difficilement. Au mieux, on me salue timidement et brièvement. Au pire, on me regarde d'un œil méfiant. Elisapee dit que je ne dois pas m'en faire outre mesure, que les Inuits sont des gens très réservés et que cela peut prendre du temps pour obtenir leur confiance, surtout lorsqu'on est Blanc.

Nous profitons des festivités nocturnes pour nous éclipser dans la chambre que j'avais réservée avant mon départ. Dans une lumière tamisée, je découvre le corps massif et ferme d'Elisapee. À 18 ans, son poids est bien réparti; elle n'est pas ventrue. Ses larges hanches, ses fesses bombées et sa volumineuse poitrine font mon bonheur. Je la pelote et la pénètre dans une allégresse bon enfant. Contrairement à la plupart des femmes que j'ai fréquentées, elle ne tente pas de jouer à la femme fatale, elle demeure d'un naturel désarmant. Je suis surpris de me sentir si à l'aise et détendu dans la promiscuité d'une relation aussi embryonnaire.

Je m'étonne par ailleurs des frontières qu'il nous est possible de franchir aisément de nos jours. Je n'aurais pas pu prédire il y a 72 heures que je passerais cette magnifique nuit dans une petite communauté de l'Arctique, avec une Inuit dont je ne savais rien. Si la machine à voyager dans le temps ou la téléportation n'existent pas, l'avion et Internet permettent tout de même de défier les limites du temps et de l'espace d'une façon que seuls des esprits visionnaires, comme celui de Jules Verne, pouvaient prédire il y a plus d'un siècle.

*

À notre réveil, Elisapee est joyeuse. Un grand sourire éclaire son visage rond et ses yeux bridés. Elle me dit que ses ancêtres lui ont parlé dans ses rêves et lui ont annoncé que je suis l'homme de sa vie.

— Ne les prends pas trop au sérieux, que je lui lance, interloqué.

Ne se laissant pas démonter, elle ajoute qu'ils ont toujours raison. Passant naturellement du coq à l'âne, elle m'enjoint ensuite de m'habiller pour aller faire une promenade. À ce temps de l'année, la glace et la neige ont fondu au bord de la baie de Frobisher. Le paysage de toundra, sans arbre, rappelle toutefois que nous sommes dans l'un des climats les plus inhospitaliers pour l'homme, même si le soleil brille en ce moment de tous ses feux.

Elisapee m'emmène dans une très grande maison de construction récente, où elle vit avec ses parents, ses frères et sœurs, ses grands-parents, un oncle, une tante et des cousins. La fête semble s'être poursuivie toute la nuit : plusieurs personnes sont visiblement sous l'effet de l'alcool, et quelques-unes roupillent au sol, au milieu d'une bruyante marmaille. Elisapee m'offre de manger un ragoût de phoque. Je n'ai jamais goûté à cette viande : j'accepte par curiosité, même si ça m'apparaît plutôt lourd pour le petit déjeuner.

Assis à une table remplie de bouteilles de bière vides, je déguste donc la bête préférée de Brigitte Bardot, dans un ragoût aussi constitué de carottes, de pommes de terre et d'une sauce à l'oignon. Le goût est semblable à celui de bien des gibiers sauvages. Le tout est accompagné par de la bannique, un pain local qui ressemble à une crêpe. Je suis bien vite repu; je ne mange que la moitié de ma portion.

— C'est pour ça que tu es si maigre, tu ne manges pas assez, me dit Elisapee, d'un ton sérieux.

C'est la première fois de ma vie que l'on me qualifie de « maigre ». Je n'ai jamais été obèse, mais j'ai toujours eu quelques bourrelets, quelques « poignées d'amour », comme disait ma mère. Ai-je maigri ? Peut-être que le regard qu'Elisapee porte sur moi est influencé par les gens qui se trouvent dans son environnement. Il me suffit d'observer les massifs corps inertes qui nous entourent pour obtenir la réponse.

Je suis plongé dans mes pensées, la porte d'entrée s'ouvre violemment, et un homme costaud en colère s'introduit dans la maison en hurlant des trucs que je ne comprends pas, en inuktitut. En pleurs, Elisapee tente de le faire sortir, mais sans succès. L'ours sent l'alcool à plein nez. Il me regarde avec haine et me dit en anglais que je n'ai pas le droit de lui « voler » sa « femme ». Elisapee crie qu'elle ne lui appartient pas et qu'elle ne veut plus rien savoir de lui. Il la gifle. Elle vient se blottir dans mes bras, elle me glisse à l'oreille que nous devons nous enfuir et nous réfugier dans ma chambre d'hôtel. Ne souhaitant aucune confrontation avec la bête en colère, j'obtempère, et nous quittons les lieux en courant. L'ex en peine est incapable de nous suivre tellement il est intoxiqué.

Dès notre arrivée à l'hôtel, Elisapee descend mon pantalon afin de me faire une fellation, sans même prendre le temps de se calmer et de parler de la situation que nous venons de vivre. Stupéfait, je la stoppe dans son mouvement et lui demande pourquoi elle agit ainsi, impulsivement.

— Pour te faire plaisir. Toi, au moins, tu ne me bats pas…

— Ce n'est pas une bonne raison.

— C'est parce que je t'aime, qu'elle ajoute avec des yeux implorants.

— Repose-toi un peu… On a toute la journée devant nous, que je réponds, encore troublé par l'irruption de son ex-copain.

*

Deux heures plus tard, nous terminons notre troisième baise consécutive. Mon pénis n'est plus enflammé par le désir, mais par l'irritation.

— Emmène-moi vivre avec toi au sud, susurre Elisapee d'une voix mielleuse.

— Mais… on se connaît à peine…

— C'est comme si je te connaissais depuis toujours…

— Ah…

— Pas toi ?

— C'est-à-dire que… tu es bien gentille, mais disons que je préfère prendre mon temps dans les relations.

— Ça ne t'empêche pas de me sauter en tout cas ! qu'elle s'exclame sur un ton de reproche.

— Dit comme ça, ça fait un peu…

— Ça fait quoi ? Vulgaire ?

— Un peu…

— Je ne suis pas assez bien pour toi ?

— Je n'ai pas dit ça. Mais ce serait un peu prématuré pour moi de t'emmener vivre à Montréal.

— Je n'ai pas d'avenir ici… je dois absolument partir.

— En tout cas, ce ne sera pas avec moi.

— Au fond, tu n'es qu'un égoïste qui a rencontré une pauvre Inuit sur Internet, tu es venu la voir pour la baiser autant que tu veux, avec l'intention de la planter là et de repartir quelques jours plus tard, après l'avoir utilisée comme un objet.

— Tu peux bien me faire la leçon... Je t'imagine bien recommencer le même petit manège de manipulation jusqu'à ce que tu trouves un pauvre type assez con pour croire qu'il est vraiment l'amour de ta vie et qu'il te ramène avec lui à Montréal.

— Non, je ne suis pas comme ça, qu'elle réplique en pleurnichant.

— Les larmes... l'arme favorite des manipulatrices dans ton genre.

— Tu es méchant !

— Peut-être, mais je ne suis pas con. Je rentre à Montréal par le prochain vol...

*

À la suite de plusieurs rebondissements entre New York et Londres, Phileas Fogg réussit son pari : c'était trop prévisible. De retour chez lui, il déclare pudiquement son amour à madame Aouda, qu'il épousera. Jules Verne conclut le roman en soulignant que ce tour du monde aura permis à monsieur Fogg de trouver la femme de sa vie.

Moi, je ne remmènerai que des souvenirs. Des souvenirs impérissables de dizaines de femmes : certaines merveilleuses, d'autres touchantes, quelques-unes imbuvables, au moins deux ou trois manipulatrices; mais toutes extraordinaires, chacune à leur façon.

Chapitre 76 — Roxane

Je rentre à Montréal sans tambour ni trompette le 23 juin en début de soirée, exactement 400 jours après avoir commencé mon tour du monde. Personne ne m'attend à l'aéroport. J'ai prévu d'aller dormir chez Marie-Josée, qui se remet difficilement de sa rupture avec Moussa.

Dans le taxi me conduisant vers le centre de la ville, je suis étonné par l'état pitoyable des infrastructures routières, qui vieillissent prématurément en raison du manque d'entretien, et ultimement de la négligence des politiciens locaux. Cet état de décrépitude symbolise bien la sensation que j'ai en revenant « à la maison ». Dans mon enfance et mon adolescence, j'ai entendu tant d'enseignants nationalistes québécois prétendre que nous vivions dans la meilleure société du monde. Après mon tour de la boule, j'ai le sentiment qu'ils ne savaient pas ce qu'ils disaient et à quel point ils se trompaient.

Le Québec n'est certes pas le goulag, mais il n'est pas non plus la huitième merveille du monde. À force de trop se regarder le nombril, cette société s'est empêtrée dans de vieilles pantoufles confortables. Dans les dernières décennies, ses forces vives ont trop souvent préféré la masturbation idéologique au développement social concret. Son déclin, comme celui du Canada et des États-Unis, s'amorce lentement mais sûrement.

*

Comme lors de mon arrivée au Sénégal, Marie-Josée m'accueille par une étreinte chaleureuse dans son appartement de la rue Panet, en plein cœur du quartier Centre-Sud, où des étudiants, des gais et quelques bobos côtoient junkies et prostitués de tous genres. J'entends de grands cris, ni tristes ni joyeux. Marie-Jo me présente sa sœur Roxane, qui est autiste.

Roxane sautille sur place derrière Marie-Josée et l'utilise comme paravent pour m'observer tout en se protégeant. Je ne vois que ses grands yeux verts et son toupet roux, qui se balance au gré de ses mouvements. Elle a 16 ans, mais a les habiletés et capacités d'une enfant d'environ 5 ans. Elle est non verbale, elle ne parle pas du tout. Anciennement, on l'aurait qualifiée de muette. Elle vit habituellement avec leurs parents, à Moncton. Sa grande sœur l'a emmenée à Montréal pour s'occuper d'elle pendant quelques semaines.

Marie-Jo m'offre une bière, nous trinquons à la fin de mon périple et au début de l'été. Alors que mon amie me parle en long et en large de sa peine d'amour, j'observe discrètement les comportements de Roxane. Elle s'amuse dans un bac à sable portable, elle verse méthodiquement le sable d'un contenant à l'autre et recommence systématiquement la même routine, à l'infini. Pour elle, nous ne semblons plus exister.

— … heureusement que tu as voyagé avec Moussa : grâce à toi, j'ai évité de me marier avec un monstre, me dit Marie-Jo avec un trémolo dans la voix.

— Il ne faut pas exagérer, il n'est pas un monstre. C'est plutôt un bon gars. Ce n'est pas lui qui a enchaîné sa cousine à un arbre…

— Non, mais il n'a rien fait pour la sauver.

— Il faut se mettre dans le contexte. C'est difficile de résister à tout un village et à des croyances qui sont véhiculées de génération en génération.

— Tu crois que j'ai été trop dure ? Est-ce que je devrais reprendre avec lui ? qu'elle me demande comme si elle n'attendait que mon approbation.

— Ce n'est pas ce que j'ai dit. Je ne veux pas te faire de peine, mais Moussa voulait se marier avec toi surtout pour pouvoir venir vivre au Canada…

— … il te l'a dit comme ça ?

— À peu près comme ça…

— …

— Ne t'en fais pas. Je suis sûr que tu pourras trouver un homme qui te conviendra mieux. T'es une belle fille, intelligente…

— … et grosse !

— Ce ne sont pas tous les hommes qui préfèrent les maigres.

Roxane pousse des cris aigus qui me déconcentrent, mais Marie-Jo n'en fait pas de cas et continue de se plaindre. Je porte plus ou moins attention à ce qu'elle dit. Elle est tellement absorbée par ses propos qu'elle ne remarque pas, je crois, que je regarde de plus en plus sa sœur. D'un point de vue strictement physique, Roxane est beaucoup plus avantagée par la nature que Marie-Jo. Elle a un corps de nymphe, qui me fait penser à celui de Jessica, la rouquine écossaise. À travers son t-shirt, je vois poindre de magnifiques petits seins pointus. J'éprouve une attraction qui me trouble; mon sexe devient dur, contre mon gré.

J'essaie de contrecarrer et de camoufler cette attirance en questionnant Marie-Josée sur l'autisme de sa sœur.

— Est-ce qu'elle comprend ce que nous sommes en train de dire ?

— Je ne crois pas… Elle comprend des consignes simples, comme habille-toi, mets tes souliers ou viens manger. Mais les longues conversations ne font pas partie de son monde : pour elle, ce n'est que du bla-bla.

— Elle a peut-être raison, au fond. C'est comment, son monde ?

— Il n'y a qu'elle qui le sache vraiment. Les autistes ne sont pas tous pareils. Ils ont chacun leurs propres filtres, qui leur font percevoir la réalité différemment que nous et différemment les uns des autres. Habituellement, ils ont de la difficulté à détecter les émotions d'autrui, comme la joie ou la colère. Roxane semble avoir une vision limitée de la vie. Mais qui sait si elle ne voit pas des choses extraordinaires qui nous sont inaccessibles et qu'elle est tout simplement incapable de nous les communiquer ? Einstein était un autiste…

— Vraiment ?

— Oui, un autiste Asperger, comme bien des *nerds* dans son genre.

— Je crois comprendre quand tu dis qu'ils ont chacun leurs filtres qui leur font percevoir la réalité différemment. C'est semblable pour nous, même si ce n'est pas aussi évident. Notre culture, notre éducation, nos capacités intellectuelles, nos expériences de vie... Il y a tellement de facteurs qui déterminent comment on entrevoit le monde. C'est pour ça que je te dis que Moussa n'est pas un monstre; il ne faut pas le juger à partir de notre simple vision des choses, mais en fonction de la réalité qui est la sienne.

— J'imagine que t'as raison…

— Je sens que les filtres par lesquels je conçois la réalité ont beaucoup changé pendant mon tour du monde. Je reviens au Québec avec une vision différente de la vie; j'ai aussi une nouvelle façon de percevoir notre société.

— Ta société… moi, je suis Acadienne; on n'a pas les mêmes travers que les Québécois, lance Marie-Jo en riant de bon cœur.

Roxane s'approche d'elle, lui met la main sur la bouche et tente de la mordre dans le cou.

— Non, Roxane, non… Elle n'aime pas quand on rit trop fort, ça lui fait mal aux oreilles.

— Pourquoi ?

— Ses sens sont hypersensibles. Et ça dépend des fréquences. Elle est incapable de supporter les rires gras, le son des violons et des moteurs de camion. Elle se bouche systématiquement les oreilles quand ça devient intolérable pour elle. Et pourtant, elle est capable d'écouter de la musique rock très forte.

— C'est intrigant.

— Oui. Et parfois ça change. À certains moments, elle aime bien les caresses et les câlins. Et à d'autres moments, elle fait des crises si on ne fait que l'effleurer un peu.

— Comment fais-tu pour choisir le bon comportement à adopter avec elle ?

— Il faut s'adapter au fur et à mesure. De toute façon, c'est ce qu'il faut faire dans tous les aspects de la vie, non ?

*

Dans la nuit, j'ai une pressante envie de pisser interrompue par mon désir pour Roxane. Plutôt que d'aller à la toilette, je me dirige vers son lit. Dans la pénombre, je m'allonge à côté d'elle sous la couverture, sans la réveiller. Je caresse d'abord ses jambes dénudées. Elle frissonne légèrement, mais demeure endormie. Son épiderme est d'une douceur exaltante, interdite. Je remonte ma main droite sur le tissu de sa robe de nuit jusqu'à ses petits tétons alléchants. J'en taquine les bouts, qui deviennent tout durs. Je glisse ma main sous le vêtement, par l'ouverture du discret décolleté. Roxane me mord le bras. Je me réveille ruisselant de sueur… Ce n'était qu'un rêve.

Confus, je suis incapable de me rendormir, après m'être doublement soulagé à la toilette. Ce rêve me rappelle l'histoire que ma vieille tante Gertrude m'a racontée concernant Gilbert, qui a agressé une jeune handicapée intellectuelle quand il avait à peu près mon âge. Et il me fait à nouveau poser cette question qui me hante depuis longtemps. Ai-je hérité des démons de mon père ?

*

En ce 24 juin, fête nationale du Québec et des Canadiens-français, Marie-Josée a prévu tout un programme d'activités.

— Tu es sûre que les foules n'effraieront pas ta sœur ? que je demande.

— Ça dépend. Parfois ça l'effraie, parfois ça ne la dérange pas. Si ça devient trop pénible, on n'aura qu'à revenir à la maison.

Marie-Jo a invité Pénélope, Tintin, son amoureux et leur poupon à se joindre à nous. Lorsqu'ils viennent nous rejoindre à l'appartement, en début d'après-midi, je suis d'abord surpris par l'apparence de Pénélope. Elle a pris quelques kilos, ce qui lui fait le plus grand bien : elle paraît mieux se sentir dans sa peau. Pour ce qui est de Tintin, il a pris une assurance que je ne lui connaissais pas. Est-ce dû à la paternité ou au fait d'assumer pleinement son homosexualité ? Probablement un mélange des deux. Son copain Charles est l'archétype du gai efféminé extraverti. Il me tend une main molle comme s'il attendait un baisemain de ma part. Je me contente de la secouer légèrement.

Lucas dort contre lui dans un porte-bébé. Je n'ose m'y attardé, prétextant ne pas vouloir le réveiller. En réalité, les bébés me laissent habituellement indifférent. Je n'ose l'exprimer à quiconque, on me prendrait pour un misanthrope.

Notre curieuse équipée ne passe pas inaperçue à notre arrivée au parc La Fontaine, où ont lieu des activités familiales. Roxane est la première à faire tourner les têtes, non pas en raison de sa beauté pourtant bien réelle, mais parce qu'elle lance de curieux cris de joie. Pendant ce temps, Charles parle bruyamment avec Pénélope et Marie-Josée de sujets grivois, les baguettes en l'air. Renfrognés, Tintin et moi fermons la marche sous les regards étonnés, voire méprisants, de nombreux parents et enfants. Je me demande si certains d'entre eux me reconnaissent, puisque ma photo a beaucoup circulé dans les médias d'ici après la disparition de mon père.

Sur fond de musique québécoise, nous faisons la queue avec Roxane pour qu'elle s'amuse dans un jeu gonflable. L'impétueux Charles se défait du bébé afin de l'y accompagner. À mon grand désarroi, Pénélope m'offre de porter Lucas : en fait, elle me l'impose. Dès que je le prends dans mes bras, je sue à grosses gouttes et le poupon se met à hurler; il sent sûrement que je ne suis pas fou des bébés. Heureusement, Tintin s'empresse de m'en débarrasser.

Roxane et Charles s'amusent dans la structure gonflable comme des enfants : en fait, ils crient plus fort que tous les petits morveux qui s'y trouvent.

Deux mères de famille se trouvant à côté de Marie-Josée et moi s'insurgent.

— As-tu vu la grande folle qui s'amuse dans les jeux d'enfants, je suis sûre que c'est un pédophile, affirme la première à propos de Charles.

— Moi, c'est la fille qui m'inquiète. Elle n'est pas normale. Les jeux devraient être interdits aux gens comme ça.

Je me retourne vers Marie-Josée et je lui demande bien fort :

— Est-ce que t'entends souvent des commentaires stupides comme ceux-là sur ta sœur, parce qu'elle est autiste ?

— Oui. Avant, ça me faisait de la peine, mais je me suis habituée avec le temps. Des ignorants, des cons et des intolérants qui ne sont pas capables d'accepter les différences, il y en a partout, qu'elle me répond avec aplomb pour être sûre que tous autour de nous comprennent le message.

Les deux femmes visées rameutent leurs rejetons en gueulant et elles quittent les lieux en râlant contre les pleurs de leurs enfants. Marie-Josée me fait un clin d'œil complice, j'éprouve une certaine satisfaction.

En soirée, nous assistons à un spectacle en plein air, sans la famille atypique de Pénélope et Tintin. Roxane est heureuse. Marie-Jo m'explique que sa sœur apprécie généralement la musique, mais qu'elle est incapable de supporter le son des violons. Roxane se balance avec allégresse sur les airs des Vigneault, Piché et Rivard. Puis je découvre en même temps qu'elle un classique de Félix Leclerc qui me touche particulièrement, comme s'il avait été écrit pour moi.

Moi, mes souliers ont beaucoup voyagé... Ils m'ont porté de l'école à la guerre... J'ai traversé sur mes souliers ferrés... Le monde et sa misère...

Moi, mes souliers ont passé dans les prés... Moi, mes souliers ont piétiné la lune... Puis mes souliers ont couché chez les fées... Et fait danser plus d'une...

Sur mes souliers y a de l'eau des rochers...   D'la boue des champs et des pleurs de femmes...

Chapitre 77 — Julie

Le matin du 25 juin, je me réveille en éprouvant une joie et une sérénité nouvelles. Après la magnifique soirée de la veille, je me sens enfin heureux d'être de retour au Québec. Marie-Josée et Roxane dorment encore, je décide de sortir pour me dégourdir les jambes et profiter du soleil matinal. Je ferme la porte en douceur, inspire profondément l'air frais en observant la rue déserte et je marche d'un bon pas vers le parc La Fontaine.

Avant d'arriver au premier coin de rue, j'entends des bruits inquiétants. J'aperçois des voitures non identifiées foncer vers moi à vive allure, par devant et par derrière. Plusieurs individus armés semblant sortir de nulle part courent dans ma direction et m'ordonnent de me coucher au sol, les mains en l'air. Mon cœur palpite à une vitesse folle, j'ai l'impression qu'il va sortir de ma cage thoracique et s'enfoncer au plus profond de la terre. On m'agrippe les bras et les ramène violemment vers l'arrière pour me menotter. La tête plaquée contre le sol, sur le côté, je vois le monde du point de vue d'une fourmi. Je crains d'être écrasé par les énormes chaussures et bottines en mouvement tout autour de moi.

— Frédérik Turmel, vous êtes en état d'arrestation pour les meurtres prémédités de Marjolaine Lalonde et Gilbert Turmel. Vous avez le droit de garder le silence. Tout ce que vous direz pourra être retenu contre vous.

Ces paroles sont prononcées par une femme à la voix autoritaire. Lorsqu'on me relève après m'avoir fouillé, je m'aperçois qu'il s'agit de la sergente Jocelyne Barré.

— On se revoit plus tard, qu'elle me lance sèchement alors qu'un policier me fait asseoir à l'arrière d'une autopatrouille.

Le trajet jusqu'au quartier général de la Sûreté du Québec est de courte durée : l'édifice Parthenais se trouve à quelques rues seulement de chez Marie-Josée. Avant même que je puisse prendre la pleine mesure de ce qui m'arrive, l'autopatrouille entre dans un garage intérieur. Deux policiers m'escortent jusqu'à une petite pièce, où ils me fouillent plus en profondeur et confisquent tous mes effets personnels, y compris ma ceinture et les lacets de mes chaussures.

— On ne veut pas que tu te pendes, précise l'un d'eux, avec une voix de tracteur.

*

La cellule dans laquelle on m'a enfermé est aussi lugubre que celle où j'ai séjourné à mon arrivée à Jérusalem. Toujours menotté, je me couche en boule sur un inconfortable banc de bois, seul mobilier de la geôle. On prétend que les cellules sont ainsi dépouillées pour empêcher que les gens trouvent un moyen de se tuer lorsqu'ils viennent d'être arrêtés. Moi, je maintiens que c'est simplement pour provoquer les suicides plus tard, à retardement, comme je l'ai fait pour Gilbert. À travers l'eau salée de mes yeux, je perçois des murs encrassés de misère humaine. Excréments, pisse, sang, vomi, et on n'ose s'imaginer quelle autre substance du corps.

Ainsi, dans la position du fœtus menotté, je pense naturellement à ma mère, cette mère qui a insisté pour que je la délivre prématurément de ses douleurs, sans penser aux conséquences que cela pourrait avoir dans ma vie.

Comment la police a-t-elle pu trouver des éléments de preuve contre moi ? Et pourquoi m'arrête-t-on aussi pour le « meurtre » de Gilbert ? Je ne l'ai pas tué.

Les questions sans réponses se bousculent dans ma tête; la porte de ma cellule s'ouvre. Le policier à la voix de tracteur m'informe que j'ai le droit d'appeler mon avocate avant mon interrogatoire. Son collègue et lui me mènent dans une pièce où se trouve un vieux téléphone à roulette, comme il ne s'en fait plus depuis des décennies.

— Je te fais une faveur, je vais t'enlever tes menottes, mais seulement si tu promets de te tenir tranquille.

Une faveur ? Vous me prenez pour un idiot ?

Dès que je suis en ligne avec maître Laliberté, elle m'avertit que nous sommes probablement sous écoute. Elle est déjà au courant de mon arrestation. Elle me conseille de ne rien dire pendant l'interrogatoire, de me prévaloir de mon droit au silence et de ne répondre à aucune des questions, même si cela devait durer des heures.

*

Plutôt que de me conduire directement à la salle d'interrogatoire, l'agent Voix-de-tracteur et son collègue me ramènent dans ma cellule insalubre. Ainsi retiré du monde, sans aucun pouvoir sur mes allées et venues, je sens que mon existence a soudainement été mise en suspens. C'est comme si je n'existais que dans un monde parallèle à la vie, comme si des extra-terrestres m'avaient enlevé de la surface de la terre. Les yeux fermés, j'essaie de retrouver l'âme de Marjolaine, flottant dans un coin perdu de l'univers. En vain. Je ne sens pas sa présence en moi, uniquement un profond et insondable vide. Même la peur n'a pas de prise sur moi, je n'ai plus la capacité de pleurer. Tout ce que j'entrevois, que je perçois, c'est le néant.

Je perds aussi la notion du temps. À un certain moment — est-ce 15 minutes, une demi-heure ou 2 heures après l'appel à mon avocate ? —, le bruit d'une clé dans la serrure me ramène à une tranche de la réalité. Une jolie trentenaire en tailleur apparaît dans l'entrebâillement de la porte.

— Bonjour, Frédérik, j'espère que je ne te dérange pas, qu'elle me dit d'une voix trop douce.

Oui, je m'apprêtais justement à sortir, que je pense avec ironie, sans l'exprimer à voix haute. Je respecte la consigne de maître Laliberté, je me tais.

— Je t'apporte à manger, qu'elle ajoute en me tendant un sandwich sec au simili-fromage jaune et un café couleur eau de vaisselle

Mais vous êtes trop bonne.

— As-tu faim ?

Que de sollicitude. Êtes-vous libre ce soir ?

— Je m'appelle Julie. Je suis enquêtrice, je travaille avec la sergente Barré. C'est moi qui ferai ton interrogatoire.

Ah ! je vous vois venir. Le jupon dépasse. Vous êtes le bon flic qui tentera de m'amadouer. Et si les bons sentiments ne parviennent pas à me faire parler, vous allez m'envoyer la méchante Jocelyne pour un traitement de choc.

— Prends le temps de manger. Est-ce que ça te va si je reviens te chercher dans environ une demi-heure ?

Vous pensez réellement que vous allez me donner l'illusion que c'est moi qui suis en contrôle ? Vous sous-estimez mon intelligence.

— Bon appétit !. À tout à l'heure !

Que de mièvreries. On vous apprend bien l'art de la manipulation à l'école de police. Et pourquoi vous me tutoyez ? Pour me donner une fausse impression de proximité avec vous, pour que je me livre plus facilement ?

Je n'ai pas faim, mais je me force à manger l'infect sandwich qu'elle m'a laissé : puisque je ne contrôle plus rien, je ne sais pas quand j'aurai de nouveau l'occasion de me nourrir.

*

Après un autre moment d'éternité, la jolie Julie vient me chercher dans ma cellule. Elle est tout sourire, comme s'il s'agissait d'un rendez-vous galant.

N'essayez pas de me charmer, ça ne marchera pas. L'hypocrisie et la putasserie dont vous faites preuve m'éteignent complètement.

Dans la salle d'interrogatoire, elle me lit mes droits et m'informe qu'une caméra dissimulée derrière un miroir enregistre tout, comme dans les films.

— Frédérik, je sais que tu as connu des moments difficiles au cours des dernières années. Je me suis beaucoup informée sur toi : la maladie de ta mère a sûrement été un grand choc. Tu ne voulais plus la voir souffrir, et je suis convaincue que c'est par amour et par compassion que tu l'as aidée à partir plus tôt que prévu...

Pensez-vous que vous allez me faire parler et tout avouer en jouant ainsi sur mes bons sentiments ?

— Tu gardes ça à l'intérieur de toi depuis plus de deux ans déjà. Ce doit être difficile de vivre avec un tel secret...

— Je n'ai que deux choses à vous dire. Premièrement, je n'ai pas fait ce dont vous m'accusez, ni pour mon père ni pour ma mère. Et deuxièmement, je ne dirai plus rien... conseil de mon avocate.

— Tu sais, les avocats ne donnent pas toujours de bons conseils : ils ont souvent leurs propres intérêts à cœur, plutôt que ceux de leurs clients. Moi, je suis là pour t'aider. Par expérience, je peux te dire que tu pourrais t'en sortir beaucoup mieux devant le tribunal si tu avoues rapidement tes crimes et que tu te montres repentant, plutôt que de les nier et de ne montrer aucun remords.

— *Bullshit*, vous n'êtes pas là pour m'aider, vous essayez de me faire tout avouer parce que vous n'avez pas suffisamment de preuves contre moi.

— C'est faux. Nous avons assez de preuves, sinon on n'aurait pas pu obtenir un mandat d'arrestation.

— Alors essayez de me faire déclarer coupable avec les soi-disant preuves que vous avez si elles sont suffisantes. Vous n'avez pas besoin d'aveux de ma part.

— Mon travail, ce n'est pas seulement de te faire condamner, c'est de t'aider en tant qu'être humain. Je veux entendre ta version des faits, parce qu'il y a toujours deux côtés à une médaille et qu'il y a des raisons qui expliquent les gestes que tu as commis. Je sais que tu n'es pas un monstre. Il y a un contexte qui explique pourquoi tu as tué tes parents.

— Vous apprenez ces conneries à l'école de police ? Comment s'intitule le cours ? Manipulation 101 ou Comment-faire-tout-avouer-à-un-prionnier-même-les-crimes-qu'il-n'a-pas-commis ?

— Je ne comprends pas pourquoi tu te montres si hostile, je veux simplement t'aider.

— Je ne sais pas comment vous faites pour bien dormir la nuit en utilisant des méthodes aussi tordues.

Je garde ensuite un silence total durant au moins une heure, en laissant la Julie se démener pour tenter de me faire parler davantage. Elle abat finalement une carte de taille en me révélant que la police détient une déclaration sous serment de Becky, affirmant que je lui ai avoué « mes deux meurtres ». En entendant cela, je peine à garder ma contenance. D'abord, je ne croyais pas que Becky puisse vouloir se venger contre moi de cette manière. Et s'il est vrai que je me suis confié à elle pour le meurtre de ma mère — que j'ai commis non seulement par compassion, mais aussi par égoïsme —, je n'ai jamais affirmé avoir tué Gilbert. J'ai simplement dit à Becky qu'il s'est suicidé à cause de moi. Quoi qu'il en soit, je tente de garder le silence et un visage impassible. L'enquêtrice insiste en me posant plusieurs questions sur les dires de Becky. Je finis par céder brièvement.

— Becky vous a menti. J'imagine que c'est sa façon de se venger, parce que j'ai couché avec sa copine.

Ne pouvant me soutirer aucune autre parole, Julie se retire de la salle d'interrogatoire une dizaine de minutes plus tard. Maintenant seul, je me demande si Becky ne serait pas une agente double dont le seul but était de me soutirer des aveux. Et Maria Madelena ? Était-elle dans le coup, elle aussi ? Jocelyne Barré interrompt mon questionnement en entrant dans la salle avec fracas.

— Frédérik, je ne passerai pas par quatre chemins, qu'elle me lance de sa voix autoritaire. Avec tous les éléments de preuve qu'on a contre toi, on peut te faire condamner à la prison à vie sans possibilité de libération conditionnelle avant 25 ans. Si on était au Texas, tu risquerais la peine de mort. La seule chance que tu as d'améliorer ton sort, c'est de tout avouer en expliquant le contexte.

Dans le cas de ta mère, je suppose que tu voulais mettre fin à ses souffrances. Un juge ou un jury pourrait se montrer sensible à un argument comme celui-là et te reconnaître coupable d'une accusation moindre que celle de meurtre prémédité, comme meurtre non-prémédité ou homicide involontaire. Ça pourrait te permettre par exemple d'être libéré au bout de 10 ans. Tu sortirais à 32 ans plutôt qu'à 47 ans ou même jamais. Ça ferait toute une différence dans ta vie, qu'est-ce que t'en penses ?

— ...

— Et pour ce qui est de ton père, on a appris en menant notre enquête sur son meurtre qu'il était un prédateur sexuel...

— ...

— Si tu dis que tu l'as tué parce qu'il t'a agressé dans ton enfance, ça pourrait aussi être considéré comme des circonstances atténuantes. Pour ton propre bien, tu devrais parler...

Dans les heures qui suivent, la Jocelyne et la Julie se relaient à plusieurs reprises et me tiennent éveillé une bonne partie de la nuit. Malgré la fatigue, je réussis à garder le silence en pensant constamment à ma mère. J'espère que la mort l'a apaisée. Le lendemain matin, on me transporte jusqu'à Trois-Rivières en fourgon cellulaire, pour ma comparution au palais de justice de l'endroit, où l'on m'accuse formellement des meurtres de mes parents.

Ensuite, on aurait dû m'incarcérer au centre de détention de Trois-Rivières, en attente de mon procès. Mais sous prétexte que cette petite prison provinciale est remplie à pleine capacité, on me renvoie à Montréal pour m'enfermer à la prison de Bordeaux, là où sont détenus des criminels plus endurcis. Je suis convaincu que ce n'est pas un hasard : le but est de me faire craquer.

Chapitre 78 — Angela

En prison, le temps n'a pas la même durée, la même valeur, la même substance qu'en dehors des murs. Il s'écoule incroyablement lentement, pesamment, mollement, sans qu'on puisse l'accélérer ou le ralentir au gré de nos décisions ou de nos actions. Privés de libre arbitre, les prisonniers attendent que le temps passe, au rythme uniforme d'une routine carcérale restrictive, sur laquelle ils n'ont que peu de prise. J'entrevois déjà comment les prochaines années risquent d'être longues, interminables.

Dans ce microcosme asocial, ma place est mal définie. Entouré principalement de criminels de carrière, je n'occupe aucune des positions préétablies dans l'ordre habituel de la prison. On a bien essayé de me confiner au rôle de viande fraîche, mais mon sale caractère d'insoumis m'a permis de préserver l'intégrité de mon anus, à défaut de celle de ma gueule; pour le moment du moins.

Ça s'est produit trois ou quatre jours après mon arrivée à Bordeaux, je ne pourrais dire exactement quand, puisque la temporalité devient accessoire lorsqu'on ne peut entrevoir la fin de notre incarcération. En soirée, trois jeunes Blacks sont venus me chercher dans ma cellule, alors que j'avais le nez plongé dans un livre.

— Lève ton petit cul, Turmel, Dieu veut te voir.

« Dieu », c'est Dieudonné Pierre, chef de gang d'origine haïtienne et maître absolu de l'aile B.

— Qu'est-ce qu'il me veut ?

— Il te le dira lui-même.

— Il n'a qu'à venir me voir ici.

— Eh, princesse, c'est pas une invitation, c'est un ordre, m'a chuchoté le plus costaud des trois à l'oreille, en me tenant fermement par le collet.

Ils m'ont escorté jusqu'à la geôle du Dieu autoproclamé; je tremblais davantage que lors de mon arrestation. L'un d'eux m'a poussé à l'intérieur de la cellule, et ils ont formé un mur étanche pour s'assurer que je ne ressorte pas.

— Merci, les gars, vous m'amenez de la bonne viande blanche ! Approche-toi, je ne suis pas sauvage, je veux juste te donner un peu de tendresse, dit Dieu en se déhanchant vulgairement.

Un frisson m'a parcouru l'échine et sans même réfléchir j'ai botté les couilles du chef de gang de toutes mes forces, le projetant par terre dans de grands cris de douleur. Je me suis retourné juste à temps pour asséner un coup de poing au visage de l'un de ses sbires, qui fonçait vers moi. Cependant, les deux autres m'ont solidement agrippé, et ils m'ont roué de coups jusqu'à ce que des gardiens, alertés par les cris, interviennent.

Je m'en suis sorti avec seulement quelques ecchymoses au visage et deux points de suture. Mais j'ai tout de même passé toute la nuit à l'infirmerie, davantage pour ma protection que pour soigner mes blessures. La gardienne qui m'accompagnait s'appelle Angela. Elle porte bien son prénom; comme un ange protecteur, elle m'a donné des clés pour survivre dans ce milieu.

— T'as été chanceux de t'en sortir ce soir, mais il faudra que t'apprennes à te faire respecter, sinon ça risque de t'arriver encore.

— Qu'est-ce que je dois faire ?

— Demain, tu seras transféré dans un autre secteur pour ta sécurité, celui des motards. Au moins, tu n'auras plus de problèmes avec le gang de Dieu. Les nouvelles courent vite entre les murs : tout le monde va savoir que t'as tenu tête à Dieudonné Pierre. C'est un avantage pour toi : tu vas arriver dans ta nouvelle aile avec la réputation d'un gars qui ne se laisse pas faire. Mais les motards vont quand même vouloir te tester. Ce ne sera pas suffisant d'essayer de te défendre, ils sont plus forts et ils peuvent faire ce qu'ils veulent de toi. C'est pourquoi il faudrait que tu leur montres rapidement que tu peux leur être utile d'une autre façon qu'avec tes fesses...

— Comment ?

— T'es un journaliste... Je suppose que t'as de bonnes connaissances, que tu écris bien et que tu comprends bien les textes complexes ?

— Oui...

— La plupart de ces gars-là sont des analphabètes fonctionnels. Ils ne sont pas idiots, mais ils ne sont pas allés longtemps à l'école et ils ont de la difficulté à bien comprendre les subtilités dans leurs procédures judiciaires et lorsqu'ils reçoivent du courrier. Dès que tu le peux, fais savoir à Bedaine que tu peux les aider dans ce sens-là.

— Bedaine ?

— C'est comme le surnom du chef des motards, Benoit « Bedaine » Gauthier. Si tu réussis à obtenir sa confiance, il va s'assurer que personne ne s'en prenne à toi.

— Merci... merci beaucoup... Mais pourquoi vous êtes si gentille avec moi ?

— Deux raisons. La première, c'est que le travail est plus difficile pour nous quand il arrive des événements comme ce soir.

Et l'autre, c'est que je connais bien ta tante Nathalie, c'est une bonne amie. J'ai travaillé avec elle il y a quelques années à la prison pour femmes, et depuis ce temps-là on a gardé contact.

— Nathalie, elle me déteste maintenant. Ça fait un an qu'elle ne veut plus rien savoir de moi…

— J'crois pas qu'elle te déteste. Elle a été tellement bouleversée par la mort de son frère et par le fait que tu semblais être impliqué, qu'elle a senti le besoin de s'isoler. Elle a coupé les ponts avec presque tout le monde dans sa famille, pas seulement avec toi.

— Ah… Je sais que personne ne me croit, mais est-ce que vous pouvez lui dire que je n'ai pas tué Gilbert ?

— Je vais lui faire le message…

*

Une intense odeur de moisissures règne dans ma nouvelle cellule, j'ai de plus en plus de maux de tête et je tousse beaucoup. Les conseils d'Angela ont porté fruit : le chef des motards et ses acolytes se réfèrent à moi lorsqu'ils ont des questions de compréhension de texte. En échange, ils me respectent et s'assurent que personne ne m'embête.

J'ai aussi le respect des gardiens, les *screws* comme on dit dans le milieu. Pour eux, je ne suis pas un détenu difficile. Et probablement que certains d'entre eux savent que je suis le neveu d'une des leurs. Angela jette à l'occasion un œil maternel vers moi, discrètement.

Entre ces murs, l'expression « tuer le temps » prend toute sa signification. On souhaiterait que le temps n'existe tout simplement pas. Pour éviter de le contempler, je dévore des livres comme un boulimique. Je lis même quand je n'ai plus suffisamment de concentration, simplement pour m'engourdir.

Deux ou trois semaines après ma nuit à l'infirmerie, Angela m'apporte une lettre de Nathalie, à qui elle avait transmis mon message.

Mon pauvre Frédérik, l'important n'est pas ce que je crois ou ce que les gens pensent à ton sujet, mais ce que tu sais au plus profond de toi. La disparition et la mort de Gilbert m'ont beaucoup bouleversée. Ces événements ont fait remonter en moi des sentiments contradictoires et des souvenirs enfouis. Ça m'a pris plusieurs mois pour me rendre compte que la vision que j'avais de

367

ma famille était idéalisée, que j'avais maquillé et enjolivé la réalité dans le but d'oublier des choses horribles. Pendant longtemps, j'ai eu besoin de croire que mes proches étaient tous de bonnes personnes. Je me mentais comme on ment à un enfant pour lui épargner des souffrances et des questionnements. L'enfant que j'étais a été blessée par Gilbert et par l'aveuglement de nos parents. J'avais réussi à effacer cela de ma conscience en accordant à Gilbert des vertus qu'il n'avait pas et un amour qu'il ne méritait pas. Pour en prendre pleinement conscience, j'ai dû me distancier de tous les membres de la famille, surtout de toi. Je suis désolée si je t'ai blessé. En réalité, je ne sais pas si tu as tué Gilbert. Et ce n'est pas à moi de te condamner. Je te souhaite de trouver en toi une sérénité que, pour ma part, je cherche toujours.
Nathalie

Chapitre 79 — Maude

Un après-midi du mois d'août, je reçois une rare visite au parloir. Maude, la sœur de Marjolaine, est habillée plus sobrement que d'habitude. On dirait quasiment une femme respectable. Elle m'a ignoré pendant des années, je ne comprends pas pourquoi elle veut me voir maintenant que je suis en prison. Il faut dire qu'elle a davantage l'habitude du milieu carcéral que moi. Voies de fait, menaces de mort, possession et trafic de drogue, sollicitation de clients pour la prostitution sur la voie publique, grossière indécence, non-respect de ses conditions de libération : les allers-retours en prison font pratiquement partie de son mode de vie.

Assise en face de moi, elle semble aujourd'hui être sobre, un miracle en soi. Elle me regarde directement dans les yeux. Je lis sur ses lèvres un message qu'elle articule silencieusement : « Fais attention, on nous écoute peut-être. » Je lui fais un léger signe de la tête pour lui signifier que j'ai compris et elle entame la conversation à voix haute.

— Fred, j'vas aller direct au but. J'sais que t'as pas tué Gilbert, j'vas te faire sortir d'icitte.

— Qu'est-ce que tu veux dire ?

— C'est moé qui l'a tué, le christ d'écœurant !

— Vraiment ?

— Oui. J'ai décidé de tout avouer… Tu mérites pas d'être icitte à ma place.

— Mais non, fais pas ça. Y a aussi ma… ben tu sais, ma…

— Marjolaine, c'est aussi moé qui l'a tuée.

— Mais n…

— Oui, j'ai tué Marjolaine, qu'elle insiste lourdement d'un ton autoritaire en clignant subtilement de l'œil. De toute façon, j'vas tout avouer pour le meurtre de Gilbert, j'ai rien de plus à perdre en disant que j'ai tué Marjolaine. Mon avocat dit que les peines de prison s'additionnent pas : même si j'ai tué deux personnes, j'vas faire autant de temps.

Abasourdi, j'essaie à la fois d'absorber le choc de la révélation de Maude relativement au meurtre de mon père et de comprendre le jeu qu'elle tente actuellement de jouer avec ses fausses déclarations sur la mort de Marjolaine. Je crois deviner qu'elle a réellement tué Gilbert et qu'elle est prête à se sacrifier pour m'éviter la prison. Et pour que son sacrifice en vaille la peine, il faut qu'elle s'accuse également du meurtre de ma mère, que j'ai pourtant commis. Elle me tend une nouvelle perche.

— Devine comment j'ai tué Marjolaine ?

— Je… je sais pas…

— Christ, aide-moé à t'aider ! Dis-moi comment je l'ai tuée, qu'elle lance sèchement, me faisant comprendre que je dois lui raconter indirectement comment j'ai assassiné ma mère, pour que les faux aveux qu'elle fera soient crédibles.

— J'ai… euh, tu l'as probablement étouffée avec son oreiller… Parce qu'elle te l'aurait demandé… parce qu'elle ne voulait plus souffrir.

— C'est tout ? Est-ce qu'il y a d'autres choses que t'aimerais savoir, que TU devrais savoir ?

— Euh, non… j'crois pas.

— Combien de temps tu penses que ça m'a pris ?

— Quatre ou cinq minutes. Pour être sûre que… t'sais… pour être sûre qu'elle soit morte.

— D'après toi, est-ce qu'elle a souffert ?

— Pas beaucoup… elle a peut-être eu une petite réaction de résistance quand elle n'avait vraiment plus d'air, mais pas longtemps. Elle a sûrement moins souffert que si elle avait survécu pendant encore des semaines ou des mois... C'est pour ça que je l'ai... c'est pour ça que j't'en veux pas.

— Mais pourquoi les *bœufs* pensent que c'est toi qui as fait ça ?

— J'sais pas... En fait, oui, j'sais. C'est une fille que je croyais être mon amie qui m'a dénoncé, en disant que je lui avais confié avoir tué ma mère... et peut-être qu'elle a aussi inventé que j'avais tué Gilbert, je ne sais pas trop.

— Mais tout ça, c'est n'importe quoi. Elle a tout inventé, on s'entend là-dessus, insiste lourdement Maude pour que je m'en tienne à cette version.

— Oui, elle a tout inventé... elle a tout inventé pour se venger, parce que je lui ai volé sa blonde, que je précise.

— Pour vrai ? demande Maude, qui semble maintenant avoir de la difficulté à distinguer le vrai du faux tout en jouant son rôle convenablement.

— Oui... oui, c'est vrai, c'est arrivé, je lui ai piqué sa blonde.

— J'suis fière de toi, c'est tout ce qu'elle méritait, la salope. Inquiète-toi pas, Fred, tu vas bientôt sortir d'icitte.

— Merci... merci... que je dis sans trop y croire.

— ...

— Merci, Maude, je l'apprécie vraiment. Mais pourquoi tu fais ça ? Pourquoi tu veux tout avouer ?

— Parce que j'ai une conscience, même si ça paraît pas souvent. J'ai parlé à ma tante Gertrude... Ça m'a beaucoup aidé. Elle m'a convaincue d'assumer ce que j'ai fait à Gilbert... C'est pas à toé à payer pour ça.

— Elle est revenue au Québec ?

— Ouais. Elle en pouvait plus d'être à Rome, proche des enculés du Vatican.

— J'me sens mal à l'aise... J'sais que mon père t'a fait souffrir... C'est pour ça que tu l'as tué ?

— Oui. Il est venu me voir en braillant comme un lâche pour me convaincre de pas le dénoncer aux *bœufs*. Au début, j'comprenais pas. Quand je lui ai posé des questions, il m'a raconté ce que tu lui avais dit. C'est là que j'ai décidé de le tuer l'écœurant sale : ça faisait des années que j'en rêvais.

— Tu l'as vraiment tué près du lac Saint-Pierre ?

— Oui... il m'a souvent agressée là-bas...

— Mais ça va gâcher ta vie de tout avouer…

— Non. Ma vie, elle était déjà gâchée. La prison va me protéger contre moi-même. Ça va être mieux pour moi… Ça va être mieux aussi pour toi, tu vas pouvoir continuer ta vie.

— Merci, Maude, que je répète, les larmes aux yeux.

— Ça va, ça va… En passant, il faut que tu saches que… Gilbert… c'était pas ton vrai père.

— T'es sûre ?

— Oui.

— C'est qui, mon père ?

— Ta mère l'a jamais vraiment su… Dans le temps, elle faisait le trottoir, elle avait beaucoup de clients. Gilbert, c'était un client comme un autre… Elle a finalement accepté de se marier avec lui quand elle était enceinte pour se sortir de la misère.

*

Depuis la visite de Maude, les jours passent encore plus lentement qu'avant. L'espoir et l'impatience renaissent en moi. Ce fut un choc d'apprendre que ma mère s'était déjà prostituée à l'âge adulte, alors qu'elle n'y était plus obligée par grand-maman Colette. Cette révélation me trouble davantage que le fait que Gilbert ne soit pas mon vrai père. Ça détruit l'image de vertu que j'avais de Marjolaine, qui semblait être une sainte comparativement à sa mère et à sa sœur, malgré les mauvais traitements qu'elle m'infligeait. Ça défait aussi les idées préconçues que j'avais envers Colette et Maude. Je comprends maintenant qu'elles n'ont pas choisi leur sort respectif, elles l'ont subi.

J'espère que Maude ne décevra pas mes espoirs. La seule raison pour laquelle j'accepte qu'elle prenne le blâme pour la mort de ma mère, c'est parce qu'elle est prête à assumer sa responsabilité pour le meurtre de Gilbert. Elle subira les deux peines de façon concurrente. À la limite, le meurtre par compassion de Marjolaine pourrait induire une certaine sympathie envers elle et lui être favorable pour une éventuelle libération conditionnelle... dans 25 ans.

Jour après jour, je ressasse ces mêmes pensées, en me demandant si Maude a changé d'avis, si elle va m'abandonner. J'essaie de me convaincre qu'elle mérite davantage la prison que moi, toutefois des doutes persistent en moi. Pourquoi devrait-elle se sacrifier pour me sauver ?

Chapitre 80 — Ève

Un matin de septembre, Angela se présente à la porte de ma cellule en compagnie d'un autre gardien de prison.

— Ramasse tes choses, on va te transférer.

— Encore ?

— C'est ça, la vie de prisonnier.

— À quel endroit je vais aller ?

— On ne m'a rien dit.

Inquiet, je rassemble mes effets personnels en vitesse et sors de l'aile escorté des deux agents. Nous marchons dans un long corridor qui me semble interminable; c'est ainsi que j'imagine le couloir de la mort. Les pas de leurs bottes résonnent lourdement contre les épais murs de béton ainsi que dans ma tête.

Au bout du corridor, Angela déverrouille une lourde porte de métal. Nous nous retrouvons dans un genre de sas, une aire de transition entre les différentes parties de la prison. Une fois qu'Angela a bien refermé la porte métallique avec fracas, derrière nous, une désagréable sonnette se fait entendre pour indiquer que la porte suivante nous est temporairement ouverte. Après avoir franchi cette frontière, les gardiens m'ordonnent d'attendre seul dans une petite pièce pratiquement vide; il ne s'y trouve qu'un pupitre et une chaise, sur laquelle je m'assieds.

Le temps continue de s'écouler sans but, sans fin, sans destination. J'ai peur. Angela m'avait donné la clé pour être bien accepté dans l'aile des motards, je m'y sentais en relative sécurité. Je crains maintenant de me retrouver dans un nouvel environnement hostile, où je devrai rapidement m'adapter pour me protéger les fesses, aux sens propre, sale et figuré. J'espère surtout que l'on ne me réintégrera pas dans le secteur de « Dieu ». Au-delà de ma virginité rectale, c'est ma vie qui serait alors en jeu. Chaque fois que je crois avoir atteint le bas-fond, une autre tuile, une autre épreuve se présente pour me rappeler que le malheur et le désespoir ne connaissent aucune limite, contrairement au bonheur.

La porte s'ouvre. Un homme en costard gris me tend la main. Tête baissée, je la secoue mollement.

— Monsieur Turmel, je représente le ministère de la Sécurité publique, qu'il dit d'un ton lugubre. Je viens vous annoncer que vous êtes maintenant un homme libre.

*

À ma sortie de prison, Marie-Josée fut la seule à m'offrir de l'aide et un appui moral. Durant toute la semaine qui suivit ma libération, je me suis confiné à son appartement, alors qu'elle passait toutes ses journées à l'université. C'est comme si je devais me réapproprier ma liberté graduellement et absorber le choc de cette soudaine renaissance. Aussi, je ne me sentais pas à l'aise de sortir dans la rue par peur d'être reconnu. Ma libération-surprise et l'arrestation de Maude avaient fait les manchettes et l'objet de commentaires dans les médias d'information et les réseaux sociaux pendant plusieurs jours. Certains intervenants se questionnaient sur le travail des policiers et les accusaient d'avoir bâclé leur enquête, de m'avoir arrêté sans avoir suffisamment de preuves contre moi. Déjà, des avocats m'approchaient afin de me représenter dans une éventuelle poursuite au civil pour arrestation et détention injustifiées.

Au cours de cette période, personne dans mon entourage n'a osé m'écrire ou m'appeler. J'en ai conclu qu'ils étaient encore nombreux à me croire coupable. Évidemment, je n'ai pas eu d'autres nouvelles de Becky. Curieux, j'ai fait une recherche sur Internet pour vérifier si elle progressait dans son rêve de devenir une star internationale. Tout ce que j'ai trouvé la concernant, c'est l'annonce d'un spectacle dans le bar d'un bled perdu de l'Oregon. Je ne saurai jamais pourquoi elle m'a dénoncé. Par vengeance ou par acquit de conscience ?

*

Au cours de ma deuxième semaine de liberté, Frédérique et ma sœur, Émilie, m'annoncèrent qu'elles voulaient venir me voir ensemble. Je ne comprenais pas pourquoi et comment elles avaient pu se rapprocher l'une de l'autre, puisqu'elles ne s'étaient vues que deux ou trois fois à l'époque où je fréquentais Fredou. Elles arrivèrent chez Marie-Josée vêtues de jolies robes et maquillées comme si elles se rendaient à une noce. Une belle sérénité se lisait dans le visage de Frédérique, elle était splendide et lumineuse.

373

Mais ce qui me marqua le plus sur le coup, c'était de réaliser qu'Émilie avait indéniablement quitté l'enfance. Je la considérais cependant toujours comme ma petite sœur, même si j'avais appris par Maude que nous n'étions pas liés par le sang.

Après les premiers échanges d'usage, Fredou prit la parole d'un ton sérieux :

— J'ai quelqu'un à te présenter…

— T'as un nouveau chum ?

— Tu crois vraiment que je viendrais te voir pour obtenir ton approbation ?

— J'sais pas…

— C'est beaucoup plus important. J'aimerais te présenter ta fille.

— Ma… ma fille ?

— Oui, elle a six mois et demi.

— Ma fille ?

— Oui.

— Ma fille, avec toi ?

— Avec qui d'autre, nono ?

— Mais ça fait plus d'un an qu'on ne s'est pas vu… qu'on n'a pas… tu sais…

— Ça fait exactement 39 semaines plus six mois et demi. C'était juste avant que tu partes pour ton tour du monde…

— Pourquoi tu ne m'as jamais prévenu ?

— À cause des circonstances de ton départ… et de tout ce qui a suivi.

— …

— Tu veux la voir ?

— Je… je… oui.

Quelques instants plus tard, la mère de Frédérique entra avec un bébé dans les bras. Abasourdi et incrédule, je restai figé à observer cette minuscule et magnifique personne qui dès ce moment devint plus importante que moi-même. Je fus saisi par son regard : c'était celui de Marjolaine. Fredou prit la petite et la tendit vers moi :

— Ève, je te présente ton papa.

Ève, comme la première femme et mère de l'humanité selon la Bible, une excellente œuvre de fiction. Malhabile, les mains tremblantes, les larmes aux yeux, je ne savais comment la prendre.

Fredou me montra patiemment comment placer mes bras. Ève m'observait de ses grands yeux bleus, l'air de dire : « Il était temps qu'on se rencontre. »

Quand Marie-Josée rentra de ses cours, une heure plus tard, je tenais encore Ève contre moi. J'étais tellement fier de pouvoir la lui présenter que j'en perdis mes moyens.

— C'est… euh ma… c'est… ma… fille… ma fille… que je lui dis, ému.

Ne connaissant pas Fredou, Marie-Josée lança avec maladresse :

— Tu l'as eue avec une des greluches que t'as rencontrées en voyage ?

— Non… non, que je répondis en éprouvant une profonde gêne. Je te présente Frédérique, c'est elle, la mère.

Le malaise prit quelque temps à se dissiper. Cependant, la présence lumineuse d'Ève facilita le glissement vers une conversation moins embarrassante entre les femmes : d'abord, concernant la maternité; et ensuite, sur mon humble personne.

Elles se mirent à parler de moi comme si je n'étais pas là. Elles se racontèrent des anecdotes plus ou moins cocasses à mon sujet, elles analysèrent mes travers et mes comportements, tout cela en riant de bon cœur.

Je demeurais silencieux et mon attention était surtout tournée vers ma fille, toujours dans mes bras. Jamais auparavant n'avais-je ressenti instantanément un lien aussi fort envers quelqu'un. Cet enfant n'était pas comme les autres, c'était le mien. Je suis convaincu que cette fibre paternelle — que j'ignorais jusqu'alors — n'était pas innée. L'empathie et l'abnégation nécessaires à son développement s'étaient développées durant mon périple autour du monde, grâce à toutes les personnes que j'avais rencontrées, particulièrement les femmes. Et ces acquis furent renforcés, plutôt que d'être détruits, par mon difficile passage en prison. Cette pénible épreuve me permit de mesurer la valeur et l'importance de la vie, de la liberté.

Je plongeai pour une énième fois mon regard dans celui de ma fille. J'y vis un amour infini, éternel.

www.ingramcontent.com/pod-product-compliance
Lightning Source LLC
Chambersburg PA
CBHW070258030726
47505CB00004B/847